Mühlenfest

Zur Autorin:
Karin Ernst, die sich nach dem Studium in Leipzig und jahrelanger Arbeit als Journalistin seit geraumer Zeit dem Schreiben von Krimis und anderer Geschichten widmet, lebt mit ihrer Familie in der Uckermark. Mühlenfest ist der erste Band einer Reihe von Krimis, die hauptsächlich in der Uckermark angesiedelt sind.

MÜHLEN FEST

Lenas erster Fall

KARIN ERNST

Bibliografische Information der Deutschen Nationalbibliothek
Die Deutsche Nationalbibliothek verzeichnet diese Publikation in der Deutschen
Nationalbibliografie; detaillierte bibliografische Daten sind im Internet über
http://dnb.d-nb.de abrufbar.

Umschlagbild: stock.adobe.com: Maryia Bahutskaya, Theodor Wolkenstein
Lektorat, Umschlagdesign, Satz, Herstellung und Verlag:
BoD - Books on Demand, Norderstedt

ISBN 978-3-757-83456-2

Die Lüge aber ist alles Unrechts Quell und Anfang.

(Heinrich Laube, 1806–1884)

1. KAPITEL

Lena rekelte sich und schloss noch für einen Moment die Augen. *Jetzt einen Kaffee!* Bei diesem Gedanken sprang sie aus dem Bett, lief barfuß in die Küche und setzte Wasser auf. Nach dem ersten Schluck verspürte sie Lust auf ein Zigarettchen. Blöd nur, dass sie gerade dabei war, sich das Rauchen abzugewöhnen. Zum x-ten Mal übrigens. Und immer war sie dabei so erfolgreich gewesen wie bei der Besteigung des Mount Everest. Falls sie das je versucht hätte.

Um sich abzulenken, trank sie einen weiteren Schluck, schlug ihr Buch auf und begann zu lesen. Sie hatte Zeit, viel Zeit. Heute war ihr erster Urlaubstag. Als sie ein paar Seiten gelesen hatte und Hunger bekam, beschloss sie, sich einen seltenen Luxus zu gönnen. Wenn schon kein Zigarettchen, dann wenigstens ein deftiges Frühstück.

Vorsichtig, um sich nicht am brutzelnden Fett zu verbrennen, schob sie knusprig braune Speckscheiben an den Pfannenrand, schlug Eier in die frei gewordene Mitte und gab Salz und ordentlich Pfeffer darüber.

Doch bevor sie ihr spätes Frühstück aus der Pfanne gleiten lassen konnte, klingelte das Telefon. Verdammte Hacke! Was sollte das denn? Sie hatte Urlaub.

»Ja, bitte!« Ihr Tonfall ließ keinen Zweifel daran, wie sehr sie sich gestört fühlte.

»Ich weiß, du hast Urlaub«, sprudelte ihre junge Kollegin Mandy Fortunato grußlos heraus. »Aber du musst zur Mühle kommen, zur alten Mühle gleich hinter deinem Dorf. Sofort! Weil, weil …«

»Gib mir mal Freddy«, unterbrach Lena ihre Kollegin, deren zartes, beinahe kindliches Stimmchen schon so manchen darüber hinweggetäuscht hatte, wie hartnäckig die schmächtige junge Frau sein konnte. Aber was wollte sie jetzt von ihr?

Ihr Stellvertreter, Alfred Meichsner, den alle nur Freddy nannten, leitete während ihres Urlaubs das Team. Sollte er doch bitte schön zur Mühle fahren. Sie, Lena, wollte in Ruhe frühstücken. Nach einem ganzen Jahr ohne einen einzigen Urlaubstag hatte sie sich das redlich verdient.

»Geht nicht!«, prustete die seltsam verstörte Mandy ins Telefon. »Freddy hat sich krankgemeldet. Die Haxen gebrochen oder so was. Tut mir wirklich leid, Chefin. Wir brauchen dich hier … weil … Hier ist …«

Urplötzlich brach das Gestammel ab. Lena hörte nur noch Rauschen, dann war die Verbindung unterbrochen.

Verblüfft starrte sie das Telefon an. Es musste doch jeden Augenblick erneut klingeln. Doch das Gerät blieb stumm.

Sie drückte die Kurzwahltaste mit Mandys Handynummer. Niemand meldete sich. Von wegen opulentes Frühstück mit Eiern, Brot und Speck. Irgendwas oder irgendwer funkte ihr dazwischen. Kriminalkommissarin Mandy Fortunato, das Küken in Lenas Team, hatte ganz bestimmt nicht aus Jux und Tollerei angerufen. Doch was sollte das heißen, Freddy hätte sich die Haxen gebrochen? Hatte Hauptkommissar Alfred Meichsner einmal mehr sein Fitnessprogramm übertrieben? Jeder im Kommissariat wusste, wie fanatisch dieser Mann Sport trieb. Er ließ weder Mountainbiking noch Outdoor-Rafting oder sonst irgendetwas aus, das nur annähernd die Chance bot, sich alle Gräten zu brechen. Offensichtlich hatte er das jetzt geschafft. Na dann, prost Mahlzeit!

Aber was war mit Mandy los? Unschlüssig starrte Lena auf ihr Handy. Automatisch drückte sie die Wahlwiederholung. Nichts!

Wenn sie weiter zögerte, würde sie nur wertvolle Zeit verlieren. Sie musste duschen und sich anziehen. Und zwar pronto!

Hastig streifte sie ihr heiß geliebtes Depeche-Mode-Fanshirt über den Kopf, das sie als Nachthemd trug, seit es gar zu ausgeblichen war.

Nach dem Duschen beäugte sie die Stapel in ihrem Kleiderschrank und entschied sich in Anbetracht des sonnigen Wetters für ein luftiges olivfarbenes Oberteil. Über dem Stuhl im Schlafzimmer hing eine schon etwas abgewetzte, aber immer noch ganz passable

Jeans. Dazu passte beinahe alles – ein großer Vorteil, wenn man es eilig hatte. So muss Kleidung sein, fand Lena: praktisch und gut kombinierbar. Zur Sicherheit schnappte sie sich noch ihre geliebte graue Lederjacke. Ein letzter Blick in den Spiegel und los.

Beim Zuziehen der Haustür fiel Lena ein, dass ihr Mini seit dem Vortag in der Angersbacher Werkstatt stand. Der TÜV war abgelaufen und ein, zwei autofreie Tage waren ihr zum Urlaubsanfang ganz recht gewesen. Nun hatte sich die Situation geändert. Sie würde zum Tatort radeln müssen.

Als sie die Garage aufschloss und ihr altes Trekkingbike ins Freie schob, spürte Lena die angespannte Unruhe, die sie bei jedem neuen Fall befiel.

Eilig schwang sie sich in den Sattel. Frühstück und Zigarettchen waren vergessen. Die holprige Dorfstraße entlang radelte sie bis zur Ortsmitte und bog gegenüber dem Gasthof nach links in einen Feldweg ein. Auf knochentrockenem Boden schlängelte sie sich geschickt der dürren Grasnarbe folgend an zahlreichen Schlaglöchern vorbei.

Vor Tagen noch hatte auf den Feldern leuchtend gelber Raps geblüht, ein weithin sichtbares Blütenmeer, das mit der Sonne zu wetteifern schien. Nun ließen sich inmitten der Ölfrüchte, die unscheinbar dem Sommer entgegenreiften, nur noch hier und da gelbe Sprengsel ausmachen. Auch wenn sie heute keinen Blick dafür hatte, Lena liebte die Landschaft der Uckermark. Sanft gewellt, in Hügeln aufragend, in weitläufige Senken gedehnt, zeigte sie sich immer wieder anders und doch gleichbleibend in der friedvollen Gelassenheit, die sie ausstrahlte.

An all das verschwendete Lena jetzt keinen Gedanken. Obwohl sie zu schwitzen begann und zunehmend Mühe hatte, ihr Rad zwischen den Schlaglöchern in der Spur zu halten, trat sie mit aller Kraft in die Pedale. Mandys Anruf ließ ihr keine Ruhe.

Als sie schon den Dachfirst des alten Mühlenhauses aus dicht belaubten Bäumen herausragen sah, kam ihr ein Fahrzeug entgegen. Sie sprang vom Rad, um das Wohnmobil vorbeizulassen, das, einen Bierwagen im Schlepptau, durch die Schlaglöcher rumpelte.

Max Lüders rückte ab. Beim Fest rund um die alte Mühle hatte der Gastronom am Vortag durstige Kehlen mit Getränken versorgt.

Auf der Wiese hinter dem Haus hatte eine Band gespielt, an Bierwagen und Grillstand drängten sich mehr Menschen als rund ums ratternde Sägegatter. Heute bot sich ein anderes Bild. Zwischen senfbeschmierten Papptellern und achtlos weggeworfenem Plastikbesteck standen Autos mit blinkendem Blaulicht.

Mit strengem Blick und abwehrender Handbewegung versuchte ein junger Polizist, Lena am Näherkommen zu hindern.

Erst als sie direkt vor ihm vom Rad sprang, erkannte er sie und stotterte:»Oh, äh, Frau Hauptkommissarin, heute so sportlich unterwegs? Sie ... äh ... Sie werden schon erwartet. Da drinnen ...«

Eifrig riss er die grau verwitterte Holztür zur Schneidemühle auf. Doch statt einzutreten, wandte Lena den Kopf, denn genau neben ihr stoppte ein Leichenwagen. In der Fahrerkabine zogen zwei Männer in Schwarz an ihren Zigaretten, als hätten sie alle Zeit der Welt.

Der Polizist stieß die Tür noch ein Stück weiter auf und Lena trat in den halbdunklen Mühlenschuppen, ohne mehr wahrzunehmen, als einen reglosen Schatten irgendwo im Hintergrund. Erst nach einigen Schritten und mehrmaligem Zwinkern erkannte sie Fiete Krollmann, den Gerichtsmediziner. Über etwas gebeugt, das Lena noch nicht sehen konnte, verharrte er regungslos.

»Mandy?« Ihr Schrei ließ ihn herumfahren. Verwundert schüttelte er den Kopf und Lena erfasste das makabre Bild.

Auf dem hölzernen auf Schienen laufenden Schlitten, der dazu diente, Stämme zum Gatter zu transportieren, lag eine menschliche Gestalt. Der Figur nach ein Mann. Ein Mann ohne Gesicht. Zwischen blutverklebten Haarbüscheln, Hautfetzen und Knochensplittern quoll Hirnmasse aus dem eingeschlagenen Schädel. Blut war ins rissige Holz gesickert und zu dunklen, beinahe schwarzen Flecken geronnen. Endlich verstand Lena Mandys Schnaufen und Würgen am Telefon. Die blutjunge Kommissarin hatte den Anblick dieses grausam zugerichteten Mannes nicht ertragen.

Ächzend richtete Krollmann sich auf. Seine Augen, die eben noch konzentriert auf die Leiche gerichtet waren, blitzten Lena entgegen.

»Hallo, Lena! Ich dachte, du hättest Urlaub!«

»Willkommen im Klub, ich dachte das nämlich auch, zumindest bis Mandy angerufen hat.« Ohne seinen Blick zu erwidern, sah sie sich um, doch sie konnte ihre Kollegin nirgends entdecken. »Wo ist die Kleine denn abgeblieben?«

»Keine Ahnung.« Der Gerichtsmediziner zuckte mit den Schultern. »Gerade eben war sie noch hier. Aber schön, dich zu sehen, Lena. Auch wenn«, er wies auf den Toten, »der Anlass alles andere als schön ist.«

Schaudernd verschränkte sie die Arme vor der Brust und zog die Schultern zusammen. Sie zwang sich, die blutverkrustet aufgequollene Masse, die einmal das Gesicht eines Menschen gewesen war, genauer zu betrachten.

»Was ist dir bloß passiert?«, murmelte sie vor sich hin. Sie musste schlucken, um den Kloß im Hals loszuwerden. Dieser brutale Mord, hier am Rande ihres beschaulich ruhigen Dorfes, berührte sie auf ganz besondere Weise. Seit sie denken konnte, kannte sie beinahe jeden im Ort, und nie war in Raglow Schlimmeres passiert als Schlägereien unter Betrunkenen. In diesem Dorf, in dem sie aufgewachsen war, einen Mörder zu suchen, würde anders sein als alles, was sie bisher getan hatte.

Sie ahnte nicht, wie sehr sie recht behalten sollte.

11

2. KAPITEL

*D*as Kind wollte ein Kind sein, so wie jedes andere auch. Ein Kind, das seine Eltern liebte und von ihnen geliebt wurde. Es wollte nicht belogen werden von Menschen, die von ihm verlangten, die Wahrheit zu sagen, weil Lügen etwas sehr Böses war. Doch wie sollte ein Kind die Wahrheit achten, wenn es tagaus, tagein belogen wurde? Wie sollte es ausgerechnet denen vertrauen, die ihm die Wahrheit vorenthielten, seit es denken konnte?

Das Kind wusste noch nicht, dass die Lüge das Trauma seines Lebens sein würde, der mit Angst gepflasterte Weg in den Abgrund.

***

Die feuchtwarme, von zarten Blättern gefilterte Luft und die langen schnurgerade ausgerichteten Reihen der jungen Pflanzen gaben Nelly ein wenig das Gefühl von Normalität. Am frühen Morgen, noch bevor es richtig hell geworden war, hatte sie die unförmige Kiste mit leeren Plastiktöpfen in den Gang zwischen den Orchideen gezerrt und damit begonnen, Setzlinge umzutopfen. Behutsam klopfte sie Pflanze für Pflanze aus den zu eng gewordenen Gefäßen, setzte sie in größere Töpfe und drückte die Erde sorgfältig an. Obwohl sie wie gewohnt zügig arbeitete und gut vorankam, war sie nicht wirklich bei der Sache. Ständig musste sie an Peter denken, ihren Ehemann, auf den sie die ganze Nacht über vergeblich gewartet hatte. Im Wohnzimmer hatte sie mehrmals den Ton vom Fernseher ausgestellt, weil sie glaubte, das Knarren der Haustür oder Schritte auf der Treppe zu hören. Aber nichts! Niemand öffnete die Tür.

Irgendwann war sie vor dem Fernseher eingeschlafen und erst weit nach Mitternacht mit pochenden Kopfschmerzen aufgewacht. Wie in Trance war sie zum Bett getaumelt, hatte sich ausgezogen und war in einen kurzen, sehr unruhigen Schlaf gefallen.

Als sie bei anbrechendem Tageslicht die Augen öffnete, war das Bett neben ihr immer noch leer. Sie stand auf, brühte sich Kaffee und verbrannte sich beim ersten Schluck die Zunge. Woher hätte sie auch die Geduld nehmen sollen, am Tisch zu sitzen und in aller Ruhe Kaffee zu trinken? Sie musste sich bewegen, bevor sie vor Anspannung zersprang. Also schlich sie auf Strümpfen die Treppe hinunter. Leise, sehr leise, um ihre Schwiegereltern, die im Erdgeschoss schliefen, nicht zu wecken. Erst vor der Haustür war sie in ihre klobigen Gummistiefel geschlüpft. Nur einige schnelle Schritte, dann konnte sie die Tür des Gewächshauses hinter sich zuziehen.

Wie viel Zeit seitdem vergangen war, wusste Nelly nicht. Nachdenklich ließ sie den Blick über die sattgrünen Reihen junger Orchideen schweifen. Sie stellte sich oft vor, welch wunderschöne Blüten diese exotischen Pflanzen einmal treiben würden. Sie arbeitete gern in der Gärtnerei ihres Schwiegervaters. Sie, Nelly, die Krankenschwester, die schon bald nach der Blitzhochzeit in Las Vegas den Beruf gewechselt hatte. Eine Entscheidung, die sie aus dem Bauch heraus getroffen, aber bis heute nicht bereut hatte. Vieles hatte sich geändert in ihrem Leben, seit sie sich in den Patienten aus Zimmer Nummer fünf verliebt hatte und gemeinsam mit Ehemann und Schwiegereltern im efeuberankten Gärtnerhaus lebte.

So ganz nebenbei war sie damit auch ihrem Ex, dem Arzt Jens Thiel, aus dem Weg gegangen. Dass auch er schon bald seinen Job im städtischen Krankenhaus kündigen und in Raglow die Landarztpraxis seines Vaters übernehmen würde, hatte sie damals nicht ahnen können. Manchmal liefen die Dinge eben anders als geplant.

Plötzlich bemerkte Nelly, dass sie beobachtet wurde. An die offene Gewächshaustür gelehnt lugte ihr Schwiegervater mit nachdenklich gerunzelter Stirn zu ihr herein.

»Morgen, Kalle«, rief sie ihm zu und dachte dabei: *Bloß nicht losheulen!* Sie schnäuzte sich kräftig, schniefte noch einmal kurz, und es gelang ihr, die Tränen wegzublinzeln.

»Morjen, morjen.« Der frühzeitig ergraute Kalle nickte ihr zu. Die Hände tief in den Hosentaschen vergraben kam er langsam herbeigeschlendert.

Als er vor Nelly stehen blieb, las sie die unausgesprochene Frage in seinen Augen. Kalle, ein waschechter Uckermärker, war kein Mann vieler Worte. Eher ein Grübler, wie Nelly längst wusste. Einer, der sich so seine Gedanken machte über alles, was um ihn herum und anderswo in der Welt geschah. Das gefiel ihr. Aber was sollte sie ihm jetzt antworten? So wie sie selbst und ihr Mann Peter war auch Kalle am Vortag auf dem Mühlenfest gewesen. Auch er hatte seinen Sohn nicht davon abhalten können, sich heillos zu betrinken. Aus blinder Eifersucht, die ihm das Hirn vernebelt hatte.

Unwillkürlich seufzte Nelly auf. »Peter war besoffen und ich war blöd.«

Ihr Schwiegervater streifte sie mit einem schwer zu deutenden Blick. Nelly war sich sicher, dass er wusste, wie gedankenlos sie sich gestern aus dem Staub gemacht hatte. Ihr Mann war nicht mehr Herr seiner Sinne gewesen. Und sie war abgezischt wie eine beleidigte Leberwurst. Ein Vater konnte das nicht gutheißen. Sie konnte es ja selbst nicht.

Doch statt ihr Vorwürfe zu machen, sagte er einfach nur: »Ich hol dir frische Erde, Mädel, du arbeitest ja schneller als der Teufel.«

»Woher willst du wissen, wie der Teufel arbeitet?«, rief Nelly ihm nach und musste trotz ihres Kummers lächeln.

Doch Kalle drehte sich nicht zu ihr um. Unverständliches Gemurmel musste ihr als Antwort reichen.

»Was ist los, Kalle?«, fragte sie, als er mit einer frisch gefüllten Schubkarre zurückkam.

»Was los ist?« Er stellte die Karre im Gang zwischen den Pflanzen ab und sah sie an. »Sag du's mir, Nelly.«

Mit der Stiefelkuppe scharrte sie festgetretene Erde auf. Kein Wort kam über ihre zusammengepressten Lippen. Doch es war kein trotziges Schweigen. Sie wusste einfach nicht, was sie ihrem Schwiegervater antworten sollte. Dass sie traurig und verletzt war? Und ein schlechtes Gewissen hatte! Das ging nur sie und Peter etwas an. Außerdem wusste Kalle sowieso Bescheid. Schließlich hatte er das Elend auf dem Fest miterlebt.

»Bei euch hängt der Haussegen schief, ich weiß, Nelly. Aber glaub mir, das renkt sich wieder ein. Du musst nur ein bisschen Geduld haben«, hörte sie seine tiefe Stimme dicht neben sich.

Als sie sich wortlos wegdrehte und nach dem nächsten Pflänzchen griff, packte er sie am Handgelenk und sah ihr direkt in die Augen. »Gönn dir 'ne Pause, Mädel, und mach dich bloß nicht verrückt. Dein Mann ist bald wieder da, du wirst schon sehen. Lass uns erst mal frühstücken. Dann legen wir hier zusammen los, okay?«

Einer plötzlichen Idee folgend zog sie die Hand zurück. »Du musst allein frühstücken. Ich gehe Peter suchen, irgendwo muss der Mistkerl ja stecken.«

»Lass es, Nelly!«, versuchte er, sie zurückzuhalten. »Als Pantoffelheld, der sich von seiner Frau nach Hause zitieren lässt, will mein Sohn ganz bestimmt nicht dastehen.«

Nelly wusste, dass er recht hatte. Aber sie hielt das Warten einfach nicht mehr aus. Sie musste ihren Mann finden. Jetzt! Sofort!

Gärtnermeister Kalle Kobs mochte seine Schwiegertochter. Sehr sogar. Er verstand sie besser als seinen Sohn, den er genau genommen nie wirklich verstanden hatte. Peter war unberechenbar. Dagegen wusste man bei Nelly beinahe immer, woran man war. Auch heute konnte sie ihm nichts vormachen. Wenn sie auch munter tat und sich nicht beklagte, die dunklen Ringe unter ihren geröteten Augen verrieten ihm mehr, als er je fragen würde.

Sie sorgte sich um ihren Mann, der es nicht für nötig hielt, die Nacht im eigenen Bett zu verbringen. Und statt zu jammern oder sich zu beklagen, arbeitete sie still vor sich hin. Nein, eigentlich klotzte sie ran, als hätte sie einen Überraschungsbesuch der Queen vorzubereiten. So war sie eben, seine verlässliche Schwiegertochter.

Kalles Gedanken wanderten zu Peter, seinem Sohn, der eher der Sohn seiner Mutter war, die alles verzieh und alles guthieß, was immer ihr Junge auch anstellte. Mit einer einzigen Ausnahme – Nelly zu heiraten. Doris wollte einfach nicht sehen, wie sehr Peter sich zu seinem Vorteil verändert hatte. Seit die beiden zusammenlebten, trank er kaum mehr als sein Feierabendbier. Sollte sich das jetzt ändern? Verfiel Peter in alte Gewohnheiten und nahm das

Lotterleben mit trinkfesten Kumpels wieder auf? Um Himmels willen, nur das nicht! Kalles Augen verengten sich. Er sah seinen Sohn wieder am Bierwagen stehen, sternhagelvoll mit dem Glas herumfuchtelnd. Gestern hatte er sich darüber kaum Gedanken gemacht. Warum auch? Bier und Schnaps gehörten seit ewigen Zeiten dazu, wenn gefeiert wurde, das war auf dem Dorf nicht anders als in der Stadt. Da durfte man ruhig mal über die Stränge schlagen. Alles kein Problem. Doch sein Versuch, den betrunkenen Sohn nach Hause zu lotsen, hatte ihm nur wüste Beschimpfungen eingebracht. Solange sich seine Angetraute mit dem fremden Lackaffen amüsiere, könne er sich auch besaufen, hatte Peter ihn angeblafft.

Also hatte Kalle noch ein wenig mit Volker Bogemühl geschwatzt, seinem tüchtigen Helfer in der Gärtnerei, dem man wegen seiner hageren, geradezu ausgemergelten Gestalt nicht ansah, wie kräftig er zupacken konnte. Das heißt, eigentlich war es eher so gewesen, dass Kalle ab und zu ein Wort – manchmal sogar einen ganzen Satz – von sich gegeben hatte. Und Bogemühl hatte vielsagende Anmerkungen beigesteuert. So was wie: »Hmm, ja.« »Ach so?« »Schon möglich.« Die beiden verstanden sich eben.

Dann war Kalle bereits ein gutes Stück in Richtung Dorf geschlendert, als er hinter sich jemanden schnaufen hörte. Wortlos lief Bogemühl eine Weile neben ihm her. Die roten Dächer der ersten Häuser waren schon in Sicht gewesen, als Bogemühl, vom Laufen außer Atem, hervorstieß. »Ich lad dich ein, Chef.«

»Du lädst mich ein? Nanu, wozu denn?«, gab Kalle zurück, obwohl er genau wusste, was gemeint war, denn die Spatzen pfiffen es schon von den Dächern. Doch es hellte seine Stimmung auf, den Mann, der wieder mal geschwätzig war wie eine Bachforelle, ein wenig auf den Arm zu nehmen.

»Du weißt doch, Chef, wir sind schon so lange verlobt«, brachte Bogemühl einen für seine Verhältnisse langen Satz zustande.

Das wurde ja immer besser! »Wir sind verlobt?« Kalle lachte hellauf. »Du, das wüsste ich aber.«

»Ach nein, wir beide doch nicht.« Bogemühl kannte seinen Meister zu gut, um nicht mitzulachen. Noch immer leise vor sich hin giggelnd flüsterte er, als würde er ein Geheimnis verraten:»Meine Sonja will heiraten. Jetzt. Und nicht erst, wenn mir die letzten Haare ausgehen, sagt sie.«

»Na, dann beeil dich mal. Viel ist ja nicht mehr drauf auf deinem Schädel.« Kalle konnte es nicht lassen, den sanftmütigen Mann noch ein bisschen auf die Schippe zu nehmen.

Der lächelte nur und nickte Kalle zu.»In vier Wochen läuten die Glocken. Du kommst doch, Chef, oder?«

»Freilich komm ich. Ich werd doch nicht fehlen, wenn mein bester Mann heiratet.«

»Du meinst … hick … hick …« Bogemühl musste eine Pause einlegen, weil er vom ungewohnt vielen Gequassel einen Schluckauf bekam.»Du meinst, Chef, wenn dein *einziger* Mann heiratet.«

»Ja, so könnte man's auch sagen.« Kalle schlug ihm auf die Schulter.»Mein bester Mann bist du trotzdem. Und ich komme auf jeden Fall. Muss dir doch beistehen, wenn du dich in Ketten legen lässt.«

Die kleine Frotzelei mit dem angehenden Bräutigam heiterte Kalle auf, und das hatte er nach dem Zusammenstoß mit seinem Sohn und in Anbetracht des unweigerlich folgenden Gejammers seiner Frau Doris auch dringend nötig.

Weil nun wirklich alles gesagt war, was es zu sagen gab, gingen die beiden Männer bis zum Gärtnerhaus schweigend nebeneinander her.

Vor der Gartenpforte tippte Bogemühl sich mit zwei Fingern an die Schläfe.

»Nicht vergessen, Chef, in vier Wochen in unserer Kirche.«

Kalle, der sich in Gedanken schon für Doris' Tiraden gewappnet hatte, nickte.

»Werd ich schon nicht. Außerdem sehen wir uns bis dahin noch tausendmal.« Doch da war Bogemühl schon auf der anderen Straßenseite angelangt.

Als Kalle die Haustür öffnete, hörte er Nelly oben in ihrer Wohnung herumwirtschaften. Sie war schon zu Hause, und sein Sohn gab sich auf der Festwiese aus grundloser Eifersucht die Kante.

Sorgen hatte Kalle sich deshalb nicht gemacht. Die alten Kumpel würden Peter schon irgendwie nach Hause bugsieren. Mit diesem Gedanken war er zu Doris ins Zimmer getreten.

Doch sein Sohn war nicht gekommen. Niemand hatte ihn nach Hause gebracht, und Nelly stand mit verweinten Augen im Gewächshaus und topfte Orchideen um.

3. KAPITEL

Lena hatte schon vieles gesehen in ihrem Beruf. Doch was Menschen einander antun konnten, entsetzte sie immer wieder aufs Neue. Sie beugte sich noch einmal zu dem Toten hinunter und zwang sich, das von brutalen Schlägen zerstörte Gesicht genau anzusehen.

Fiete Krollmann, der sich neben sie gehockt hatte, folgte ihrem Blick.

Zerfetztes Gewebe.

Blutüberkrustete Knochensplitter.

Im Tod erstarrte Augen.

»Da war jemand aber mal richtig wütend, die Schläge sind immer heftiger geworden, sogar als der Mann schon mausetot war.« Krollmann seufzte.

Lena musste sich abwenden. Sich in Routine flüchtend spulte sie ab: »Und? Wer ist der Mann? Wo ist die Mordwaffe? Irgendeine Idee?«

Nachdenklich kratzte sich Krollmann am Kinn. »Keine Ahnung, wer er ist, respektive wer er war. So wie er da vor uns liegt, würde ihn die eigene Mutter nicht mehr erkennen. Und die Tatwaffe? Diesmal sucht ihr nicht nach dem berühmten stumpfen Gegenstand. Es muss was Scharfkantiges gewesen sein. Nicht unbedingt spitz, aber scharfkantig. Ich überlege immer noch, was da passen könnte. Auf jeden Fall war der Mann schon nach den ersten Schlägen tot. Wahrscheinlich hätte ein einziger Schlag gereicht. Schweres Schädel-Hirn-Trauma. Alles andere war nur noch Abreagieren, der reinste Blutrausch. Wie gesagt, da hatte jemand seine Wut nicht mehr im Griff.«

»Oder er war stinkbesoffen.« Die kindlich wirkende Piepsstimme kam vom Eingang her. Wie aus dem Nichts tauchte die junge Kommissarin Mandy Fortunato im Mühlenschuppen auf. Blass, die verschränkten Arme vor die Brust gedrückt. Die Jacke aus hellem Leinen ließ ihr ohnehin schon bleiches Gesicht noch fahler wirken.

»Habt ihr Papiere bei ihm gefunden?«, fragte sie beim nächsten wackligen Schritt auf dem unebenen Fußboden, den Blick über den Toten hinweg auf das schmutzige Fenster gerichtet, das nur wenig Licht in den Raum ließ.

»Nicht das kleinste Fitzelchen.« Weiter kam Krollmann nicht.

Mandy begann erneut zu würgen. Die Hand vor den Mund gepresst rannte sie zurück ins Freie.

Verwundert blinzelnd rückte der Gerichtsmediziner die Brille zurecht. »Nanu? Was hat unsere junge Kollegin denn heute?«

»Sag du's mir, du bist der Doc.«

Seine Brauen schoben sich wulstig zusammen. »Keine Ahnung, das ist doch nicht ihr erster Toter, oder?«

»Sicher nicht, aber vielleicht der Erste, der so übel zugerichtet worden ist.«

Ächzend richtete Krollmann sich auf. »Könnte gut sein, aber als Sensibelchen hat sie entschieden den falschen Beruf, würde ich sagen.«

Lena hielt durch die halb geöffnete Tür nach Mandy Ausschau, konnte sie aber nirgends entdecken. Nur ihr Würgen und Krächzen verriet, dass sie ganz in der Nähe war.

Krollmann musste es auch hören, tat aber, als bekomme er nichts davon mit. »Höchstens Mitte dreißig«, murmelte er vor sich hin, und Lena begriff, dass er den Toten meinte.

»Wer hat ihn überhaupt gefunden?«, erkundigte sie sich.

»Das war die Frau, die hier im Haus wohnt. Drescher heißt sie, glaub ich. Hätte fast einen Herzkasper bekommen, die Ärmste, als sie ihn heute früh beim Aufräumen entdeckt hat.«

»Kann ich gut verstehen. Und? Hat sie eine Ahnung, wer er sein könnte?«

»Eher nicht. Sie sagt, sie hat sich nicht getraut, genau hinzusehen.«

»Alles andere würde mich auch wundern.« Lena nickte Krollmann zu. »Dann sollten wir mal schnellstens rauskriegen, wer der Mann war und wer ihm das angetan hat.«

»Das müsst ihr rausfinden, liebe Lena. Ich kann euch nur sagen, woran er gestorben ist. Und natürlich auch, wann. Ansonsten?« Der hochgewachsene Krollmann schob sein bartloses Kinn vor. »Papiere hab ich in seinen Taschen nicht gefunden. Keinen Ausweis, keinen Führerschein, kein Geld, rein gar nichts. Zerknüllte Papiertaschentücher, mehr war da nicht. Und siehst du, das finde ich eben komisch. Selbst wenn er hier aus dem Dorf war, müsste er doch wenigstens ein bisschen Kleingeld bei sich gehabt haben, für Bier oder so. Aber nix. Kein Cent. Ist doch eigenartig, meinst du nicht auch?«

»Hm!« Lenas Blick glitt über die gekrümmte Gestalt zu ihren Füßen. Der Tote musste einmal ein großer Mann gewesen sein. Groß und sehr schlank. Sein Haar war dunkelblond, soweit sich das unter all dem Blut erkennen ließ. Er trug Jeans und eine grüne Lederjacke mit aufgesetzten Taschen. Diese Taschen, das Auffälligste an seiner ansonsten schlichten Kleidung, waren außergewöhnlich groß und mit bronzefarbenen Schnallen versehen. Die Füße steckten in abgenutzten Turnschuhen.

»Willst du damit sagen, es war ein Raubmord? Er wurde beklaut?«, wandte sie sich an Krollmann.

»Beklaut ja. Aber Raubmord? Dafür hätte man ihn nicht so übel zurichten müssen.«

»Vielleicht hast du nicht gründlich genug gesucht. Bei den vielen Taschen ist leicht was zu übersehen.«

Sein Blick ließ sie stocken. Sie klatschte sich die Hand an die Stirn. »Sorry! Ich weiß doch, du bist Mister Supergenau. Wie konnte ich das nur vergessen?«

»Das muss ich auch sein, du wärst sonst die Erste, die sich beschwert. Auf jeden Fall spricht die Spurenlage für eine Tat im Affekt.«

Lenas Kopfschütteln wirkte ratlos. »Ein Mord hier am Rand der Welt, ausgerechnet in meinem verschlafenen Raglow. Ist das zu glauben?«

»Oh«, Krollmann winkte ab. »Dafür kann ich dir Gründe aufzählen, die so alt sind wie die Welt. Fangen wir an mit Liebe, Hass und der guten alten Eifersucht. Schon der schlaue Goethe wusste, dass sein *edel, hilfreich und gut* für immer ein Wunschtraum bleiben wird. So ist der Mensch nun mal nicht gestrickt.«

»Du meinst, Gott – oder wer auch immer für diesen irdischen Schlamassel verantwortlich ist – hat nicht gründlich genug nachgedacht bei der Erschaffung der Welt? Und wir müssen jetzt sehen, wie wir mit dem Pfusch klarkommen?«

»Ja, so könnte man das ausdrücken«, stimmte er zu. Kurz schien es, als wollte er noch etwas sagen, doch dann beugte er sich wieder zu dem Toten hinunter. »Der Mann ist, sagen wir mal, ungefähr fünfzehn Stunden tot, plus, minus, du weißt schon. Also ist er, lass mich kurz rechnen, gestern Abend gegen neunzehn Uhr zu Tode gekommen. Auf keinen Fall später.«

Als er schwieg, war Lena nicht gleich klar, was anders war als sonst. Dann ging ihr ein Licht auf. Es war die Stille. Normalerweise summte der Gerichtsmediziner irgendwelche Melodien vor sich hin, meistens aus Opern und meistens falsch. Wenn man ihn darauf ansprach, gab er ungerührt zurück: »Wenn ich singen könnte, wäre ich Tenor geworden und nicht Leichendoktor. So, wie's ist, passt es prima. Keiner von meinen Patienten hat sich je beschwert.« Dann pflegte er weiterzusummen, am liebsten Verdis *Gefangenenchor*.

Heute sah er still auf den Toten. Es dauerte ein Weilchen, ehe er erneut zu sprechen begann. »Jedenfalls wurde er hier getötet, so viel ist sicher. Du siehst das viele Blut ja selbst. Auch die Leichenflecken sind lagegerecht. Wie gesagt, die meisten Schläge haben ihn post mortem getroffen.« Er holte tief Luft. »Alles andere wie immer.«

»Ich weiß. Wenn du ihn auf dem Tisch hattest. Allerdings frag ich mich …« Lena zögerte kurz. »Ich frag mich, warum niemand was bemerkt hat. Mindestens hundert Leute sind hier gestern rumgesprungen und keiner will was mitbekommen haben? So wuchtige Schläge! Das geht doch nicht in aller Stille ab.«

»Sollte man meinen.« Krollmann nickte. »Aber nach sechs war nur noch am Bierwagen so richtig was los, und der stand drüben auf der anderen Seite der Wiese. Leise waren die Leute da auch nicht gerade. Von Musik und Alkohol mal ganz abgesehen.«

»Woher willst du das denn wissen?«

»Da staunst du, was?« Der sonst so selbstsichere Gerichtsmediziner lächelte verlegen. »Erstens stand der Wagen heute früh noch auf demselben Fleck. Und zweitens dachte ich gestern so gegen sechs selbst darüber nach, mich zu verkrümeln oder mir noch ein Bierchen zu gönnen.«

Verblüfft fuhr sich Lena durchs fuchsrote Haar. »Sag bloß, du warst auf unserem Mühlenfest?«

»Ja, warum denn nicht?« Sein Blick suchte ihre smaragdgrünen Augen. »Vielleicht habe ich gehofft, hier eine gewisse Hauptkommissarin zu treffen. Schließlich ist das hier dein Dorf.«

»Ach so? Du wirst staunen, ich war tatsächlich hier, wenn auch nur ganz kurz. Nachmittags zu Kaffee und dicker Torte. Unsere Dorffrauen backen himmlisch.«

»Du und dicke Torte?« Krollmanns Lippen zuckten amüsiert. »Du verkohlst mich, oder?« Er deutete nach draußen, wo er Mandy vermutete. »Ihr beide steht doch eher auf Körnchen und Salatblättchen, so mehr in Richtung Vogelfutter.«

Lena dachte an ihr geplantes Frühstück mit Eiern, Brot und Speck. Ihr Kichern nahm sich seltsam aus in dieser düsteren Umgebung. »Da kannst du mal sehen, wie schlecht du uns Frauen kennst.«

»Dann hilf mir, das zu ändern.«

Sie wollte ihm eine flapsige Antwort entgegenschleudern, doch etwas in seiner Miene hielt sie zurück. Als hätte sie seine Worte nicht gehört, ging sie suchend um das Sägegatter herum, den Blick nicht auf die Leiche, sondern auf den von Sägespänen übersäten Fußboden gerichtet. »Hier muss doch was Scharfkantiges rumliegen«, murmelte sie vor sich hin und begann, im Spänehaufen neben dem Gatter zu wühlen.

»Das kannst du vergessen«, hörte sie Krollmanns Stimme hinter sich. »Da war Haubi schon dran. Soviel ich weiß, hat er nur eine Brille mit zertretenen Gläsern gefunden und allerhand Unrat, was die Leute eben so fallen lassen.«

Lena zuckte mit den Schultern, rieb die staubigen Hände an ihrer Jeans ab und sah sich im halbdunklen Raum um. Neben einer

Holzleiter, deren mittlere Sprossen fehlten, lehnte ein vorsintflut-
licher Besen aus trockenen Haselruten, zusammengebunden mit
einer dicken Schnur.

»Es muss aber was da sein. Womit auch immer der Täter zugeschlagen hat, das Ding mit nach draußen zu nehmen, wäre viel
zu gefährlich gewesen«, beharrte Lena und scharrte mit der Schuhspitze in den Spänen herum.

Krollmann räusperte sich. Zu ihrer Überraschung sagte er plötzlich: »Was ich dich immer schon mal fragen wollte: Warum treffen
wir uns eigentlich nur, wenn eine Leiche vor uns liegt?«

Auch wenn seine Worte beiläufig klangen, der gespannte Unter-
ton war Lena nicht entgangen.

»Vielleicht, weil das unser Job ist, Herr Doktor Krollmann«, wich
sie einer ehrlichen Antwort aus. Sonst hätte sie zugeben müssen,
dass ihre letzte gescheiterte Beziehung noch zu sehr an ihr nagte,
als dass sie überhaupt in Erwägung zog, sich mit einem Mann zu
treffen. Der Typ, den sie geliebt hatte, war ihr Rostocker Chef gewesen. Wobei das *hatte* nicht ganz stimmte. Sie bekam den Mann
nicht raus aus Kopf und Herz. Sie konnte einfach nichts dagegen
tun, dass sie viel zu oft an ihn dachte.

Krollmanns Hartnäckigkeit überraschte sie dann doch. »Unser
Job? Oh, sorry, ich vergaß!«, stieß er mit erhobenen Händen hervor.
»Aber vielleicht sollten wir uns auch mal sehen, wenn wir nicht
arbeiten und alle schön friedlich am Leben bleiben. Wäre doch
keine schlechte Idee, oder, Lena? Was meinst du?«

Sein flüchtiges Lächeln ließ ihn jünger erscheinen, und mit
einem Mal konnte Lena sich vorstellen, wie er als Halbwüchsiger
ausgesehen haben musste.

Während sie noch über eine Antwort nachdachte, hörte sie ein
leises Kichern. Sie drehte sich um und entdeckte Konrad Haubenreißer, den Chef der Angersbacher Kriminaltechnik, der hinter ihr
stand und gerade dabei war, die Bilder auf dem kleinen Display
seiner Kamera zu checken. Lena, die sein Hereinkommen nicht
bemerkt hatte, fuhr ihn barsch an: »Mach deine Arbeit, Haubi, wir
haben nicht den ganzen Tag Zeit.«

Der korpulente, für seine überbordende Gutmütigkeit bekannte Mann, den nur noch wenige Monate von der Pensionierung trennten, legte salutierend die Fingerspitzen an die Schläfe. »Zu Befehl, Frau Hauptkommissarin. Bin gerade fertig geworden.«

Mist, verdammter! Lena ärgerte sich über sich selbst und über Krollmann, dem sie die Schuld an ihrem Fauxpas gab.

Warum musste er sie mit seiner Fragerei auch so durcheinanderbringen? Und warum hatte sie wieder mal ihre Klappe nicht halten können? Haubi war genial als Kriminaltechniker. Er arbeitete zügig und effizient. Für Dinge, die irgendwo versteckt sein konnten, hatte er einen sechsten Sinn und manchmal den siebten noch dazu.

Wenn er nichts gefunden hatte, dann lag in diesem Mühlenschuppen auch keine Tatwaffe oder sonst irgendetwas herum, das zu finden sich lohnte. Sie wollte ihm, bevor er ging, schnell noch etwas Nettes zurufen, doch er hatte seine Kamera schon eingepackt und hob zum Abschied grüßend die Hand.

»Bis dann, Lena. Wir reden weiter, wenn der Doc mit dem Mann durch ist oder wenn ich was Neues habe. Tut mir übrigens leid wegen deines Urlaubs.«

Sie nickte und rief ihm betont freundlich nach: »Na dann bis gleich, Haubi!« Doch das schien er schon nicht mehr zu hören.

Fiete Krollmann hielt den Blick noch immer auf Lena gerichtet. »Du hast meine Frage nicht beantwortet«, erinnerte er mit sanfter Stimme.

Gab der Mann denn nie auf? »Welche Frage genau meinst du?«

»Lass die Spielchen, Lena. Du weißt, was ich meine.«

»Ach, wirklich, ist das so?« Lena wusste selbst nicht, warum sie sich zickiger anstellte als jeder Teenager. Das war doch sonst nicht ihre Art. Dachte sie jedenfalls.

Mit einer Geduld, die sie ihm niemals zugetraut hätte, wiederholte er: »Ich habe dich gefragt, ob wir uns vielleicht mal sehen können, wenn niemand gestorben ist und alle friedlich ihrer Wege gehen. Wir könnten ja …«

»Zusammen Torte essen?«, fiel sie ihm ins Wort. Verflixt! Warum konnte sie eine ernst gemeinte Frage eines durchaus ernst zu nehmenden Mannes nicht wenigstens halbwegs ernsthaft beantworten?

Zu ihrem Erstaunen strahlte er sie an. »Aber klar doch, ich liebe Torte. Sehr sogar!«

»Das war ein Joke, Krollmann. Glaub mir. Job und Privates zu vermischen, bringt nur Ärger.« *Ich hab da so meine Erfahrungen*, wäre ihr beinahe noch herausgerutscht, doch sie konnte sich gerade so beherrschen. Ihr Verhältnis mit Dirk Landgraf, ihrem Chef bei der Rostocker Kripo, ging diesen Mann nun wirklich nichts an. Und schon gar nicht musste er wissen, dass ihr Geliebter verheiratet und Vater von Zwillingen im Vorschulalter war.

Doch im Augenblick, so schien es, wollte Krollmann überhaupt nichts mehr von ihr wissen. Er klang jetzt deutlich beleidigt. »Wenn du so denkst, liebe Lena, dann wollen wir mal nix vermischen.«

Bingo! Jetzt hatte sie es geschafft, auch ihn zu verärgern. Das gelang ihr heute wirklich spielend, was bestimmt daran lag, dass sie eigentlich gar nicht hier sein sollte. Sie müsste gemütlich unter ihrem Nussbaum liegen und lesen, wie man das im Urlaub eben so machte.

Trotz Krollmanns enttäuschter Miene fragte sie: »Deinen Bericht krieg ich heute noch, oder?«

Augenblicklich fand er seinen gewohnt ironischen Tonfall wieder. »Aber klar doch, ich würde mich sonst geradezu langweilen.«

Lena atmete tief durch. »Gut, ich warte einfach, bis du dich meldest, in Ordnung?«

»Ohne mich zu drängen? Das wäre ja mal was ganz Neues.« Ein typisches Krollmann-Grinsen, halb jungenhaft, halb wehmütig, huschte über sein Gesicht. »Man sieht sich«, grüßte er und stapfte in Richtung Parkplatz davon.

Nach den ersten Schritten drehte er sich um. »Kannst es dir ja noch mal durch den Kopf gehen lassen, mein Angebot steht jedenfalls.«

»Wohl eher nicht«, sagte sie mehr zu sich selbst als zu dem Mann, der nicht wissen konnte, warum sie ihren Arbeitsplatz in Rostock so fluchtartig verlassen hatte. Jeder in ihrer Angersbacher Dienststelle glaubte, sie sei wegen des von der Großmutter geerbten Hauses in ihren Heimatort Raglow zurückgekehrt. Immerhin lag das Dörfchen nur knapp dreißig Kilometer von Angersbach entfernt. Der halbstündige Weg zur Arbeit war geradezu ein Klacks. Niemand in ihrem neuen Team wusste von Dirk Landgraf, den sie vergessen wollte. Vergessen *musste*! Sie hatte es einfach nicht mehr ausgehalten, sich mit dem zufriedenzugeben, was neben Beruf und Familie in Dirks Leben für sie übrigblieb. Nach dieser Erfahrung hatte sie die Nase von Männern erst einmal gestrichen voll. Basta!

Lena sah Krollmann zu, wie er seine schwere Tasche ins Auto wuchtete. Ob sie es wollte oder nicht, sie musste zugeben, der Mann konnte sich sehen lassen. Er war sportlich und hatte kein Gramm zu viel auf den Rippen. Die Farbe seiner Haare erinnerte sie an ein reifes Kornfeld. Seine Kleidung, darauf legte er großen Wert, war von guter Qualität, und sie musste bequem sein. Perfekt sitzende Jacketts hatten es ihm angetan, dazu Jeans, teure italienische Schuhe und am liebsten Kaschmirpullover. Seine Art, sich zu kleiden, hatte ihr von Anfang an gefallen. Krollmann bewies Geschmack, was bei Männern nicht unbedingt selbstverständlich war.

Nun allein im halbdunklen Schuppen gestattete sich Lena einen hörbaren Seufzer. Was für ein Tag! Urlaub, Liegestuhl, am Abend ein schönes Glas Rotwein! So hätte es sein sollen. Stattdessen ein Toter mit zerschmettertem Schädel. Schwärzliches Blut, getrocknet in verwittertem Holz. Sie schaute durch den Türspalt und sah Mandy an Krollmanns Cabrio gelehnt mit beiden Händen gestikulieren.

Wieso fährt der Mann nicht einfach los? Was haben die beiden da draußen noch zu bekakeln? Jetzt kicherte Mandy auch noch wie ein alberner Backfisch. *Flirtet sie etwa mit ihm? Das sähe ihr ähnlich. Na wenn schon! Was sollte ich dagegen haben? Natürlich nichts. Gar nichts!*

Aber das hier war ein Tatort. Sie hatten einen Fall zu lösen. Darauf sollten sich die beiden da draußen besinnen und nicht noch lange herumpalavern.

Endlich heulte der Motor auf und Krollmanns BMW rollte über

den holprigen Feldweg. Lena sah Mandy grüßend die Hand heben, dann verebbte das Motorengeräusch in der weiten uckermärkischen Landschaft.

Nur wenige Schritte von Mandy entfernt schwatzten die beiden Männer in Schwarz, jeder mit einer Zigarette in der Hand. Lena sog die Luft tief ein, ihre Rechte fuhr automatisch in das Seitenfach ihrer Umhängetasche, in dem gewöhnlich ihre Zigaretten steckten. Aber nichts! Die letzte halb leere Packung lag zu Hause im Mülleimer. *Mist! Nein, gut so!* Lena atmete durch die Nase, meinte Rauch in der Kehle zu spüren, und für einen winzigen Augenblick piesackte sie der Gedanke, die Männer in Schwarz um eine Zigarette anzuschnorren. Was natürlich keine Option war. Diesmal würde sie es schaffen. Und Mandy sollte flirten, mit wem sie wollte, das interessierte sie wie die letzte Wasserstandsmeldung aus der Sahara.

Lena wusste selbst nicht, warum ihr ausgerechnet jetzt die Gespräche mit Krollmanns Sekretärin in den Sinn kamen. Ab und zu setzte sie sich, rein zufällig natürlich, in der Kantine neben Renate Fenske. Die Sekretärin der Gerichtsmedizin plauderte gern. Am liebsten über ihren Chef. Jeder in der Dienststelle wusste, wie verschossen die Arme in ihn war. Über ihn zu reden, war ihr Ersatz für wirkliche Nähe. Sie hatte Lena auch von Krollmanns Frau erzählt, die zwei Jahre nach der Hochzeit an Krebs gestorben war. Seit ihrem Tod lebte er allein in einer geerbten Villa am Stadtrand. Seine Eltern hatte er schon während des Studiums verloren. Die Nachricht von ihrem Unfall erreichte ihn unmittelbar nach einer Prüfung auf dem Weg zurück in seine Studentenbude. Er hatte den nächsten Zug nach Hause genommen und war doch zu spät gekommen.

Verflixt! Warum denke ich jetzt eigentlich an Krollmann?

Sie wollte nicht über ihn nachgrübeln. Sie mochte ihn. Mehr nicht. Fertig!

Draußen vor der Tür traten die Männer in Schwarz ihre Zigaretten aus. Ruckartig stieß Lena die knarrende Tür vollends auf, trat blinzelnd ins Freie hinaus und sah Mandy auf sich zukommen. Auf Zehenspitzen, als würde sie fürs Ballett proben, lief die junge Frau über die Wiese. Bei jedem unbedachten Schritt sanken ihre Absätze tief in den Boden ein. Wann nahm die Frau endlich Vernunft an und kaufte sich praktisches Schuhwerk, wie es jeder vernünftige Mensch trug? Aber nein, Mandy liebte High Heels. Bevor sie Lena erreichte, rief sie betont munter: »Bin gleich da, Chefin.« Ihr von kurzen braunen Locken umrahmtes Gesicht war noch immer auffallend blass. Im selben Moment, in dem ihr der Gedanke durch den Kopf schoss, sprach Lena ihn auch schon aus. »Meine liebe Kollegin, du bist schwanger.«

»Fang du nicht auch noch mit dem Blödsinn an!«

»Wieso *auch*?«

»Der Doc hat mir gerade empfohlen, demnächst im Innendienst zu bleiben. Wie kommt ihr bloß alle auf diesen Quatsch?«

»Weil du dir schon den ganzen Morgen die Seele aus dem Leib kotzt.«

»Red mir kein Kind ein, Chefin. Ich muss was Falsches gegessen haben. Und dann noch diese Hitze, die konnte ich noch nie ab.«

»Welche Hitze genau meinst du?« Lena musterte ihre junge Kollegin. In kurzem, knallengem Bleistiftrock und sommerlichem Blazer, unter dem sie nur ein dünnes Shirt trug, sah sie eher aus, als würde sie frieren. »Ja, klar, die Hitze ist schuld, und die Erde ist 'ne Scheibe, weiß doch jeder.«

»Hör auf, Lena, wir müssen ins Haus, da drinnen warten sie schon auf uns.« In Mandys piepsiger Stimme schwang ein Anflug von Panik mit.

»Wer wartet wo auf uns?«

Aus ihrer vollgestopften Tasche zog Mandy einen zerknautschten Notizblock und begann, emsig zu blättern. »Ach, hier hab ich's ja schon!« Triumphierend wedelte sie mit ihrem Block vor Lenas Nase herum. »Aaalso!« Sie kniff die Augen zusammen, weil es ihr schwerfiel, die eigene Kritzelschrift zu entziffern. »Da wären zunächst einmal die Besitzer des Anwesens, Herr Oberwichtig und Gattin. Wahrscheinlich kennst du die beiden. Du wohnst ja hier im Dorf.«

»Herr Oberwichtig und Gattin? Hört sich nicht gerade nett an, stimmt aber.« Lena überlegte kurz, bevor sie nachschob: »Vor 'nem halben Jahr oder so sind die beiden hergezogen. Seitdem laden sie zu Seminaren und Workshops ein. Und auch Leute, die sich einfach nur erholen wollen. ›Kultur meets Natur‹ lautet ihr Slogan im Internet. Kannst du nachlesen, wenn du Lust hast.«

»Bloß nicht.« Geradezu erschrocken winkte Mandy ab. »Der Hausherr hat mir alles schon haarklein verklickert. Ich kenne jetzt sogar die Preise, die sie nehmen. Aber was ich eigentlich sagen wollte ... Die Leute heißen Drescher, Hans und Lilo Drescher. Beide sind pensionierte Lehrer. Sie gibt kaum einen Mucks von sich. Er hört sich gern reden. Und dann hätten wir noch zwei Männer und zwei Frauen, die sich hier zu einer Art Schreibseminar versammelt haben.«

»Davon hab ich gehört.«

»Dachte ich mir schon. Als ich heute früh hier ankam, stand die ganze Truppe vor dem Haus rum. In den Schuppen hat sich keiner mehr getraut. Dann hab ich dich angerufen, weil Freddy, na, das weißt du ja ...«

»Schon klar, er hat sich die Haxen gebrochen.« Lena nickte hinüber zum Haus. »Lass uns reingehen, die Herrschaften warten bestimmt nicht gern.«

Es juckte Lena in den Fingern, Mandy den Notizblock aus der Hand zu reißen, die mit gefurchter Stirn ihr Gekritzel entzifferte und erklärte: »In diesem Seminar geht es um Krimis. Wie überaus passend.« Dann endlich stopfte sie ihren Block in die Tasche zurück und setzte sich in Bewegung. Während sie zum rot geklinkerten Wohnhaus hinüberliefen, trugen die Männer in Schwarz den Toten zum Auto.

»Armer Kerl«, murmelte Lena. Sie blieb stehen, um auf Mandy zu warten, die auf dem weichen unebenen Boden Mühe hatte, mit ihr Schritt zu halten.

Angenehme Kühle empfing die Kommissarinnen, als sie in einen langen mit schwarzen und weißen Fliesen schachbrettartig ausgelegten Flur traten. Von den Wänden blätterte gelbgrüne Ölfarbe ab. Und etliche Fliesen waren rissig oder an den Kanten abgestoßen. *So ganz fertig sind die neuen Besitzer mit ihren*

Renovierungsarbeiten wohl doch noch nicht, dachte Lena nach den ersten Schritten auf dem zwar schadhaften, aber blitzsauber geputzten Boden. Sie lauschte kurz, dann steuerte sie auf die Stimmen zu, die aus einem der Zimmer am Ende des Korridors drangen. Wie von Mandy angekündigt waren sechs Menschen im geräumigen Wohnzimmer versammelt, drei Frauen und drei Männer. Der Älteste von ihnen, ein Mann mit dunklem Haarkranz um den kahlen Schädel, schien der Hausherr zu sein. So viele gute Eigenschaften dieser Mann auch haben mochte, Geduld gehörte nicht dazu. Seine Stimme erinnerte Lena an ihren Ausbilder auf dem Sportplatz der Polizeischule.

»Es wurde uns nahegelegt, hier auf Sie zu warten, meine Damen. Uns derart lange festzuhalten, ist völlig inakzeptabel«, polterte er bärbeißig los, als Lena und Mandy ins Zimmer traten. Fahrig an der bordeauxrot gepunkteten Fliege zupfend, die seinen Kragen zierte, funkelte er die Kommissarinnen an. Sein Gesicht nahm die Farbe der roten Pünktchen an, was ihn nicht daran hinderte, weiter aufzutrumpfen. »So kann man nun wirklich nicht mit uns umspringen, schon gar nicht im eigenen Haus. Vor uns liegt noch jede Menge Arbeit, wie Sie sich wohl denken können.«

Vor uns auch, dachte Lena und sah sich den aufgebrachten Mann genauer an. Zu Blazer, Fliege und weißem Hemd trug er eine schwarze Hose mit exakter Bügelfalte.

Ehe er weiter drauflospoltern konnte, brachte sie ihn mit einem honigsüßen Lächeln aus dem Konzept. »Sicher liegt es auch in Ihrem Interesse, den Todesfall in Ihrem eigenen Haus so schnell wie möglich aufzuklären.«

»Na dann, bitte sehr. Worauf warten Sie noch?«, schnarrte er, noch immer verschnupft. »Sie leiten diese Untersuchung? Frau … äh …?«

»Voßberg. Kriminalhauptkommissarin Lena Voßberg. Meine Kollegin, Kriminalkommissarin Fortunato, kennen Sie ja schon.«

Der Hausherr nickte gnädig.

»Um es kurz zu machen«, fuhr Lena fort, »ist Ihnen gestern etwas aufgefallen, das mit dem Tod dieses Mannes zu tun haben könnte?«

Schweigend sahen die Hobbyautoren auf den mit Papieren beladenen Tisch.

Drescher, jetzt ganz Mann von Welt, deutete eine Verbeugung an. »Vielleicht sollte ich erst einmal alle Anwesenden vorstellen. Wie Sie sicher wissen, gehört dieses Anwesen seit Kurzem mir und meiner lieben Frau Lilo.«

Die liebe Frau Lilo straffte sich, was Drescher ein zufriedenes Lächeln entlockte. Beinahe schon freundlich gab er kund: »Natürlich werden wir uns bemühen, der Polizei zu helfen, soweit es in unseren Kräften steht, Frau Hauptkommissarin Voßberg.« Sein Blick streifte die liebe Frau Lilo, die sich beeilte, eifrig zu nicken.

Nach Lenas Schätzung musste sie um die sechzig sein, schließlich war sie eine pensionierte Lehrerin. Ihr rosiges, geschickt geschminktes Gesicht hatte kaum Falten und das dunkel gefärbte Haar fiel ihr glatt und glänzend über die Schultern. In ihrem eng anliegenden Kleid aus zartem, wahrscheinlich teurem mohnroten Gewebe wirkte sie zierlich, beinahe zerbrechlich. Um den Hals hatte sie einen Schal aus Chiffon geschlungen, in dem sich das Rot der Feldblumen mit allen Farben des Regenbogens traf. *Eine schöne Frau*, dachte Lena. Nicht einfach nur hübsch, sondern wirklich schön, trotz ihres Alters.

Ihr Mann erwies sich als weitschweifiger Schwätzer, da hatte Mandy nicht übertrieben. Der Herr neben ihm sei Doktor Gordon Bleile, ein in der Münchner Gesellschaft hochgeschätzter Zahnarzt, verkündete er hoheitsvoll. Sogar Spieler des FC Bayern München würden seine Dienste immer wieder gern in Anspruch nehmen. Lena überlegte ein Sekündchen, ob Fußballer tatsächlich zur Crème de la Crème der Gesellschaft gehörten, doch dann fielen ihr die Geschichten in den Klatschblättern und die exorbitanten Gehälter der Spieler ein, und ihr ging auf, dass sie unbedingt zur Spitze der Schickeria zählen mussten.

Sie musterte den zur Fettleibigkeit neigenden Zahnarzt. Nicht nur sein Körper, auch Hände und Füße dieses Mannes hatten XXL-Format. Die zahnärztlichen Instrumente mussten sich in seinen Pranken geradezu wie Spielzeug ausnehmen. *Wo der zuschlägt, wächst kein Gras mehr*, schoss es Lena unwillkürlich durch den Kopf. Dann konzentrierte sie sich wieder auf Dreschers Worte. »Herr Doktor Bleile schreibt an einem sehr lesenswerten Mafiakrimi, der die Historie der Organisation bis zurück ins 19. Jahrhundert beleuchtet«, dozierte er gestelzt.

»Du willst der Polizei doch wohl nicht unsere Texte erklären?«, fiel ihm eine kleine grauhaarige Frau ins Wort. »Und, Hans, mal nebenbei bemerkt, wir sind erwachsen. Wir können uns ganz gut selbst vorstellen.«

Zu Lenas Erstaunen verstummte Drescher augenblicklich. Nur ein kurzes, kaum wahrnehmbares Zucken in seinem Gesicht verriet, wie sehr er sich über die Zurechtweisung ärgerte.

Die schmächtige Frau, die neben dem massigen Zahnarzt beinahe zwergenhaft aussah, lächelte zufrieden. »Also, zunächst einmal, ich bin Theodora Brix aus Frankfurt an der Oder, Studienrätin im Ruhestand. Oberstudienrätin, um exakt zu sein.«

Das verschlug Lena nun doch die Sprache. Eine Studienrätin hatte sie sich anders vorgestellt. Erst recht eine Studienrätin im Ruhestand. Nicht mit untertassengroßen Ringen an den Ohren, die aussahen, als hätte sie einer Schülerin den Schmuck geklaut. Und nicht als Lady in Pink.

Sorgfältig zupfte die alte Lehrerin ihre handgestrickten Stulpen in leuchtender Kleinmädchenfarbe zurecht, bevor sie erklärte, sie sei gerade dabei, ein Buch über mittelalterliche Hexenprozesse in ihrer Heimatregion abzuschließen.

Der gelbzahnige Dentist kicherte. »Unsere Brixi und die Hexen, hi, hi, hi …« Lena kam sich vor wie in einem Schwank auf der Theaterbühne, Ohnsorg in Hamburg oder so. Mit beachtlichen Dezibel in der Stimme fuhr sie dazwischen: »Ich hatte gefragt, ob Ihnen gestern irgendwas aufgefallen ist, das mit dem Todesfall zusammenhängen könnte. Ansonsten fassen Sie sich bitte kurz.«

Drescher nutzte seine Chance, immerhin war er der Hausherr. Als er die neben ihm sitzende brünette Frau kurz und bündig als Marianne Liedel, Bibliothekarin aus Lübeck, vorstellte, glaubte Lena schon, er hätte sie verstanden. Doch seine Einsicht währte nur kurz. Seine Stimme triefte vor Wohlwollen, als er auf einen dicklichen jungen Mann in schwarzem Hoodie wies und erklärte, dieser Herr sei der Berliner Autohändler Udo Wachtel, ein höchst erfolgreicher Unternehmer.

Guter Gott, dachte Lena. Dieser Schwätzer ist einfach nicht zu bremsen. Zu ihrem Erstaunen schien sich der hochgelobte Udo Wachtel bei Dreschers Worten alles andere als wohlzufühlen. Er riss den Kapuzenpullover über den Kopf, als wäre ihm heiß, und strich sich über die gegelten Haare, die ihm ohnehin schon am Kopf klebten. *Komischer Typ.* Lena bemerkte, dass auch Mandy das Herumgezappel des jungen Mannes erstaunt verfolgte.

»Müssen wir eigentlich länger hierbleiben?«, wandte er sich plötzlich an Lena. »Ich muss dringend nach Berlin zurück. Wichtige Geschäfte, Sie verstehen? Mit dem Mord haben wir schließlich nichts zu tun.«

»Das wird sich zeigen, Herr Wachtel«, blieb Lena unverbindlich. Ihr war nicht anzusehen, dass sie dachte: *Was stimmt nicht mit dir? Was macht dich so nervös? Ich krieg's raus, verlass dich drauf!*

»Weiß man inzwischen, wer der Tote ist?«, platzte der bayrische Zahnarzt in ihre Gedanken. Dabei sah er nicht sie, sondern Mandy an.

»Nein.« Mandy hatte sofort wieder Stift und Block in der Hand. »Seine Identität ist noch ungeklärt. Hätten Sie vielleicht eine Idee, wer er sein könnte?«

Ihr kindliches Stimmchen entlockte dem Hünen ein Lächeln. Er kratzte sich am Kopf und sagte: »Keine Ahnung, wer der Mann war und woher er kam. Schlimm zugerichtet war der Ärmste, ganz furchtbar, mehr weiß ich nicht.«

»Ach, Sie haben ihn gesehen?« Mandy schlug ihren Notizblock auf, hob den Stift und sah den massigen Zahnarzt erwartungsvoll an.

Doch der wandte sich von ihr ab, sein Oberkörper neigte sich Lilo Drescher entgegen. »So hast du es uns doch erzählt, Lilo, oder?«

Die zierliche Lilo zerrte den Schal von den schmalen Schultern und seufzte auf. »Das furchtbare Bild werde ich mein Lebtag nicht mehr los. Ein erschlagener Mann! Ermordet in unserer Mühle.«

»Ein Mord, mit dem wir nicht das Geringste zu tun haben. Wir wollen doch exakt bleiben, meine Liebe«, näselte Drescher ohne allzu viel Verständnis für die Gemütslage seiner zartbesaiteten Gattin. Als er sich in Position warf, als hätte er eine Talkshow fürs Fernsehen zu moderieren, ließ Lena ihn gar nicht erst zu Wort kommen. Mit der flachen Hand hieb sie kräftig auf den Tisch. »Ich frage noch einmal: Hat jemand etwas Außergewöhnliches auf dem Fest beobachtet?« Ein weiterer Hieb. »Oder vielleicht doch eine Idee, wer der Tote gewesen sein könnte?« Dass ausgerechnet die arme Lilo zusammenfuhr, tat Lena zwar leid, ließ sich aber nicht ändern. Sie hatte einen Mord aufzuklären.

Drescher strich das Revers seines Jacketts glatt. Sein verärgerter Blick hätte Lena amüsiert, wäre nicht gerade ein übel zugerichteter Toter aus seiner alten Mühle abtransportiert worden.

»Können Sie sich überhaupt vorstellen, wie viel wir gestern zu tun hatten?«, blaffte Drescher über seine bordeauxrot gepunktete Fliege hinweg. »Wie sollten wir da noch irgendwas beobachten? Schließlich haben meine Gattin und ich das Fest ausgerichtet.«

Ihren Kugelschreiber zwischen Daumen und Zeigefinger zwirbelnd fragte Mandy: »Und zur selben Zeit haben Sie zum Schreibseminar eingeladen? Warum denn das?«

Drescher rückte seine goldumrandete Brille zurecht und sah Mandy an, als verstehe er die Frage nicht. »Beides zu kombinieren, bot sich doch geradezu an, mein liebes Fräulein. So konnten wir unseren Autoren noch einen besonderen Höhepunkt bieten.«

Nun platzte Lena endgültig der Kragen. »Wie Sie sich hoffentlich erinnern, hatten wir uns vorgestellt, Herr Drescher«, fuhr sie den Hausherrn an. »Meine Kollegin ist mitnichten *Ihr liebes Fräulein*, sondern Kriminalkommissarin Mandy Fortunato.«

»Oh, gewiss doch, gewiss Frau … ähm … wie war noch gleich Ihr Name?«

Ehe Lena antworten konnte, hob Mandy ihren Stift und beschrieb eine bogenförmige Linie entlang der betreten dreinschauenden Autoren. »Mich würde interessieren, wie Ihr Tag gestern abgelaufen ist.«

Die brünette Bibliothekarin tat wenigstens so, als würde sie nachdenken. »Ich weiß nur noch, dass …«

Sie stockte, als sie Dreschers Kopfschütteln bemerkte.

»Nur weiter«, ermunterte Lena. »Sagen Sie einfach, was Ihnen einfällt. Alles könnte wichtig sein und uns helfen.«

Die Bibliothekarin zog die Mundwinkel herunter und die liebe Frau Lilo tarnte ihre Gedanken durch das Inspizieren ihrer mohnroten Fingernägel. Der massige Zahnarzt stieß einen missbilligenden Laut aus und sagte: »Kaum zu glauben, was man sich heutzutage alles gefallen lassen muss. Und das von der Staatsmacht, die wir mit unseren Steuergeldern finanzieren.«

Dreschers Lippen verzogen sich zu einem gequälten Lächeln.

»Und wenn Sie uns noch so oft fragen, Frau Kommissarin, unser Wohnbereich und die Gästezimmer liegen auf der entgegengesetzten Seite des Hauses. Wir konnten gar nicht mitbekommen, was auf dem Fest passiert ist.«

»Sie waren den ganzen Tag über im Haus? Sagten Sie nicht gerade, Sie hatten auf dem Fest so viel zu tun?«, schnappte Lena.

»Hm, nun ja«, druckste Drescher verlegen herum. »Natürlich hatten wir Helfer aus dem Dorf. Und natürlich haben wir auch auf der Festwiese vorbeigeschaut, wir alle zusammen. Meine Gattin hatte für den Kuchenbasar gebacken. Ihre Baisertorte ist eine gefragte Spezialität, müssen Sie wissen. Ich kann nur wiederholen, die ganze Sache ist eine fürchterliche Tragödie, mit der wir nichts, aber auch gar nichts zu tun haben. Wir haben weder irgendetwas gehört noch gesehen.«

»Was schwer zu glauben ist, denn *die ganze Sache*, wie Sie es nennen, kann nicht lautlos abgelaufen sein«, versuchte nun auch Mandy, den Mann aus der Reserve zu locken. »Ihre Frau hat ja selbst gesehen, wie übel der Tote zugerichtet worden ist.«

Statt zu antworten, ließ der Hausherr den Blick über die Autorenrunde schweifen. *Warnt er sie? Aber wovor?*

Die alte Studienrätin ließ sich auch diesmal nicht beeindrucken. Sie beugte sich zu ihm vor und sagte: »Der Mörder wird einer von diesen Suffköppen gewesen sein. Wie schnell so einer ausrastet, war doch nicht zu übersehen.«

Als alle schwiegen, sah sie ihre Schreibkollegen streng an. »Der Bengel muss euch doch auch aufgefallen sein, stinkbesoffen, wie der war.«

Lena entging nicht, dass Drescher die Lübecker Bibliothekarin mit einem warnenden Blick bedachte. Die zuckte kurz mit den Schultern und wehrte ab: »Keine Ahnung, Brixi. Dorffeste sind nicht so meins. Ich bin die meiste Zeit im Haus geblieben und hab geschrieben.«

So viel zu ›wir alle zusammen‹, dachte Lena, sagte aber nichts. Diese Frau würde sie sich später noch mal allein vorknöpfen.

Mit einer Stimme, die sie der zarten Person nie zugetraut hätte, donnerte die alte Lady in Pink in die Autorenrunde: »Seid ihr denn alle blind und taub? Dieser Typ war doch nicht zu übersehen – und zu überhören schon gar nicht. Dem war doch alles zuzutrauen.«

»Sieh mal einer an, unsere Brixi entpuppt sich als brandenburgische Miss Marple«, schwang sich der massige Zahnarzt zu hämischem Spott auf.

»Solchen Blödsinn muss ich mir nicht sagen lassen«, fauchte das Persönchen dem Hünen ins Gesicht. »Schon gar nicht von einem, der angeblich einen Mafiakrimi schreibt und die Cosa Nostra nicht von der Camorra unterscheiden kann.«

In seiner Autorenehre gekränkt schnappte der Bayer nach Luft.

Hausherr Drescher klopfte ihm jovial auf die Schulter. »Nur nicht einschüchtern lassen, mein Bester.« Süffisant lächelnd wandte er sich an Theodora Brix. »Was sollen wir denn gehört haben, Verehrteste?«

Die Studienrätin überhörte seinen Spott, sie war noch nicht fertig mit dem bayrischen Urgestein. »Sie haben nichts mitgekriegt von der Schlägerei am Nachmittag? Wohl zu tief ins Weißbierglas geguckt, Herr Doktor Bleile?« Ihre mausgrauen Augen funkelten angriffslustig.

Ein unschönes Lächeln entblößte nikotingelbe Zähne. »Ach, so viel Geschiss um gar nichts! Ein Dorfbengel hat einen anderen abgewatscht. Na und? Ist doch nicht der Rede wert, so 'ne kleine Rauferei gehört zu jedem Dorffest, wenn Sie mich fragen.«

»Ich frage Sie aber nicht, mein lieber Doktor Bleile, und ganz nebenbei, einer der beiden kam nicht aus dem Dorf hier, sondern aus Berlin. Aber so was fällt Ihnen natürlich nicht auf.«

Der Bayer schnaufte, sagte aber nichts mehr.

»Ob Sie es glauben oder nicht, Frau Kommissarin, ich weiß genau, was ich sage«, wandte sich Theodora Brix an Lena. »Ich stand genau neben den beiden, als der Mann einer jungen Frau erzählte, woher er komme.«

»Von welchem Mann und welcher Frau reden Sie überhaupt?«, versuchte Lena, sich zu orientieren.

»Ich meine den, der gestern Prügel einstecken musste.«

»Prügel?« Jetzt hob auch Mandy interessiert den Kopf.

»Ja, eine handfeste Schlägerei war das, so um die Kaffeezeit herum. Einem jungen Mann, ich vermute mal, er kommt aus dieser Gegend, gefiel nicht, dass seine Frau oder Freundin – was weiß ich, was davon zutrifft – auch ein wenig Spaß hatte. Damit meine ich reden und kichern, weiter nichts. Die Kleine hat mit einem attraktiven Blonden geschwatzt. Irgendwann ist er Bier holen gegangen, deshalb stand sie eine Weile allein auf der Wiese herum. Ihr Mann oder Freund, der die beiden beobachtet haben muss, kam sofort angelaufen. Soweit ich das mitbekommen habe, war die Unterhaltung ziemlich einseitig. Dann ist auch schon der Berliner mit dem Bier zurückgekommen. Ehe er ein Wort sagen konnte, hat der andere zugeschlagen. Einfach so. Das gute Bier ist auf der Wiese gelandet und der arme Mann hat heftig geblutet. Sah wirklich nicht gut aus.«

Mandy hob ihren Stift. »Um das jetzt mal zu sortieren. Ein eifersüchtiger Mann aus dieser Gegend hier hat einen Berliner geschlagen. Soweit richtig?«

»Ja, der Bursche hat zugeschlagen und nicht nur einmal.«

»Und niemand hat eingegriffen?«

»Eingegriffen?« Ein verächtliches Lächeln huschte über Theodoras Gesicht. »Ich hatte schon Angst, seine Kumpel würden Beifall klatschen, als der junge Rowdy vor sich hin gebrabbelt hat, ein Kobs ließe seine Frau nicht anbaggern.«

»Ein Kobs?«

Lenas ungläubigen Blick wahrnehmend zupfte die pensionierte Lehrerin an ihrem übergroßen Ohrring. »Der Mann war betrunken und schwer zu verstehen, deshalb kann ich nicht alles wiederholen. Aber er hat Kobs gesagt, da bin ich sicher.« Ein paar Atemzüge lang blieb es still im Raum. Lena musste die Überraschung erst einmal verdauen. Die zweite Spur in ihrem Hirn nahm die nächsten Worte der alten Frau auf: »Dem Berliner ging es ziemlich schnell wieder gut. Ich meine, er fing nicht an, zu torkeln oder so. Nur das viele Blut im Gesicht und auf der Lederjacke, das sah schlimm aus.«

»Was denn für eine Lederjacke?«, fragte Lena gespannt.

Theodora überlegte kurz. »Eine grüne, hat mich irgendwie an Malachit erinnert oder an Förster, so genau weiß ich das nicht mehr. Ich glaube, sie hatte große Taschen und auffällige Schnallen. War sicher mal teuer, aber mein Geschmack wäre das nicht. Auf jeden Fall dürfte sie ruiniert sein.«

Theodora Brix sprach von Peter Kobs und dem Toten im Mühlenschuppen, war Lena jetzt klar. Die pensionierte Lehrerin hatte gesehen, wie Kobs den Mann geschlagen hatte. Nicht gut, aber eine lässliche Sünde verglichen mit einem Mord. Am frühen Nachmittag, so schien es wenigstens, war dem Mann noch nicht allzu viel passiert. Eine aufgerissene Augenbraue vielleicht, die blutete mächtig, heilte aber ziemlich schnell wieder ab. Doch wieso lag der Mann am nächsten Morgen mit eingeschlagenem Schädel vor dem Sägegatter? Lena sah den entsetzlich zugerichteten Toten und das im Holz getrocknete Blut vor sich und hatte plötzlich wieder den süßlichen Geruch in der Nase. *Waren die beiden später noch einmal aneinandergeraten? Hatte sich das, was anfangs noch glimpflich ausging, zur Tragödie ausgeweitet?* Sie wusste, es konnte durchaus so gewesen sein. Doch alles in ihr sträubte sich dagegen, einen Freund aus Kindertagen, als brutalen Mörder zu sehen. Um so zuzuschlagen, wieder und wieder, musste jemand voller Wut und Hass gewesen sein.

Oder stockbetrunken, vom Alkohol enthemmt?
War es eine Tat im Alkoholrausch?

Ja, Peter Kobs neigte zu unbedachtem Handeln, wie Lena aus Erfahrung wusste. Und er war wahnsinnig eifersüchtig. *Hatte er im Suff die Beherrschung verloren?* Verwirrt schaute sie sich um. *Was hat Mandy gerade gesagt?* Wahrscheinlich hatte sie eine Frage gestellt, die niemand beantworten konnte oder wollte.

Lena sah, wie sich ihre Kollegin zu Theodora Brix vorbeugte und fragte: »Den Namen der jungen Frau haben Sie nicht zufällig aufgeschnappt? Können Sie sie wenigstens beschreiben?«

»Den Namen? Nein!« Die alte Lehrerin schüttelte den Kopf. »Beschreiben kann ich sie allerdings recht gut. Schlank, blonder Pferdeschwanz und Pony bis runter zu den Augen. Ein Claudia-Schiffer-Typ, nur jünger, allerhöchstens dreißig, würde ich sagen.«

Mandy kritzelte hastig auf ihrem Block herum. Der Blick, den sie Lena zuwarf, sagte: Na, geht doch, so langsam kommen die Herrschaften in Schwung.

Alle schauten die Frau mit den übergroßen pinkfarbenen Ohrringen an. Alle, bis auf den Hausherrn. Die Handflächen unter dem Kinn aneinandergelegt beäugte er die weißen Stuckrosen an der Zimmerdecke, über die er sich noch nie hatte ärgern müssen. Doch abgesehen von Gattin Lilo schien sich niemand für seine Befindlichkeiten zu interessieren.

Theodora knetete an ihren Ohrläppchen herum. »Diesen Berliner hab ich nach der Schlägerei noch ein paarmal gesehen. Der bärtige Typ am Sägegatter musste ihm haargenau erklären, wie dieses historische Zeug funktioniert.«

Lena bemerkte Dreschers finstere Miene. Sie unterdrückte ein Schmunzeln, als die Studienrätin achselzuckend sagte: »Tut mir leid, Hans, da musst du jetzt durch. Also, wo war ich stehen geblieben? Ach ja, bei den technikverrückten Männern. Ich gebe zu, ich habe die beiden absichtlich belauscht. Nicht, weil ich ahnte, was an diesem Tag noch passieren würde. Nein, nein, kein Gedanke daran. Ich sagte zu mir, ein gewisses technisches Verständnis kann nicht schaden, wenn man historische Bücher schreibt. Das hier ist genau die Art Schneidemühle, die sie in der Zeit genutzt haben, in der meine Geschichte spielt. Nur wurde die Mühle damals noch von

Wasser angetrieben. Inzwischen haben sie einen Motor eingebaut. Schade eigentlich.«

Die Frau schweifte ab. Lena dachte an Peter Kobs. Sie musste schnellstens mit ihm reden. Als Mandy sagte: »Danke, Frau Brix, Sie haben uns sehr geholfen«, mischte sie sich ein: »Eine Frage hätte ich noch. Haben Sie den anderen Mann, ich meine den, der zugeschlagen hat, später noch einmal gesehen?«

»Hm!« Die Studienrätin im Ruhestand blinzelte hinter ihren dicken Brillengläsern. »Lassen Sie mich kurz nachdenken. Ja, hab ich, aber nicht mehr lange. Ein Weilchen stand er noch am Bierwagen zwischen den anderen Männern herum. Dann war er verschwunden. Nach Hause gegangen, nehme ich an.« Lena nickte und hoffte sehr, dass die Frau recht hatte mit ihrer Vermutung. In ihrem Kopf spulte sich das Geschehen des vergangenen Tages ab, so wie Theodora Brix es geschildert hatte. *Aber was ist danach passiert? So gegen neunzehn Uhr? Zur Zeit des Mordes?* Als Peter Kobs hoffentlich längst zu Hause bei seiner Nelly war.

Drescher schwang sich zu einem Lächeln auf. »Ich bitte Sie, Frau Hauptkommissarin, Sie sehen doch, wir helfen Ihnen nach besten Kräften. Und nun, da wir alles beredet haben, gibt es keinen Grund mehr, uns länger zu verhören.«

»Nicht verhören, nur befragen«, versuchte Lena auf seinen versöhnlichen Ton einzugehen. Sie wollte mehr über die Auseinandersetzung zwischen Peter Kobs und dem späteren Opfer erfahren.

Doch Dreschers Lächeln erlosch augenblicklich. Er setzte wieder die verbiesterte Miene auf, die Lena an ihren alten Ausbilder auf dem Sportplatz der Polizeischule erinnerte.

»Was denn noch?«, stöhnte er genervt auf, als die alte Studienrätin die Hand hob und sagte: »Ich überlege gerade ...«

»Ja bitte!«, wurde sie von Lena ermuntert.

»Es wird Ihnen nicht gefallen, Frau Kommissarin.«

»Sagen Sie es trotzdem.«

Theodora behielt die Autorenrunde fest im Blick, als wolle sie prüfen, ob die Schulkasse aufmerksam zuhörte, während sie sagte: »Die auswärtigen Festbesucher sind längst wieder zu Hause, und keiner weiß, wer überhaupt hier war. Falls es dieser Kobs nicht gewesen sein sollte, wie kann da noch jemand den Täter finden? Die Stecknadel ist samt Heuhaufen verschwunden, würde ich meinen.«

»Netter Vergleich, Brixi.« Der dicke Zahnarzt feixte hämisch, doch Theodora beachtete ihn nicht.»Wenn dieser Kobs nichts mit dem Mord zu tun hat«, fuhr sie fort,»dann tut er mir wirklich leid, weil für immer was an ihm hängen bleibt. In seiner Haut möchte ich nicht stecken. Der Mord wird nie aufgeklärt und niemand weiß, ob er es nicht doch war.«

»Ach, wie rührend! So viel Mitgefühl für einen Schläger, der womöglich ein Mörder ist.« Der bayrische Felsbrocken hauchte seine Brille an und rieb mit dem teuren Seidenschlips ein wenig darauf herum.

»Ihnen geht das natürlich am Arsch vorbei, Herr Doktor.«

Die frisch geputzte Brille vollführte einen Satz auf der Zahnarztnase, als Bleile boshaft kicherte.»Ist das die Ausdrucksweise einer Studienrätin? Redet man so in Ihren Kreisen?«

Ehe Theodora etwas erwidern konnte, fuhr die Bibliothekarin dazwischen.»Was soll der Streit, ihr beiden? Seht ihr denn nicht, welch großartiges Thema uns gerade in den Schoß fällt? Der Mörder tarnt sich als harmloser Festbesucher und verschwindet so klammheimlich, wie er gekommen ist. Die Autobahn ist nicht weit weg und die Grenze zum Nachbarland gleich vor der Tür. Ideal, wenn man schnell abhauen will.«

»Also wirklich«, zischte Theodora.»Auch wenn ich zugeben muss, dass auf dem Parkplatz tatsächlich Fahrzeuge mit Kennzeichen von wer weiß woher standen.«

Der Mafiakrimis schreibende Zahnarzt sah Lena mitleidig an. »Ich vermute mal, der Mord hat mit der harmlosen Schlägerei am Nachmittag nicht das Geringste zu tun. Hier könnten kriminelle Banden ihre Hand im Spiel haben. Jemand hat den armen Mann hierher gelotst und peng! Aus die Maus! Wäre nicht der einzige Fall von Mordtourismus in unserer verrückten Welt. Das dürfte eine Nummer zu groß für Sie beide sein.«

Mandy wollte auffahren, doch Lena legte ihr beruhigend die Hand auf den Arm.

Theodora Brix, noch immer in ihre Grübeleien vertieft, hob plötzlich den Kopf. Die Lider über ihren mausgrauen Augen flatterten, während sie herausstieß: »Gegen Abend waren Sie eine Weile verschwunden, mein lieber Herr Doktor. Was haben Sie denn die ganze Zeit über getrieben?«

»Woas i g'trieben hab, wollens wissen?« Von der unvermuteten Frage überrumpelt verfiel der Zahnarzt in seinen heimischen Dialekt. »Ihnen bin i doch koa Rechenschaft schuldig. Woas geht Sies oa, wie lang i zum Bierholen brauch?«

»Mich? Gar nichts.« Theodoras Lehrerinnenstimme klang jetzt geradezu lieblich. »Sie scheinen da was zu verwechseln, mein Lieber. Ich bin es nicht, die nach Ihrem Alibi fragt. Das wird die Polizei tun, die zufällig direkt neben Ihnen sitzt.«

»Die Polizei? Mein Alibi?«

Empört schnappte der Mann nach Luft. Auch wenn er aussah, als bekäme er gleich einen Schlaganfall, hatte er sich doch so weit im Griff, dass er wieder Hochdeutsch sprechen konnte. »Wieso brauche ich ein Alibi? Ich hab Bier geholt, weiter nix. Was erzählen Sie hier für 'nen Scheißdreck?«

Theodora lachte herzlich auf. »Oh, oh, diese Ausdrucksweise, mein lieber Herr Doktor. Redet man so in Ihren Kreisen?«

»Sie … Sie … Miss Marple für Arme. Mein Alibi geht niemanden was an, merken Sie sich das!«, keuchte der wütende Bleile.

»Oh doch, die Polizei schon.«

»Die fragt mich aber nicht, weil ich nichts verbrochen habe.«

»Schluss mit dem Komödienstadl! Wir fangen gerade erst an, zu fragen. Aber hier macht das keinen Sinn mehr. Wir werden jetzt mit jedem einzeln sprechen. Wo, bitte, ist das möglich?«, bedrängte Lena den Hausherrn.

Mit einem Gesichtsausdruck, der deutlich machte, wie überflüssig er das alles fand, zeigte Drescher auf die Tür neben dem Nussbaumbuffet. »Dort ist unsere Bibliothek, da könnte es gehen.«

Erstaunlich flink sprang Theodora Brix auf. »Ich hätte sowieso darum gebeten, unter vier ... Pardon, unter sechs Augen mit der Polizei sprechen zu dürfen.«

Prüfend warf sie noch einen Blick in die Runde, als wäre sie sich nicht sicher, ob die Klasse in ihrer Abwesenheit auch wirklich brav sein würde. Dann schlüpfte sie noch vor den Kommissarinnen durch die Tür zur Bibliothek.

***

Er war acht Jahre alt, als er sie hörte, nachts in ihrem Schlafzimmer. Auf dem Weg zur Toilette hatte er an der offenen Tür vorbeihuschen wollen, bemüht, keinen Laut zu verursachen, um die Eltern nicht zu wecken. Vorsichtig hatte er einen Fuß vor den anderen gesetzt. Erregte Stimmen ließen ihn stocken.

»Wir müssen es ihm sagen!«, forderte der Vater.

»Warum denn jetzt schon?«, flüsterte die Mutter erschrocken.

»Weil es später noch schwerer wird. Er muss es jetzt erfahren, so klein ist er nicht mehr«, beharrte der Vater.

Sie mussten von schlimmen Dingen sprechen, das Kind hörte die Mutter weinen. Wen die Eltern wohl meinten? Vor wem verbargen sie ein Geheimnis, das die Mutter so traurig machte?

»Unser Junge ist noch so klein, lass uns ein wenig warten«, flehte die Mutter.

Dem Kind gefror das Blut in den Adern. Die Eltern sprachen von ihm! Atemlos lauschte es, doch es blieb still im dunklen Schlafzimmer. Das Kind wagte nicht, sich zu bewegen, da hörte es erneut die Stimme des Vaters: »Na gut«, sagte er deutlich sanfter. »Aber mach mir später keine Vorwürfe. Wir müssen es ihm sagen, bevor es zu spät ist.«

»Ich weiß«, hauchte die Mutter kaum hörbar. »Ich weiß es ja, aber bitte, sag es ihm nicht jetzt schon. Wie soll ein so kleines Kind das verstehen?«

Was denn verstehen? Der Junge lauschte mit angehaltenem Atem, doch vom Vater kam keine Antwort mehr.

Als er Geräusche hörte, die er nicht hören wollte, presste er die Handflächen gegen die Ohren. Frierend stand er vor dem Schlafzimmer der

Eltern. Der Kopf schien ihm zu zerspringen. Was konnte er nicht verstehen? Was? Wofür war er noch zu klein? Es musste etwas sehr, sehr Schlimmes sein. Sonst hätte die Mutter nicht geweint. Die Mutter hatte noch nie geweint, nicht seinetwegen.

Der Junge begann, zu zittern. Er konnte sich nicht mehr vom Fleck rühren. Die Füße schienen mit den Dielen verwachsen zu sein. Er ging die wenigen Schritte nicht mehr, die ihn an der offenen Tür vorbeigeführt hätten. Es war auch nicht mehr nötig, denn seine Hose fühlte sich nass an.

Endlich konnte er sich aus der Erstarrung lösen und zurück in sein Zimmer laufen. Hastig zog er die nasse Hose aus, versteckte sie unter dem Bett und krabbelte unter die Decke, die ihm Wärme und Schutz versprach.

Als die Mutter ihren Jungen am Morgen weckte, liebevoll wie immer, glaubte der Achtjährige, alles wäre nur ein schlimmer Traum gewesen. Zum Glück nur ein Traum! Wie gut, dass die Nacht vorüber und die Angst verflogen war. Erleichtert und glücklich erwiderte er die Umarmung der Mutter. Doch dann entdeckte er seine Blöße.

Erschrocken fuhr er zurück und schob die Mutter von sich. Er hatte nicht geträumt in der vergangenen Nacht. Um den Blicken der Mutter zu entgehen, zog er die Bettdecke bis unters Kinn. Er versuchte, sich zu erinnern. Was hatte der Vater so dringend gefordert? »Wir müssen es ihm sagen!« Seine Worte waren deutlich zu verstehen gewesen. Aber was denn sagen? Was stimmte nicht mit ihm, seinem Sohn? Was hatte er Furchtbares getan? Und warum durfte über all das nicht geredet werden? Weil er noch so klein war? Da irrte die Mutter. Er war schon acht Jahre alt!

Das Kind konnte nicht ahnen, dass die Eltern ihm die Wahrheit verschweigen würden, bis es zu spät war.

4. KAPITEL

Vor der von Efeu umrankten Haustür streifte Nelly die klobigen Gummistiefel von den Füßen. Mit einem flauen Gefühl in der Magengegend stieg sie die Treppe zu ihrer Wohnung hinauf. Sie schaute in alle Räume. Nichts! Peter war noch immer nicht zu Hause. Enttäuscht ließ sie sich in der geräumigen Küche auf einen der Korbstühle fallen, die sie um den ovalen Tisch herum gruppiert hatte. Ratlos sah sie auf die noch halb volle Kaffeetasse vom Morgen und auf ihr Frühstücksbrötchen, das daneben vertrocknete. Ihre Angst schlug in Ärger um. *Was, verdammt noch mal, ist in diesen Mistkerl gefahren?* Sie würde ihm gehörig die Meinung geigen, wenn er ihr wieder unter die Augen trat. Darauf konnte er sich verlassen.

Nach einem kurzen nervösen Trommelwirbel ihrer Finger auf der Tischplatte holte sie ihre Sneaker aus dem Regal im Flur, schlüpfte hinein und war im Nu die Treppe hinunter. Sie musste nur quer über die Dorfstraße laufen, dann stand sie vor dem Wirtshaus *Zur krummen Eiche*.

Als sie die Kneipentür aufriss, hatte sie sofort den Geruch von kaltem Zigarettenrauch und abgestandenem Bier in der Nase.

Stefanie Lüders, die Wirtin, blinzelte ihr verwirrt entgegen. »Nanu«, sagte sie verblüfft, »das ist ja ein ganz seltener Gast, besonders so früh am Morgen.«

Nelly sah sich um. Stefanie, die jüngere Schwester von Peters bestem Freund Max, war allein im Schankraum. Eine Batterie blitzblank polierter Weingläser stand vor ihr auf dem Tresen. Prüfend hob die Wirtin das Glas, mit dem sie gerade fertig geworden war, ins Licht, beäugte es kritisch und stellte es zu den anderen. Wenn Peter sich nicht hinter dem Tresen versteckte, was nicht anzunehmen war, dann war er nicht hier. Zumindest nicht in diesem Raum. Was nichts heißen musste.

Die Anhänger an Stefanies Armband klirrten leise, als sie die Hand hob und einladend fragte:»Käffchen? Ich könnte einen vertragen.«

»Nee, lass mal«, lehnte Nelly nicht eben freundlich ab und wies hinauf zur Zimmerdecke.»So langsam könnten die Pennratzen da oben mal aufstehen. Am besten wir gehen hoch und schmeißen sie aus den Federn.«

Stefanie stutzte.»Hä, was? Wen bitte sollen wir aus den Federn schmeißen?«

»Ach, Stefanie, du weißt genau, wen ich meine, deinen Bruder natürlich und meinen Mann, der gestern bei ihm versackt ist. Die beiden pennen in Max' Wohnung ihren Rausch aus und ich konnte vor Sorge nicht schlafen.«

Nelly sah Stefanie lächeln. Verlogen lächeln, wie sie fand, und sie hörte sie sagen:»Du siehst scheiße aus, Nelly.«

»Dankeschön! Ich weiß selbst, wie ich aussehe. Weck die beiden auf und du bist mich los.«

Zu Nellys Ärger nahm Stefanie seelenruhig das nächste Weinglas von der Abtropfplatte, stopfte das Geschirrtuch in den Kelch und begann zu polieren.

»Muss ich selbst nachsehen?« Nelly verspürte große Lust, der dämlichen Pute das Geschirrtuch aus der Hand zu reißen und es ihr um die Ohren zu schlagen.

»Vielleicht schlafen die beiden tatsächlich noch«, gab die Wirtin achselzuckend zu.»Aber nicht hier im Haus, sondern im Wohnmobil draußen bei der Mühle.«

Nelly wusste, dass Max sein Wohnmobil als Zugmaschine nutzte, um den Bierwagen dort hinzukutschieren, wo Feste gefeiert wurden. Damit hatte er, wenn er auswärts Bier zapfte oder die Feste über mehrere Tage gingen, gleich eine kostengünstige Schlafgelegenheit dabei. Nach dem Mühlenfest am Rand von Raglow hätte er gut und gern im heimischen Bett schlafen können. Aber wahrscheinlich hatte er am Abend zusammen mit den Raglower Jungs selbst noch einen gezischt und sich dann nicht mehr ans Steuer gesetzt. Das leuchtete Nelly ein.

»Wann, meinst du, trudelt dein Bruder mit meinem Mann hier ein?«, fragte sie halbwegs beruhigt.

Stefanie sah auf die altmodische Uhr über dem Tresen. »Max will den Bierwagen in der Angersbacher Brauerei gleich wieder auffüllen lassen, weil er heute noch hoch zur Ostsee muss. Gegen Mittag, denke ich, werden die Männer wohl da sein. Wenn du willst, kannst du hier auf sie warten. Lecker Käffchen wäre gleich fertig, mein Angebot steht noch.«

Auch wenn Stefanie sich ihren dämlichen Kaffee an den Hut stecken konnte, was sie sagte, klang vernünftig.

Unschlüssig sah Nelly an sich hinunter und fühlte sich plötzlich wie Aschenputtel neben der rausgeputzten Stiefschwester. Sie hatte gerade mal so viel Geduld aufgebracht, sich nach der Arbeit im Gewächshaus die Hände zu waschen und die Gummistiefel gegen Sneaker zu tauschen. Ansonsten trug sie noch ihre Arbeitsjeans und eine karierte, mit Erde beschmutzte Bluse.

Stefanie hingegen war zum Gläserpolieren herausgeputzt wie andere Menschen zum Theaterbesuch. An diesem Vormittag trug sie eine dreiviertellange marineblaue Hose, darüber ein großzügig dekolletiertes weißes Shirt, geschmückt mit einer langen silbernen Kette. Strähnen ihres kupferrot gefärbten Haars umspielten ihr Gesicht.

Obwohl so früh noch keine Gäste zu erwarten waren, hatte sie einen zartrosa Lippenstift aufgetragen und die Augen dezent geschminkt.

Doch, schoss es Nelly durch den Kopf, *einen Gast erwartet sie: Peter, meinen Mann!*

Sie spürte, wie sich ihr Herzschlag beschleunigte. *Nein, nicht schon wieder!* Sie wollte sich nicht noch einmal in etwas hineinsteigern, von dem ihr Mann behauptete, dass es nur ihrer Fantasie entsprang.

Trotzdem konnte sie den Blick nicht von Stefanie losreißen, die dampfendes Wasser in eine Glaskanne goss, einen Augenblick wartete und dann vorsichtig den Kolben nach unten drückte. Nelly wusste, so trank die Wirtin ihren Kaffee am liebsten. Zahlende Gäste bekamen Kaffee aus der Maschine.

Perplex riss sie die Augen auf, als Stefanie sich zu ihr umdrehte und sagte: »Du sollst ja gestern gut drauf gewesen sein, Nelly.«

»Ich? Wieso ich?«

»In einer Dorfkneipe kommt einem so einiges zu Ohren.«

»Ach ja, was denn zum Beispiel?«

»Na, zum Beispiel, dass Peter gestern sauer war. Stinksauer sogar, könnte man sagen. Deinetwegen, Nelly. Ist dann wohl ein Bierchen zu viel geworden. Oder wenn du's deutlicher hören willst, dein Mann hat sich die Birne weggeknallt. Vor lauter Ärger, weil du mit irgendjemandem … Du wirst wohl ein bisschen geflirtet haben, denke ich mir. Ist ja auch weiter nichts dabei. Aber du weißt, wie leicht dein Peter an die Decke geht. Eifersucht ist nun mal sein zweiter Vorname.«

»Ich hab überhaupt nicht geflirtet«, fauchte Nelly die Wirtin an. »Kümmere du dich lieber um deinen eigenen Kram, dann hast du genug zu tun.«

»Ach ja, hab ich das?« Gelassen füllte Stefanie einen Kaffeebecher bis an den Rand und hielt ihn Nelly hin. »Du sollst dich jedenfalls bestens amüsiert haben und vor lauter Frust hat sich dein Mann einen zu viel hinter die Binde gekippt. Das ging gestern rum in meiner Kneipe. Und irgendwas wird da wohl dran sein.«

»Jetzt bin ich auch noch an seiner Sauferei schuld? Na, schönen Dank auch!«, brauste Nelly auf und ärgerte sich über sich selbst. Musste sie dieser hinterhältigen Person auch noch zeigen, wie sehr sie sich getroffen fühlte?

Die Wirtin versteckte ihr Schmunzeln hinter dem Kaffeebecher, den sie noch immer in der Hand hielt, und setzte nach: »So unschuldig, wie du jetzt tust, warst du wirklich nicht, Nelly.«

»Du musst es ja wissen! Bist doch gestern gar nicht rausgekommen aus deiner stinkigen Kneipe.«

»Meine Kneipe stinkt nicht. Und du sei nicht gleich beleidigt, das bringt nichts.«

»Ich bin nicht beleidigt«, verteidigte sich Nelly und griff nun doch nach dem Becher, den Stefanie in der Hand hielt. »Aber der Buschfunk ist wieder mal schneller als das Internet.«

Belustigt lachte Stefanie auf. »Was keine Kunst ist bei unserem schlappen Netz. Aber nein, der Buschfunk ist nicht schuld. Max hat mich gestern angerufen, weil er Nachschub an Würstchen brauchte. Von ihm weiß ich, wie besoffen Peter war. Und dass abends in meiner Kneipe noch ein bisschen getratscht wurde, ist auch nicht der Weltuntergang. Alles im Lot, Nelly. Die zwei Dösbaddel haben sich verquatscht, du weißt doch, wie dicke die beiden sind.«

»Und du lügst mich nicht an? Du meinst wirklich, Peter ist bei deinem Bruder?« *Und liegt nicht oben in deinem Bett,* hätte Nelly am liebsten noch hinzugefügt. Stattdessen zog sie die Lippen zwischen die Zähne und schwieg.

Die Wirtin trank einen Schluck von ihrem Kaffee, stellte die Tasse auf den Tresen und griff wieder zum Geschirrtuch. »Ich bin mir sicher, die beiden kommen gleich angedüst. Dann kannst du deinem Mann ordentlich die Hölle heißmachen.«

Das hättest du wohl gern, dachte Nelly, *weil du schon immer scharf auf Peter warst. Dein Pech, dass er mich genommen hat.* Sie schaute zum Fenster und lauschte. Doch die Raglower Dorfstraße blieb so still und leer, als wäre sie ein Waldweg in der sibirischen Taiga. Nur klingelte dort kein Telefon.

»Hey, Max, ihr beiden Schnarchnasen hättet euch ruhig ein bisschen früher melden können«, zwitscherte Stefanie wie ein munteres Vögelchen. »Peter wird hier schon sehnsüchtig erwartet. Habt gestern noch mächtig einen gebechert, wie?«

»Dein Bruder soll Peter sagen, dass er gleich Ärger kriegt.« Diesen Zwischenruf konnte sich Nelly einfach nicht verkneifen.

»Das glaube ich weniger.« Stefanie kicherte in sich hinein. Dann blieb ihr das Kichern im Hals stecken. Nelly sah ihre weit aufgerissenen Augen. Und sie hörte sie stottern: »T… tot? Aber … das kann doch nicht …!«

»Peter ist tot!«, schrie Nelly entsetzt auf.

Mit erhobener Hand gebot Stefanie ihr, endlich den Mund zu halten.

»Du hast Peter nicht mehr gesehen, seit …«, die Wirtin brach ab. Nelly hörte Max reden, konnte aber kein einziges Wort verstehen.

»Peter ... ist ... tot!«, wiederholte Nelly tonlos. Ihre eigenen Worte raubten ihr den Atem. Sie hatte nicht gewusst, dass die Welt von einem Augenblick zum anderen so eiskalt werden konnte.

»Nein, nicht Peter! Dein Mann ist nicht tot«, hörte sie Stefanies Stimme von irgendwoher. »Mein Bruder sagt, niemand weiß, wer der Tote ist. In der alten Mühle liegt ein Fremder. Nelly, ein Fremder!«

»Hat Max den Toten gesehen?« War diese zittrige Stimme wirklich ihre eigene? Nelly wusste es nicht.

»Keine Ahnung, ob er ihn gesehen hat. Aber er sagt ...«

»Was, Stefanie? Was?« Die eisige Kälte nahm Nelly endgültig die Stimme, sie konnte die Wirtin nur noch anstarren.

»Max weiß auch nicht, wo dein Mann ist.« Unter Stefanies mitleidigem Blick begann Nellys Herz wild zu hämmern. Ein Toter, den angeblich niemand kannte? Und Peter wie vom Erdboden verschluckt? Das konnte nur ein Albtraum sein.

Sanft berührte Stefanie sie an der Schulter. »Wir rufen jetzt alle Freunde an. Irgendwo muss dein Mann ja stecken.«

»Peter hat keine Freunde. Nur Max, das weißt du genau.« Tränen schossen Nelly in die Augen.

Stefanie wollte schon antworten, doch ein leises Motorengeräusch, das von der Dorfstraße her in den Schankraum drang, hielt sie davon ab.

Mit einem Satz war Nelly am Fenster. Zu ihrem Erstaunen hielt ein weißer Pkw vor dem Gasthaus und sonderbarerweise ragte aus dem Kofferraum ein Fahrrad heraus.

Kein Wohnmobil mit Bierwagen stand vor der Tür, nur dieses kleine weiße Auto, aus dem zwei Frauen stiegen. Nelly erkannte Lena Voßberg, die seit dem Tod ihrer Großmutter wieder in Raglow lebte. Sie hatte zwar noch kein Wort mit ihr gewechselt, aber sie wusste, die rothaarige Frau war irgendein hohes Tier bei der Kripo. Und die andere? Vielleicht eine Kollegin?

»Die Polizei!«, hauchte Nelly tonlos.

»Auf ein Bierchen kommt Lena um diese Zeit bestimmt nicht vorbei«, flüsterte nun auch Stefanie erschrocken. Trotz aller

Anspannung verzog sie spöttisch die Lippen. »Das Hühnchen neben ihr stöckelt da draußen rum, als wäre unsere Dorfstraße der Berliner Ku'damm.«

Nelly hörte nicht mehr hin. Wie gebannt starrte sie auf die Eingangstür, als könnte sie verhindern, dass sie sich öffnete und die beiden Frauen hereinkamen. Mit einer furchtbaren Botschaft, die sie nicht hören wollte.

Als die Tür aufging und die Polizistinnen eintraten, fühlte Nelly sich so hilflos wie noch niemals zuvor.

Federnden Schrittes lief die hoch aufgeschossene Lena auf den Tresen zu. Eine ausladende Tasche aus weichem Leder unter den Arm geklemmt stöckelte die kleinere Frau hinter ihr her.

Nelly schauderte.

Stefanie, die zumindest Lena gut kannte, begrüßte die Frauen mit einem gepressten »Hey«.

»Hey, Steff«, erwiderte Lena ihren Gruß, wirkte dabei aber sehr ernst. Nachdem sie die junge Frau an ihrer Seite als Kriminalkommissarin Mandy Fortunato vorgestellt hatte, vergewisserte sie sich an Nelly gewandt: »Sie sind Frau Kobs? Nelly Kobs?«

»Ja, bin ich.« Nelly ärgerte sich, weil ihre Worte so zaghaft herauskamen. Geradezu schüchtern. Deutlich forscher wiederholte sie: »Ja, ich bin Nelly Kobs. Warum fragen Sie?«

»Weil ich gern von Ihnen wüsste, wo Ihr Mann ist.«

»Das fragen Sie *mich*?« Zu verdutzt, um eine Antwort zu finden, starrte Nelly die Polizistin an. Dann begriff sie. Die Polizei suchte Peter. Das hieß doch, er konnte nicht der Tote in der Mühle sein. *Aber was will die Polizistin von ihm?* Es war kein Verbrechen, sich gnadenlos zu betrinken und die Nacht nicht im eigenen Bett zu verbringen.

»Warum interessiert sich die Polizei für meinen Mann?«, presste sie hervor. Die Antwort, die sie sich selbst gab, war so ungeheuerlich, dass sie einfach nicht wahr sein konnte. Die Polizei suchte ihren Mann als Mörder!

»Sagen Sie einfach, wo wir ihn finden«, beharrte die rothaarige Voßberg.

»Kann ich nicht, weil ich ihn selbst suche.« Dieser Albtraum nahm einfach kein Ende.

»Wann haben Sie ihn zum letzten Mal gesehen?«

Lena Voßberg hatte nicht unfreundlich gefragt, doch Nelly fand nicht, dass sie dieser Frau Rechenschaft schuldig war. Schrill vor Angst gab sie zurück:»Geht Sie das was an?«

»Ich denke schon. Wir sind dabei, einen Mord aufzuklären.«

Also doch! Ehe Nelly einen weiteren Laut herausbrachte, sagte die Voßberg schon:»Wir suchen Ihren Mann als Zeugen.«

Als Zeugen? Nelly hätte aufgeatmet, hätte sie nicht zufällig ins Gesicht der jüngeren Polizistin geblickt. Diese Frau suchte keinen Zeugen. Sie suchte einen Mörder.

»Wo ... woher ... wussten Sie überhaupt ... wo Sie mich finden?«, stammelte sie.

»Von Ihrem Schwiegervater. Er behauptet, auch nicht zu wissen, wo sich Ihr Mann aufhält.« Die helle, beinahe kindliche Stimme konnte nicht von der Frau kommen, die sie so bedrohlich ansah. Kam sie aber doch! Und sie wollte eine Antwort.

»Das behauptet er nicht nur, er weiß es wirklich nicht.« Nelly war froh, wenigstens einen ordentlichen Satz herausgebracht zu haben.

»Aber Sie wissen doch wenigstens, wann Sie Ihren Mann zum letzten Mal gesehen haben?« Diese Frau ließ einfach nicht locker.

»Gestern auf dem Mühlenfest. Ich bin gegangen und er ist geblieben.« Kaum hatte sie die Worte ausgesprochen, ärgerte sich Nelly. Was ging es diese Stöckelschuh-Tussi an, wann sie mit ihrem Mann zusammen war und wann nicht. »Endlich zufrieden?«, schob sie trotzig nach.

»Nicht ganz. Wann genau haben Sie das Fest verlassen?« Ah, die beiden wechselten sich ab. Jetzt war die grünäugige Voßberg wieder an der Reihe. Ihre Frage hatte nicht streng geklungen, eher mitfühlend. Die sollte bloß nicht so freundlich tun. Wenn die Polizei ihren Mann suchte, konnte das nichts Gutes bedeuten.

»Weiß nicht mehr genau, könnte gegen sechzehn Uhr gewesen sein.« Nelly blieb lieber vorsichtig.

Wirtin Stefanie, die ihre Neugier nicht mehr zügeln konnte, hielt der langbeinigen Voßberg einen gefüllten Kaffeebecher hin. »In der Mühle soll ein Toter liegen? Darum bist du doch hier, Lena.«

»Woher weißt du von dem Toten?« Die Kommissarin nahm den Becher, trank einen Schluck und insistierte mit strenger Miene: »Woher, Steff?«

»Max hat mich angerufen. Er hat draußen gepennt und ist erst heute früh vom Festplatz weg.«

»Weiß ich, er kam mir mit dem Bierwagen entgegen. Sobald er hier aufschlägt, soll er mich anrufen. Sag ihm das.«

»Na klar doch. Er war die ganze Zeit da draußen, vielleicht hat er wirklich was gesehen.« Die Wirtin rückte den Anhänger ihrer silbernen Kette zurecht, der ihr in den Ausschnitt gerutscht war, und überlegte: »Die ganzen Leute sind doch schon längst wieder weg und keiner weiß, woher sie kamen und wo sie hin sind. Wie wollt ihr da euren Mörder finden, Lena?«

Nelly fühlte, dass der Druck auf ihrer Brust ein wenig nachließ. Niemand kannte den Toten, und auch der Mörder würde einer der unbekannten Festbesucher sein. Warum sorgte sie sich überhaupt? Es war schließlich normal, dass die Polizei mit allen sprechen wollte, die irgendwie als Zeugen infrage kamen. Ein kleines erleichtertes Lächeln huschte über ihr Gesicht. Da traf sie der nächste Schlag mit voller Wucht. »Dieser Tote könnte der Mann sein, mit dem Sie sich gestern so prächtig unterhalten haben, Frau Kobs. Wissen Sie, wer er war?« Die Stöckelschuh-Kommissarin sah Nelly an. »Woher kam er? Wie heißt er?«

Hatte die Frau im knallengen Stretchrock das tatsächlich gefragt? Fassungslos starrte Nelly in das kränklich blasse Gesicht. Verwirrt, wie sie war, vergaß sie alle Vorsicht. »Ich habe mit diesem Mann geflirtet und Peter hat ihn prompt erschlagen? Meinten Sie so was in der Art?«

»Und? War es so?« Schlürfend probierte die Polizistin den Kaffee, den Stefanie auch ihr eingeschenkt hatte. »Sie scheinen nicht richtig zuzuhören, Frau Kobs. Vorläufig suchen wir Ihren Mann nur als Zeugen.«

»Vorläufig?« Diese Person musste verrückt sein!

Nelly sah einen hochhackigen Schuh lässig wippen und hörte die Frau sagen:»Mehrere Zeugen haben ausgesagt, dass Ihr Mann und das spätere Opfer am Nachmittag eine … sagen wir mal, eine Auseinandersetzung hatten. Soweit uns bekannt ist, waren Sie der Anlass dafür, Frau Kobs.«

»Ach du meine Güte! Was denn für Zeugen? Das halbe Dorf war auf dem Fest und hat zugesehen. Da haben Sie Zeugen ohne Ende und jeder erzählt was anderes.«

»Dann verraten Sie uns doch, wie es wirklich war.« Die helle Stimme klang harmlos und doch stockte Nelly der Atem.

»Sag's doch einfach, Nelly«, drängte jetzt auch Stefanie.»Im Dorf weiß sowieso jeder Bescheid.«

Ach Steff! In Gedanken wählte Nelly die Kurzform, die Lena Voßberg benutzt hatte. Sie mochte die Wirtin zwar nicht, aber die hielt Peter wenigstens nicht für einen Mörder.

»Ich bestreite ja gar nicht, dass mein Mann zugeschlagen hat. Und meinetwegen bin ich auch schuld daran«, fauchte sie die Kaffee schlürfende Polizistin an.»Aber diesem Mann ging es schnell wieder gut. Ihm ist nicht wirklich was passiert.«

»Stimmt! Abgesehen davon, dass er tot ist.«

Ungerührt wippte der Schuh und ebenso ungerührt tickte die alte Uhr über dem Tresen.

Die vier Frauen blieben stumm, bis Nelly tonlos herausbrachte:»Mein Mann ist kein Mörder!«

Stefanie dagegen fauchte ungehemmt los:»Verdammt, Lena, du weißt, wie Peter tickt. Du kannst nicht ernsthaft glauben, was deine Kollegin da faselt. Er ist impulsiv. Und ja, er ist megaeifersüchtig. Aber er ist nicht gewalttätig und ein Mörder schon mal gar nicht.«

»Tick, tack, tick, tack«, gab die Kneipenuhr ihren Kommentar ab.

Lena übertönte sie mit strenger Stimme:»Lass uns einfach unsere Arbeit machen, Steff. Und Sie, Frau Kobs, sollten uns helfen, so gut Sie können.«

Aber klar, Frau Kommissar, damit Sie meinen Mann schneller einknasten können.

Zu ihrer Verwunderung entdeckte Nelly Mitgefühl in den grünen Augen der Polizistin.

Mitgefühl?

Sie musste sich irren. Sie nahm sich zusammen und erwiderte entschlossen:»Ja, meinem Mann sind auf dem Fest die Sicherungen durchgebrannt. Er hat diesem Berliner völlig grundlos eine gelangt. Das war's aber auch schon.«

»Sie wissen, dass der Mann aus Berlin kam? Was hat er denn sonst noch so erzählt?«

Nelly ignorierte den piepsigen Einwurf und wandte sich weiter an Lena Voßberg.»Das war nicht richtig von Peter, lässt sich aber leider nicht mehr ändern. Deshalb ist er noch lange kein Verbrecher, den die Polizei suchen muss.«

»Ach wirklich?« Das helle Stimmchen der Stöckelschuh-Tussi klang verwundert, als hätte Nelly etwas ganz und gar Erstaunliches geäußert.

Nelly atmete tief durch, um sich zu beruhigen. Das lästige Dazwischenfunken machte sie noch nervöser, als sie ohnehin schon war.»Ja, wirklich!«, herrschte sie die junge Kommissarin an und hätte selbst nicht sagen können, was genau sie damit meinte. Die Frau mit dem unmöglichen Namen – Fortu… irgendwas – wusste dagegen sehr genau, was sie wollte und meinte.»Sie haben sich schon bald nach der Schlägerei verdrückt. Also können Sie nicht wissen, ob die beiden später noch einmal aneinandergeraten sind«, stellte sie verdächtig sanft klar.»Und eine gelangt? Sorry, Frau Kobs, das ist eine sehr, sehr wohlwollende Formulierung. Bei allem Verständnis, da haben Sie wohl nicht richtig hingesehen.«

»Verständnis?« Nellys Auflachen klang selbst in ihren eigenen Ohren schrill.»Natürlich habe ich hingesehen. Sehr genau sogar. Ja, es war gemein von Peter, diesen Mann zu schlagen, und ich hätte nicht weglaufen sollen. Dann wäre er jetzt zu Hause und Sie könnten ihn nicht in den Dreck ziehen.« Sie drückte ihren schmalen Körper fest gegen die Stuhllehne. Niemand sollte sehen, wie sehr sie zitterte.

Und wieder schien das Ticken der altertümlichen Uhr das einzige

Geräusch der Welt zu sein. *Tick, tack, tick, tack.* Nelly hielt es nicht mehr aus in diesem Schankraum, in dem es, seit der Kaffeeduft verflogen war, wieder nach kaltem Zigarettenrauch und jahrzehntelang gezapftem Bier roch. Sie musste aufstehen und ihren Mann suchen. Sofort!

Doch die Stimme der Fortu... irgendwas hielt sie auf ihrem Stuhl fest. »Einen Augenblick noch, Frau Kobs. Sie sind also gestern gegen sechzehn Uhr nach Hause gegangen, richtig?«

»Ja, so in etwa. Auf die Minute genau weiß ich das nicht mehr.«

»Und Sie sind nicht noch mal zurückgegangen? Das Fest war noch lange nicht zu Ende.«

»Warum sollte ich?«

»Erstens, weil Ihr Mann noch auf dem Fest war, und zweitens konnte Ihnen dieser Berliner nicht ganz gleichgültig sein. Vielleicht wollten Sie sich nur erkundigen, wie es ihm inzwischen ging. Immerhin hatte Ihr Mann ihn geschlagen.«

»Hätte ich vielleicht tun sollen, habe ich aber nicht.«

»Sie können es ruhig zugeben, Frau Kobs«, klinkte sich Lena Voßberg wieder ein. »Ihr Mann hatte am Bierwagen seinen Spaß. Warum sollten Sie allein zu Hause sitzen und sich ärgern? Besser wäre es doch gewesen, den Rest des Nachmittags in netter Gesellschaft zu verbringen, Musik zu hören, ein bisschen zu plaudern. So was eben, völlig harmlos.«

»ICH BIN ABER NICHT ZUM FEST ZURÜCKGEGANGEN!« Nelly betonte jedes einzelne Wort und bemerkte den Blickwechsel der beiden Polizistinnen.

Statt der geduldigen, ein wenig rauen Stimme der rothaarigen Voßberg vernahm sie nun wieder den kindlich hellen Ton. »Wir reden jetzt mal ganz hypothetisch. Nur so als kleines Gedankenspiel, Frau Kobs. Sie sind also doch noch mal zurück zum Festplatz. Wohlgemerkt, ich behaupte das keinesfalls, ich versuche nur, zu verstehen, was passiert sein *könnte*. Womöglich waren Sie sogar verabredet und Ihre neue Bekanntschaft hat auf Sie gewartet? Na ja, vielleicht auch nicht. Egal. Irgendwann stand jedenfalls nur noch der harte Kern am Bierwagen rum. Die meisten Leute saßen schon gemütlich zu Hause beim Abendbrot. Dieser Berliner war noch da. Er wollte sich in aller Ruhe noch mal die alte Technik ansehen, für die er sich so sehr interessierte. Ist doch klar!«

Der Tonfall der jungen Polizistin blieb ein lieblicher, harmlos erscheinender Singsang. Und dennoch trafen Nelly die Worte mitten ins Herz. »Oder hat Ihr neuer Freund auf Sie gewartet?«

»Mein neuer Freund? Auf mich gewartet?«

Entsetzt riss Nelly Mund und Augen auf. Als sie eine Hand vor der Stirn bewegte, als wäre sie ein Scheibenwischer, reagierte Kriminalkommissarin Fortu… irgendwas weder mit Worten noch mit einer erkennbaren Geste.

»So könnte es doch gewesen sein gegen Abend, als alles schön ruhig war und Ihr Mann stockbetrunken«, redete sie einfach weiter. »Sie wussten genau, wo Sie Ihren neuen Freund finden.«

»Wie kann man nur so gemein sein?«, brachte Nelly mühsam beherrscht heraus.

»Ach, Sie finden mich gemein? Ich dagegen denke, das Leben ist gemein. Zumindest manchmal.« Die Polizistin lehnte sich auf ihrem Stuhl zurück. Der Stöckelschuh wippte. »Womöglich hat Ihr betrunkener Gatte Sie beide in der alten Schneidemühle erwischt? Und ehe Sie was dagegen tun konnten, sind ihm zum zweiten Mal die Sicherungen durchgebrannt. So hatten Sie es doch selbst formuliert, Frau Kobs. Ihrem Mann sind die Sicherungen durchgebrannt. Ist es so gewesen? Eine Tat im Affekt, völlig ungeplant? Es wäre nicht die erste Schlägerei, die anfangs noch glimpflich ausging und dann … Sie wissen, was gelaufen ist, Frau Kobs. Nun reden Sie schon.«

Die Polizistin klang jetzt alles andere als lieblich, und es dauerte eine Weile, bis Nelly ihre Sprache wiederfand und sagen konnte: »Auf so bösartige Unterstellungen antworte ich gar nicht erst.«

»Ich unterstelle Ihnen nichts. Das war nur ein Gedankenspiel, wir müssen alle Möglichkeiten ausloten.«

»Ausloten? Ich würde lachen, wenn mir nicht zum Heulen wäre. Was Sie sich da zurecht spinnen, kann gar nicht passiert sein, weil ich nicht mehr auf dem Fest war.«

»Wirklich nicht?«

»Falls jemand behauptet, er hätte mich am späten Nachmittag noch gesehen, lügt er.«

Nelly entging nicht, dass die Polizistin ihre Taktik änderte. Plötzlich klang sie wieder so, als wolle sie einfach nur ein wenig plaudern. Sie lächelte sogar, als sie sagte: »Wenn alles, was ich denke, so falsch ist, dann sagen Sie uns doch einfach, was wirklich passiert ist.«

Nelly umfasste den dickwandigen Kaffeebecher so fest, dass sich die Haut unter ihren Nägeln rosa färbte. »Ich war zu Hause und mein Mann hat nichts getan.«

»Wie wollen Sie das wissen, wenn Sie zu Hause waren und er auf dem Fest?«

»Ich weiß es, weil ich ihn kenne.«

»Ach, und warum versteckt er sich jetzt? Hat er Angst? *Weil* Sie ihn kennen? Oder weil er *Sie* kennt?«

»Mein Mann versteckt sich nicht, er ist nur …« Nelly brach ab, weil sie nicht einmal für sich selbst eine Erklärung hatte und schon gar nicht für diese fremde Frau, die ihren Mann für einen Mörder hielt. Sie erschauerte unter dem strengen Blick aus misstrauisch zusammengekniffenen Augen. »Vielleicht verstecken *Sie* ihn ja seit dem Mord«, mutmaßte die Polizistin ungeduldig und der Schuh wippte schneller. »Ihre ganze Sucherei ist vielleicht nur Show, extra für uns inszeniert. Und womöglich auch für Ihren gutgläubigen Schwiegervater.«

Diese Frau war der Teufel.

Unbeeindruckt von Nellys verzweifelter Miene schlürfte die Polizistin ihren letzten Schluck Kaffee und streckte Stefanie den leeren Becher hin. »Der war wirklich gut, Frau … äh … Lüders, richtig? Könnte ich bitte noch einen haben?«

Knall ihr lieber die Kanne an den Kopf!

Doch die Wirtin beherrschte die Kunst des Gedankenlesens leider nicht. Sie griff zur beinahe schon leeren Glaskanne und fixierte die Polizistin mit diesem speziellen Blick, den sie ansonsten nur für Gäste parat hielt, die sich in ihrer Kneipe danebenbenahmen. Dann warf sie energisch eine kupferrot gefärbte Strähne zurück und sagte: »Sie liegen falsch, wenn Sie denken, Peter Kobs könnte diesen Mann erschlagen haben. Nicht mal im schlimmsten Suff würde er das tun. Niemals!«

»Woher wissen Sie, wie der Mann zu Tode gekommen ist? Niemand hat bisher erwähnt, dass er erschlagen wurde.« Das gemeine Miststück hielt den leeren Becher noch immer in der ausgestreckten Hand.

»Ich weiß gar nichts«, wehrte sich Stefanie, die Kanne bedrohlich schwenkend. »Vielleicht wurde der Mann auch erstochen oder erschossen, keine Ahnung. Sie reden doch die ganze Zeit über von Mord und Totschlag.«

Nelly, die weder Stefanie noch die Polizistin aus den Augen ließ, hielt die Spannung kaum noch aus. Doch die Kommissarin dachte gar nicht daran, die Wirtin vom Haken zu lassen. Mit spitzer Stilett-Stimme fragte sie: »Ihr Bruder, sagten Sie, hat von dem Toten erzählt? Was genau wusste er? Hat er erwähnt, wo Kobs sich versteckt hält?«

Wortlos goss Stefanie den restlichen Kaffee in den Becher, den ihr die Polizistin unter die Nase hielt. Dann sah sie Lena an, die ihr vertraut war. »Max weiß nur, dass in der alten Mühle ein Toter liegt.«

»Er war zur Tatzeit vor Ort, Steff, genau wie Peter.«

Nelly sah, wie unschlüssig sich das sommersprossige Gesicht der rothaarigen Kommissarin verzog, und bemerkte plötzlich, dass sie interessiert gemustert wurde. Und wieder glaubte sie, in den grünen Augen etwas wie Mitgefühl zu entdecken.

Aber nein, sie musste sich irren, sie würde ja doch nur enttäuscht werden. Lena Voßberg war Polizistin und wollte einen Mörder fangen. Den Mörder Peter Kobs, auch wenn sie es nicht so deutlich aussprach wie ihre aufgetakelte Kollegin.

Nelly schaute hinüber zu der jungen Frau im kurzen Bleistiftrock, der im Sitzen weit die Oberschenkel hinaufgerutscht war. Die blickdicht bestrumpften Beine übereinandergeschlagen nippte die falsche Schlange an ihrem Kaffee, der mindestens so süß sein musste wie Cola mit einem zusätzlichen Zentner Zucker drin. Nelly hatte gesehen, wie viele Zuckerstückchen sie hinein gerührt hatte.

Als hätte sie Nellys Blick gespürt, hob die Polizistin den Kopf. »Eine Sache wäre da noch, Frau Kobs. Ihre Schwiegereltern können sicher bestätigen, ab wann und wie lange Sie gestern zu Hause waren?«

»Das glaub ich eher nicht, wir belauschen uns nicht gegenseitig.« *Das macht nur Doris, meine Schwiegermutter,* fügte Nelly in Gedanken hinzu. Aber das ging diese Tussi nun wirklich nichts an.

»Dann sind Sie gestern allein in der Wohnung geblieben?«, nervte die Stöckelschuh-Tante weiter.

»Natürlich nicht. Brad Pitt kam noch vorbei.«

Stefanies Kehle entwich ein amüsiertes Glucksen. Die Polizistin zog blitzschnell einen Pfeil aus ihrem Köcher, der giftiger war als jeder Kugelfisch. »Schlägt Ihr Mann öfter zu?«

Nelly glaubte, sich verhört zu haben.

»Ich meine, schlägt er Sie auch?« Der Schuh wippte. Die Polizistin wartete.

Grellrote Flecken breiteten sich auf Nellys Hals aus, stiegen weiter hinauf und brannten auf ihren Wangen. Als sie ihre Stimme wiederfand, klang sie dunkel und drohend. »Wagen Sie ja nicht, zu behaupten, mein Mann würde mich schlagen. Wagen Sie das ja nicht!«

Schwungvoll warf die Polizistin ihren Notizblock neben den Kaffeebecher und streifte dabei das zierliche Sahnekännchen, das gefährlich ins Wanken geriet. Mit dem Stift deutete sie auf Nelly. »Sind Sie sich sicher, dass er es nicht tut? Und niemals getan hat?«

Die fassungslose Nelly wusste einfach nicht mehr, was sie noch sagen oder tun konnte, außer, dieses Biest endlich zu erwürgen.

»Jeder kann mal die Fassung verlieren«, schrie sie los. »Genau das ist meinem Mann auf dem Mühlenfest passiert. Trotzdem ist er kein Mörder und auch kein Ungeheuer, das seine Frau schlägt.«

»Sich aufzuregen, bringt gar nichts, Frau Kobs«, versuchte Lena Voßberg die Wogen zu glätten. »Meine Kollegin will sich nur ein Bild vom Charakter Ihres Mannes machen, deshalb muss sie solche Fragen stellen.«

Weil Nelly nichts Besseres einfiel, sagte sie einfach nur. »Na dann, schönen Dank auch.«

Stefanie hantierte schon wieder mit ihrem Geschirrtuch herum. Doch statt das Weinglas, das sie in der Hand hielt, trocken zu reiben, stellte sie es hart auf die Abtropfplatte zurück und sagte:»Mir reichts, Lena! Peter würde seine Frau niemals schlagen. Egal, was sich deine Kollegin in ihrer kranken Fantasie zusammenreimt. Er würde überhaupt keine Frau schlagen. So ein mieser Kerl ist er einfach nicht.«

»Und das wissen Sie, weil …?«

Ohne den Einwurf der Kaffee schlürfenden Fortu… irgendwas zu beachten, redete Stefanie weiter:»Und von dir, Lena, bin ich total enttäuscht. Ihr beide kommt hier rein und redet solchen Mist, statt euch um den wirklichen Täter zu kümmern. Solche Kommissarinnen kann sich jeder Verbrecher nur wünschen.«

»Lass uns einfach unsere Arbeit machen, Steff, ja?«

»Will heißen, ich soll zusehen, wie ihr den falschen Mann jagt.« Stefanie verdrehte die Augen.»Wenn ihr so weitermacht, kann sich der Mörder ins Fäustchen lachen, bis er mit hundert an Altersschwäche stirbt.«

Nellys Kehle war trocken, die dünne Bluse dagegen klebte ihr am Rücken. Hatte sie vorhin noch eisige Kälte gespürt, war sie jetzt schweißgebadet. Sie spürte eine Gefahr lauern, die größer war als alles, was sie sich je hatte vorstellen können.

In ihrem Kopf gab es nur noch einen einzigen Gedanken. Sie musste Peter finden, bevor die Polizei ihn aufspürte. Nur hatte sie keinen Schimmer, wo sie ihren Mann noch suchen sollte.

∗∗∗

Auf der Fahrt zur Dienststelle trommelte Mandy missmutig auf ihrem Lenkrad herum.»Warum wolltest du nicht weitermachen, Lena? Diese Nelly war kurz davor, uns alles zu sagen, und du brichst mittendrin ab. Erklär's mir, ich versteh's nicht.«

Lena zog den Haargummi aus dem roten Lockenbusch am Hinterkopf und lockerte die Strähnen mit den Händen auf.»Ich bin sicher, diese Frau sucht ihren Mann tatsächlich«, nuschelte sie, den Haargummi zwischen den Lippen.»Genau wie der alte Kobs weiß sie nicht, wo er steckt.«

»Pah! Der alte Kobs? Der zählt nicht, der wird doch den eigenen Sohn nicht in die Pfanne hauen. Was ist los mit dir, Chefin, du lässt dich doch sonst nicht so schnell einwickeln?«

»Und du hast sonst keinen Tunnelblick. Irgendwie bist du heute nicht gut drauf, Mandy. Und übrigens, die Ampel eben war rot.«

»Oh, verdammt!« Mandy starrte auf die Fahrbahn, bis Lena plötzlich befahl:»Fahr zurück, mir fällt gerade was ein.«

»In deine Dorfkneipe oder zurück zur alten Mühle?«

»Weder noch. Dreh einfach um, du kennst den Weg zurück nach Raglow.«

Hinter dem Ortsschild wies Lena nach rechts:»Hier abbiegen. Ist nur noch ein kurzes Stück.«

Mandys kleines Auto holperte über den Feldweg, bis Lena vor einem alleinstehenden Gehöft gebot:»Halt an, wir sind da.«

»Sieht aus wie am Ende der Welt.«

»Von wegen, hier steppt der Bär.«

»Ach, und den besuchen wir jetzt?«

»Nee, aber den bärtigen Typen. Du erinnerst dich?«

»Keinen Schimmer, wen du meinst.« Verwundert schob Mandy die Brauen zusammen. Doch dann fiel es ihr ein.»Der Mann am Sägegatter! Du meinst diesen Freund historischer Technik, von dem die pensionierte Studienrätin in der Mühle erzählt hat. Er und unser Toter sollen sich ja auf Anhieb bestens verstanden haben. Als der Mann noch am Leben war, meine ich natürlich.«

»Stimmt, wir reden von unserem OB.«

»Von eurem OB?« Mandy kicherte.»Du spinnst, Lena, so ein kleines Nest hat doch keinen Oberbürgermeister.«

»Nee, hat es nicht, aber einen Ortsbürgermeister. Irgendwer hat ihn spaßeshalber mal OB genannt und seitdem hat der Mann seinen Spitznamen weg. In Wahrheit heißt er Kai Wiesner.«

Mandy steuerte ihr Auto dicht an die hüfthohe Hecke, die das Anwesen umgab.

Als sie ausstiegen, hörten sie ein monotones Brummen. »Unser OB mäht den Rasen oder schneidet hinterm Haus die Hecke«, mutmaßte Lena. Sie führte Mandy durch ein schmales Gartentor – und tatsächlich: Wiesner säbelte an seiner Hecke herum.

Als er sich zu den beiden Frauen umdrehte, grinste er. »Hey, Lena, lange nicht gesehen.«

»Ach, ein einziger Tag ist für dich lange? Wir hatten doch erst gestern das Vergnügen. Auf dem Mühlenfest, deshalb sind wir hier.«

»Des Vergnügens wegen?« Sein Grinsen wurde breiter.

»Du verstehst mich schon, Kai.«

Augenblicklich wurde Wiesner ernst. »Ja, ich weiß, ihr kommt wegen der Leiche.«

»Es hat sich also schon bis in deine Einöde rumgesprochen, dass es in der Mühle einen Toten gab.«

Wiesner nickte zum Holperweg vor seinem Gehöft. »Hast du das Postauto nicht gesehen? Sonja war gerade da.«

»Klar!« Lena lachte hellauf. »Wenn unsere Postfrau durch ist, kannst du die Zeitung ungelesen wegschmeißen. Sonja Meyer plappert mehr aus, als da reinpasst. Aber jetzt überleg mal! Erinnerst du dich an den Mann, der gestern auf dem Mühlenfest alles Mögliche über historische Technik wissen wollte?«

»Nicht nur an einen, Lena.«

»Falls es deiner Erinnerung auf die Sprünge hilft, der Mann, den ich meine, trug eine ziemlich auffällige grüne Lederjacke.«

»Er war schlank und groß«, half Mandy nach. »Und, ach ja, er dürfte so Mitte dreißig gewesen sein.«

»Ich glaube, ich weiß, wen ihr meint.« Mit dem Fuß schob Wiesner abgeschnittene Zweige zusammen, hob sie auf und warf sie auf eine bereits übervolle Schubkarre. »Eure Beschreibung passt auf diesen technikverrückten Berliner.«

»Nun red schon! Was weißt du über ihn?«, drängte Lena ungeduldig. »Lass dir nicht alles aus der Nase ziehen.«

»Ist er euer Toter?« Mit einem unbedachten Schritt rückwärts brachte Wiesner die Schubkarre zum Kippen. Lena fasste reaktionsschnell zu, und Wiesner bückte sich, um heruntergefallenes

Strauchwerk aufzusammeln. »Eigentlich weiß ich nur, dass er, genau wie ich, ein Technikfreak war.«

Als er das letzte Zweiglein auf die Karre geworfen hatte, fiel Wiesner noch etwas ein. »Er hat übrigens alles fotografiert, was ihm vor die Linse kam.«

»Er hat fotografiert? Wir haben keine Kamera bei ihm gefunden. Keine Papiere, kein Geld, rein gar nichts.«

»Hatte er aber alles bei sich und die Kamera sah sauteuer aus. Wenn ihr nichts gefunden habt, muss ihn jemand beklaut haben.«

»Woher willst du wissen, dass er Papiere und Geld dabeihatte?«

»Ich bin nicht blind, Lena. Papiere und Geld hab ich gesehen, weil er sich allerhand über unsere alte Mühle aufgeschrieben und den Zettel ins Portemonnaie gesteckt hat.«

»Okay, Kai, danke! Aber bitte, denk noch mal nach. Hat er wirklich gar nichts über sich erzählt? Wer war er? Wie ist er hergekommen? Hat er sich vielleicht irgendwo eingemietet? Oder ein Auto abgestellt? Bisher wissen wir rein gar nichts über den Mann.«

»Hoppla, so viele Fragen auf einen Rutsch!« Wiesner schüttelte den Kopf und sah Lena bedauernd an. »Ich würde dir ja gern helfen, aber wir haben nur über technisches Zeug geredet, über nix weiter.«

»Schon gut, Kai, aber du weißt ja, bei der Polizei ist's manchmal wie bei den Eichhörnchen.«

»Hä?«

»Kennst du den Spruch nicht? Mühsam ernährt sich …?«

Mit nachdenklicher Miene knibbelte Wiesner an seinem Bart herum. »Irgendwas war da noch, ich komm nur nicht drauf.«

Mandy fischte ein Kärtchen aus ihrer großen Umhängetasche. »Sie können uns jederzeit anrufen.«

Er gab keine Antwort, grübelte nur still vor sich hin. Plötzlich blitzten seine Augen auf. »Jetzt fällt's mir wieder ein. Er hat irgendwo Maschinenbau studiert, allerdings ohne Abschluss. Aus irgendeinem Grund musste er das Studium aufgeben.«

»Na bitte, geht doch.« Mandy hielt ihm ihr Kärtchen hin, das sie noch immer in der Hand hatte. »Vielleicht fällt Ihnen später ja noch mehr ein.«

Unschlüssig griff Wiesner zu. »Wer kann sich das viele Gerede schon merken? Könnte sein, dass er Taxi fährt. Oder verwechsle ich da was? Keine Ahnung. Waren gestern einfach zu viele Leute da.«

Mandy kramte schon wieder in ihrer großen Tasche herum. Diesmal suchte sie ihren Notizblock. *Taxifahrer* schrieb sie auf die erste freie Seite und daneben die Worte *Studium Maschinenbau*.

»Wenn wir wüssten, wo er studiert hat, könnte uns vielleicht die Hochschule weiterhelfen. Ein halbwegs ordentliches Foto müssten wir mit Krollmanns Hilfe doch hinkriegen«, dachte sie laut nach.

»Sorry, dass ich euch so wenig helfen kann.« Bedauernd hob Wiesner die Schultern.

Lena nickte. »Schon gut, Kai. Aber überleg mal, welchen Eindruck hattest du von ihm? Fühlte er sich bedroht? War er nervös?«

Wiesner griff wieder zu seiner Heckenschere, setzte sie aber noch nicht in Gang, sondern fragte: »Von der Sache mit Kobs weißt du?«

»Ja, weiß ich, warum fragst du?«

»Na ja, als der Typ zu mir ans Sägegatter kam, muss ich ihn wohl blöd angeguckt haben. Du weißt schon, das ganze Blut auf der Jacke und so. Darum fing er ganz von selbst an, zu erzählen, was passiert war. Er konnte Kobs sogar verstehen. Wenn man jemanden liebt, meinte er, sei man auch eifersüchtig, das ginge ihm selbst nicht anders. Also nein, ich hatte nicht den Eindruck, er würde sich bedroht fühlen. Er war ein bisschen lädiert, das schon, aber ansonsten gut drauf.«

»Siehst du, du weißt mehr, als du dachtest«, stellte Lena fest. »Wenn du mir jetzt noch sagen könntest, wie lange ihr geschwatzt habt?«

»Du wirst lachen, das kann ich.« Wiesners Bart geriet in Bewegung, als er leise vor sich hin kicherte. »Wir standen genau bis achtzehn Uhr im Mühlenschuppen, falls du als alte Atheistin der Raglower Kirchturmuhr traust.«

»Das ›alte‹ nimmst du zurück, ansonsten danke, Kai. Du hast uns wirklich geholfen.«

***

»Nach dem Gespräch mit Wiesner hat der Berliner nur noch eine Stunde gelebt«, brummelte Mandy in ihre unergründliche Umhängetasche hinein, in der sie nach Essbarem suchte. Nach der Übelkeit am Vormittag hatte sie plötzlich einen Bärenhunger. »Was ist in dieser einen Stunde bloß passiert? Ich wüsste nur zu gern … Verflixt!«, unterbrach sie ihr Gemurmel und Gekrame und trat hart auf die Bremse.

Lena gab keine Antwort. Auf der kurvenreichen, von Bäumen gesäumten B 2, über die von den Polderwiesen her oft dichter Nebel zog, staute sich häufig der Verkehr, und immer wieder gab es Unfälle. Mandys Herumgekrame in den Untiefen ihrer Tasche nervte. Konnte diese Frau nicht wenigstens beim Autofahren still sitzen und den Blick auf die Straße richten? Aber nein! Sie hielt ihr Fahrzeug mit einer Hand in der Spur, mit der anderen durchwühlte sie ihre Tasche.

Besorgt stieß Lena sie an. »Lass die Hände am Lenkrad, sonst sitzen wir auch bald im Straßengraben, so wie irgendein Pechvogel vor uns.« Sie hoffte, Mandy würde sich endlich aufs Fahren konzentrieren oder wenigstens die Klappe halten. Sie, Lena, wollte in Ruhe nachdenken.

Doch Mandy tat weder das eine noch das andere. »Hier muss doch noch irgendwo …«, murmelte sie verbissen. »Ach, da ist sie ja!« Zufrieden grinsend förderte sie eine angebrochene Tafel Minzschokolade zutage und hielt sie Lena vor die Nase. »Pack aus, ist Nervennahrung. Ich brauch meine Hände zum Fahren, wie du richtig erkannt hast.«

Lena wickelte die schon etwas zerdrückte Schokolade aus dem silbrigen Papier und brach sie in Stücke. Kauend und schluckend verkündete Mandy: »Wenig Zucker, viel Kakao, macht glücklich und nicht dick.«

»So leicht bist du glücklich zu machen? Das wusste ich noch gar nicht.«

»Tja, wer kann schon alles wissen? Das bringst nicht mal du, Lena.«

Die Schokolade schien Mandys Laune trotz des Zuckeltempos tatsächlich aufzuhellen. Sie zappte durch die Musiksender im Autoradio. »Sag, wenn dir was gefällt«, forderte sie Lena mit vollem Mund auf.

»Ich weiß nicht, irgendwie liegen wir falsch«, platzte Lena mitten in einen Max-Raabe-Song hinein.

Mandys Lachen hätte spöttisch geklungen, hätte sie sich nicht an ihrer Schokolade verschluckt. »Du meinst, ich liege falsch, weil dein Kobs mein Kandidat Nummer eins ist«, meinte sie mit hochrotem Gesicht. »Das wünschst du dir, weil du mit ihm schon im Sandkasten gespielt hast.«

»Wir hatten keinen Sandkasten in Raglow.«

Plötzlich stoppte die Blechlawine vor ihnen.

»Was ist denn heute nur los?« Mit gerecktem Hals versuchte Mandy, die Ursache des Stopps zu erkennen.

»Reg dich nicht auf, du bist glücklich. Schon vergessen?«

»Ich bin was?«

»Schokolade! Du erinnerst dich?«

»Toller Witz!« Mandy schnipste mit den Fingern. »Ich lache später, okay?«

»Hauptsache, du lachst überhaupt.«

Als sich der Konvoi wieder in Bewegung gesetzt und sie die nächste Kurve hinter sich gelassen hatten, erkannten sie die Ursache des Staus. Es war tatsächlich ein Crash. Mit der Miene eines kommandierenden Generals lotste ein Polizist die Fahrzeuge an der Unfallstelle vorbei. »Da war bestimmt wieder mal so ein armer Teufel total übermüdet«, mutmaßte Mandy, als ein Brummi ins Blickfeld kam, die Schnauze im Straßengraben, das Heck quer über der Fahrbahn. Erst als sie wieder ordentlich Gas geben konnte, entdeckten sie den Unglücksraben von Fahrer. Zigarette im Mundwinkel, das Handy am Ohr tigerte er am Straßenrand entlang. Für einen Augenblick tat er Lena leid. Dann hatte sie ihn schon wieder vergessen. Sie dachte an Peter Kobs, der sich in Luft aufgelöst zu haben schien.

»Wenn Kobs nicht schnellstens wieder auftaucht, schreiben wir ihn zur Fahndung aus«, riss Mandy sie aus ihren Grübeleien. »Sind wir uns da einig, Chefin?«

»Aber klar doch, was denkst du denn?« Mit einem Papiertaschentuch rieb Lena sich Schokoladenflecken von den Händen. Mandy versuchte, sich eine ihrer kurzen Haarsträhnen um den Zeigefinger zu wickeln, was sie oft tat, wenn sie nachdachte. Ein Überbleibsel aus der Zeit, in der sie das Haar noch schulterlang getragen hatte. Lena zog ihr die Hand weg. »Hab ich nicht gerade gesagt, Hände ans Lenkrad?«

»Jawohl, Mama!«

»Bremsen!«, schrie Lena plötzlich auf.

Unmittelbar vor ihnen radelte eine junge Frau, ohne nach rechts oder links zu schauen, über die Fahrbahn. Der Knirps im Kindersitz klammerte sich an die Mutter.

Den Fuß hart auf der Bremse wetterte Mandy: »Wenn dir schon dein eigenes Leben egal ist, dann denk wenigstens an dein Kind.«

»Apropos Kind …«, nutzte Lena die Gelegenheit. »Bist du nun schwanger oder nicht?«

»Schwanger? Wieso sollte ich schwanger sein?«

»Weil du dir schon den ganzen Tag über die Seele aus dem Leib kotzt.«

»Hab ich mich in deiner Dorfkneipe übergeben oder bei den Dreschers? Oder gerade eben bei dem Typen mit Bart vielleicht?«

»Nee, hast du nicht, dafür aber heute Morgen umso schlimmer. Da darf man doch mal nachfragen, oder?«

»Du fragst doch sowieso.«

»Und du weichst aus. Ich will jetzt wissen, was mit dir los ist.«

»Weiß ich doch selbst nicht.«

»Vielleicht kann ich's dir sagen. Meine liebe Mandy, du bekommst ein Kind.«

»Blödsinn! Du irrst dich, Lena. Jedenfalls hoffe ich sehr, dass du dich irrst.« Mit beiden Händen gestikulierte Mandy wild in der Luft herum.

»Willst du uns umbringen?«, fauchte Lena. »Hör endlich auf mit deinem Rumgefuchtel. Sonst fahre ich weiter. Capito?«

»Ich hör ja schon auf.« Mandy, die jetzt nichts mehr von der forschen Kommissarin an sich hatte, umklammerte das Lenkrad mit festem Griff. »Ich hab eine Scheißangst. Ich darf nicht schwanger sein.«

»Mach einen Test. Dann weißt du wenigstens, woran du bist.«

Mandy spitzte die Lippen, ließ aber keinen Pfiff hören, sondern nur ein verzagtes »Mach ich, Lena. Morgen. Ganz bestimmt!«

»Warum nicht heute? Wir fahren an der Apotheke vorbei und du kaufst dir so ein Prüfdingens.«

Vom Fahrersitz kam nur ein unschlüssiges »Hm, na ja …«

Lena blieb hartnäckig. »Verstehe, du fürchtest dich vor dem Ergebnis. Hilft aber alles nichts, du musst den Test machen.«

»Meinst du, das weiß ich nicht? Und ganz nebenbei, diese blöden Tester hab ich schon längst gekauft. Hab zur Sicherheit gleich drei genommen. Diese dämlichen Dinger warten nur drauf, dass ich sie anpinkele.«

»Dämlich bist du selbst, wenn du sie nicht endlich mal benutzt.«

Lena überlegte einen Augenblick, dann sah sie forschend zu Mandy hinüber. »Soweit ich weiß, bist du im Augenblick solo. Aber schon klar, geht mich nichts an …«

»Stimmt genau!«

»Reden wir von einem One-Night-Stand oder wie oder was?«

»Sagtest du nicht gerade, dass dich das nichts angeht?« Mandy wollte lächeln, verzog die Mundwinkel aber eher zu einer verunglückten Clownsmaske. »Ich weiß, die Geschichte mit der Jungfrau Maria ist eh nicht so ganz glaubhaft. Aber ein einfacher One-Night-Stand war es eben auch nicht. Irgendwie ist das alles ein bisschen komplizierter.«

»Lass mich raten. Der Mann ist verheiratet und hat elf Kinder«, versuchte Lena einen Scherz.

Die Clownsmaske wackelte vor dem Lenkrad hin und her. »Schlimmer, viel schlimmer.«

Ungläubig schüttelte Lena den dichten roten Haarschopf. »Was könnte schlimmer sein? Nun sag schon! Was ist los mit dir, Mandy?«

»Lieber nicht, es könnte ja immer noch blinder Alarm sein. Dann bliebe mir die Peinlichkeit erspart, diese spezielle Geschichte irgendwann erklären zu müssen.«

»Hört sich mysteriös an. Da möchte man erst recht nachfragen.«

»Lass es, Lena. Ich hab ganz schön Mist gebaut, fürchte ich.«

In der Stadt staute sich der Verkehr auf der Spur der Linksabbieger – ein deutlicher Hinweis auf die Feierabendzeit.

»Was willst du eigentlich mit deinem angebrochenen Urlaubstag anfangen?«, wechselte Mandy abrupt das Thema.

»Angebrochener Urlaubstag? Soll das ein Witz sein? Aber keine Sorge, ich mach's mir richtig gemütlich. Wo könnte es schöner sein als unter der strahlenden Sonne unserer Bürolampe?«

»Hi, hi«, kicherte Mandy. »Du sonnst dich und fragst bei den Berliner Taxiunternehmen rum, ob einer ihrer Leute heute nicht zur Arbeit erschienen ist.«

»Gute Idee«, stimmte Lena zu. »Aber vorher geh ich noch kurz bei der SpuSi vorbei. Und du lässt inzwischen die Herrschaften aus der Mühle durchs System laufen, okay?«

»Aye, aye, Chefin.« Mandy lenkte ihr Auto in die Parklücke, ohne den Audi zu bemerken, der ein Stück von ihrer Dienststelle entfernt am Straßenrand parkte. Darum sah sie auch den Mann nicht, der seine Zigarette ausdrückte und sein Fahrzeug startete, als sie und Lena aus dem Auto stiegen.

***

Nur das Ticken der altmodischen Uhr über dem Tresen durchbrach die Stille. *Tick, tack, tick, tack.* Teilnahmslos und monoton.

Lena Voßberg und diese grässliche Fortu… irgendwas waren weg und sie waren wieder allein. Niedergeschlagen saßen sie am runden Tisch neben dem Tresen, der ansonsten nur Stammgästen vorbehalten war. Genau wie Nelly wusste auch Stefanie, die sonst so couragierte Wirtin, nicht, was sie noch tun konnten. Und genau wie Nelly starrte sie auf die Tür, als hätte sie Angst, die beiden Polizistinnen könnten zurückkommen.

Doch nach dem nächsten *Tick, tack, tick, tack* sprang die Wirtin unvermittelt auf, wuselte im Gastraum herum und beklagte sich beim Universum: »Irgendwer verschlampt hier ständig das Telefon.« Schon beinahe wieder ganz die Alte, weil ihr eingefallen war, was sie längst hätten tun sollen, sah sie sich um und entdeckte das Telefon unter dem zusammengeknüllten Geschirrtuch neben den blitzblank geputzten Gläsern.

»Genug Trübsal geblasen«, versuchte sie, Nelly aus der Lethargie zu reißen. »Wir rufen jetzt alle Bekannten an, dann wissen wir auch bald, wo dein Mann abgeblieben ist.«

Es dauerte eine geschlagene Stunde, bis sie entnervt aufgab. So unglaublich es auch war, seit dem Mühlenfest, genauer gesagt seit dem späten Nachmittag, wollte niemand mehr Peter Kobs gesehen haben. Er blieb verschwunden, als hätte ihn der Mühlbach fortgespült.

Als sich erneut ein Fahrzeug näherte und vor dem Gasthaus stehen blieb, fuhr Nelly erschrocken zusammen. Kamen die Kommissarinnen noch einmal zurück? Bloß das nicht!

Stefanie lächelte ihr beruhigend zu. »Keine Sorge, das ist mein Bruder. Max' Kiste erkenn ich sofort.«

Nelly hielt es kaum noch auf ihrem Stuhl. Die Zeit, bis Max in den Schankraum kam, schien sich endlos zu dehnen. Sie wartete mit unruhig klopfendem Herzen und musste zu ihrer grenzenlosen Enttäuschung erkennen, dass sie umsonst gewartet hatte.

Stefanies Bruder hatte kaum Antworten auf ihre Fragen. Er habe Peter zum letzten Mal gesehen, als der mit den alten Kumpels ein Bierchen nach dem anderen gezischt habe, erzählte er. Gegen halb fünf habe er ihm das Wohnmobil aufgeschlossen, »weil Peter schon ziemlich durch war«, wie Max mit vorsichtigem Blick auf Nelly formulierte. Oben im Alkoven hätte er sich in die Koje hauen und ausnüchtern können. Als er, Max, am Abend ins Wohnmobil geschaut habe, sei Peter nicht drin gewesen. Das Bett unberührt.

»Auch gut, dann ist der Junge eben nach Hause getorkelt. Was hätte ich sonst denken sollen?«, schloss Max seine Erklärung ab und wischte sich Schaum von den Lippen. Stefanie hatte sein Bierglas mit extra viel Schaum gefüllt, so wie er es liebte.

Im Gegensatz zu den besorgten Frauen fand er Peters Verschwinden eher amüsant als bedrohlich. »Macht euch mal keine Sorgen, Mädels«, tröstete er die beiden. »Ehe ihr euch verseht, taucht der Bursche putzmunter wieder auf und lacht sich kaputt über das ganze Theater, das ihr hier veranstaltet.«

»Na, das soll er mal versuchen!« Stefanie griff wieder zum Telefon und überlegte, wen sie vergessen haben könnte. Doch es wollte ihr einfach niemand mehr einfallen.

Max, der sich ein frisches Bier gezapft und hungrig in ein kaltes Würstchen aus Stefanies Kühlschrank gebissen hatte, musterte seine Schwester. »Was soll der ganze Zirkus, he? Sobald der alte Knabe wieder auftaucht, ziehen wir ihm die Hammelbeine lang, wie er's verdient hat. Aber jetzt lasst ihn erst mal in Ruhe pennen. Wenn er aufwacht, wird ihm der Schädel platzen vor Kopfschmerzen. Eigentlich ist das schon Strafe genug, meint ihr nicht auch?« Der Rest des Würstchens verschwand in seinem Mund. »Okay, Schwesterchen? Okay, Nelly?«

Nelly sah ihn traurig an. »Warum schläft er seinen Rausch nicht im eigenen Bett aus?«

»Sagen wir mal so.« Max lächelte voller Verständnis. »Dein Mann war vergnatzt, du weißt, warum. Bei irgendwem wird er in seinem Frust noch einen Absacker getrunken haben, und das war dann der berühmte Tropfen zu viel. Hab Geduld, Nelly. Nimm's als kleinen Rückfall in alte Zeiten.«

»Die du nur zu gut kennst, Max! Super Tipp, wirklich!«

»Ja, kenn ich.« Schuldbewusst verzog er das Gesicht. »Darum bin ich mir auch sicher, dass dein Mann bei einem der alten Kumpel hockt, die Steffi gerade angerufen hat. Einer von den Jungs hat euch angeflunkert. Wer lässt sich schon gern von seiner Frau nach Hause zitieren? Wie sieht das denn aus vor den anderen?«

»So was Ähnliches hat Kalle auch schon gesagt«, murmelte Nelly.

»Weil Kalle ein kluger Mann ist.« Max, der seiner Schwester unglaublich ähnlich sah, sich aber weit weniger als die modebewusste

Stefanie für sein Äußeres interessierte, nahm einen Schluck aus seinem Glas. Für ihn war das Thema erledigt.

»Blöder Macho«, fuhr Stefanie ihren Bruder an. »Siehst du nicht, dass Nelly fast durchdreht vor Angst? Und übrigens, stell dein Bier weg, du musst heute noch fahren.«

Als er sein frisch gezapftes Bier in den Ausguss plätschern ließ, seufzte er gutmütig auf. »Ist echt ein Kreuz mit den kleinen Schwestern. Aber du hast schon recht, du Nervensäge, auch wenn ich erst am späten Nachmittag wieder ins Auto steige.«

Nelly hatte kein Ohr für das Geplänkel der Geschwister. Angst schnürte ihr die Kehle zu. Auf dem kurzen Weg zurück zum alten Gärtnerhaus nahm sie die helle Mittagssonne nicht wahr, die ihr warm ins Gesicht schien, und nicht den Duft des voll erblühten Flieders vor dem Hoftor.

Sollte Max tatsächlich recht haben? Schlief Peter bei einem alten Kumpel seinen Rausch aus, so wie er es früher manchmal getan hatte, als sie noch kein Paar gewesen waren? Sie versuchte, sich einzureden, dass es so sein könnte. Doch tief in ihrem Innern wusste sie: Peter musste etwas passiert sein. Etwas Furchtbares, das ihn daran hinderte, zu ihr nach Hause zu kommen.

Zu ihrem Entsetzen kehrte er auch im Laufe des Tages nicht heim und nicht in der nächsten Nacht, in der sie keinen Schlaf fand.

5. KAPITEL

*S*eit der Nacht, in der das Kind das Gespräch der Eltern mitangehört hatte, kam es nicht mehr zur Ruhe. Es wusste, irgendetwas stimmte nicht mit ihm. Nur hatte es nicht die geringste Ahnung, was an ihm so falsch sein konnte. Alles Grübeln half nichts. Es kam einfach nicht dahinter. Was hatte es so Furchtbares getan, dass nicht einmal die Eltern mit ihm darüber reden konnten? Was verbargen sie vor ihm? Es musste etwas sehr, sehr Schlimmes sein.

Das Kind begann, die Eltern zu beobachten. Und eines Tages ahnte es, das Geheimnis lag sicher verschlossen, gut verwahrt vor zudringlichen Blicken im Schreibtisch seines Vaters. Warum sonst war der immer – wirklich immer – abgeschlossen?

Dieses mit Intarsien verzierte alte Möbelstück, an dem schon der Großvater gesessen hatte, war für Kinder tabu. Ganz besonders für dieses Kind. Sosehr es sich auch wünschte, zu ergründen, was die Eltern so ängstlich vor ihm versteckten, der alte Schreibtisch hütete das Geheimnis bei Tag und in der Nacht.

Niemals ließ er sich öffnen, ausgenommen in den Stunden, in denen der Vater in seinem Arbeitszimmer saß und schrieb oder in irgendwelchen Unterlagen blätterte. Sobald er aufstand und aus dem Zimmer ging, ließen sich weder Türen noch Schubladen irgendwie bewegen. Das musste einen Grund haben.

Der alte Schreibtisch hütete ein Geheimnis!

Der einzige Schlüssel, den es gab, lag unauffindbar in einem Versteck. Bis zu dem Abend, an dem das Kind das Versteck entdeckte.

***

Noch bevor Lena ihre Jacke in den Schrank gehängt und die Tasche unter den Schreibtisch geschoben hatte, drückte sie die Powertaste ihres Computers. Sobald die Symbole auf dem Bildschirm leuchteten, drehte sie sich zu Mandy um.

»Von Haubi nichts Neues. Ich mach mich jetzt an die Taxibetriebe und du ruf gleich mal Krollmann an. Vielleicht hat er ja schon was für uns.« Sie konzentrierte sich auf den Bildschirm, deshalb sah sie nicht, dass Mandy amüsiert den Mund verzog.

Ihr Gebrummel war nicht zu überhören. »Auch wenn der Doc lange studiert hat, hexen kann er trotzdem nicht, nicht mal für dich, Lena.«

»Versuch's einfach!«

»Bin schon dabei, Chefin. Meldet sich aber niemand. Der Boss ist noch bei der Arbeit, und die gute Frau Fenske trinkt zu Hause ihr Käffchen. Du weißt, sie arbeitet halbtags.«

»So wird's sein«, gab Lena sich vorerst zufrieden. Sie wusste, Krollmann würde von selbst anrufen, und Mandys Stichelei war so überflüssig wie der Wurm im Apfel.

Konzentriert scrollte sie durch die Dateien, tippte eine Telefonnummer nach der anderen ein und brachte ihr Anliegen vor. Nichts! Niemand vermisste einen Taxifahrer.

Ohne allzu viel Hoffnung klickte sie auf die Liste der abgängigen Personen.

»Nichts passt«, murmelte sie beim Scrollen vor sich hin. »Entweder sind sie zu alt oder zu jung oder irgendwas anderes stimmt nicht.« Enttäuscht blickte sie vom Bildschirm auf. »Irgendwer muss diesen Berliner doch vermissen.«

»Selbst wenn, so schnell landet man nicht in unseren Dateien«, rief Mandy von ihrem Schreibtisch aus durch die offene Tür. Dann hörte Lena nur noch das leise Klickern der Tasten. Mandy gab Namen und Daten der Männer und Frauen ins System ein, die sie in der alten Mühle angetroffen hatten.

»Ich glaub's ja nicht!«, jubilierte sie plötzlich.

»Was glaubst du nicht?«

»Komm her und schau selbst, Chefin.«

Lena stand auf, ging zu ihr hinüber, und Mandy fasste zusammen, was sie über die Hobbyschreiber herausgefunden hatte.

Der Lübecker Bibliothekarin und dem bayrischen Zahnarzt ließ sich nicht mal ein Pünktchen in Flensburg zuordnen. Auch Lilo Drescher war polizeilich gesehen ein unbeschriebenes Blatt. Ihr Gatte hingegen hatte noch kurz vor seinem Ruhestand eine Strafanzeige hinnehmen müssen. Der Vater einer Schülerin hatte ihn des Mobbings beschuldigt. Drescher habe das Mädchen permanent gedemütigt, hatte der Vater in seiner Anzeige geschrieben. »Mit unglaublich bösartigem Verhalten hat er mein Kind beinahe in den Selbstmord getrieben«, las Mandy aus dem eingescannten Schriftstück vor.

»Oha!«, machte Lena. »Ein wirklich netter Zeitgenosse.«

»Und jetzt kommt der nächste dicke Hund.« Mandy schnalzte mit der Zunge. »Von wegen smarter Geschäftsmann. Udo Wachtel, der angeblich so überaus erfolgreiche Autohändler, ist pleite. Sein schönes Autohaus ist futsch. Es gab sogar ein Gerichtsverfahren. Kunden haben ihm Betrug vorgeworfen. Von nicht koscheren An- und Verkäufen war die Rede und von minderwertigen Ersatzteilen zu überhöhten Preisen bei Reparaturen in der angeschlossenen Werkstatt. Hat alles in der Zeitung gestanden, und das Internet vergisst nichts.«

Verwundert schüttelte Lena den Kopf. »Drescher hat ihn doch so hoch gelobt. Und jetzt sagst du, er ist gar kein Autohändler mehr?«

»Hab ich so nicht gesagt, Chefin. Laut Internet betreibt Wachtel derzeit zusammen mit einem Kompagnon einen Gebrauchtwagenhandel unter freiem Himmel. In einem Gewerbegebiet im Brandenburgischen. Ziemlich dubios der Mann. Aber was heißt das für uns?«

Lena überlegte einen Augenblick, bevor sie sagte: »Punkt 1: Wachtel lügt, Punkt 2: Warum war er so nervös, als wir mit ihm gesprochen haben? Versteckt er mehr vor uns, als sein geschäftliches Scheitern? Punkt 3: Wo war er zur Tatzeit?«

Mandy sprang auf, stöckelte mit ihrem Notizblock zum Flipchart und schrieb auf ein leeres weißes Blatt: *Unbekannter Toter/Mann aus Berlin.* Sie ließ etwas Platz frei und schrieb den Namen *Udo Wachtel,* darunter Lenas Auflistung.

Dann blätterte sie in ihrem Block und sagte:»Als wir mit Wachtel allein in Dreschers Bibliothek saßen, hat er behauptet, zur Tatzeit habe er auf der Festwiese sein Bierchen getrunken, und zwar zusammen mit dem bayrischen Zahnarzt.« Mit dem Zeigefinger tippte Mandy auf ihrem Block herum, als wäre die Wahrheit dort in Stein gemeißelt.»Der Mann in der grünen Lederjacke sei ihm nach der Schlägerei nicht mehr unter die Augen gekommen, sagt er.«

»Der Bayer hat Wachtels Angaben nur teilweise bestätigt«, erinnerte sich Lena.»Die beiden saßen tatsächlich zusammen beim Bier, nur konnte sich der Zahnarzt nicht mehr an die genaue Uhrzeit erinnern. Auf jeden Fall war Wachtel bei unserem Besuch sehr beunruhigt.«

»Er hat sich seinen Schreibkollegen als super Geschäftsmann vorgestellt. Seit wir aufgetaucht sind, ahnt er, dass sein Schwindel auffliegt«, mutmaßte Mandy und schrieb *Alibi überprüfen!* mit einem Ausrufezeichen neben den Namen Udo Wachtel.

Den Namen Peter Kobs ergänzte sie mit den Worten: *Mord im alkoholisierten Zustand/Motiv: Eifersucht.*

Lena nahm ihr den Stift aus der Hand und malte ein dickes Fragezeichen dahinter. Dann ergänzte sie die Überschrift *Unbekannter Toter/Mann aus Berlin* mit der Notiz: *Papiere, Geld und Kamera verschwunden.*

Mit dem Zeigefinger fuhrwerkte Mandy schon wieder in ihren kurzen Locken herum, während sie sagte:»Raubmord war das bestimmt nicht. Da müsste der Mann noch was Wertvolleres bei sich gehabt haben als die Kamera. Und außerdem, Lena, Raubmord geht anders. Diebesgut schnappen und weg. So läuft das. Bei den vielen Schlägen in der Mühle waren Gefühle im Spiel. Wut, Hass, Verzweiflung – alles ist möglich. Ich tippe stark auf Eifersucht.«

Lena schloss für einen Moment die Augen. Sie sah den Toten wieder vor sich liegen. Brutal zugerichtet. Getrocknetes Blut im rissigen Holz.»Was meinst du? Wie ist der Mann von Berlin nach Raglow gekommen?«

»Ist doch egal, Chefin.«

»Ganz und gar nicht. An Feiertagen fährt kein Bus. Der nächste

Bahnhof ist vier Kilometer entfernt. Wie ist der Mann also hergekommen? Einen Autoschlüssel hätte Krollmann gefunden.«

»Vielleicht hatte er eine Mitfahrgelegenheit?«

»Möglich, aber dann wäre aufgefallen, dass er nicht mehr da war, falls er auf die gleiche Weise nach Berlin zurückwollte.«

»Hm, Autoschlüssel?« Mandy kaute auf ihrer Unterlippe herum. »Zusammen mit dem anderen Zeug hat den jemand geklaut«, bot sie als plausible Erklärung an.

»Und dann auch gleich noch das Auto?«

»Das passt doch, Chefin. Auch wenn du's nicht hören willst. Dein Kindergartenfreund ist ausgerastet und hat stinkbesoffen und halb verrückt vor Eifersucht diesen Mann erschlagen. Mit dem geklauten Auto konnte er ruck, zuck über die Grenze verschwinden. Erst als er wieder nüchtern war, ist ihm klar geworden, was er getan hat. Darum lässt er sich hier vorerst nicht blicken. Er wartet ab, was passiert.«

Mandy, die die ganze Zeit am Flipchart gestanden hatte, setzte sich wieder an ihren Schreibtisch, streifte die High Heels von den Füßen und legte die Beine auf die Schreibtischkante. Zog sie aber sofort wieder zurück, denn die Tür ging auf und Konrad Haubenreißer, der altgediente Kriminaltechniker, kam herein. Eine Plastiktüte schwenkend strahlte er die Frauen an. »Schaut mal, Mädels, was unsere Leute noch gefunden haben. Das Teil lag ein bisschen abseits am Rand der Festwiese.«

Lenas Miene hellte sich auf, als sie sah, was Haubenreißer vor ihren Augen hin und her pendeln ließ. Ihre Stimme übersprang einige Oktaven. »Das Handy des Toten?«, rief sie überrascht aus.

»Oder des Mörders?« Mandy schlüpfte in ihre Schuhe und sah Haubi erwartungsvoll an.

Der korpulente Mann schmunzelte. »Na, nun mal nicht gleich so hochtrabende Wünsche, meine Damen. Aber wer weiß, vielleicht ist das Ding ja wirklich ein Sechser im Lotto. Wir müssen es bloß noch zum Laufen kriegen. Vorerst hat es den Geist aufgegeben.«

»Vielleicht ist nur der Akku leer«, wagte Mandy, vorwitzig zu bemerken.

»Ha!« Er schlug sich an die Stirn. »Lieben Dank auch, Frau Kollegin, da wäre ich nie drauf gekommen.«

»Sei nicht gleich eingeschnappt, Haubi. Wir wissen doch, wie aufgeschmissen wir ohne dich wären«, umgarnte ihn Mandy mit breitem Lächeln.

»Nee, nee, Mädels, trinkt ihr mal schön euren Kaffee, ich mach mich derweil nützlich.« Damit nahm der Kriminaltechniker die Plastiktüte samt Handy wieder von Lenas Schreibtisch.

Doch Mandy gab nicht so schnell auf. »Apropos Kaffee«, gurrte sie. »Was darf's denn sein? Espresso, Cappuccino oder Latte?«

Er blieb stehen, unschlüssig, ob er so schnell klein beigeben sollte. Doch wie schon so oft gewann seine Gutmütigkeit die Oberhand. Sein Schmunzeln begann in den Augen und zog sich übers ganze Gesicht.

»Nix von diesem neumodischen Firlefanz. Aber wenn du mich schon so nett einlädst, liebe Mandy, ein solider Kaffee wäre nicht schlecht. Mit Milch und Zucker, wenn's genehm ist.«

Als er sich ächzend auf einen Stuhl fallen ließ, wölbte sich sein beachtlicher Bauch unter der grauen Strickjacke wie ein zu groß geratener Fußball. Mandy nutzte die Chance, ihm noch ein bisschen um den Bart zu gehen. »Ihr kriegt das Ding ganz sicher wieder zum Laufen, habt doch schon ganz andere Sachen geschafft.« Mit einem Lächeln reichte sie ihm die frisch gefüllte Tasse.

Er trank den ersten Schluck, tat, als bekomme er keine Luft mehr, und schlug sich mit der Rechten an die Brust. »Viel zu stark für meine Pumpe, das Gesöff. Aber göttlich! Nur gut, dass meine Elfi nicht mitkriegt, wie systematisch ich hier vergiftet werde.«

Lena griff zum Telefon. »Ich ruf Krollmann an. Inzwischen wird er ja wohl durch sein.«

Sie wählte. Krollmann meldete sich sofort. »Du hattest versprochen, mich nicht zu drängen. Kannst wohl wieder mal meinen Bericht nicht abwarten, was?«

»Nein, kann ich nicht. Also, was weißt du schon?«

»Bin gerade fertig geworden. Nur ein paar Analysen stehen noch aus. Soll heißen, du kannst meinen Bericht haben. Aber nicht am Telefon. Ich komme rüber zu euch, und zwar gleich.«

Lena nickte Haubi zu. »Kannst sitzen bleiben, der Doc kommt rüber.«
Es dauerte nur wenige Minuten, bis der hochgewachsene Gerichtsmediziner in den Raum gestürmt kam. Er verzog das Gesicht, als er den Blick über die schlaffen Blätter der Zimmerpflanzen auf dem Fensterbrett gleiten ließ.

»Ich hab dir schon x-mal verklickert, dass die Heizungsluft unser Grünzeug killt«, wehrte sich Mandy gegen den unausgesprochenen Vorwurf.

»Klar, ganz besonders im Sommer, wenn die Heizung aus ist, und euer Wasser ist viel zu nass für die Chlorophytum, die anderswo wuchert wie Unkraut.«
Er schob die Ärmel seines roten Kaschmirpullis hoch bis zum Ellenbogen und schlug den Hefter auf, den er unter dem Arm getragen hatte.

»Kein Fachchinesisch, bitte«, protestierte Mandy augenblicklich.

»Keine Angst, das hatte ich nicht vor. Wie ihr ja wisst, waren es viele heftige Schläge auf Kopf und Körper. Ein klarer Fall von Übertötung. Habt ihr die Tatwaffe inzwischen gefunden?« Er sah Haubenreißer an, der stumm den Kopf schüttelte.

Lena wusste, dass es den ehrgeizigen Mann fuchste, das zugeben zu müssen.

»Wie können wir uns das Teil überhaupt vorstellen?« Ihre Frage ließ Krollmann kurz zögern. Mit Daumen und Zeigefinger rieb er sich das Kinn, bevor er sagte: »Es müsste zwei Spitzen haben, eine etwa neun Zentimeter lange und eine etwas kürzere. Und es dürfte nicht breiter als drei Zentimeter sein. Ich hab Rostspuren gefunden, also solltet ihr nach was Metallischem suchen.«

Haubenreißer runzelte die Stirn. »Es gibt doch diesen speziellen Hammer, so einen, wie ihn Zimmerleute benutzen. Meinst du so was in der Art?«

»Super, Haubi!« Krollmann klatschte in die Hände. »Die Verletzungen passen. So ein Hammer könnte es gewesen sein.«

Der Kriminaltechniker sah Lena an, als müsste er sich bei ihr entschuldigen. »So ein Ding ist uns nicht untergekommen, leider. Und wir haben wirklich alles abgesucht.«

Mandy strich ihren kurzen Rock glatt, während sie sagte: »Der Mörder wäre schön blöd, die Tatwaffe einfach liegen zu lassen. Noch dazu mit Eins-a-Fingerabdrücken drauf. Aber …« Sie tippte auf die Plastiktüte mit dem gefundenen Handy. »Damit haben wir hoffentlich mehr Glück.«

»Ja, wenn's denn mal wieder läuft.« Haubi nahm einen weiteren Schluck aus seiner Tasse und Lena zog die Mappe mit dem Obduktionsbericht zu sich heran. Doch statt sie aufzuschlagen, hob sie die Arme und zog den Haargummi aus ihren Locken. Seidig glänzend fiel ihr fuchsrotes Haar über die Schultern und umrahmte das von Sommersprossen gesprenkelte Gesicht.

Krollmanns Blick huschte zu ihr hinüber, fand ihre smaragdgrünen Augen und erhaschte ein flüchtiges Lächeln.

Mit dem nächsten Wimpernschlag löschte sie den Zauber aus.

»Und? Was hast du sonst noch?«, fragte sie und schlug die Mappe nun wirklich auf.

»Tja, was habe ich sonst noch?« Krollmann tippte auf seinen Bericht. »Wie ihr hier lesen könnt, gab es kaum Abwehrverletzungen. Mindestens acht- bis zehnmal hat der Täter auf ihn eingeschlagen und der Mann hat sich nur ganz am Anfang gewehrt. Dann war er dazu nicht mehr in der Lage.«

Haubi knetete seine Knubbelnase. »Heftige Schläge, sagst du? Dann war es wohl eher keine Frau?«

»Würde ich nicht sagen«, widersprach Krollmann. »Mit ausreichend Adrenalin im Blut ist vieles möglich. Der Täter oder eben auch *die Täterin* merkt gar nicht, wie hart er – oder sie – zuschlägt. Auf jeden Fall ist er oder sie nicht kleiner als eins fünfundsiebzig.«

»Unglaublich, so ein Blutrausch«, murmelte Haubi, dem selbst lange Berufsjahre die Empathie nicht nehmen konnten.

Lena gönnte ihm ein aufmunterndes Lächeln. »Du bist zu gut für diese Welt. Darum weißt du auch nicht, wozu Frauen fähig sind, wenn sie in Wut geraten.«

»Das weiß ein alter Hase wie ich besser als jeder andere.« Ein Anflug von Ärger färbte sein faltiges Gesicht. »Trotzdem würde ich eher nach einem Mann suchen. Aber, na ja, den Täter oder meinetwegen auch die Täterin müsst sowieso ihr finden. Nicht ich.«

»Vielleicht kennen wir den ja schon«, platzte Mandy heraus.

»Ihr kennt den Täter?« Haubi starrte sie mit offenem Mund an. »Kannst du das noch mal sagen?«

Ihrer unbedachten Äußerung wegen in der Zwickmühle verzog Mandy das Gesicht. Ehe ihr eine passende Antwort einfiel, fuhr Lena dazwischen: »Abgesehen von Vermutungen haben wir rein gar nichts. Jedenfalls keinerlei Beweise. Das gilt sowohl für den Täter als auch für das Motiv.«

Verwundert sah Krollmann von Lena zu Mandy, dann schüttelte er unwillig den Kopf. »Lasst mich ausreden, dann könnt ihr streiten, so viel ihr wollt. Auf jeden Fall ist der Mann dort gestorben, wo er gefunden wurde. Also Tatort gleich Fundort. Ihr habt das viele Blut ja selbst gesehen. Ansonsten? Keine Drogen, null Alkohol. Bis gestern Abend war der Mann kerngesund und in bester Verfassung. Ein ausgesprochen sportlicher Bursche. Vermutlich hätte er hundert Jahre alt werden können, topfit wie er war.«

Froh, fürs Erste aus der Schusslinie zu sein, erkundigte sich Mandy: »Und der Todeszeitpunkt? Bleibt es bei neunzehn Uhr?«

Krollmann nickte. »Ja, bleibt es. Plus, minus, so wie immer.«

»Bis zum Glockenschlag abends um sechs war der Mann noch mit Wiesner zusammen, Lenas Ortsbürgermeister. Aber was ist danach passiert? Hat er im Mühlenschuppen auf jemanden gewartet? Vielleicht auf die hübsche Nelly Kobs?« Nicht nur ihre Worte, auch Mandys Blick forderte Lenas Widerspruch geradezu heraus. Doch die fasste nur den fuchsroten Haarschopf am Hinterkopf zusammen, drehte einen Knoten und ließ ihn wieder fallen, was sie oft tat, wenn sie grübelte.

»Eigentlich bin ich mir sicher, dass es so war«, wagte Mandy sich weiter vor.

Krollmann schüttelte irritiert den Kopf und sagte: »Da ist übrigens noch etwas, das euch interessieren dürfte. Ich habe die DNA einer zweiten Person gefunden. Und zwar innen in seiner Lederjacke, dort, wo gewöhnlich die Brieftasche steckt. In der Tasche war nichts mehr drin, aber mir ist dieser kleine Blutfleck aufgefallen. Ich weiß auch nicht, warum ich den bei all dem vielen Blut am Tatort noch mal extra analysiert habe. Kurz gesagt – dieser Blutfleck stammt nicht von dem Toten.«

Smaragdgrüne Augen funkelten ihn verärgert an. »Und das sagst du uns erst jetzt?«

»Du solltest dich lieber über meinen siebten Sinn freuen, statt mich zu beschimpfen.«

»Ich beschimpfe dich nicht. Ich frag mich nur, wo der Fleck herkommt.«

»Gute Frage, Lena. Bringt mir eine Vergleichsprobe und ihr habt euren Mörder. Es sei denn, einer hat zugeschlagen und ein anderer die Brieftasche geklaut.«

Angesichts der neuen Sachlage alle Vorsicht vergessend rief Mandy spontan aus: »Aber klar doch! Deine Probe kriegst du. Die Fahndung geht sofort raus.«

»Wie, Fahndung?« Verblüfft sah Krollmann zu Lena hinüber. »Wer ist denn der Glückliche?«

»Wir suchen einen Mann aus dem Dorf, einen Festbesucher mit ziemlich viel Promille im Blut. Ob er was mit deinem Blutfleck zu tun hat und ob wir nach ihm fahnden, wird sich zeigen. Vielleicht ist er ja schon längst wieder zu Hause.« Lena merkte selbst, wie ausweichend ihre Antwort klang.

Mandy gönnte sich ein kurzes zufriedenes Lächeln. Dann schlug sie die Beine übereinander, zog den hochgerutschten Rock einen halben Zentimeter in Richtung Knie und präzisierte: »Wir fahnden nach einem Kindergartenfreund von Lena.«

»Oha!« Mehr fiel dem verblüfften Krollmann nicht ein.

Mandy strahlte ihn an. Seit er den Blutfleck erwähnt hatte, war sie sich ihrer Sache vollends sicher: Sobald sie Kobs aufgestöbert hatten, hatten sie auch den Täter. Da konnte die Chefin noch so viele Fragezeichen aufs Flipchart malen. Ändern ließ sich daran nichts.

Genau das wollte sie Krollmann auch sagen. Konnte sie aber nicht. Sie konnte nur aufspringen, die Hand vor den Mund pressen und aus dem Raum flitzen.

»Mein Magen. Ich muss was Falsches gegessen haben«, klagte sie, als sie mit kalkgrauem Gesicht zurückkam. »Stundenlang war's gut und jetzt geht das wieder los.«

Haubi nickte verständnisvoll. »So fing es bei meiner Elfi auch an.« »In meinem Medikamentenschrank findet sich bestimmt was Passendes für deinen Magen«, bot Krollmann an. »Ich kann ja mal nachsehen.«

»Bloß nicht, von deinen Patienten hört man nichts Gutes«, presste Mandy mühsam heraus.

Haubi ließ ein meckerndes Lachen hören. »Dann bleib mal schön bei Kamillentee und Zwieback, hilft ja vielleicht auch.«

Krollmann hob nur die Schultern ein wenig an. Sein Blick suchte erneut Lenas Augen. Doch sie wich ihm aus. »Wir sind durch, wie? Oder ist noch was?«, fertigte sie ihn kurz ab.

»Im Augenblick fällt mir nichts ein.«

»Dann vergiss nicht, gleich anzurufen, wenn sich was Neues ergibt.«

»Hab ich dich je vergessen?«

Lena gab keine Antwort. Sie sah Haubi nach, der zusammen mit Krollmann aufgestanden war und leicht gebeugt durch den Raum schlurfte. Bevor er die Tür erreichte, schoss ein zierliches Persönchen an ihm vorbei, orientierte sich kurz im Raum und stoppte vor Lenas Schreibtisch. Mit einem Gesicht in der Farbe reifer Hagebutten schnaufte ein beleibter Wachmann hinter ihr her. Sein Atem ging stoßweise.

»'tschuldigung, Frau Hauptkommissarin, ich wollte die Person ... äh ... die Frau anmelden. Ist mir einfach so durchgeflutscht ... diese, diese ...«

»Schon gut, Herr Klinger«, beruhigte ihn Lena, die das Persönchen augenblicklich erkannt hatte. Er stieß noch ein letztes gehetztes »Pffpff« aus, warf einen giftigen Blick auf die ebenfalls außer Atem geratene Frau und trottete zurück zur Tür.

Der Wettlauf mit Wachmann Klinger hatte das graue Haar der alten Studienrätin wirr zerzaust. Sie strich kurz drüber weg und sagte: »Sie wissen doch bestimmt noch nicht, wer der Tote ist, habe ich recht?«

Verblüfft sah Lena die zierliche Frau an. »Wissen Sie es denn, Frau Brix?«

»Nun ja, was heißt schon wissen? Ich sollte ihn mir vielleicht kurz mal anschauen.«

»Nicht Ihr Ernst, oder?«

»Warum denn nicht? Ist das nicht sogar Vorschrift? So eine Identifizierung, meine ich.«

»Sie kannten den Mann doch gar nicht.«

»Stimmt. Aber ich könnte Ihnen sagen, ob es wirklich der Mann ist, mit dem sich dieser Kobs am Nachmittag geprügelt hat.«

»Das wissen wir bereits.«

»Ach wirklich?« Die pensionierte Studienrätin wirkte enttäuscht.

»Danke trotzdem, Frau Brix.« Lena streckte die Hand aus, um die Frau hinauszukomplimentieren. Doch statt der unmissverständlichen Aufforderung Folge zu leisten, zupfte sich die alte Lehrerin am Ohr und meinte: »Nach der Schlägerei sah der Mann zum Fürchten aus mit all dem Blut im Gesicht. Zum Glück ist dann dieser Arzt gekommen.«

»Was denn für ein Arzt?«, rief Mandy von ihrem Schreibtisch aus durch die offene Tür. Sie stand auf, kam zu Lena ins Zimmer geschlendert und wiederholte: »Was denn für ein Arzt?«

»Hatte ich das nicht erwähnt?« Welch Wunder! Für einen Augenblick schien die einstige Lehrerin tatsächlich verlegen zu sein. Dann winkte sie lässig ab. »Ist nicht weiter wichtig. Er war ja nur zufällig da, und hätte die alte Dame ihn nicht so sehr bedrängt, wäre der junge Schnösel einfach an dem armen Mann vorbeistolziert. Und so was nennt sich Arzt!« Die mausgrauen Augen funkelten empört.

Lena wies auf den Stuhl vor ihrem Schreibtisch. »Jetzt mal schön der Reihe nach, Frau Brix. Was war mit diesem Arzt?«

Theodoras Rechte fuhr wieder zum Ohr. Eine Weile grübelte sie schweigend vor sich hin. Dann nickte sie. »Alles war eigentlich schon vorbei, da kam dieses Auto angefahren, so ein großes silbergraues. Mitten auf die Festwiese ist es gerollt. So eine Frechheit, dachte ich noch. Wieso kann der Mensch nicht vorn an der Straße parken, so wie alle anderen auch? Aber dann ist diese Frau ausgestiegen, eine richtige Dame, perfekt gekleidet, gut frisiert, alte Schule eben. So ein Perlenketten-und-Seidenblusentyp, wie aus 'nem alten Film. Sie konnte nur an Krücken gehen. Gehhilfen, so sagt man wohl korrekterweise, aber egal, die Frau war jedenfalls ziemlich schlecht dran. Ihr gegenüber verhielt sich der junge Bursche sehr fürsorglich, das muss ich schon zugeben. Er hat sie zu einem Tisch geführt, an dem schon andere Frauen bei Kaffee und Kuchen saßen. Ein kleines Stück davon entfernt stand der Mann, der jetzt tot ist. Er muss schon versucht haben, sich das Blut aus dem Gesicht und von der Jacke zu reiben, sah aber noch schlimm aus. Als ihn die alte Dame sah, rief sie ihren Sohn zurück, der schon beinahe wieder an seinem Auto war. Zwar stand ich zu weit weg, um zu verstehen, was sie sagten, aber ich konnte sehen, wie wenig begeistert er war. Nur seiner Mutter zuliebe hat er den armen Mann zu seinem schicken Auto mitgenommen, ihm das Gesicht gereinigt und ein Pflaster auf die Stirn geklebt. Das war's dann aber auch schon. Dieser Schnösel von Arzt ist gleich wieder abgerauscht. Er hatte dieses Zeichen mit der Äskulapnatter an der Frontscheibe, darum denke ich, er war Arzt.«

»Haben Sie sich vielleicht auch das Kennzeichen gemerkt?«, fragte Mandy höchst interessiert.

»Leider nicht!« Grasgrüne Ohrringe schaukelten, als Theodora Brix bedauernd den Kopf schüttelte. »Ich ahnte ja nicht, dass es wichtig sein könnte.«

»Wir brauchen kein Kennzeichen.« Lena lächelte der alten Studienrätin zu. »Das dürfte Jens Thiel gewesen sein, unser neuer Landarzt. Seine Mutter läuft seit Wochen an Krücken herum. Pardon, an Gehhilfen, wollte ich natürlich sagen. OP an der Hüfte. Heilt alles nicht so, wie es sollte, erzählen die Leute im Dorf.«

»Richtig!«, lobte Theodora mit erhobenem Zeigefinger, was sich bei ihr anhörte wie: Eins! Setzen! »Die alte Dame hat ›Jens‹ gerufen, da bin ich mir sicher.«

»Gut beobachtet, Frau Brix, damit haben Sie uns wirklich geholfen«, bedankte sich Lena, obwohl sie noch nicht wusste, wie die kleine Episode für ihre Ermittlungen von Nutzen sein könnte. Thiel hatte diesem Mann ein Pflaster auf die Stirn geklebt. Na und? Von der eigentlichen Tat konnte er nichts mitbekommen haben. Und gekannt hatte er den Mann auch nicht, sonst hätte seine Mutter ihn nicht nötigen müssen, ihn zu verarzten. Trotzdem würde sie mit Thiel reden. Manchmal half das kleinste Detail weiter.

Während Lena noch über das Geschehen auf dem Festplatz nachdachte, bot Theodora an: »Ich könnte Ihnen noch viel mehr helfen, Frau Voßberg. Ich weiß doch, wie überlastet die Polizei heutzutage ist. Sie könnten mich zum Beispiel bitten, mich im Dorf umzuhören. Ich bin nicht so unerfahren, wie Sie meinen. Mein Ehemann, müssen Sie wissen, war Kriminalhauptkommissar, genau wie Sie. Bei mir zu Hause konnte er sich von der Seele reden, womit er nur schwer fertig geworden ist. Besonders wenn es um Kinder ging, konnte er Brutalität nicht mehr ertragen. Irgendwann fing er an zu trinken. Und dann …« Theodora sah auf ihre von unzähligen braunen Flecken übersäten Hände. »Dann ist er einen Monat vor der Pensionierung gestorben.« Mit einer verstohlenen Bewegung fuhr sie sich über die Augen. Bevor jemand ein Wort sagen konnte, stand sie vom Stuhl auf. »Jetzt muss ich aber wirklich. Ich brauche Zeit zum Nachdenken. Über den Mord. Auf jeden Fall bleibe ich im Dorf, bis Sie rausgefunden haben, was in der alten Mühle passiert ist.«

»Das können Sie auch in der Zeitung lesen«, platzte Mandy auf ihre unbedachte Art heraus.

Theodora zog die Brauen hoch und bedachte Mandy mit einem Was-war-denn-das-jetzt-Blick. Das gleich darauffolgende Lächeln schenkte sie Lena. »Sie wissen, wo Sie mich finden. Wann immer Sie mich brauchen, ich helfe gern.«

Mandy verdrehte die Augen, und Lena gab ihr insgeheim recht. Sie konnte sich nicht vorstellen, dass ausgerechnet diese seltsame Studienrätin ihrem Fall die entscheidende Wendung geben würde.

∗∗∗

»Lass uns Schluss machen für heute«, schlug Lena vor, als Theodora Brix die Tür hinter sich geschlossen hatte. Ohne auf eine Antwort zu warten, schaltete sie ihren Computer aus und sah hinüber zu Mandy.

»Gute Idee, war ein langer Tag.« Mandy rieb sich die Magengegend. »Mir ist schon flau vor lauter Hunger, wir sollten irgendwo noch 'nen Happen essen.«

»Dir ist schon den ganzen Tag flau. Hör lieber auf Haubi und bleib bei Tee und Zwieback.«

»Blödsinn. Mir geht es bestens, und ich habe echt Hunger.«

»Okay, aber beklag dich nicht, wenn dir wieder schlecht wird.« Lena streifte ihre geliebte graue Lederjacke vom Bügel, schlüpfte hinein und hielt inne, als das Telefon auf ihrem Schreibtisch klingelte. Sie nahm ab und hörte die vertraute Stimme von Max Lüders. Wegen des Motorengeräuschs im Hintergrund war er nur schwer zu verstehen, aber das schien den Bruder der Raglower Wirtin nicht zu kümmern. Stefanie habe ihn bedrängt, noch einmal mit ihr zu reden, sagte er in das Brummen hinein. Doch er müsse dringend hoch zur Ostsee, darum könne er nur anrufen.

Lena aktivierte den Lautsprecher, denn Mandy hatte sich samt großer Umhängetasche, in der sie schon wieder kramte, vor ihrem Schreibtisch postiert.

Ihm sei eingefallen, dass er diesen Fremden, mit dem sein Freund Peter aneinandergeraten sei, später noch einmal gesehen habe, und zwar im Gespräch mit einem Festbesucher, erklärte Lüders. Anfangs hätten die Männer noch friedlich ihr Bierchen miteinander getrunken. Doch dann habe es so ausgesehen, als würden sie streiten. Der zweite Mann habe mit dem Rücken zu ihm gestanden, darum könne er nur sagen, er sei mittelgroß und dicklich gewesen. Den Bewegungen nach eher jung als alt. Dunkles Haar und – ach ja – einen schwarzen Kapuzenpulli habe er angehabt. Das sei aber nun wirklich alles, woran er sich erinnere, beendete Lüders das Gespräch.

»Kobs!«, entfuhr es Mandy, als Lena aufgelegt hatte. »Das hört sich ganz nach Peter Kobs an. Vielleicht wollte er sich sogar bei dem Mann entschuldigen, und das ging gründlich schief.«

Lena schüttelte die rote Lockenmähne. »Wie kommst du auf

Kobs? Du kennst ihn doch gar nicht. Peter Kobs ist schlank und nicht dicklich. Denk nach, Mandy, seinen besten Freund hätte Lüders sofort erkannt und uns bestimmt nicht angerufen. Fällt dir nichts auf? Dunkles Haar, schwarzer Kapuzenpulli? Wachtel! Unser nervöser Autohändler ohne Autohaus. Er könnte der Mann sein, den Lüders gesehen hat.«

Noch immer in ihrer Beuteltasche aus weichem Leder kramend, ließ Mandy sich auf den Stuhl vor Lenas Schreibtisch fallen.

Lena ahnte, wonach sie suchte. Zwischen all dem Krimskrams, den sie ständig mit sich herumschleppte, konnte sie wieder mal ihre Autoschlüssel nicht finden. Typisch Mandy.

»Ich denke, Lüders hat überhaupt niemanden gesehen«, entlud sich Mandys Frust. »Er will nur von seinem Freund ablenken, darum beschreibt er uns den falschen Mann.«

Ärgerlich schob Lena die Brauen zusammen. »Du hast dich auf Kobs eingeschossen, wie? Aber jetzt machen wir wirklich Schluss für heute. Es ist spät, und wenn du unbedingt willst, gehen wir noch irgendwo 'nen Happen essen, okay?«

Sofort sprang Mandy von ihrem Stuhl auf. Der endlich gefundene Schlüsselbund klapperte in ihrer Hand. »Dann nichts wie los, Chefin.«

Auf dem Weg zum Parkplatz ließ Lena sich das eben geführte Telefonat noch einmal durch den Kopf gehen. Wenn Max Lüders den Autohändler als den Mann identifizierte, der mit dem späteren Opfer Bier getrunken und anschließend gestritten hatte, wären sie vielleicht schon ein gutes Stück weiter.

***

Wider jegliche Vernunft hatte Mandy in einem Fast-Food-Restaurant einen doppelten Burger verschlungen und dazu ein großes Glas Cola getrunken.

»Tut mir leid, dass ausgerechnet dein Kobs meine Nummer eins ist«, hatte sie mit vollem Mund herausgenuschelt, als sie im gut gefüllten Restaurant vor ihren Plastiktabletts saßen. »Aber vielleicht irre ich mich ja auch, könnte schon sein.«

Mandys Worte noch im Ohr stieg Lena nach dem Essen in ihren Mini, den sie am späten Nachmittag aus der Angersbacher Werkstatt geholt hatte. Es dunkelte bereits, als sie auf der B 2, eine der ältesten Bundesstraßen Deutschlands, aus der Stadt herausfuhr. Lena liebte das lichtdurchflutete Gewölbe, das Laubbäume kilometerweit über die alte Straße breiteten. Selbst im Winter, wenn reifüberzogene Zweige in der Sonne glitzerten, genoss sie den Anblick, den die Natur ihr bot. Jetzt, in zunehmender Dunkelheit, erhoben sich die Baumkronen sepiafarben entlang der Fahrbahn.

Luftiger Mischwald, eine kleine uckermärkische Ortschaft, in der warmes Licht aus den Fenstern fiel, dann schlängelte sich die Bundesstraße wieder durch die hügelige uckermärkische Landschaft mit ausgedehnten Feldern und Weiden. Ein letzter Abzweig scharf links, zwei Kurven hügelabwärts und Lena fuhr in Raglow ein. Hier, in dieser 200-Seelen-Gemeinde mit Gasthof, Feuerwehrhaus und winziger Kirche, war sie aufgewachsen. Neuerdings gab es in Raglow sogar einen Reiterhof und eine Pension. Die Uckermark wurde als Ausflugsort immer beliebter.

Am Ende der Dorfstraße angekommen zirkelte Lena ihren Mini über die geschwungene Auffahrt ihres von der Großmutter geerbten Grundstücks und trat erschrocken auf die Bremse. Die Scheinwerfer ihres Autos umfassten die Umrisse einer Gestalt. Eigentlich hätte sie gewarnt sein müssen. Herr Minka, ihr dicker Kater, kam nicht angelaufen, um vor der Haustür auf seine abendliche Mahlzeit zu warten. Aber wer zum Teufel saß an seiner Stelle so spät noch auf der Treppe vor ihrem Haus?

Lena zog den Zündschlüssel ab. Die Scheinwerfer erloschen. Die Gestalt stand auf und kam auf sie zu. Instinktiv fasste sie nach der Waffe an ihrem Gürtel und griff ins Leere. Ihre SIG Sauer P228 lag sicher und trocken im Waffenschrank der Dienststelle. Einen Augenblick blieb sie reglos sitzen und starrte auf den Unbekannten, der bedrohlich näher kam. Langsam, Schritt für Schritt. Erst als er sich zum Seitenfenster herunterbeugte und mit den Fingerknöcheln an die Scheibe klopfte, erkannte sie ihn.

Ihr Ausruf klang ebenso erleichtert wie verblüfft. »Dirk, du? Was machst du denn hier?«

Sie stieg aus und stand vor Dirk Landgraf, den sie vergessen wollte. Den sie vergessen *musste*! Sie sah in sein Gesicht, kantig, ein wenig herb und atmete den vertrauten Duft ein.

Für einen Moment standen sie einfach nur da und sahen sich an. Dann zog er sie an sich und küsste sie. Sie erlaubte sich einen winzigen Augenblick in seinen Armen, einen Hauch Glücksgefühl.

»Was machst du denn hier?«, wiederholte sie einen Atemzug später und schob ihn von sich.

Sanft strich er ihr übers Haar. »Du kannst nicht einfach so vor mir weglaufen und dich in dieser Einöde verkriechen.«

»Ich verkrieche mich nicht, ich arbeite hier, und ich wohne hier, wie du sehr wohl weißt.«

»Du hättest die Hütte verkaufen und bei mir bleiben können.«

»Bei dir? So wie du bei deiner Frau bleibst? Meinst du das?«

Er versuchte erneut, sie zu umarmen, erhaschte, weil sie einen Schritt zurücktrat, nur ihre Hand und hielt sie fest. »Ich warte schon eine geschlagene Stunde auf dich, Lena. Deine Treppe, muss ich sagen, ist nicht sonderlich bequem.«

»Das hat auch keiner behauptet. Und eingeladen hat dich auch niemand!«

»Ich musste einfach kommen. Ich halt's nicht mehr aus ohne dich.«

»Klingt, als hätte ich das schon mal gehört. Du hältst es auch ohne deine Frau nicht aus und nicht ohne deine Kinder. Das hatten wir doch geklärt, Dirk Landgraf.« Sie trat hastig einen weiteren Schritt zurück, stieß gegen die offene Autotür und wäre hingefallen, hätte er sie nicht aufgefangen. Er hielt sie fest in seinen Armen, so fest, dass er ihren Herzschlag spüren musste. Heiser vor Erregung flüsterte er: »Du hattest das geklärt, Lena Voßberg, nicht ich. Ich komm nicht klar damit, dass du einfach so aus meinem Leben verschwunden bist. Ich schaff's einfach nicht.«

Seine Stimme streichelte ihre Seele. In der Vertrautheit, die sie in seinen Armen empfand, geriet ihre Abwehr ins Wanken. Eng aneinandergeschmiegt standen sie in der Dunkelheit. Über ihnen unzählige Sterne, die hell leuchteten in der Abgeschiedenheit ohne die gleißenden Lichter einer Stadt. Er hielt noch immer ihre Hand, strich damit über sein kratziges Kinn und sagte: »Wir sollten ins Haus gehen, Lena. Oder wollen wir die Nacht hier draußen verbringen?«

Die Nacht verbringen? *Lass ihn nicht ins Haus*, mahnte ihr Verstand. *Steig in dein Auto, Dirk Landgraf, und verschwinde*, hämmerte der klägliche Rest von Vernunft in ihrem Kopf, den das neu aufbrandende Gefühl noch nicht fortgespült hatte.

Sie wusste, wenn sie ihn jetzt mit ins Haus nahm, würde alles wieder von vorn beginnen. Das endlose Warten, das demütigende Gefühl, sich mit dem zufriedengeben zu müssen, das neben Familie und Job in Dirks Leben für sie übrig blieb. Gestohlene Zeit, gestohlene Liebe, vor aller Welt sorgfältig verborgen.

Länger als nötig kramte Lena in ihrer Tasche nach dem Haustürschlüssel. *Verschwinde, Dirk Landgraf, hau einfach ab!* Sie sprach die Worte nicht aus. Sie fand ihren Schlüssel und öffnete die Tür.

6. KAPITEL

Oft schon hatte das Kind sich gewünscht, es hätte das nächtliche Gespräch der Eltern nie mitangehört. Vieles war anders geworden seit jener Nacht. Es fühlte sich gut an, umsorgt zu sein, und es fühlte sich falsch an. Eine nie gekannte quälende Angst warf ihren Schatten über alles, worüber es sich hätte freuen können. Nichts war so, wie es zu sein schien.

Was stimmte nicht mit ihm? Wann würden die Eltern es ihm endlich sagen?

Das Kind fürchtete immer, den Vater zu enttäuschen. Kam es, was selten geschah, nicht mit hervorragenden Noten aus der Schule nach Hause, dachte er sich zusätzliche Aufgaben aus. Das war nicht weiter schlimm, das Lernen fiel dem Kind leicht. Es machte ihm sogar Spaß.

Sich in der Schule so zu betragen, wie Eltern und Lehrer es wollten, war schon eine andere Sache. Aus irgendwelchen für das Kind unerfindlichen Gründen gab es immer wieder Klagen. Mal brachte es einen Eintrag mit nach Hause, mal wurden die Eltern zum Gespräch geladen. Den Vater machte das wütend. Die Mutter zerzauste ihm das Haar und sagte liebevoll: »Du bist ein Zappelphilipp. Das können manche Leute eben nicht verstehen.« Sie schien nichts Schlimmes daran zu finden.

»Hyperaktiv«, so nannten es die Lehrer. Der Vater sprach vom ADHS-Syndrom. Seltsame Worte. Das Kind verstand sie nicht. Es wusste nur, wer so etwas hatte, konnte kein normales Kind sein. Das Schlimmste aber ahnten weder die Lehrer noch der Vater.

Seit der Nacht, in der es die Eltern zufällig im Schlafzimmer belauscht hatte, erwachte das Kind immer wieder in der Dunkelheit, und sein Schlafanzug fühlte sich nass an. Es versteckte die Hose nicht mehr tief unten im Wäschekorb. Die Mutter würde sie sowieso finden. Sie hatte sie immer gefunden. Doch sie erzählte dem Vater niemals davon. Auch mit dem Kind sprach sie nach ersten Ermahnungen nicht *mehr darüber. Sie schob eine Gummimatte unter sein Bettlaken und stopfte die Wäsche in die Maschine, ohne ein Wort darüber zu verlieren. Wahrscheinlich hoffte sie, irgendwann würde sich dieses Problem von selbst erledigen. Wenigstens damit sollte sie recht behalten.*

***

Peters Kundenliste im Handschuhfach hatte Nelly am Nachmittag den weißen Sprinter vom Hof gefahren. Auf der Autobahn kam sie zügig voran. In Berlin hatte sie Mühe, sich durch den dichten Großstadtverkehr zu schlängeln. Immerhin schaffte sie es, alle Kunden halbwegs pünktlich zu beliefern.

Als sie gegen 22 Uhr müde und hungrig von ihrer Tour zurückkam, stand das Tor der Gärtnerei sperrangelweit auf. Seltsam. Kalle vergaß nie, abends das Tor zu schließen. Nelly fuhr ums Haus herum, entdeckte den am Giebel abgestellten Audi und wusste Bescheid. Jens Thiel, der Landarzt, war gerufen worden. Sicher hatte Doris, ihre Schwiegermutter, wieder Rücken oder Migräne oder sonst irgendwelche Beschwerden.

Nelly seufzte. Wenn ihr jetzt ihr Ex über den Weg lief, würde sie auch Migräne kriegen.

Sie hatte Jens geliebt. Und er hatte sie betrogen. Mit ihrer Freundin und Kollegin Mona und mit anderen Frauen. Auch wenn er immer wieder zu ihr zurückfand, war es nicht das, was sie für ihr Leben wollte. Sie hatte sich von ihm getrennt und sich neu verliebt. In den Patienten aus Zimmer Nummer fünf.

Vor drei Jahren, als sich Wochen nach der Silvesterfeier gelbe Winterlinge aus dem schmelzenden Schnee schoben und sie noch Schwester Nelly auf der chirurgischen Station des Angersbacher Krankenhauses war, hatte sie Peter zum ersten Mal gesehen und sich sofort in ihn verliebt.

Ein halbes Jahr später, nach der Blitzhochzeit in Las Vegas, war sie zu ihm ins Gärtnerhaus gezogen. Peters Vater hatte sie von Anfang an gemocht. Doris war ihr mit Ablehnung begegnet. So war es bis heute geblieben.

Wie so oft schon wollte Nelly auch jetzt unbemerkt an Doris' Tür vorbeihuschen.

Doch sie kam nur bis zur Mitte der Treppe hinauf in ihre Wohnung. Dann hörte sie unten die Tür knarren. »Hast du deinen Mann endlich gefunden?«, rief Doris mit weinerlicher Stimme. »Ich bin ja nur seine Mutter, warum sollte man mir was sagen?«

Nelly blieb stehen und drehte sich um. »So was Unfreundliches aber auch«, hörte sie Doris unten brummeln. Und sie sah, dass Jens Thiel neben ihrer Schwiegermutter stand und zu ihr heraufschaute.

Kurzentschlossen nahm Nelly die letzten Stufen und schloss ihre Wohnungstür auf. Beim ersten Schritt in ihre Küche erstarrte sie auf der Türschwelle. Ärger und Müdigkeit waren schlagartig vergessen. Auf einem der Korbstühle saß Peter, ihr Mann.

***

Am Mittwochmorgen, Lena hatte sich gerade an den Schreibtisch gesetzt und die Powertaste ihres Computers gedrückt, da klingelte das Telefon vor ihrer Nase. Im selben Augenblick steckte Mandy den Kopf zur Tür herein. »Du wirst es nicht glauben, Chefin, Peter Kobs ist wieder da!«

»Ach wirklich? Super! Das ging ja mal schnell mit unserer Fahndung.«

»Nix Fahndung. Der Mann ist ganz von selbst nach Hause gekommen. Gestern Abend schon. Seine Frau hat uns angerufen und ist irgendwie bei Haubi gelandet, als ich eben bei ihm drüben war. Er lässt übrigens ausrichten, das Handy aus dem Mühlenschuppen läuft immer noch nicht, aber er bleibt dran.«

Hartnäckig bimmelte das Telefon in Mandys hastig herausgesprudelten Wortschwall hinein.

»Augenblick, Mandy, ich nehm nur eben ab.«

»Ist dort die Polizei?«, vergewisserte sich der Anrufer in barschem Ton.

Lena stellte sich als Hauptkommissarin Voßberg vor. Die kratzige

Altmännerstimme schnarrte: »Man hört, die Polizei sucht einen Mörder? Da ist doch wohl 'ne schöne Belohnung drin, wie?«

»Wovon reden Sie, Herr …? Wie war noch gleich Ihr Name?«

»Ich meine, wenn ich Ihnen helfe, den Mörder zu fangen, was könnte da für mich rausspringen?« Die Stimme des Anrufers verriet Ungeduld.

»Was hätten Sie uns denn zu sagen, Herr …? Wie soll ich Sie ansprechen? Ich kenne noch immer nicht Ihren Namen.«

»Netter Versuch.« Der Mann ließ ein krächzendes Kichern hören, das Lena an den Geizkragen Ebenezer Scrooge aus der Weihnachtsgeschichte von Charles Dickens erinnerte.

»So läuft der Hase nicht«, kicherte der Typ mit der Scrooge-Stimme. »Ich will erst wissen, wie hoch die Belohnung ist, dann überleg ich mir das mit dem Namen. So dumm, wie Sie denken, bin ich nämlich nicht, Frau Kommissarin. Ich könnte ja auch bei der Zeitung anklopfen. Die wissen's dann eher als die Polizei. Nicht so toll für Sie, oder?« Wieder dieses Scrooge-Kichern.

Lena verspürte große Lust, einfach aufzulegen. Stattdessen sagte sie: »Okay, aber so, wie Sie denken, läuft der Hase erst recht nicht. Ich muss erst wissen, wer Sie sind und worum es geht. Dann können wir vielleicht – und ich betone, *vielleicht!* – über eine Belohnung reden.«

Einige Augenblicke blieb es still in der Leitung. Ebenezer schien zu überlegen. Dann schnalzte er mit der Zunge und schlug einen militärisch scharfen Ton an. »Ich rede zu meinen Bedingungen oder gar nicht.«

Lena wollte ihn schon fragen, in welchem Film er sein großspuriges Gehabe aufgeschnappt habe, da hörte sie ihn schnarren: »Sie werden doch nicht so dämlich sein, sich wichtige Informationen entgehen zu lassen, nur weil Sie mit der Kohle knausern. Sie haben für so was doch – wie nennt man das noch gleich? Einen Fonds?«

»Sie sagen mir jetzt, was Sie wissen, oder ich lege auf.«

»Erst die Belohnung! Bar auf die Hand. Über die Summe lässt sich verhandeln.«

Im Hintergrund hörte Lena eine Frau keifen. »Lass dich bloß nicht übers Ohr hauen. Du sagst nichts, bevor die Bullen mit der Kohle rüberkommen. Für 'n Staat sind's nur Peanuts. Für uns wär es ein schönes Sümmchen.«

»Ja, ja«, wehrte sich der Alte. »Das hast du mir schon tausendmal vorgeplärrt.«

»Kommt da noch was?«, drängte Lena ohne viel Hoffnung auf eine brauchbare Antwort.

»Aber klar doch! Ich könnte Ihnen verraten, wo sich der verschwundene Herr Kobs gerade aufhält. Was rücken Sie raus, wenn ich sag, wo der Mörder steckt? Womit kann ich rechnen?«

»Mit gar nix, weil wir selbst wissen, wo Herr Kobs steckt. Und ob er ein Mörder ist, wird sich erst noch rausstellen. Möchten Sie uns sonst noch was mitteilen, Herr …? Wie, bitte, war Ihr Name?«

Durch die Leitung kam nur noch enttäuschtes Schnaufen: »War jemand schneller als ich? Und der kriegt jetzt das verdammte Geld?«

Die Frau im Hintergrund kreischte hysterisch. »Konntest du Dämlack nicht gleich auf mich hören? Aber nein, der Herr brauchte ja noch Bedenkzeit.«

Lena lauschte noch ein paar Sekunden. Doch nach wüsten Beschimpfungen war nur noch monotones Tuten zu hören.

***

Junge, siehst du fertig aus. Lena sprach nicht aus, was ihr spontan durch den Kopf schoss. Sie sah Peter Kobs ernst an, reichte ihm zur Begrüßung die Hand und sagte: »Gut, dass du wieder da bist.«

Mandy, für die er ein Fremder war und noch dazu ihr Hauptverdächtiger in einem Mordfall, dachte unwillkürlich: *Dustin Hoffman in jungen Jahren.* Doch statt der Melancholie, die sie so oft im Blick des großen Mimen gesehen hatte, las sie pure Angst in den dunklen Augen des Mannes, der in seinem Wohnzimmer vor ihr stand.

»Warum warst du so plötzlich verschwunden?«, fragte Lena, jedes private Geplänkel vermeidend. »Und wo bist du die ganze Zeit über gewesen?«

»Bitte setzen Sie sich doch erst mal«, forderte Nelly die Polizistinnen auf. Genau wie ihr Mann war sie blass. Ihre Bewegungen wirkten unsicher. Unauffällig sah Lena sich um. Das Wohnzimmer war modern und praktisch eingerichtet, ohne jeden Schnickschnack. An der Wand gegenüber der Tür standen helle Möbel. Im rechten Winkel dazu füllte ein bis unter die Decke reichendes Bücherregal die gesamte Giebelwand aus. Dann blieb nur noch Platz für eine gemütliche Couchgarnitur mit bunten Kissen als freundliche Farbtupfer und einen kleinen runden Tisch.

Im gesamten Zimmer verteilt blühten Orchideen – bordeaux mit schwarzen Tupfen, gelb, violett und weiß. Wer hier lebte, hatte ein Faible für Bücher und Orchideen.

»Also, wo warst du?«, drängte Lena und sah Kobs ins unsicher verzogene Gesicht.

Als wäre die Frage nicht an ihn, sondern an jemanden gerichtet, der zufällig nicht im Zimmer war, drehte er den Kopf und sah hinaus auf das weitläufige Gelände der Gärtnerei, auf Gemüse- und Blumenbeete, Obstbäume und Gewächshäuser.

Lena musste ihre Frage ein drittes Mal stellen. Sie tat es in scharfem Ton und sah Kobs zusammenfahren.

»Das glaubt mir sowieso keiner«, murmelte er, ohne den Blick vom Fenster abzuwenden. »Du als Polizistin schon gar nicht.«

»Probier's doch einfach aus. Fang schon an, Peter. Lass es einfach drauf ankommen.«

Er räusperte sich. Dann drehte er sich endlich um und sah Lena an. Doch ehe er ein Wort herausbrachte, pochte jemand in hartem Stakkato an die Tür. Mit dem letzten Klopfer ging die Tür auf und Doris Kobs stolzierte ins Zimmer. Ihr Kleid saß eng auf den breiten Hüften. Schwarze Strumpfhosen, schwarze Pumps. Sie hatte sich in Schale geworfen für ihren Auftritt.

»Morgen allerseits.« Mit knappem Nicken in die Runde setzte sie sich neben Sohn und Schwiegertochter auf die Couch.

Lena sah Peter die Stirn runzeln.

»Du wolltest uns erzählen, wo du gewesen bist«, erinnerte sie ihn. »Mein Sohn ist wieder da und das ist ja wohl das Wichtigste.«

Ein ärgerlicher Blick aus wässrig blauen Augen forderte Lena heraus.

»Wie Sie wissen, Frau Kobs, ermitteln wir in einem ungeklärten Mordfall«, gab Lena scharf zurück.

Die füllige Doris schnappte nach Luft. »Frau Kobs«, ächzte sie. »Ach, sind wir jetzt beim Sie? Als du klein warst, Lena, war ich für dich Tante Doris und du warst für uns Voßbergs Foxi. Schon vergessen? Weißt du nicht mehr, wie oft du früher bei uns gewesen bist?«

Die Empörung in Doris' Stimme war nicht zu überhören. »Mein Sohn soll als Sündenbock herhalten, weil ihr den wirklichen Mörder nicht findet.« Schniefend betupfte sie sich die Augen mit ihrem Taschentuch. »Das hätte ich nie von dir gedacht, Lena. Oder muss ich jetzt sagen, Frau Kommissarin? Das bist du ja wohl, wie man so hört.«

»Kriminalhauptkommissarin, um genau zu sein. Und nein, das musst du nicht sagen. Aber lass uns bitte beim Thema bleiben und meinetwegen auch beim Du. Weißt du, was auf dem Fest am Pfingstmontag passiert ist?«

»Wie sollte ich, wenn ich nicht da war?«

»Oder sonst irgendwas, das mit dem Tod dieses Fremden zu tun haben könnte?«

»Ich weiß gar nichts.« Ihr Taschentuch fest umklammernd schlug Doris die Faust auf den Tisch. »Ich weiß nichts, und ich muss auch nichts wissen, weil uns der Tote nichts angeht.« Sie neigte sich weit vor und kam Lena dabei so nahe, dass sie ihr mit jedem Wort Atem ins Gesicht blies. »Niemals, hörst du? Niemals könnte Peter einen Menschen töten. Das weiß ich genau, Lena, und du weißt es auch. Ihr beide kennt euch, seit ihr laufen könnt.«

Lena hatte das aufgedunsene Gesicht jetzt direkt vor sich. Die knollige Nase. Das feine Geflecht der durch die Haut schimmernden Äderchen, das sich entlang der Nasenflügel über die Wangen zog. Die wässrig blauen Augen sahen sie wehleidig an. Eigentlich konnte ihr die Frau nur leidtun. Eigentlich.

»Okay, Doris, du hast gesagt, was du sagen wolltest. Lässt du uns jetzt bitte allein?«

»Das hast du nicht zu entscheiden. Nicht hier in unserem Haus.« Doris' Blick glitt Hilfe suchend zu ihrem Sohn, der wie versteinert neben ihr saß. Das Taschentuch, mit dem sie sich über Augen und Wangen fuhr, verschmierte Wimperntusche und Rouge zu einer Art Kriegsbemalung. Lena stand auf, schob sich den Riemen ihrer Tasche über die Schulter und sah Peter Kobs an. »Wir setzen das Gespräch in der Dienststelle fort. Würdest du bitte mitkommen?«

»Mutter!«, donnerte er.

Umständlich stemmte Doris ihren schweren Körper von der Couch hoch, strich ihrem Sohn über die Schulter und sagte in weinerlichem Ton: »Ich geh ja schon, wenn du es so willst, mein Junge.« Als sie sich an Lena vorbei drängte, zischte sie: »Manche Leute vergessen schnell, wo sie herkommen.« Ein schneller Blick auf Nelly. »Und andere wanzen sich in Familien ein, ohne Rücksicht auf irgendwas.«

Erst das Zuschlagen der Tür schnitt ihr Gezische und Gemurmel ab. Einen Augenblick verharrten alle wie erstarrt. Dann legte Peter den Arm um Nelly, zog sie tröstend an sich und sagte: „Hör nicht auf ihr dummes Gerede, das ist es einfach nicht wert."

Lena setzte sich wieder und Mandy tippte auf ihren allzeit bereiten Notizblock. »Sie erzählen uns jetzt bitte der Reihe nach, was auf dem Fest passiert ist und wie es dann weiterging, Herr Kobs.«

Er schob eine Hand unter den Kragen seines Pullovers und dehnte ihn, als wäre er ihm zu eng geworden. »Da warten Sie wohl umsonst, Frau Kommissarin.«

Mandy schwenkte ihren Stift. »Warum sollte ich?«

»Weil«, fuhr Nelly auf, »weil er sich an nichts mehr erinnern kann. Mein Mann weiß nicht, was an diesem verflixten Nachmittag noch passiert ist.«

»Nicht Ihr Ernst, Frau Kobs.«

»Mein voller Ernst.«

»Puh!« Ungläubig schüttelte Mandy den Kopf. »Sie kaufen Ihrem Mann den Blackout vielleicht ab. Wir nicht!«

Peters Blick glitt über den Tisch hinweg, suchte smaragdgrüne

Augen. Seine Stimme wurde zu atemlosem Flüstern: »Denkst du auch so, Lena?«

Die Ellenbogen auf den Tisch, das Kinn auf die ineinander verschränkten Hände gestützt, sah Lena ihn nachdenklich an. Er hatte Angst. So viel war klar. In seiner Situation, das wusste sie nur zu gut, würde jeder Angst haben, wenn auch aus unterschiedlichen Gründen. Angst, die Wahrheit könnte ans Licht kommen, oder Angst, unschuldig zwischen die Mühlsteine der Justiz zu geraten.

Langsam, jedes Wort abwägend sagte sie: »Wenn du uns schon nicht sagen kannst, wo du zur Tatzeit warst und was du gemacht hast, dann erzähl uns wenigstens, was du noch weißt. Du wirst ja wohl erklären können, wie du nach Hause gekommen bist. Zäumen wir das Pferd ausnahmsweise mal von hinten auf.«

Kobs sah auf die Tür, die seine Mutter hinter sich zugeschlagen hatte. Sein Schulterzucken wirkte so mutlos wie seine Stimme. »Daumen hoch und einsteigen. So bin ich zurückgekommen. Per Anhalter.«

»Ach wirklich?«

»Ich wusste, dass du mir nicht glaubst.«

»Red einfach weiter.«

»Wenn du's genau wissen willst, ich bin in 'nem fremden Auto aufgewacht. Echt spooky war das, kann ich dir sagen.«

»Hört sich wirklich seltsam an.«

»Stimmt aber. Ich lag in 'nem Wohnmobil oben im Alkoven.«

»Und wie bist du da reingekommen?«

»Ich würd's dir sagen, wenn ich könnte.«

Als er schluckte, nicht weiterwusste, legte Nelly ihm die Hand auf die Schulter. »Sag einfach, was dir noch einfällt. Vielleicht kommt dann die Erinnerung zurück.«

Seine Finger umfassten ihre schmale Hand so fest, dass sie für einen Augenblick das Gesicht verzog. Ihre Blicke trafen sich. Er nickte ihr zu. »Ich versuch's ja, Nelly, ich versuch's.« Ein Lächeln, zaghaft, kaum wahrnehmbar, huschte über ihr Gesicht und er begann: »Wie ich da oben im Alkoven über dem Fahrerhaus wach geworden bin, ein komisches Gefühl war das.«

Seine Stimme klang, als würde er sich selbst wundern über das, was ihm passiert war. »So langsam ist mir dann aufgegangen, dass ich in der Kiste von Max lag. Dachte ich jedenfalls. Wo sollte ich auch sonst sein? Aber irgendwas stimmte nicht, stimmte ganz und gar nicht. Ich hab Leute unter mir quatschen hören. Einen Mann und eine Frau. Was wollten die in Max' Wohnmobil? Durch das kleine Fenster im Alkoven konnte ich Autos an uns vorbeiflitzen sehen. Einen Moment lang dachte ich sogar, ich wäre entführt worden. Bullshit, ich weiß!« Er brach ab, sah Lena an. Als er weder Spott noch Misstrauen in ihren Augen las, atmete er auf. »Ich war wohl noch nicht ganz nüchtern, weißt du. Das Seltsamste war, ich konnte alles hören, mich aber nicht bewegen, kaum den Kopf drehen. Arme und Beine gehorchten mir einfach nicht mehr.«

»Sie haben am Vortag nicht zufällig noch was Nettes eingeworfen? Neben dem Alkohol meine ich?«, unterbrach ihn Mandy. Sie zwirbelte ihren Stift zwischen den Fingern und wartete.

Weil er augenblicklich stockte, nicht weitersprach, sagte Nelly rasch: »Wie Sie sicher wissen, hatte Max Lüders für meinen Mann das Wohnmobil aufgeschlossen. Als Peter später reinklettern wollte, hat er in seinem Suff die Autos verwechselt. Pech, aber nicht strafbar, würde ich sagen. Oben im Alkoven ist er dann eingepennt und hat nicht mal gemerkt, dass die fremden Leute mit ihm losgefahren sind. So haben wir es uns zusammengereimt, als er wieder zu Hause war.«

»Schließt ja auch heute niemand mehr sein Fahrzeug ab, wenn er aussteigt«, spöttelte Mandy und kassierte dafür einen verärgerten Blick ihrer Chefin. Achselzuckend blätterte sie in ihrem Notizblock, fand die Stelle, die sie suchte, und sagte: »Soweit wir wissen, standen an diesem Nachmittag vier Wohnmobile auf dem Platz neben der Festwiese. Theoretisch könnte Ihre Geschichte sogar stimmen. Nutzt aber nicht viel, solange Sie uns nicht sagen können, wann Sie in die fremde Kiste geklettert sind, Herr Kobs.«

Unter seinem rechten Auge zuckte ein Muskel. Mutlos winkte er ab. »Ich weiß, ich bin am Arsch.«

»Bist du nicht!« Nelly stupste ihn sanft an. »Erzähl einfach weiter, das wird schon.«

Als wären seine Worte nur für Mandy bestimmt, beugte er sich zu ihr vor. »Ich versteh schon, dass Sie mir misstrauen. Wahrscheinlich würde ich mir auch nicht glauben, wenn ich's nicht selbst erlebt hätte. Hab ich aber! Ich lag stocksteif da und wusste nicht, was ich machen sollte.« Er schluckte. Wurde leiser. Die Anspannung setzte ihm sichtbar zu. »Liegen bleiben und abwarten, dachte ich. Irgendwie werde ich schon rauskommen aus der verdammten Karre. Auf einem Rastplatz an der Autobahn wollten die Leute Kaffee trinken und schnell mal auf die Toilette gehen. Ich konnte oben im Alkoven hören, was sie vorhatten. Und das, dachte ich mir, wäre meine Chance, mich unbemerkt zu verdrücken. Nach dem vielen Bier brauchte ich selbst dringend ein Klo. Na ja, angehalten haben sie dann tatsächlich. Und auch wenn mir immer noch kotzübel war, so langsam konnte ich mich wieder ein bisschen bewegen.«

»Wie schön für Sie!« Mandy kritzelte etwas in ihren Block.

Nelly sah ihren Mann nach dieser ironischen Bemerkung erschrocken an. Zu ihrer Erleichterung winkte er nur ab und sagte: »Na jedenfalls, als die beiden aus dem Auto raus waren, bin ich die Leiter runter. Aber ich war nicht schnell genug. Die Leute kamen zurück, weil der Mann sein Portemonnaie vergessen hatte. Als sie mich gesehen haben, waren sie genauso erschrocken wie ich und wollten gleich die Polizei rufen.«

»Hätten sie das mal gemacht. Dann wären unsere Kollegen vielleicht ihr Alibi.«, warf Mandy ein, begleitet vom Auf und Ab ihrer Schuhspitze.

»Ging aber nicht, weil die Frau in ihrer Aufregung das Handy nicht finden konnte. Und die ganze Zeit hat sie ihren Mann beschimpft, der auch nicht wusste, was er machen sollte.«

Mit dem Stift pikste Mandy Löcher in die Luft. »Und dann haben Sie sich nett verabschiedet und alle waren zufrieden.«

»Verabschiedet ja, zufrieden nein. Nach dem Gemecker der Frau wollte der Alte auf mich los, aber ich war schneller, bin einfach raus aus der Kiste. Sogar als ich schon ein ganzes Stück weg war, konnte ich das Gezeter noch hören, weil der Mann vergessen hatte, sein Auto abzuschließen.«

Kobs goss sich aus dem Glaskrug, den Nelly auf den Tisch gestellt hatte, ein großes Glas Wasser ein und trank es in einem Zug aus, als wäre er kurz vor dem Verdursten. »Ich stand vor dieser Raststätte, aber irgendwas stimmte nicht mit mir. Nicht mal richtig geradeaus laufen konnte ich. Klar denken schon gar nicht.«

»Tsch!« Mandys Kopf wackelte hin und her. »Ich sag doch, was Nettes eingeworfen. Geben Sie's doch einfach zu. So schlimm ist das nun auch wieder nicht.«

»Habe ich aber nicht.«

»Leider haben Sie auch kein Alibi, Herr Kobs.«

»Ich wusste ja nicht mal, dass ich eins brauche.«

»Haben Sie sich wenigstens das Kennzeichen gemerkt? Das von dem fremden Wohnmobil?«

Seine verlegene Miene war Mandy Antwort genug. Sie lächelte verkrampft, was daran lag, dass ihre nagelneuen Pumps zwar genial aussahen, aber mörderisch drückten – auf ihre wundgescheuerten Fersen und auf ihre Laune.

»Ihre Geschichte klingt ja so weit ganz gut, Herr Kobs«, sagte sie. »Aber ich kann mir nicht helfen, den wichtigsten Teil lassen Sie aus.«

Verwundert sah er Nelly an. »Kapierst du, was sie meint?«

»Nur keine Panik, ich erklär es Ihnen gern.« Unter dem Tisch verlagerte Mandy ihre Füße in eine Position, in der die Pumps am wenigsten drückten. »Selbst wenn alles wahr ist, was Sie uns auftischen, Herr Kobs, Sie könnten auch nach dem Mord in das fremde Fahrzeug gestiegen sein. Waren Sie nicht doch noch kurz im Mühlenschuppen? Erzählen Sie einfach, wie der Mann zu Tode gekommen ist. Ein frühes Geständnis hat schon so manchen Richter milde gestimmt.«

Er griff zum Glaskrug, goss Wasser in sein leeres Glas und hob es an. Für einen Augenblick sah es so aus, als wollte er es Mandy an den Kopf pfeffern. Doch er schnaufte nur kurz und stellte es auf den Tisch zurück, ohne daraus zu trinken oder es anderweitig zu verwenden.

»Alles nur, weil ich eifersüchtiger Idiot ausgerastet bin. Und wegen der verdammten Sauferei«, stieß er verzweifelt aus. »Mit dem Saufen ist jetzt Schluss, das versprech ich dir, Nelly.«

»Ach Gottchen, solche Versprechen sind so alt wie die Welt.« Instinktiv zog Mandy nach der leicht dahingeworfenen Bemerkung den Kopf zurück. Als nichts passierte, sagte sie: »Nur der Vollständigkeit halber ... Sie sind per Anhalter nach Hause gekommen? Das wüsste ich gern etwas genauer.«

Mit beiden Händen strich Kobs sich übers Haar, ließ die Hände am Hinterkopf liegen und schloss die Augen, als müsste er überlegen. »Anfangs wollte mich niemand mitnehmen«, sagte er schließlich. »Noch ein bisschen taumelig und im Kopf nicht ganz klar, hab ich wohl nicht sehr vertrauenswürdig gewirkt.«

»Ach wirklich?« Mandys ironischer Tonfall brachte Kobs' mit Mühe erkämpfte Fassung beinahe schon wieder ins Wanken. Doch er riss sich zusammen und sagte, ohne die Stimme zu heben: »Einem polnischen Brummifahrer, der mich eine Weile beobachtet haben muss, tat ich wohl leid. Bei ihm durfte ich einsteigen. Er hat mir sogar 'ne Cola spendiert und Stullen mit Wurst aus seiner Brotbüchse. Nach dem Essen bin ich in seinem warmen Kabuff eingeschlafen. Als ich mitgekriegt hab, dass wir in die falsche Richtung fuhren, waren wir schon beinahe in München. Auf dem nächsten Rastplatz hat er mich rausgelassen und ich bin rüber auf die andere Seite. Hab 'ne ganze Weile gebraucht, ehe ich wieder bei jemandem einsteigen konnte.«

»Nur interessehalber ...« Mandy kniff die Augen zusammen bei ihrer Frage. »Hatten Sie kein Handy dabei? Ihre Frau hat schon das Schlimmste befürchtet.«

»Kein Geld, kein Handy, gar nichts. Keine Ahnung, wo das alles hin ist. Irgendwas stimmte nicht mit mir, das hab ich doch schon gesagt.«

»Was vielleicht daran lag, dass Sie nicht nur Alkohol getrunken haben, Herr Kobs.«

Er gab keine Antwort, starrte nur vor sich hin, als würde er über etwas nachdenken. »Dieses Kennzeichen!«, fuhr er mit einem Mal hoch. »PM stand da drauf. Potsdam-Mittelmark hab ich noch gedacht. Dreien oder Achten waren, glaub ich, auch noch drauf. Und es war ein Ford, da bin ich sicher. Dieselbe Marke, die auch Max Lüders fährt. Ein ungefähr zehn Jahre altes Modell. Mehr weiß ich wirklich nicht. Die alten Leutchen sind ja auch schon bald weitergefahren, als ich raus war aus ihrer Kiste.«

»Ein etwa zehn Jahre alter Ford aus Potsdam-Mittelmark mit Dreien oder Achten auf dem Kennzeichen. Na wunderbar.« Mandy warf den Notizblock in ihre große Ledertasche und förderte ein Glasröhrchen zutage. »Nichts leichter, als dieses Auto zu finden, Herr Kobs. In Potsdam-Mittelmark dürften höchstens ein paar Hundert von diesen Kisten rumfahren. In Nullkommanix haben wir die alle durchgecheckt. Aber vielleicht müssen wir das ja gar nicht. Da wäre nämlich noch eine Kleinigkeit. Sie haben bestimmt nichts gegen einen harmlosen Test, oder?«

Er murmelte etwas, das sich anhörte wie: »Das nicht auch noch.« Doch als Mandy ihm das Wattestäbchen hinhielt, öffnete er bereitwillig den Mund.

***

Auf dem Weg zurück in die Dienststelle hielt Lena am *Pegelhaus*, einer Imbissbude direkt am Fluss. Aufmerksam studierte sie das handgeschriebene Angebot auf der Tafel vor dem Kiosk und entschied sich für Bratwurst und Pommes mit viel Mayo und Ketchup. Mandy wählte Pommes und streute nur scharfes Paprikapulver darüber. Das Wetter war sommerlich mild, ideal für eine Mahlzeit im Freien mit fantastischem Blick auf die kraftvoll dahinströmende Oder und die saftig grünen Wiesen, die sich bis in Nachbarland hineinzogen.

Wohlig lehnte sich Mandy auf der rustikalen Holzbank zurück. Endlich konnte sie die engen Pumps abstreifen und die wundgeriebenen Füße vom sanften Wind kühlen lassen. Blinzelnd sah sie hinauf zu den luftigen weißen Wölkchen am blauen Himmel und sagte: »So eine abenteuerliche Geschichte wie dieser Kobs hat uns bisher noch niemand angeboten.«

»Abenteuerlich schon. Stimmen könnte sie trotzdem.«

»Glaub ich nicht.« Mandy schob sich ein mit Paprikapulver bestreutes, im heißen Fett frittiertes Kartoffelstückchen in den Mund und schmatzte hingebungsvoll. »Knackig und saulecker.« Lenas Mittagessen stand noch unberührt auf dem in freier Natur verwitterten Holztisch. Sie überlegte. »Kann doch sein, dass Kobs wirklich in dieses fremde Fahrzeug geklettert ist. Er war stockbetrunken.«

»Ist doch egal.« Mandy griff erneut zu. »Wir haben jetzt Kobs DNA und Krollmann kriegt seine Vergleichsprobe. Stammt der kleine Blutfleck in der Jacke des Toten von ihm, sind wir mit dem Fall durch.« Sie schmatzte. Die mit Paprikapulver bestreuten Pommes schmeckten bei diesem Gedanken köstlicher als jedes Menü im Nobelrestaurant.

»Möglich, dass du recht hast.« Lena sah sich wieder vor dem Sägegatter stehen. Sah den eingeschlagenen Schädel, das unkenntliche Gesicht, den blutverkrusteten Körper. Mit unglaublicher Brutalität hatte der Täter gewütet. *Sollte Peter Kobs dazu in der Lage sein?*

Aufseufzend verteilte sie ihr Mittagessen an die Spatzen, die munter piepsend um den Tisch herumhüpften. Der Appetit war ihr vergangen.

7. KAPITEL

*D*as Kind hatte das Versteck entdeckt, einfach so durch Zufall. Nein, eigentlich war es ein kleines Missgeschick gewesen. Die Mutter, die ihm beinahe alles durchgehen ließ, mochte es nicht, wenn ihr Kind Cola trank.

Ein Junge seines Alters, so hatte sie ihn belehrt, müsse Milch trinken. Höchstens noch Tee ohne Zucker oder Mineralwasser. Doch der Junge liebte Cola. Manchmal, wenn er allein in der Küche war, goss er sich ein wenig von Mutters Cola light in seine Tasse. Cola light war nicht so gut wie richtige Cola. Aber trinkbar.

Auch an diesem Nachmittag, die Mutter war im Garten mit ihren Gemüsebeeten beschäftigt, hatte er sich ein klein wenig aus ihrer Flasche spendiert. Nicht viel, die Tasse war gerade mal halb voll. Die kleine, aber regelmäßige Sünde durfte nicht auffallen. Der Junge trug die Beute in sein Zimmer, um sie in aller Ruhe zu genießen.

Familienkatze Susi, die es gewohnt war, seine Milch zu schlecken, sprang zu ihm aufs Bett und stieß die Tasse um. Wäre es Milch, Mineralwasser oder Mutters Tee gewesen, hätte es die verräterischen dunklen Flecken auf Bett und Fußboden nicht gegeben. So aber musste sich der Junge noch einmal in die Küche schleichen, um einen langen Streifen Papier von Mutters Küchenrolle zu reißen.

Mit klopfendem Herzen trat er beinahe lautlos den Rückzug an, vorbei am Arbeitszimmer des Vaters. Die Tür stand offen. Der Achtjährige sah den Vater am Schreibtisch sitzen. Er drehte den Schlüssel im Schloss, prüfte, ob sich die Lade noch öffnen ließ, und dann – dem Jungen stockte der Atem – ließ er den Schlüssel in die mit Strohblumen gefüllte Vase auf dem Regal über dem Schreibtisch gleiten. Ein so einfaches Versteck, und das Kind hatte so lange gebraucht, um es zu entdecken.

Mandy hatte das Glasröhrchen höchstpersönlich ins Labor gebracht. Als sie am nächsten Morgen ins Büro kam, streifte sie die Schuhe ab, fuhr den Computer hoch und starrte enttäuscht auf die wenigen Zeilen, die das Labor geschickt hatte. »Mist, die DNA passt nicht«, rief sie Lena zu. »Das Blut in der Jacke des Toten stammt nicht von Kobs.« Mit ärgerlich verzogener Miene murrte sie: »Aus dem Rennen ist der Junge trotzdem nicht. Wenn wir richtig Druck machen, rückt er schon noch mit der Wahrheit raus.« Sie war leiser geworden bei den letzten Worten. Lena hatte sie trotzdem gehört.

»Blackout. Schon vergessen?«, rief sie durch die offene Tür zurück.

Mandy klemmte sich die große Ledertasche, die sie gerade auf ihren Schreibtisch geknallt hatte, unter den Arm und lief barfuß zu Lena hinüber.

»Falls er den wirklich hatte, Chefin. Diese komische Geschichte mit dem verwechselten Auto! Glaubst du ihm etwa?«

»Warum denn nicht, Mandy? Fragt sich nur, wann er da reingeklettert ist.«

»Und ob sich jemand findet, der seine Story bestätigt.« Mandy zog die Unterlippe nach innen und kaute ein wenig darauf herum. Dann nickte sie. »Glaub mir, Lena, Kobs lügt uns die Hucke voll.«

»Ich weiß, du hast dich auf ihn eingeschossen. Aber mal nebenbei gefragt, was suchst du eigentlich in den Tiefen deiner Tasche?«

»Gummibärchen«, grummelte Mandy, die Nase schon wieder in ihrer Tasche.

Lena lachte herzhaft auf. »Ich sag nur: Jieper auf Süßkram. Soll ja so sein bei Schwangeren.«

Mandy breitete Kugelschreiber, Notizblock, Schlüsselbund, Schminkzeug und allerlei Krimskrams auf Lenas Schreibtisch aus.

»Witze über Frauen und ihre Handtaschen sind eben doch nicht bloß ein Klischee«, feixte Lena und warf Mandy ein Tütchen Bonbons zu. »Fang auf, ist meine Reserve für den Notfall.«

Begierig riss Mandy die Tüte auf, schob sich gleich zwei Drops auf einmal in den Mund und begann, hingebungsvoll zu lutschen.

»Das geht ja früh los bei dir.« Lena nickte verständnisvoll.

»Hä? Was geht früh los bei mir?«

»Die Sache mit den Hormonen und so. Die Umstellung wegen der Schwangerschaft, das kennt man doch.«

»Ach, du kennst das?« Mandy grinste breit, was bei ihrem mit Bonbons vollgestopften Mund dicke Hamsterbacken ergab. »Wie war das denn so bei deinen Schwangerschaften? Lass mal hören, ich lerne gern von erfahrenen Frauen.«

»Okay, Mandy, der Punkt geht an dich.« Mit dem Fingernagel kratzte Lena Kalkbröckchen vom Rand der kleinen Gießkanne, die neben ihr auf dem Fensterbrett stand. »Lass uns den Fall noch mal durchgehen. Max Lüders will das spätere Opfer zusammen mit einem jungen Mann gesehen haben. Der Beschreibung nach könnte es unser Autohändler Udo Wachtel gewesen sein.«

Mit den Füßen verpasste Mandy dem Drehstuhl, auf den sie sich gesetzt hatte, einen kräftigen Schwung. »Wachtel bestreitet aber, sich mit dem Berliner getroffen zu haben. Mit einer DNA-Probe könnten wir ihm vielleicht das Gegenteil beweisen. Nur weigert er sich, uns eine zu geben.«

»Und die richterliche Anordnung können wir uns abschminken, weil wir noch nichts vorzuweisen haben.« Lena zerrieb die abgepulten Kalkbröckchen zwischen ihren Fingern und ließ sie in den Papierkorb rieseln. »Bis jetzt wissen wir ja noch nicht mal, wer der Tote ist.«

»Ja, wer?« Zwischen Mandys Zähnen zersplitterten die Reste der Bonbons. »Die Unis und Hochschulen haben nichts gebracht, die Berliner Taxiunternehmen auch nicht. Ich würde sagen, wir stecken fest.«

Sie hat recht, dachte Lena. Für einen kurzen Moment schloss sie die Augen. Das zerstörte Gesicht tauchte wieder auf. »Wer bist du?«, murmelte sie vor sich hin. Die blicklosen Augen blieben ihr die Antwort schuldig.

Sie tippte auf ihrer Tastatur herum. Die Datei vermisster Personen öffnete sich. Lena betrachtete die Fotos, las die Texte, die sie am Vortag schon durchgegangen war, und scrollte weiter. Nichts Neues. Enttäuscht wollte sie sich abwenden, als eine Nachricht aufploppte. Sie las sie und spürte einen Kloß in der Kehle.

»Ist was?«, mümmelte Mandy mit vollen Hamsterbacken. Lena wies auf den Bildschirm. »Dieser gesuchte Familienvater könnte der Mann sein, der drüben bei Krollmann in der Gerichtsmedizin liegt.« Die Ehefrau gab an, ihr Mann, Holger Werner, ein 32-jähriger selbstständiger Taxifahrer aus Berlin, habe am Pfingstmontag mehrere Orte aufsuchen wollen, um sich historische Mühlen anzusehen, unter anderem die alte Mühle im uckermärkischen Raglow. Das Foto zeigte einen ernst dreinblickenden jungen Mann mit kurzem blondem Haar, der noch viel vor sich zu haben schien.

Mandy verschluckte sich beinahe an ihren Bonbons. »Die arme Frau! Oh, Gott, wenn sie erfährt, was passiert ist ...«

»In anderthalb Stunden müsste die Strecke zu schaffen sein«, überlegte Lena nach einem Blick auf ihre Armbanduhr. »Ich spring schnell mal rüber zu Krollmann, und du schau nach, wo wir die Frau finden.«

Als Lena zurückkam, zwängte Mandy den rechten Fuß samt Pflaster in ihren frisch polierten Schuh, dessen Absatz so hoch und spitz war, dass er eigentlich waffenscheinpflichtig sein sollte. Nahm die Frau denn nie Vernunft an?

Lena verkniff sich eine Bemerkung über Sinn und Zweck derartigen Schuhwerks und griff zum Telefon, das auf ihrem Schreibtisch klingelte.

»Haubi hat das Handy geknackt. Er ist jetzt dabei, die Dateien auszulesen«, verkündete sie, als sie aufgelegt hatte. »So langsam kommt Bewegung in den Fall, scheint heute unser Glückstag zu sein.«

Auch wenn sie mit lockeren Sprüchen munter tat, konnte Lena das bange Gefühl nicht verdrängen, das sie erfasst hatte. Der Gedanke an die junge Frau und an die Nachricht, die sie ihr überbringen mussten, machte ihr zu schaffen.

***

Das Haus, eine beeindruckend schöne Villa, wirkte gediegen. Nahe am Treptower Park gelegen erinnerte es an die Gründerzeit, in der wohlhabende Fabrikbesitzer, Ärzte und Anwälte ihren Reichtum gern zur Schau gestellt hatten. Mandy las die Namen an der Tür und klingelte bei *H. & S. Werner*. Nichts rührte sich. Von wiedererwachtem Schmerz geplagt trat sie von einem Fuß auf den anderen. »Wir hätten anrufen sollen«, nörgelte sie verdrießlich.

»Wolltest du der Frau am Telefon sagen, dass ihr Mann tot ist?«

»Bestimmt nicht. Aber wenigstens anmelden hätten wir uns können.«

»Hab ich gemacht! Sie muss da sein, versuch's noch mal.«

»Und warum lässt sie uns vor der Tür stehen, wenn sie uns erwartet?« Mandy drückte erneut auf den Klingelknopf, diesmal länger als zuvor und auch gleich noch auf die Klingel der benachbarten Wohnung. Endlich ertönte der Summton, der die Haustür öffnen ließ. »Na, geht doch«, grummelte sie besänftigt und trat noch vor Lena in den Hausflur. Nach dem ersten Schritt auf grauen Fliesen schaltete ein nervig knackender Bewegungsmelder das Licht ein. Kalter Schein fiel auf einen abgestellten Kinderwagen, ein an die Heizung gekettetes Fahrrad und einen Rollator. Dunkle Eichenstufen verströmten den Geruch von Bohnerwachs. Mandy sah sich um und maulte: »Nicht mal einen Fahrstuhl haben die hier.«

»Liebste Mandy, nach dem Klingelschild zu urteilen, wohnen die Werners im dritten Stock. Wer braucht da schon einen Fahrstuhl?«

In Mandys Ohren klang Lenas Bemerkung ein wenig schadenfroh. Die Chefin musste doch sehen, wie sie sich bei jedem Schritt quälte. Aber nein, ohne ein Fünkchen Mitleid hüpfte sie in ihren flachen Tretern leichtfüßig an ihr vorbei. Eine Etage höher klingelte sie bereits an der Wohnungstür.

Noch ein letzter Treppenabsatz und Mandy stand genau wie Lena vor dem handgetöpferten Türschild, das mit einem Abbild der Familie verziert war. Vater, Mutter, zwei blond bezopfte Mädchen. Die Mutter hielt ein Baby im Arm.

H. & S. Werner stand in dicken schwarzen Schnörkelbuchstaben auf hellem Grund. Aus der Wohnung drangen Kinderstimmen. Helles Lachen und munteres Gezwitscher.

Nach dem nächsten Klingelton quengelte ein Kind: »Mamaaaaa,

da ist wer!« Doch die Mutter schien weder das Klingeln noch das Kind zu hören.

Eine zweite, ebenso piepsig dünne Stimme ertönte: »Gritti, komm von der Tür weg. Ich sag's Papa, wenn du nicht hörst.«

Mandy klopfte mit den Fingerknöcheln an die Tür. »Hallo«, rief sie. »Frau Werner, sind Sie da?«

»Maaamaaaa!« Jetzt überschlugen sich die Kinderstimmen. Dann war es für Augenblicke still in der Wohnung. Mandy wollte schon erneut klopfen, da näherten sich Schritte. Im Schloss knirschte ein Schlüssel, die Tür ging auf und vor ihnen stand eine junge Frau mit langem dunklem Haar. Der Säugling in ihrem Arm schaute die Besucher mit großen Augen an. Fürsorglich zog die Mutter das flauschige Badetuch über das spärlich sprießende, vom Baden noch feuchte Kinderhaar. »Danke, dass Sie gewartet haben«, sagte sie statt einer Begrüßung und drückte ihr Kind liebevoll an sich. »Ich musste erst Emil aus der Wanne nehmen, darum hat es so lange gedauert.« Ihre Augen waren dunkel wie die ihres Babys, nur schaute das Kind mit unbekümmerter Neugier in die Welt, die Mutter dagegen ängstlich forschend. Lena zückte ihren Dienstausweis, um sich und Mandy vorzustellen.

»Ich dachte mir schon, dass Sie es sind. Sie hatten ja angerufen.« Die junge Frau streichelte die rosigen Wangen ihres Babys. »Was ist mit meinem Mann? Hatte er einen Unfall?« Ihre Stimme überschlug sich. »In welchem Krankenhaus liegt er? Ich muss nur schnell die Kinder zu meinen Eltern …«

Die Tür der Nachbarwohnung ging auf. Ein zerfurchtes Gesicht kam zum Vorschein, umrahmt von grauem, auf Wickler gedrehtem Haar. »Ich hab Stimmen gehört und dachte, es wär meine Tochter mit den Enkeln.« Ein verzagtes Lächeln, flüchtig und wehmütig, brachte das Spinnennetz der Falten in ihrem Gesicht in Bewegung. »Ach, ich seh schon, Sie haben Besuch, Frau Werner.« Damit zog sie die Tür beinahe lautlos hinter sich zu.

Susannes Blick war voller Mitleid. »Die Arme, ständig wartet sie auf ihre Tochter.« Rasch besann sie sich und sah die beiden Polizistinnen voller Furcht an. »Mein Mann? Was ist mit ihm?«

»Lassen Sie uns reingehen«, schlug Lena vor. »Dann reden wir.«
Wortlos trat Susanne Werner zur Seite. Ihre Unruhe schien sich
auf das Kind in ihren Armen zu übertragen. Der kleine Mund verzog sich, der Säugling fing an, zu weinen. »Tsch, tsch, tsch«, beruhigte ihn die Mutter. Erst als der Kleine nur noch zart schluchzte,
führte sie die Kommissarinnen den Flur entlang. Zwei blond bezopfte Mädchen, vielleicht neun oder zehn Jahre alt, hockten eng
aneinandergekuschelt auf einem Schaukelpferd. Mit müder Stimme
mahnte die Mutter: »Ihr bleibt schön brav hier oder spielt in eurem
Zimmer. Bis ich euch rufe! Dann geht's ab zu Oma. Okay, Lara und
Gritti?«

»*Okay?*«, wiederholte sie scharf, weil die Mädchen nicht reagier-
ten.

»Höchste Zeit, dass mein Mann nach Hause kommt.« Die junge
Frau sah den Mädchen nach und seufzte. »Wenn er nicht da ist,
geraten die Zwillinge leicht außer Rand und Band. Aber jetzt sagen
Sie endlich, was mit ihm ist. Wo kann ich ihn besuchen?«

Ehe Lena antworten konnte, stieß der Säugling einen Schrei aus
und begann am Daumen zu nuckeln.

»Emil will sein Fläschchen.« Im Rhythmus ihrer Schritte wiegte
Susanne Werner ihr jüngstes Kind sanft in den Armen.

Als Lena und Mandy sich im Wohnzimmer auf die angewiesenen
Stühle gesetzt hatten, sahen sie sich um. Auf der Couch lag Baby-
kleidung neben einem aufgerissenen Windelpaket und einer
Cremedose ohne Deckel. Emils Fläschchen wartete im Wärme-
behälter auf dem Tisch.

Susanne schob Strampler und Hemdchen zusammen, setzte sich
auf die mit braunem Kunstleder bezogene Couch und platzierte das
weinende Kind auf ihrem Schoß. »Das muss jetzt sein.« Liebevoll
lächelte sie ihren Sohn an. »Mein Emil gibt sonst keine Ruhe.«

Gierig schmatzend trank das Baby mit geschlossenen Augen.
»Mein kleiner Vielfraß«, murmelte die Mutter.

Mandy ließ Mutter und Kind nicht aus den Augen. Lena sah sich
weiter im Zimmer um. Couch, Tisch, sechs Stühle. Daneben gab es
nur noch einfach zusammengezimmerte Regale, in denen Geschirr

aus bunter Keramik und Bücher standen. Auf dem hellen Parkett lag Kinderspielzeug: ein Püppchen mit nur einem Arm, Pferde, Schafe und andere Tiere aus bunt bemaltem Holz. Die hohen weiß gestrichenen Wände hingen voller Fotos. Bilder der Kinder, Fotos der gesamten Familie und Aufnahmen von Kornmühlen, Schneidemühlen, Dampflokomotiven und alten Maschinen, von denen Lena nicht einmal ahnte, wofür sie gut sein mochten.

»Eine wirklich schöne Wohnung«, lobte Lena.

»Ja, vor allem schön groß, deshalb wollten wir sie unbedingt haben. Die Kinder brauchen Platz zum Spielen, sagt mein Mann immer.« Die feinen Linien, die sich von den Nasenflügeln bis hinunter zu den Mundwinkeln zogen, vertieften sich, als die junge Mutter sagte: »Meinem Mann ist was Schlimmes passiert, richtig? In welchem Krankenhaus liegt er? Ich will ihn sehen.«

Lena griff in ihre Tasche. Ihre Fingerkuppen stießen auf einen harten glatten Gegenstand. Aber sie zögerte, ihn herauszuziehen. Stattdessen berichtete sie von dem Toten in der alten Mühle. Die junge Frau hörte zu, erstarrt, ohne einen Laut von sich zu geben. Tränen liefen ihr übers Gesicht.

Das Kind auf ihrem Schoß begann, mit Armen und Beinen zu zappeln, als wollte es sich aus der immer fester werdenden Umarmung befreien.

»Emil, mein kleiner Schatz«, wisperte Susanne Werner kaum hörbar. Blind vor Tränen stellte sie das leere Fläschchen auf den Tisch zurück. Sie wickelte ihr Kind aus dem Badetuch und legte es nackt auf die Couch. Sorgfältig rieb sie den kleinen Körper mit Öl ein. Wie in Trance, mit langsamen und zarten Bewegungen, windelte sie den Säugling und zog ihn an. Das alles tat sie, ohne sich die Tränen fortzuwischen und ohne ein Wort. Lena nahm das Zittern der Hand wahr, die über das dunkle Kinderhaar strich.

Arme Frau, dachte sie, als die Mutter ihren Sohn aus dem Zimmer trug. Sie mussten lange auf ihre Rückkehr warten. Kaum wieder im Wohnzimmer zurück, setzte sich Susanne in die Couchecke und zog anstelle des kleinen Jungen ein Kissen vor die Brust. Jetzt erst zog Lena aus der Tasche, was sie sich von Krollmann hatte geben lassen. Werners Ehering.

Susanne musste die Gravur auf der Innenseite nicht erst lesen und sie musste auch nichts sagen. Lena las die Antwort in den Tränen, die ihr übers Gesicht liefen, und in der Zärtlichkeit, mit der sie den Ring an ihrer tränennassen Wange rieb.

Behutsam sagte Lena: »Es tut mir leid, Frau Werner, aber ich muss Sie fragen: Fühlte Ihr Mann sich bedroht? War er in letzter Zeit anders als sonst?«

Susanne schmiegte ihre Wange noch immer an den Ring ihres toten Mannes. Sie klang verwundert, als sie sagte: »Niemand hat Holger bedroht. Warum auch? Er ist Taxi gefahren und hat sich um seine Familie gekümmert, ein ganz normales Leben halt.«

Lena spürte deutlich, wie schwer es der jungen Frau fiel, jetzt mit ihr zu reden. Aber es musste sein.

»Sagen Ihnen die Namen Udo Wachtel oder Peter Kobs irgendetwas?«, fragte sie.

Stummes Kopfschütteln unter neuen Tränen, die Susanne mit dem Handrücken fortwischte.

»Herr Wachtel verkauft Gebrauchtwagen und Peter Kobs liefert Blumen und Gemüse an Berliner Geschäfte und Hotels«, versuchte Lena, doch noch eine Antwort zu bekommen.

Keine Reaktion.

»Könnte es sein, dass Ihr Mann in der Uckermark verabredet war?« Mandys kindliche Stimme ließ Susanne verwirrt aufblicken.

»Verabredet? Nein. Er wollte sich historische Mühlen ansehen, so wie jedes Jahr zum Mühlentag. Warum sollte er sich mit jemandem verabreden?«

»Ist Ihr Mann mit seinem Taxi in die Uckermark gefahren?«

»Womit denn sonst?«

Mandy und Lena sahen sich an. Kein Taxi rund um die alte Mühle. Zufall? Wohl eher nicht. Wer Werners Autoschlüssel hatte, hatte leichtes Spiel. Ein kurzes Klicken mit dem Schlüssel. Das am Fahrzeug aufblitzende Licht wies den Weg und die Tür ließ sich öffnen.

Weder Lena noch Mandy sprachen diese Gedanken aus. Stattdessen fragte Mandy: »Ihr Mann ist Taxi gefahren? Ich dachte, er hätte Maschinenbau studiert.«

Susanne nickte beklommen und drückte ihr Kissen an die Brust, als brauche sie etwas, woran sie sich festhalten konnte.

»Ja, stimmt«, sagte sie, die dunklen Augen von Tränen verschleiert. »Holger hat studiert, aber nur zwei Jahre. Als die Zwillinge zur Welt kamen, ging's einfach nicht mehr. Von irgendwas mussten wir schließlich leben. Ich hatte mein Studium schon während der Schwangerschaft aufgegeben.«

»Deshalb das Taxi?«

»Ja, deshalb das Taxi. Anfangs hatte er es sich von einem Freund geliehen, später konnte er es günstig kaufen. Hunderttausend Kilometer auf dem Tacho, aber noch gut in Schuss.«

»Wo hat Ihr Mann das Auto gekauft?«, blieb Mandy hartnäckig.

»Warum fragen Sie nach Holgers Taxi? Was hat das mit seinem … mit seinem Tod zu tun?« Tränen erstickten Susannes Stimme, ihre Worte waren kaum mehr als ein Hauch. »Ein Freund hat's ihm angeboten.«

»Und der hieß Udo Wachtel, richtig?«

Susanne antwortete nicht gleich. Sie brauchte Zeit, bis sie sagen konnte: »Natürlich nicht und auch nicht … Wie war noch gleich der andere Name?«

»Kobs. Peter Kobs.« Mandy behielt Susanne fest im Blick. Doch die strich sich nur über die von Tränen nassen Wangen und sagte: »Nie gehört. Wer soll das sein?«

Während Mandy noch überlegte, was sie preisgeben sollte, fragte die junge Frau schon: »Sie haben unser Auto doch mitgebracht, ich brauch es dringend.«

»Dazu müssten wir es erst mal finden«, rutschte Mandy unbedacht heraus.

»Wieso finden? Wo Holger war, da war auch sein Taxi.«

»Auf dem Parkplatz stand aber kein Taxi, Frau Werner. Nicht mal Papiere hatte Ihr Mann dabei und auch keinen Autoschlüssel.«

»Keinen Schlüssel, keine Papiere?« Susannes Blick blieb an

dem goldenen Ring haften. »Vielleicht ist das alles nur eine Verwechslung?« In ihren Worten schwang Hoffnung mit. »Den Ring könnte Holger verloren haben.«

Sie sprang auf, riss einen mit Buntstiften bemalten Karton aus dem Regal und begann, darin zu kramen. Endlich zog sie ein Foto heraus und reichte es Lena. »Überzeugen Sie sich selbst. So sieht mein Mann aus.« Ihre Stimme flehte. »Er kommt wieder, ich weiß es.«

Lena sah fröhliche Kindergesichter und einen jungen Mann, der in die Kamera lachte. Die Ähnlichkeit mit den Zwillingsmädchen, die in bunten Sommerkleidern auf seinen Schultern saßen, war unverkennbar.

Das wächserne Gesicht des Toten auf dem kalten Stahltisch der Gerichtsmedizin, das Krollmann, so gut es ging, wieder hergerichtet hatte, wies kaum noch Ähnlichkeit mit diesem unbeschwert in die Kamera strahlenden Familienvater auf. Doch er war es, daran zweifelte Lena keinen einzigen Augenblick.

»Und?«, hauchte die junge Frau tonlos. »Sie haben sich geirrt, geben Sie's ruhig zu.«

Wortlos schüttelte Lena den Kopf. Was sie zu sagen hatte, wollte ihr einfach nicht über die Lippen kommen. Krollmann hatte den Ring vom Finger des Toten gezogen.

Susanne griff nach dem Foto aus glücklichen Tagen. Niemand sagte mehr ein Wort, bis sie leise fragte: »Wo, sagten Sie, haben Sie diesen … haben Sie meinen Mann gefunden? Kann ich ihn sehen?«

Lena berichtete noch einmal von der Mühle abseits des Dorfes, von dem Toten auf dem Schlitten vor dem Sägegatter. Wie übel das Opfer zugerichtet worden war, verschwieg sie geflissentlich.

Die junge Frau presste die Lippen aufeinander. Sie brauchte einen Moment, bis sie erwidern konnte: »Mein Mann wollte sich alte Mühlen ansehen, so wie er es immer gemacht hat, Pfingstmontag am Mühlentag. Als er am Abend nicht nach Hause kam, dachte ich, er wäre aufgehalten worden oder noch woanders hingefahren. Natürlich hab ich mir Sorgen gemacht, ich konnte kaum schlafen in der Nacht. Aber historische Technik ist nun mal seine Leidenschaft. *War* seine Leidenschaft! Oh Gott ...« Voller Entsetzen schlug sie die Hände ans Gesicht. »Wie soll ich bloß den Mädchen beibringen, dass ihr Vater nicht mehr nach Hause kommt?«

»Hat Ihr Mann kein einziges Mal angerufen, als er unterwegs war?«, fragte Lena in die plötzliche Stille hinein.

Zu ihrer Überraschung nickte Susanne. »Doch, ja, Holger hat angerufen. Am Montag zur Kaffeezeit. In diesem Dorf hatte er einen alten Bekannten getroffen.«

»Einen alten Bekannten?« Alarmiert fuhr Lena auf. »Wie heißt er? Hat Ihr Mann einen Namen genannt?«

Susanne legte den Kopf in den Nacken und schloss die Augen. Lena ahnte, dass sie allein sein wollte mit ihrem Schmerz. Ohne die lästigen Fragen einer fremden Kommissarin. Ging aber nicht. Sie brauchte Antworten.

»Nein, wirklich nicht«, presste Susanne mit geschlossenen Augen hervor. »Holger hat keinen Namen genannt.«

In der Hoffnung, doch noch einen ganz bestimmten Namen zu hören, kramte Mandy Stift und Notizblock aus ihrer Tasche. »Überlegen Sie bitte noch einmal ganz genau, Frau Werner«, bat sie. »Irgendwas muss Ihr Mann doch gesagt haben.«

»Sicher hat er das. Aber ich hab nicht zugehört. Ich konnte doch nicht ahnen, dass es unser letztes Gespräch sein würde.« Von heftigem Schluchzen geschüttelt kreuzte Susanne die Arme vor der Brust. »Als Holger anrief, war bei uns wieder mal Rambazamba. Das Baby, wissen Sie, und die Zwillinge! Ich hatte meine Mühe mit den Kindern. Holger verstand das. Er hat versprochen, sich später noch mal zu melden. Hat er aber nicht. Seit diesem Anruf hab ich nichts mehr von ihm gehört. Bis ... bis Sie gekommen sind und ...«

Sie bückte sich, hob ein zu Boden gefallenes Babyjäckchen auf und strich es glatt, als würde sie ein lebendiges Wesen streicheln.

Lautes Krachen und Poltern ließ sie zusammenfahren.

Die Tür ging auf und ein strubbeliger Blondschopf schob sich ins Zimmer.

»Ihr müsst ins Bett«, mahnte die Mutter kraftlos und fuhr sich mit den Fingerspitzen über die Augen.

»Gritti hat …«, zirpte das Mädchen und stockte, denn die Schwester quengelte dazwischen:»Das war nur, weil Lara mich geschubst hat.«

»Ihr müsst ins Bett«, wiederholte die Mutter und wollte aufspringen, doch Mandy hielt sie zurück.»Bleiben Sie ruhig sitzen. Ich kümmere mich um die beiden.«

Sie nahm die Mädchen bei der Hand und ließ sich von ihnen den Weg ins Bad zeigen.

Im Zimmer der Zwillinge schüttelte sie die Betten auf.»Jetzt schlaft endlich«, mahnte sie, als sich die Mädchen, wie Kobolde kichernd, in ihre Decken kuschelten. Doch so einfach kam sie nicht davon. Eins der Mädchen rieb sich die Augen und verlangte:»Du musst uns was vorlesen. Mami hat's heute vergessen und Papi kommt erst morgen wieder nach Hause.«

Mandy atmete tief durch. Sie wusste nicht, was sie antworten sollte. Ohne ein Wort nahm sie dem Kind das Buch aus der Hand und begann zu lesen. Zu ihrer eigenen Überraschung stieg ein warmes Gefühl in ihr auf, als die beiden Mädchen, bis unter die Stupsnasen zugedeckt, jedem ihrer Worte aufmerksam lauschten.

Bei der letzten Zeile angelangt, schlug Mandy das Buch zu und tat streng.»So, jetzt schlaft aber. Keinen Mucks will ich mehr von euch hören.«

Der Weg zurück ins Wohnzimmer führte durch einen schmalen schlauchartigen Raum, der offensichtlich als Arbeitszimmer diente. Erst jetzt fiel Mandy auf, dass das Regal über dem Schreibtisch auf halb acht hing. Ein Dübel hatte sich gelöst, das Holz hing schief wie ein untergehendes Schiff.

In dem Durcheinander auf dem Fußboden glänzten Pokale golden und silbern zwischen allerlei Papieren. Daher also das Krachen und Poltern, das sie bis ins Wohnzimmer gehört hatten. Mandy hob die Kelche auf und stellte sie nebeneinander auf den Schreibtisch. Sie wusste jetzt, dass Holger Werner ein erfolgreicher Schachspieler gewesen war. Dann sah sie sich die zu Boden gefallenen Papiere sorgfältig an. Nichts Auffälliges. Rechnungen, Steuersachen, Kontoauszüge. Das Konto der Werners war im Soll. Nicht erschreckend tief, aber im Soll. Mandy hob das letzte Blatt auf. Eine Car-Service GmbH mahnte ihr Geld an. Sie sah genauer hin. Der Geschäftsführer dieser GmbH hieß Udo Wachtel.

8. KAPITEL

Die Nacht, in der das Kind mit vor Aufregung zitternden Händen den verbotenen Schlüssel aus der Vase mit den Strohblumen gefischt hatte, würde es nie im Leben vergessen. Es war die Nacht, in der all seine Ängste zu einem einzigen Wort zusammenschmolzen: A d o p t i e r t !

Adoptiert? Was war denn das nun wieder?

Es musste etwas Schlimmes sein, wenn die Eltern es so ängstlich vor ihm verbargen.

Das Kind saß auf dem kalten Fußboden vor der geöffneten Schublade des streng verbotenen Schreibtischs und wartete darauf, dass die Erde sich auftun und es verschlingen oder der Vater kommen und es bestrafen würde. Es hoffte inständig, die Erde wäre schneller. Was auch immer geschah, es würde seine eigene Schuld sein. Warum sonst stand da dieses seltsame Wort, das es noch nie gehört hatte? Adoptiert!

Folgsam hatte sich das Kind an diesem Abend ins Bett gelegt, die Augen geschlossen und sich schlafend gestellt. Mit klopfendem Herzen, vor Aufregung unter der Bettdecke schwitzend, hörte es, wie die Mutter noch einmal zu ihm ins Zimmer kam, ihm sanft übers Haar strich und das Licht ausknipste. Das Kind wusste, sie würde sich vor den Fernseher setzen und einen Film nach dem anderen schauen, während der Vater im bequemen Sessel schlief, bis sie ihn aufweckte, weil es Zeit war, ins Bett zu gehen. Den Sohn wähnten sie derweil im Reich kindlicher Träume.

Der aber war leise aufgestanden, auf Zehenspitzen, ängstlich bemüht, keinen Laut zu verursachen, ins Arbeitszimmer des Vaters geschlichen und auf den Schreibtisch geklettert. In der Vase mit den Strohblumen hatte er den so lange gesuchten Schlüssel ertastet.

Als er ihn ins Schloss steckte, überfiel ihn bei jedem Knacken, das ihm laut wie ein Gewehrschuss vorkam, ein unbezwingbares Zittern.

Es würde nicht aufhören, so fürchtete der Junge, bis der Vater ihn entdecken und bestrafen würde.

Mit angehaltenem Atem lauschte er auf Schritte, die sich näherten. Doch nichts geschah. Nur noch ein letztes Knacken und die Schublade ließ sich herausziehen. Die Dokumente darin sahen wichtig aus. Der Junge hatte keine Ahnung, wozu sie gut sein sollten. Ganz unten in der Schublade fand er eine Mappe mit der Aufschrift Adoptionspapiere.

Der Junge begann zu blättern und zu lesen, wie ein achtjähriges Kind eben las, wenn es ein amtliches Dokument vor Augen hatte.

Und plötzlich verstand er. Die Eltern waren nicht seine Eltern. Und er war nicht ihr Kind. Alles war Lüge.

***

Selbst zu dieser späten Stunde waren die Berliner Straßen noch verstopft. Und zu allem Überfluss hatten sich alle Ampeln darauf geeinigt, Lenas Mini mit leuchtendem Rot zu verhöhnen. Als wäre das nicht schon genug, verengte sich die Fahrbahn vor der Kreuzung Indira-Gandhi-Straße/Berliner Allee wegen Bauarbeiten zu einer schmalen Gasse.

»Berlin ist wieder mal aufgerissen wie ein Buddelplatz«, schimpfte Lena, während sie dem Slalom der Baustellenschilder folgte.

Mandy, in Gedanken noch ganz bei Susanne Werner und ihren Kindern, hatte weder Auge noch Ohr für das Chaos auf der Straße. »Auch wenn sie uns belogen hat, die arme Frau tut mir echt leid«, sagte sie. »Das Konto im Minus, der Mann erschlagen. Wie will sie bloß zurechtkommen mit ihren drei Kindern?«

»Das weiß sie selbst noch nicht.« Lena setzte den Scheibenwischer in Gang. Plötzlich einsetzender Regen erschwerte ihr die Sicht.

»Ich frag mich nur, warum sie uns belügt.« Mandy schlug die Beine übereinander und ließ den rechten Fuß in der Luft kreisen. Gleich nach dem Einsteigen in Lenas Mini hatte sie die Schuhe von den Füßen gestreift und die Pflaster über den wund geriebenen Stellen erneuert.

»Bist du dir sicher, dass sie uns belügt?« Lena drosselte das Tempo. Sie hatte Mühe, sich im Baustellenchaos zurechtzufinden.

»Hast doch gehört, dass sie nach wie vor behauptet, Udo Wachtel nicht zu kennen. Dabei war das Taxi in seiner Werkstatt. Hält sie uns für blöd, oder was?«

»Ich denke eher, sie weiß es wirklich nicht. Warum sollte sie sich für den Besitzer der Werkstatt interessieren, in die ihr Mann sein Auto bringt?«

»Ja, schon möglich.« Mandy gähnte mit weit aufgerissenem Mund. »War wieder ein langer Tag heute. Aber egal. Der tolle Autohändler hat uns auf jeden Fall belogen. Er muss Holger Werner zumindest als Kunden gekannt haben. So groß, dass er den Überblick verliert, wird seine Werkstatt nicht sein. Und die Festwiese hinter der alten Mühle ist überschaubar. Die Schlägerei muss ihm aufgefallen sein. Mit Ausnahme der Lübecker Bibliothekarin waren die Schreiberlinge alle auf dem Festplatz, als Kobs seine Show abgezogen hat.«

»Krollmann und ich, wir waren auch da und haben nichts gesehen. Ich war schon weg, als es passiert ist. Und Krollmann kam erst am späten Nachmittag. Keine Ahnung, was die Leute aus dem Schreibkurs gesehen haben und was nicht. Nur von der alten Studienrätin wissen wir überhaupt von dieser Schlägerei.«

»Der bayrische Zahnarzt hat auch zugeschaut«, erinnerte Mandy.

»Was, verdammt?«, schrie Lena plötzlich auf. Grelles Scheinwerferlicht durchbrach die Heckscheibe. Für einen Augenblick war es taghell im Mini. Nach dem ersten Schreck realisierte Lena, dass der Fahrer im Auto hinter ihnen das Rot der Baustellenampel übersehen haben musste. Zwischen beiden Fahrzeugen dürfte kaum mehr als eine Handbreit Platz geblieben sein.

»Gerade noch mal Glück gehabt«, beruhigte sie sich und Mandy, die neben ihr unvermittelt aufseufzte: »Das Baby wird seinen Vater nie kennenlernen.«

Lena stutzte. »Meinst du den kleinen Emil oder dein ungeborenes Kind?«

»Fängst du schon wieder damit an?«

»Sorry, Mandy, ich weiß genau, was du meinst. Den Zwillingsmädchen bleibt nur die Erinnerung an ihren Vater und der kleine
Junge wird nicht einmal die haben.«

»Wär es nicht so furchtbar traurig, wär's die reinste Ironie, Lena.«

»Das versteh ich jetzt wirklich nicht.«

»Na, überleg doch mal. Dieser Mann tourt Tag und Nacht mit seinem Taxi durch Berlin, wo Mord und Totschlag zwar nicht gerade
alltäglich sind, aber doch immer wieder mal vorkommen, und ihm
passiert nichts. Dann fährt er ein einziges Mal in dein verschlafenes
Nest, wo höchstens mal Kartoffeln vom Feld geklaut werden oder
Karnickel aus dem Stall. Und ausgerechnet da wird er erschlagen.
Ich nenn das Ironie.«

»Du meinst, Kaninchen aus der Buchte. Aber im Ernst, Mandy,
Berlin oder Raglow, was macht den Unterschied? Die Konsequenzen sind dieselben.«

»Die Konsequenzen schon. Die Umstände nicht. Bisher sehe
ich genau zwei Möglichkeiten. Entweder ist der besoffene Kobs bis
zum Blutrausch ausgerastet oder ein vermeintlich harmloser Festbesucher hat seine Chance genutzt, Holger Werner aus dem Weg zu
räumen. Könnte gut sein, dass dieser Besucher Udo Wachtel heißt.
Dann wäre der Heuhaufen nicht mit der Nadel verschwunden, wie
die alte Studienrätin vermutet. Udo Wachtel ist immer noch da.
Hoffe ich zumindest!«

Inzwischen hatten sie Lichtenberg und Weißensee durchfahren.
Die Lichter der Stadt lagen hinter ihnen, vor ihnen erschien das
dörflich anmutende Malchow. Nur noch ein kurzes Stück auf der
B 2 und sie konnten auf die Autobahn in Richtung Prenzlau/Stettin
einbiegen.

Grübelnd lehnte sich Mandy auf dem Beifahrersitz zurück. »Werners Auto ist geklaut worden, davon können wir jetzt ausgehen.
Ebenso die Brieftasche und die teure Kamera. Was ist, wenn …?«
Mandy schien ein Gedanke durch den Kopf zu schießen, der sie
verwirrte.

»Jetzt sag schon! Mach's nicht so spannend, ich bin müde und
hab Hunger. Das macht mich nicht eben geduldig.«

»Ich frag mich gerade …« Mandy zögerte, als würde sie den eigenen Überlegungen nicht trauen. »Also, ich frage mich, wo Wachtel so schnell das Geld für seinen Neustart herhatte. Was ist, wenn es beim Autoklau nicht nur um ein einziges Fahrzeug ging, sondern um Autoschieberei im großen Stil? Diebstahl auf Bestellung sozusagen. Die Gelegenheit war günstig. Die Grenze liegt vor der Tür. Von Raglow aus ist jedes Fahrzeug in höchstens zehn Minuten außer Landes geschafft.«

»Mandy, du spinnst.« Ungläubig schüttelte Lena den Kopf. »Du willst sagen, Holger Werner war ein Kollateralschaden, weil er den Dieb beim Autoklau erwischt hat? Dann wäre er auf dem Parkplatz erschlagen worden und nicht im alten Mühlenschuppen.«

»Stimmt«, gab Mandy zu. »Könnte aber auch sein, dass er und der angebliche Dieb Komplizen waren. Sie haben gestritten und der Streit ist eskaliert. Da musste das Auto halt weg.«

»Kann ich mir nicht vorstellen. Ah, Mist!« Verärgert klatschte Lena eine Hand an die Stirn. »Das war eben unsere Ausfahrt, die letzte auf deutscher Seite. Jetzt müssen wir in Polen von der Autobahn runter. Dann zuckeln wir über die Dörfer zurück. Was gibt's Schöneres als eine Spazierfahrt im Mondschein.«

»Wenn der Mond wenigstens scheinen würde!« Mandy gähnte noch einmal herzhaft und sagte: »Der Regen macht schläfrig und denkfaul. Ich hätte trotzdem noch was in petto, Chefin.«

»Spuck's schon aus.«

»Also gut, dann nehm ich mal an: Wachtel oder wer weiß wer hat Werners Auto geklaut und Kobs ist der zweite Täter, besser gesagt, der erste, nämlich der Totschläger.«

»Hä? Träumst du oder was ist los?«

»Wieso denn? Mir erscheint das logisch.«

»Dass du träumst?«

»Nee, dass wir zwei Täter suchen. Könnte sogar sein, dass Werner beide gekannt hat.«

»Ich sag doch, du träumst.«

»Ich zähl nur eins und eins zusammen, Lena.«

»Das musst du mir erklären.«

»Wird aber 'ne lange Geschichte.«

»Passt gut, Mandy. Wir haben noch eine ganze Stunde Fahrt vor uns.«

»Okay, dann vergiss alles, was ich bisher gesagt habe, und hör mir einfach zu. Wie du weißt, fährt dein Freund Kobs regelmäßig nach Berlin, um Blumen und sonstiges Grünzeug auszuliefern. Fakt ist auch, dass er nicht nur verkauft, was sein Vater im Gewächshaus und im Freien züchtet. Er kauft dazu. Und weißt du, wo? In den Niederlanden!«

»Na und? Warum soll er nicht?«

»Niederlande, Amsterdam, Exportschlager Nummer eins! Klingelt da was bei dir, Lena? Und sag jetzt nicht, Tulpen.«

»Ich sag nur, du spinnst, Mandy.«

»Im Gegenteil, ich bin plötzlich wieder hellwach und fit. Wer weiß denn schon, was wirklich hinter Kobs' Fahrten in die Niederlande und der Schlägerei auf dem Fest steckt? Ein dubioser Autohändler mit besten Kontakten, ein Taxifahrer, der überall hinkommt, und ein Mann, der Drogen ranschafft, wären doch ein super Trio.«

»Du meinst, ein kriminelles Trio.«

»Ja, genau. Endlich hat sie's!«

»Na klar, und aus ihren tollen Geschäften purzeln die Moneten raus wie Zuckerstückchen. Warum sind die Werners dann so knapp bei Kasse?«

»Was weiß ich? Vielleicht haben sie das nette kleine Geschäft noch nicht lange genug durchgezogen.«

»Mandy, du bist wirklich verrückt. Erst soll Kobs ein Mörder sein und jetzt dealt er auch noch mit Drogen?«

»Falsch, Lena! Nicht *und*, sondern *weil*. Eins zieht das andere nach sich. *Weil* unsaubere Geschäfte aus dem Ruder gelaufen sind, könnte Kobs zum Mörder geworden sein. Auch wenn du mir nicht glaubst, Chefin, lass uns ruhig mal ein bisschen fabulieren oder, wie wir so gern sagen, das Ganze rein hypothetisch betrachten.«

Lenas verärgertes Prusten hielt Mandy nicht davon ab, fortzufahren: »Der alte Kobs züchtet Orchideen und pflegt seine Beete, so wie vor ihm schon sein Vater und Großvater. Sohn Peter, der in seinem Leben noch nicht viel auf die Reihe gekriegt hat, zieht mit einem Mal einen schwunghaften Blumen- und Gemüsehandel auf. Das gibt doch zu denken, oder?«

»Woher weißt du, wie schwunghaft der Handel ist?«

»Ich weiß es eben.«

»Du hast dich über Kobs informiert?«

»Aber klar doch. Recherche ist die Mutter der Weisheit. Studium abgebrochen, mal hier, mal da reingeschnuppert, Gärtnerlehre und Alkohol bis zum Abwinken. Das ist Peter Kobs. Woher jetzt der plötzliche Erfolg?«

»Du denkst wirklich, der Handel wäre erfolgreich?«

»Ich denke nicht, ich hab mich umgehört. Wir müssen Kobs' Konten prüfen. Dann wissen wir ganz genau, was Sache ist.«

»Klar, Konten prüfen, Hausdurchsuchung, SEK! Das ganze Paket. Drehst du jetzt völlig durch?«

Mandy gab keine Antwort mehr. Sie gähnte nur noch einmal und lehnte sich auf ihrem Sitz zurück.

Lena sah auf die im Licht der Scheinwerfer feucht glänzende Fahrbahn. Nach sonnigem Wetter bis in den Nachmittag hinein und Nieselregen bei hereinbrechender Dunkelheit regnete es zu dieser nächtlichen Stunde in Strömen. Sie verspürte Lust, ihren Mini zu stoppen und auszusteigen. Das Gesicht in den Regen zu halten und die regennasse Luft zu atmen, bis sich das Durcheinander in ihrem Kopf ordnen ließ.

Ja, Peter Kobs könnte Holger Werner erschlagen haben. Glauben wollte sie daran ebenso wenig wie an den von Mandy ins Spiel gebrachten Drogenhandel.

»Denk doch nur mal an den Blackout, von dem Kobs gesprochen hat«, vernahm sie plötzlich wieder das piepsige Stimmchen neben sich. »Klar, man kann sich auch mit Bier und Schnaps die Birne wegknallen. Hörte sich bei Kobs aber anders an.«

Lena zog es vor zu schweigen. Was sollte sie Mandy auch entgegenhalten? Sie hatte ja recht. Peters Zustand oben im Alkoven des fremden Wohnmobils ließ sich nicht nur mit Bier und Schnaps erklären.

Was nicht heißen musste, dass ihr Freund aus Kindertagen Drogen vertickt und einen Menschen erschlagen hatte. Oder etwa doch?

9. KAPITEL

Was das Kind in der Mappe mit der Aufschrift Adoptionspapiere gelesen hatte, war wie ein Schock gewesen. Sein Körper hatte mit nächtlichem Fieber reagiert. Der Anblick von Speisen verursachte ihm Brechreiz.

Wie Ameisen im zertretenen Revier krabbelten die Gedanken wild in seinem Kopf herum. Warum hatten ihn die wirklichen Eltern nicht gewollt? War er so böse gewesen? Fragen bedrängten den Achtjährigen bei Tag und nachts in unruhigen Träumen.

Er musste noch sehr klein gewesen sein, als sie ihn weggegeben hatten. Was konnte ein so kleines Kind schon Böses getan haben? Was?

Sosehr er sich auch bemühte, er konnte sich einfach nicht erinnern.

Ob sie manchmal an ihn dachten? An ihr Kind, das sie nicht haben wollten? Wo mochten sie sein, der Mann und die Frau, die seine richtigen Eltern waren?

Der Junge versuchte, sich vorzustellen, wie sie wohl aussahen. Er betrachtete sich im Spiegel. Sah er ihnen ähnlich?

Würde er so werden wie sie? Das eigene Kind weggeben? Immer neue Fragen peinigten den Jungen. Er konnte nichts dagegen tun.

Er fürchtete sich vor der Dunkelheit, vor den Albträumen, die sich Nacht für Nacht einstellten. Wenn er laut schrie, setzte sich die Frau, die nicht seine Mutter war, an sein Bett und streichelte ihn liebevoll.

Manchmal schaffte er es, danach bis zum Morgen traumlos durchzuschlafen.

Kam der Traum zurück, saß SIE wieder an seinem Bett. Ihre Nähe tat ihm gut. Mit ihr reden konnte er nicht. Nicht über seine Albträume und nicht über die Fragen in seinem Kopf.

»Du hast geträumt, mein Junge. Es war nur ein böser Traum«, versuchte sie, ihn zu trösten. Sie ahnte nicht, wie sehr er sich wünschte, es wäre wahr.

***

Sonja Meyer, die Raglower Postbotin, schwebte im siebten Himmel. Bald würde sie Frau Bogemühl sein. Frau Sonja Bogemühl! Wie wundervoll sich das anhörte. Sie konnte den großen Tag kaum noch erwarten. Schon die Vorbereitungen waren himmlisch. Noch nie im Leben hatte sie sich so gefühlt. Sie hatte nicht einmal gewusst, dass das Leben so sein konnte. Die reinste Wonne!

Ein bildschönes Kleid würde sie sich kaufen. Nicht irgendeins aus dem Schlussverkauf, wo sie sonst ihre Garderobe ergatterte. Nein, an ihrem Hochzeitstag wollte sie ein elegantes Kleid tragen. Wohlig seufzte sie auf. Bald würde sie Geld haben. Viel Geld!

Wohl zum millionsten Mal stellte sie sich vor, wie ihr Volker staunen würde, wenn er mitbekam, wie gut gefüllt das Bankkonto seiner Frau war. Oder sollte sie das lieber für sich behalten? Er würde wissen wollen, wo das Geld herkam.

Aber ach, über so heikle Fragen konnte sie sich später immer noch den Kopf zerbrechen. Jetzt wollte sie sich auf das wunderbare Leben freuen, das vor ihr lag. Zusammen mit Volker, ihrem Mann, würde sie ein hübsches kleines Haus kaufen. Das Geld dafür würde sie haben. Sie, Sonja Meyer, die Postbotin! Nein, falsch! Sonja Bogemühl, die Frau, die sich kaufen konnte, was immer sie haben wollte.

Sie sah alles schon genau vor sich. Sobald die Arbeit in Haus und Garten getan wäre, würde sie an den Wochenenden mit Volker im Liegestuhl auf der Terrasse liegen. Eine Terrasse musste sein. Unbedingt.

Eigentlich hätte sie rundum glücklich sein können, wäre da nicht diese seltsame Furcht, die sie hinterrücks überfiel, wenn sie in ihren allerschönsten Träumen schwelgte. So beharrlich sie das lästige Gefühl auch zu verdrängen versuchte, so hartnäckig kam es immer wieder zu ihr zurück.

Warum nur? Alles lief doch bestens. Der erste Schritt war getan, und der war nicht einmal schwer gewesen. Da würde der Rest ja wohl auch noch zu schaffen sein. Es gab kein Zurück, dafür war es längst zu spät.

Vorsichtig lenkte Sonja ihr rumpelndes Auto über den holprigen Feldweg. Die letzte Station für heute war das Haus der hochbetagten Pfarrerswitwe Hertha Weidemann. Vor über zwanzig Jahren war ihr Mann gestorben und seither lebte die Witwe allein im alten Fachwerkhaus zwischen dem Dorf und der Raglower Mühle.

Als Sonja ihr Auto vor dem verwitterten Giebel ausrollen ließ, nahm sie eine flüchtige Bewegung am Küchenfenster wahr. Wie so oft wartete die alte Frau schon auf sie. Nicht, weil sie ihr die Post brachte, die alte Dame bekam nur ganz selten mal einen Brief oder eine Karte, sondern weil sich Sonja einmal in der Woche Zeit für ein Käffchen und einen Schwatz mit ihr nahm. Immer freitags, am Ende ihrer Tour.

Als sie nach kurzem Anklopfen in die überheizte Küche trat, brodelte auf dem Herd schon Wasser im altmodischen Teekessel. Der schrille Ton, den er von sich gab, gellte Sonja in den Ohren. Sie wusste, gleich würde die Witwe mit dem Kessel zum Küchentisch tappen und mit zittriger Hand Wasser in die vorbereiteten Tassen gießen.

Hastig warf sie ihre Briefmappe auf den großen Tisch, an dem die Katechetin über Jahrzehnte hinweg Kinder mit Kuchen bewirtet und in Religion unterrichtet hatte.

»Lassen Sie mal, Frau Weidemann, ich mach das schon.« Flink griff sie zum Kessel und schwenkte ihn über den Tassen. In einer der beiden bedeckte das Kaffeepulver kaum den Boden. In die zweite, die für Sonja bestimmt war, hatte die alte Frau eine ordentliche Portion Pulver gelöffelt. Sonja goss die eigene Tasse randvoll, die zweite nur zur Hälfte. Den Rest würde die Witwe mit Milch auffüllen. So trank sie ihren Kaffee seit Jahren.

Unzählige Runzeln bewegten sich im altersgrauen Gesicht, als die 93-Jährige lächelte und mit brüchiger Altfrauenstimme sagte: »Danke, Sonjachen, du gute Seele, immer wieder so hilfsbereit.«

Sonja nickte geschmeichelt. »Heute hab ich Ihnen sogar was mitgebracht, Frau Weidemann.« Mit der freien Hand deutete sie auf die Briefmappe, mit der anderen stellte sie den Kessel auf den Herd zurück.

Dann wedelte sie sich hörbar schnuppernd den aus den Tassen

aufsteigenden Dampf unter die Nase. »Köstlich, köstlich! Frisch aufgebrühter Kaffee ist doch immer wieder was Feines.«

»Ja, für dich.« Die alte Frau lachte gutmütig. »Ich vertrag's nicht mehr so recht. Mein Herz, du weißt doch, Sonjachen. Nur ab und zu gönn ich mir noch ein feines Tässchen.«

Fein ist was anderes, dachte Sonja. Was die Alte trank, war braun gefärbtes Milchwasser. Doch sie genoss es, der Witwe eine Freude zu machen. Wie ein Zauberer das Kaninchen aus dem Hut zog sie schwungvoll einen cremefarbenen Umschlag aus der schwarzen Mappe und schwenkte ihn ein wenig in der Luft herum, bevor sie ihn elegant auf den Tisch schweben ließ.

Hertha Weidemann griff danach, hielt ihn sich direkt vor die Augen und erkannte den Absender. »Ah, von der Kirche! Na, die Herren waren auch schon mal pünktlicher. Gestern war Geburtstag und heute kommt der Glückwunsch an.«

»Vielleicht liegt's ja an der Post«, erlaubte Sonja sich einen Scherz auf eigene Kosten. Hätte die alte Frau genau hingesehen, hätte sie Furcht in Sonjas verunglücktem Lächeln entdeckt. Die Postbotin hatte den Brief nicht grundlos einen Tag lang mit sich herumgetragen.

Doch die Weidemann sah auf ihre dampfende Tasse und kicherte arglos. »Hi, hi, Kindchen. Zu gratulieren gibt's sowieso nicht mehr viel, wenn man schon so alt ist wie ich. Da tun einem alle Knochen weh, egal, ob Geburtstag ist oder nicht.« Schnuppernd näherte sich ihre Nase dem dünnen Blümchenkaffee. »Jetzt machen wir's uns erst mal richtig gemütlich, hm. Den Brief kann ich später lesen. Steht sowieso dasselbe drin wie im vorigen Jahr.« Eine Weile schnupperte die Greisin zufrieden an ihrem Kaffee herum, ohne davon zu trinken. Dann stand sie ächzend vom Küchenstuhl auf. »Ach, Sonjachen, ich bin ja so vergesslich geworden. Hab doch feinen Geburtstagskuchen für uns beide aufgehoben.«

Mit kleinen Schritten trippelte sie zum Küchenschrank und kam mit einer hoch aufgetürmten Kuchenpyramide zurück. Zwischen Streusel- und Quarkkuchen entdeckte Sonja gefüllten Bienenstich, den sie am liebsten mochte. Sie wollte schon zulangen, da tappte die alte Frau noch einmal zum Schrank zurück, um eine Zuckerdose mit beinahe schon gänzlich abgewaschenem Goldrand zu holen. »Ich weiß doch, wie gern du ein, zwei Löffelchen davon in deinen Kaffee rührst. Wenigstens das hab ich mir gemerkt«, sagte sie und nickte bedächtig, als sie den Zucker neben Sonjas Tasse stellte.

»Ach, Frau Weidemann!« Geschickt zog Sonja ein dickes Stück Bienenstich aus dem Kuchenberg, ohne die Pyramide einstürzen zu lassen. »So vergesslich, wie Sie immer tun, sind Sie in Wahrheit gar nicht.«

Die 93-Jährige, die ihrer Schwerhörigkeit wegen nicht verstanden hatte, was die Postbotin sagte, stippte ihren Kuchen in den Kaffee, den sie, ganz wie von Sonja vorausgesehen, großzügig mit Milch aufgefüllt hatte. »Ja, ja, Sonjachen, ist nicht schön, so alt zu sein.«

Ohne wirklich zugehört zu haben, verschlang Sonja das köstliche Kuchenstück und gierte schon bald nach einem zweiten.

Die Weidemann mümmelte genüsslich, trank einen Schluck und ermunterte ihren Gast: »Lang ruhig noch zu. Ist alles mit guter Butter gebacken. Nicht so wie früher, als ich jung war. Da war man schon froh, wenn man überhaupt was zum Beißen hatte.«

»Hm ja, gute Butter, das merkt man gleich«, lobte Sonja großmütig, auch wenn ihr nicht klar war, was daran so besonders sein sollte. Butter war eben Butter. »Ich würde ja gern noch zugreifen, aber ich darf nicht«, sagte sie und die Vorfreude ließ sie lächeln. »Sie wissen doch, Frau Weidemann, in vier Wochen geht's in die Kirche. Da soll mein weißes Kleid doch nicht aus allen Nähten platzen.« Trotz ihrer Worte streckte Sonja die Hand nach einem neuen Kuchenstück aus. »Nur ein ganz kleines Stücklein noch«, sagte sie mehr zu sich selbst als zu der gutmütig lächelnden Frau Weidemann. »Wird mir wohl nicht gleich die Figur verderben.«

»Ja, ja, Kindchen.« Bekümmertes Kopfwackeln begleitete die zittrige Stimme. »Heutzutage wollen alle spindeldürr sein. Gesund ist das nicht, wenn du mich fragst, aber wer fragt schon eine so alte Frau.« Ausgiebig rührte sie in ihrem Kaffee, der nach wer weiß was schmecken mochte, nur nicht nach Kaffee. Ihr Gesicht hatte einen versonnenen Ausdruck angenommen. »Ich versteh dich schon,

Kindchen, als Braut will man schön sein, wenigstens für den einen. Ach, als ich damals meinen Oskar …«

»Wirklich sehr lecker, Ihr Kuchen«, schob Sonja rasch ein weiteres Lob nach. Die Geschichten vom guten Oskar hingen ihr schon lange zum Hals heraus. Sie kannte schon die tausendundeinste Version davon. Jetzt wollte sie das Gespräch endlich auf das Thema bringen, das sie so brennend interessierte.

»Erzählen Sie doch ein bisschen von Ihrem Geburtstag«, forderte sie die Weidemann auf. »Bestimmt war wieder das halbe Dorf da. Ich konnte gestern nicht kommen, sehr schade.« Dass sie nur eine ganz bestimmte Begegnung hatte vermeiden wollen, verschwieg sie lieber.

»Nu ja, das halbe Dorf nicht grade.« Mit einem altmodisch verschnörkelten Gäbelchen schob Hertha Weidemann die Krümel auf ihrem Teller zusammen. »Aber meine Küche war wieder mal voll. Ach, Sonjachen, wie schnell aus meinen Bibelkindern erwachsene Leute geworden sind.« Bekümmert wackelte die einstige Religionslehrerin mit dem Kopf. »Mein Oskar hat sie getauft und eingesegnet. Und ich kannte sie schon, als sie kaum über den Tisch gucken konnten. Jetzt besuchen sie mich mit grauen Haaren auf dem Kopf. Warum wird der Mensch bloß so schnell alt?«

Bla, bla, bla, dachte Sonja. Laut sagte sie: »Dann sind Sie ja wieder bestens informiert über alles, was im Dorf so passiert ist.« Beinahe automatisch griff sie nach einem dritten Kuchenstück. »An Ihrem Geburtstag, was wurde denn da so geredet?«

»Mein Geburtstag, ach so, ja.« Die Alte mümmelte gemächlich vor sich hin, was Sonja schier in den Wahnsinn trieb. Sie musste unbedingt erfahren, ob noch irgendjemand gesehen hatte, was ihr zufällig ins Auge gefallen war. Dringend musste sie das wissen. Ihre Zukunft hing davon ab.

»Was sie gestern so durchgehechelt haben, willst du wissen?« Die alte Weidemann schob sich Kuchenkrümel in den Mund. Und schon wieder dieses grässliche Mümmeln. »Daran will ich gar nicht mehr denken, Sonjachen. Alle haben sie nur von dem Toten in der Mühle geredet. Wie furchtbar! Ein Mord bei uns im Dorf, das hat es noch nie gegeben, wenigstens nicht, solange ich lebe.« Die aufgebrachte Witwe rührte in ihrem lauwarmen Blümchenkaffee herum und nickte bedächtig vor sich hin. »Im Fernsehen, ja, da zeigen sie jeden Tag Mord und Totschlag. Da guck ich schon gar nicht mehr hin. Aber hier vor meiner Haustür? Das macht mir Angst, Sonjachen. Wo ich doch so ganz allein bin hier draußen.«

»Machen Sie sich mal nicht zu viele Sorgen, Frau Weidemann«, versuchte Sonja, die Witwe zu beruhigen. »Auf dem Mühlenfest waren doch so viele Leute. Und auch wenn die meisten abends schon ein bisschen angetüdelt waren, irgendwer hat sicher was gesehen. Da findet die Polizei Zeugen noch und nöcher. Kann nicht mehr lange dauern, bis sie den Mörder schnappen.«

Hertha Weidemann bemerkte nicht, wie gespannt die Postbotin wartete. Sie beugte sich zu ihr vor. Aus ihrem Mund kam ein ängstliches Flüstern. »Eben nicht! Die Leute sagen, niemand hätte was gehört – und gesehen schon gar nicht. Der Mörder läuft frei rum und die Polizei tappt im Dunkeln. Das macht mir Angst, da darf ich gar nicht dran denken.«

»Ach, Frau Weidemann, warum sollte Ihnen jemand was tun?« Nur Sonja selbst fiel auf, wie erleichtert sie klang. *Niemand hat was gesehen. Die Polizei tappte im Dunkeln. Wie wundervoll!*

In ihre eigenen Gedanken versunken schüttelte die Witwe den Kopf. »Ich soll mich nicht sorgen, meinst du? Du nimmst das alles zu leicht, Kindchen. Weiß doch keiner, wer hier ums Haus schleicht.« Die alte Frau schauderte, als würde sie in ihrer überheizten Küche frieren, und erst jetzt fiel Sonja auf, wie abgemagert Hertha Weidemann war. Wie jeder im Dorf wusste auch sie, dass ihr das Herz zu schaffen machte. Jede Aufregung musste Gift für sie sein.

Sonja spürte, wie sich das schlechte Gewissen in ihr regte. Aber warum eigentlich? Sie hatte der Alten doch nichts getan. Trotzdem konnte es nur gut sein, sie ein wenig zu beruhigen.

Mühelos setzte sie eine verständnisvolle Miene auf. »Keine Sorge, Frau Weidemann, die Polizei macht ihre Arbeit schon. Eingesperrt haben sie zwar noch keinen. Aber sie haben Peter Kobs in der

Mangel. Hat Ihnen das noch niemand erzählt? Bestimmt buchten sie den bald ein, dann können Sie wieder ruhig schlafen.«

»Den jungen Kobs?« Mit einer fahrigen Handbewegung stieß die Witwe ihre noch nicht ganz ausgetrunkene Tasse um. »Warum denn den jungen Kobs?« Die braune Lache, die über ihren Küchentisch floss, schien ihr egal zu sein.

Verblüfft starrte Sonja die alte Frau an. Sie hatte geglaubt, ihre Worte würden ihr guttun. Doch weit gefehlt. Mit der kleinen Gabel, die sie noch immer in der Hand hielt, fuchtelte die gebrechliche Weidemann in ihre Richtung. »Du darfst nicht alles glauben, was die Leute so reden. Natürlich sind sie gestern auch hier bei mir über den Jungen hergezogen. Aber das ist Unsinn. Kein einziges Wort glaub ich davon.«

Sonja stand auf, holte einen Lappen aus dem Spülbecken und wischte den Tisch sauber. Was hatte sie denn gesagt, dass die Alte so fuchsig wurde? Kobs hatte sich den ganzen Ärger doch selbst eingebrockt. Einen Festbesucher aus Eifersucht blutig zu schlagen. Also wirklich! »Ach, Frau Weidemann«, begann sie.

»Nix, ach! Der Junge kann keiner Fliege was zuleide tun.« Das Gesicht der alten Frau verfärbte sich, ihre Augen wurden schmal vor Ärger.

Suchend sah Sonja sich nach den Tropfen um, die, wie sie wusste, immer griffbereit in der Küche standen. Doch der plötzlich aufgeflammte Ärger verrauchte so rasch, wie er gekommen war.

»Ich mag den Kobs-Jungen«, sagte die Weidemann einfach.

Vor lauter Ärger, weil sie keinen Schritt vorangekommen war, griff Sonja zum nächsten Kuchenstück.

Die Witwe rieb ihre gichtknotigen Finger aneinander, um das lästige Stechen zu vertreiben, das sich schon bald zu heftigem Schmerz auswachsen würde. Sonja sah die von blau schimmernden Adern durchzogenen zittrigen Hände und dachte: *Alt werden ist scheiße. Und es macht hässlich.*

»Neun oder zehn Jahre muss er gewesen sein«, hörte sie die brüchige Stimme wieder. »Da ist er auf 'nen Nachbarbengel los, der viel größer und stärker war als er.«

»Warum das denn?«, fragte Sonja ohne jegliches Interesse an einer Geschichte über den neun- oder zehnjährigen Peter Kobs. »Warum?« Die alten Augen funkelten zornig. »Weil der Rotzbengel Frösche zwischen zwei Steinen zerkloppt hat. Erbärmlich zappelnde Frösche. Da konnte Peter einfach nicht zusehen. Lieber hat er sich verdreschen lassen. So einer schlägt keine Leute tot. Niemals, das kannst du mir glauben.«

»Das ist lange her und Menschen ändern sich, Frau Weidemann.«

»Schon richtig. Aber aus seiner Haut kann keiner raus.«

»Im Suff weiß man nie.«

Die alte Frau lächelte. »Ich denk eher, wenn der Mensch enthemmt ist, kommt sein wahrer Charakter raus. Da kann sich keiner mehr verstellen. Der junge Kobs, das glaub ich fest, kann niemandem was tun. Nüchtern nicht und im Suff erst recht nicht. Da haut er sich lieber aufs Ohr und lässt die Heide wackeln.«

Sonja wurde zunehmend unruhig. Das Gespräch lief nicht so, wie es laufen sollte. »Dann wird der Mörder wohl einer von den vielen Festbesuchern sein«, versuchte sie es erneut. »Vor dem müssen Sie keine Angst haben, Frau Weidemann. Der ist längst wieder über alle Berge.«

»Berge?« Die schwerhörige Frau schüttelte den Kopf. »Wir haben doch gar keine Berge, nur unsere uckermärkischen Hügel. Ach, mein Oskar und ich, wir sind damals …«

»Wenn es Kobs nicht war, wird die Polizei den Mörder wohl nie kriegen«, drängte sich Sonja in die Erinnerungen der alten Frau. »Niemand kennt die auswärtigen Festbesucher. Wie soll da noch jemand rausfinden, wer hier war und diesen Typ erschlagen hat?« Sie lächelte harmlos und dachte bei sich: *Und das ist auch gut so. Mein schönes Leben hängt davon ab.*

***

Eigentlich hatte Sonja Meyer längst zu Hause sein wollen. Doch sie saß noch immer am Tisch der steinalten Pfarrerswitwe und wusste schon gar nicht mehr, wie viele Kuchenstückchen sie in sich hineingestopft hatte. Was nicht weiter schlimm war, denn Kuchen war

Nervennahrung, und die brauchte sie jetzt mehr als jemals zuvor. Kauend sagte sie:»Meine Hochzeit soll ein richtig großes Fest werden. Danach geht es auf Reisen.«

Die alte Frau strich über ihr dünnes, in altmodische Löckchen gelegtes Haar.»Ja, ja, das Reißen, das plagt mich auch alle Tage. Wird immer schlimmer damit, Sonjachen.«

Verärgert hob Sonja die Stimme.»Nein, nicht das Reißen, Frau Weidemann. Wir verreisen, mein Volker und ich. Wir wollen die Welt sehen, solange wir noch jung sind.«

»Die Welt sehen? Ach so, ja, hm. Ob das deinem Volker gefallen wird? Wo er doch so ein Pfennigfuchser ist?«

»Wenn wir erst unterwegs sind, wird's ihm schon gefallen.«

»Halt dein bisschen Geld lieber zusammen. Dein Volker weiß, dass du nicht viel hast, und hat dich trotzdem lieb. Aber wenn nichts mehr drin ist im Portemonnaie, ist auch bald der erste Ehekrach da«, sinnierte die Alte vor sich hin.

Wenn du wüsstest, dachte Sonja. *Wenn du nur wüsstest.* Sie schob die letzten Kuchenkrümel auf die Gabel. Ihr enges Brautkleid war vergessen. Alles würde gut gehen. Es musste einfach gut gehen.

Sie sehnte sich nach einer zweiten Tasse Kaffee. Der süße Kuchen hatte sie durstig gemacht. Und mit ihrem ewigen *Kindchen* und *Sonjachen* ging ihr die Alte schon lange auf die Nerven. *Was quasselte sie jetzt schon wieder? Na klar, sie sprach vom guten alten Oskar. Wovon auch sonst?*

Ach ja, der gute alte Herr Pfarrer. Leider viel zu früh dahingegangen, dem Herrn sei's geklagt.

Zum Glück fiel der Blick der Alten endlich auf Sonjas leere Tasse und zum Glück kapierte sie endlich. Umständlich hievte sie sich vom Stuhl hoch, spülte den braunen Satz aus Sonjas Tasse und löffelte großzügig frisches Kaffeepulver hinein. Dann wartete sie, bis das Wasser auf dem Herd erneut zu blubbern begann. Unbehaglich drehte Sonja den Kopf zur Seite, als sie sah, wie die braunfleckige Hand mit den blau gewölbten Adern beim Aufgießen zitterte.

»Ich hätte ja auch gern noch einen«, moserte die Weidemann, die es zu Sonjas Erstaunen tatsächlich schaffte, ihr die bis an den Rand gefüllte Tasse vor die Nase zu setzen, ohne ein einziges Tröpfchen zu verschütten.

Nach einem raschen Blick auf die Uhr verbrühte sie sich die Zunge am heißen Kaffee. Die unablässig schwatzende Weidemann bemerkte nichts von Sonjas plötzlicher Eile. »Unser Pfarrer Mischulke und der junge Doktor Thiel, wenn ich die beiden nicht hätte«, sagte die Greisin und seufzte.

»Thiel? Wieso denn Thiel? Sie sind doch nicht etwa krank, Frau Weidemann? Ich meine, abgesehen von Ihrem Herzleiden.« Sonja trank einen weiteren zu heißen Schluck aus ihrer großen Tasse, und während es in ihrer Kehle höllisch brannte, begann die Witwe, ihre Beschwerden aufzuzählen. »Schon früh beim Aufstehen könnte ich ...«

Mit dem Zeigefinger klopfte Sonja auf ihre Armbanduhr. »Ich muss, Frau Weidemann, leider. Die Arbeit ruft.«

Es dauerte kaum mehr als drei Minuten, dann saß sie wieder in ihrem knatternden Postauto. Neben ihr auf dem Beifahrersitz lag ein dickes Kuchenpaket, das ihr die alte Religionslehrerin aufgenötigt hatte. Mit besten Grüßen an ihren Volker, der sich lieber mal was gönnen sollte, statt jede Mark und jeden Pfennig dreimal umzudrehen.

»Wir haben Euro und Cent«, hatte Sonja in sich hineingemurmelt, wohlwissend, dass die schwerhörige Frau sie nicht verstand. Aber die Alte hatte recht. Volker war tatsächlich zu sparsam. Musste er aber dank der Umsicht seiner künftigen Frau nicht mehr sein. Doch davon ahnte er noch nichts.

Ansonsten wusste man in einem so kleinen Ort wie Raglow beinahe alles voneinander. Und was man nicht wusste, reimte man sich eben zusammen. Nur von dieser einen Sache, hinter die Sonja durch puren Zufall gekommen war, davon wusste niemand etwas. Das war ihr Glück, weil sie schweigen konnte, auch wenn jeder in den Dörfern ringsum sie für schwatzhaft hielt.

Warum sollte sie ihre Chance nicht nutzen? Verdient hatte sie es allemal. Schließlich war sie nicht mit dem goldenen Löffel im Mund geboren worden wie gewisse andere Leute im Dorf.

Leicht hatte sie es nie gehabt. In der Schule konnte sie sich nur mit Mühe von Klasse zu Klasse hangeln. Ihre Lehre bei der Post hatte sie nach einem Streit geschmissen, und nur weil ihre Mutter der Verwaltung ewig in den Ohren lag, hatte sie später die Stelle als Postbotin bekommen. Eigentlich keine schlechte Arbeit. Sie wusste immer, was in den Dörfern los war. Und besonders ältere, allein lebende Menschen waren froh, wenn Sonja nicht einfach nur Briefe, die meist lästige Werbung enthielten, in den Kasten warf. Richtige Briefe, solche von Verwandten und Freunden, gab es sowieso kaum noch. Junge Leute hielten durch WhatsApp – oder wie dieses neumodische Zeug sonst noch hieß – Kontakt untereinander. Alten Menschen wie Hertha Weidemann, die sich damit nicht auskannten, blieb nur das Telefon. Da waren sie schon dankbar, wenn wenigstens die Postbotin ein wenig Zeit für sie hatte. Nur würde das nicht mehr lange so sein. Sie würde ihren Volker überreden, mit ihr aus Raglow fortzuziehen. Vorsichtshalber wollte sie dem Mann, der für ihr gut gefülltes Bankkonto sorgen sollte, nicht mehr unter die Augen treten. Wenn sie blieb, fand er eines Tages vielleicht doch noch heraus, wessen Schweigen er so teuer bezahlen musste. Nein, so dumm würde sie nicht sein.

Ihr leises Lachen mischte sich mit dem Knattern des Fahrzeugs. Ach, das Leben konnte so schön sein. Auf einmal spürte sie, wie durstig sie war. Wie sagenhaft durstig! Das konnte nur am süßen Kuchen liegen. Oh Gott, vier Stückchen hatte sie bei der alten Frau verputzt. Oder waren es fünf gewesen? Na wenn schon. In den nächsten Tagen musste sie sich eben zusammenreißen. Das lange weiße Kleid, das sie im Schaufenster gesehen hatte, war eng geschnitten.

Wenigstens trinken durfte sie, so viel sie wollte. Vor allem Wasser. Wasser machte schlank und tat gut. Sie hatte sich angewöhnt, jeden Morgen eine große Flasche mit Wasser aus dem Hahn zu füllen und mit auf ihre Tour zu nehmen.

Aus eben dieser Flasche, die schon halb leer war, gönnte sie sich jetzt einen langen Schluck, dann noch einen zweiten und einen dritten. Irgendwie schmeckte das Wasser heute seltsam. Aber egal, sie hatte Durst. Als ihr Durst endlich gestillt war, spürte sie Feuchtigkeit im Gesicht. Wasser lief ihr aus den Mundwinkeln, über das Kinn und den Hals hinunter.

Und warum war sie plötzlich so müde? So sagenhaft müde? Um sich wach zu halten, sang sie das Semino-Rossi-Lied mit, das ihr aus dem Radio entgegen dudelte. Jedenfalls glaubte sie, laut zu singen. Doch ihre Stimme war nur noch ein unverständliches Krächzen.

Dass ihr gelbes Auto geradewegs auf eine alte Eiche am Feldrand zurollte, bekam sie schon nicht mehr mit.

10. KAPITEL

*E*r musste besser aufpassen. Die Eltern, die nicht seine Eltern waren, hatten bemerkt, dass sich ihr Junge anders verhielt, als sie es von ihm kannten. Seit er nachts nicht mehr zur Ruhe kam, war die Mutter noch nachsichtiger geworden. Der Vater bemerkte die Veränderung erst, als die Leistungen in der Schule nachließen. Er drohte Strafen an. Stubenarrest, Fernsehverbot, solche Sachen eben.

Die Mutter kam, wie er es gewohnt war, abends noch einmal zu ihm ins Zimmer und strich ihm zärtlich übers Haar, ganz sanft mit den Fingerkuppen. Das Kind stellte sich schlafend. Es konnte die Fragen nicht aussprechen, die ihm das Herz schwer machten.

Vor allem die eine nicht. Konnten Eltern, die ein Kind a d o p t i e r t hatten, dieses Kind wieder zurückgeben?

Der Mann und die Frau, die er Mama und Papa nannte, waren für ihn da gewesen, seit er denken konnte. Er wollte glauben, dass sie ihn liebten. Doch er konnte sie nicht fragen. Wie sollte er wissen, ob sie ihn nicht schon wieder belogen?

***

»Was geht uns ein Verkehrsunfall an?« Mit der Linken drückte Mandy das Telefon ans Ohr, mit der Rechten hielt sie sich die Wange. Diese fiesen Zahnschmerzen hatten ihr gerade noch gefehlt. Verärgert wollte sie das Telefon auf die Station knallen. Doch Krollmanns Stimme hielt sie zurück.

»Dieser Unfall geht euch sogar sehr viel an, weil nämlich Gift im Spiel war, liebe Kommissarin Fortunato. Übrigens – ist Lena im Haus? Sie geht nicht ans Telefon. Ist sie da?«

Trotz ihrer Schmerzen grinste Mandy das Telefon an. »Nee, sie tanzt Flamenco in Andalusien. Wusstest du das nicht?«

»Mit 'nem feurigen Spanier?« Krollmann lachte. »Dann lauf du wenigstens nicht weg. Ich bring euch meinen Bericht, wenn sie zurück ist.«

Wenn es um Lena ging, musste Krollmann geradezu einen siebten Sinn haben. Kaum saß sie wieder in ihrem Zimmer, stürmte er auch schon zur Tür herein. Seine nackten Füße steckten in weichen Mokassins, wahrscheinlich handgearbeitet in Italien, wie Mandy vermutete. Dazu trug er Jeans und ein brandrotes Shirt. Nach einem flüchtigen »Hey« in Mandys Richtung angelte er sich einen Stuhl und setzte sich Lena gegenüber. Sein forschender Blick, der ihre grünen Augen suchte, entlockte ihr weder ein Lächeln noch sonst irgendeine Reaktion.

Krollmann, sofort wieder ganz Profi, begann: »Ich hatte den richtigen Riecher. Nix Verkehrsunfall. Diese Frau ist vergiftet worden. Du musst sie gekannt haben, Lena. Sie war Postbotin in deinem Kaff.«

»In meinem hübschen kleinen Dörfchen wolltest du wohl sagen. Und ja, ich habe sie gekannt. Aber wer vergiftet eine harmlose Postfrau?«

»Al Capone können wir wohl ausschließen«, gab Krollmann trocken zurück.

»Glaub ich auch, der hätte sie mit Kugeln durchsiebt«, rief Mandy von ihrem Schreibtisch aus.

Lena zog die Augenbrauen hoch. »Wie schön! Zwei ungeklärte Mordfälle an der Hacke, und ihr reißt Witze. Lass lieber hören, was du für uns hast, Krollmann.«

Er schnipste mit dem Zeigefinger gegen Lenas Kaffeetasse. »Falls du mir gerade eine anbieten wolltest, ich hätte nichts dagegen.«

Mit dem Kopf wies sie zum Kaffeeautomaten. »Selbstbedienung. Weißt du doch.«

Mandy sprang von ihrem Stuhl auf. Bohnen knirschten durchs Mahlwerk und aromatischer Duft breitete sich im Büro aus.

Krollmann schnupperte, griff nach der Tasse, die Mandy ihm reichte, und seufzte auf. »Ist doch immer wieder schön, hier bei euch zu sein.« Mandy nickte und wusste, dass seine Worte nicht ihr gegolten hatten. Und sie verstand Lena nicht, die betont kühl sagte: »Erzähl endlich, was du für uns hast, Krollmann. Deshalb bist du doch gekommen, oder?«

»Aber nein, ich wollte nur in Ruhe mein Käffchen schlürfen.« Irgendwie klang er jetzt doch beleidigt. Er nahm einen Schluck, stellte die Tasse ab und klopfte auf die mitgebrachte Mappe. »Aber wenn ich schon mal da bin, können wir auch über das hier reden.« Blitzartig streckte Lena die Hand aus und zog ihm die Papiere weg. »Lesen kann ich selbst. Erklär uns lieber, was du rausgefunden hast.«

Er räusperte sich. »Also gut, hier die Kurzfassung: Sicher ist bisher nur: Besagte Sonja Meyer wurde mit einer sehr schnell wirkenden Substanz vergiftet. Die genauen Untersuchungen im Labor laufen noch. Sobald das Ergebnis da ist, ruf ich euch sofort an.«

»Na klasse!« Lena schnipste mit den Fingern. »Der Todesfall Werner ist noch nicht geklärt und jetzt auch noch ein Giftmord. Du machst uns Mut, Krollmann!«

»Wieso glaubt ihr überhaupt, dass es Mord war?«, fragte Mandy. »Die Frau könnte versehentlich irgendwas Giftiges gegessen oder getrunken haben.«

»Ja, könnte sie. Sieht aber nicht so aus.« Krollmann schlug nun doch die Mappe auf, die Lena ihm aus der Hand gezogen hatte. »Hier steht's doch. Das Gift war in der Wasserflasche, die Frau Meyer im Auto hatte. Sie muss übrigens sehr sparsam gewesen sein. In ihrer Flasche war Leitungswasser – und eben das Gift. Meint ihr, das ist aus Versehen da reingekommen? Schwer vorstellbar. Eine weitere Möglichkeit wäre Suizid. Aber hätte sie dann ihre normale Tour durchgezogen? Briefe und das ganze andere Zeug verteilt und unterwegs vergiftetes Wasser getrunken?«

»Wohl eher nicht.« Mandys Gesicht verzog sich zur gequälten Grimasse. »Scheiß Zahnschmerzen!«, stöhnte sie auf, was Krollmann mit einem mitleidsvollen Nicken quittierte. »Kann selbst ein Lied davon singen.« Dann sah er Lena an. »Kanntest du Sonja Meyer gut?«

»Ich weiß nicht mal, wann ich sie zum letzten Mal gesehen habe.« Mit gerunzelter Stirn überlegte sie. »Aber wir müssten was über sie im System finden.«

Sie zog die Tastatur ihres Computers heran, tippte und drehte den Bildschirm so, dass Mandy und Krollmann mitlesen konnten. Eine Lehrerin hatte Sonja Meyer wegen Verleumdung angezeigt, die Anzeige später aber wieder zurückgezogen.

»Das ist jetzt zwei Jahre her«, stellte Mandy fest. »Außer Spesen nix gewesen, weil die Lehrerin einen Rückzieher gemacht hat. Wieso sollte sie jetzt eure Postfrau vergiften, wenn die Sache im Sand verlaufen ist?«

Lena musste ein wenig in ihrem Gedächtnis kramen, bevor ihr einfiel: »Frau Meyer wäre damals beinahe rausgeflogen bei der Post. Mit einer Abmahnung ist sie noch mal glimpflich davongekommen. Es ging wohl ums Postgeheimnis. Echt heiße Kiste.«

»Sie war also eine boshafte Klatschtante«, fasste Mandy zusammen.

»Boshaft nicht.« Lena schüttelte den Kopf. »Abgesehen davon, dass sie schwatzhaft war, galt die Frau als hilfsbereit und freundlich.«

»Okay, dann war sie eben eine freundliche und hilfsbereite Klatschtante. Klingt besser, bringt uns aber nicht weiter.« Ungeduldig stampfte Mandy mit dem Fuß auf. »Weißt du wirklich nicht mehr über deine Postbotin?«

»Doch, schon, Sonja Meyer wollte heiraten. Irgendwann in den nächsten Wochen, glaub ich. Verlobt war sie jedenfalls schon ewig und drei Tage.«

»Und wer sollte der Glückliche sein?« Mandy klang gereizt. Die Zahnschmerzen machten sie nicht eben geduldiger.

»Der Mann heißt Bogemühl. Volker Bogemühl.«

»Und wer ist dieser Bogemühl?«

»Er wohnt bei uns im Dorf und arbeitet in der Gärtnerei Kobs.«

Wie von der Tarantel gestochen fuhr Mandy auf. »Sagtest du gerade Kobs? Das ist doch, also … Alle Fäden führen zu Kobs. Siehst du das nicht selbst, Chefin?«

»Krieg dich ein, Mandy. Dieser Faden führt zu einem Mann, der in der Gärtnerei Kobs arbeitet. Nicht mehr und nicht weniger. Kein Grund, gleich auszuflippen.«

»Trotzdem, wir müssen mit dem Mann reden. Sofort!«

»Das machen wir auch, aber eins nach dem anderen.« Lena überlegte. »Der Unfall war gegen dreizehn Uhr. Unmittelbar davor muss sie das Gift getrunken haben, richtig?«

»Richtig«, stimmte Krollmann zu. »Aber frag mich jetzt nicht, wie und wann es in ihre Flasche gekommen ist.«

»Hatte ich nicht vor.«

»Bei dir weiß man nie.«

Mandy drängte: »Wir müssen mit Bogemühl sprechen, Chefin. Worauf wartest du noch?«

»Alles zu seiner Zeit, Mandy. Frau Meyer wohnte noch bei ihrer Mutter, da müssen wir zuerst hin. Sie wird wissen, wann Sonja ihre Trinkflasche gefüllt hat.«

»Na, wann schon? Morgens vor ihrer Tour, würde ich sagen. Gegen dreizehn Uhr ist sie verunglückt, das ergäbe ein Zeitfenster von ungefähr sechs Stunden. Lass uns rausfinden, was Bogemühl zu dieser Zeit gemacht hat.« Ohne auf Antwort zu warten, schob Mandy einen Arm in ihren Blazer, der wie ihre neuen Sommerstiefel olivgrün war. Die Stiefel natürlich wieder mit Absätzen, die Krollmann als *spitz zulaufende Tatwaffe* klassifiziert hätte. Aber sie sahen wirklich umwerfend gut aus.

Sie hat echt ein Händchen dafür, immer topgestylt auszusehen, dachte Lena und sagte: »Ich fahre zu Sonjas Mutter, und du gehst zum Zahnarzt. Ist ja nicht mit anzusehen, wie du dich rumquälst.«

»Kannst du voll vergessen. Jetzt, wo's spannend wird, sitz ich doch nicht beim Zahnklempner rum.«

»Dann komm halt mit«, gab Lena nach und kramte die Autoschlüssel aus der Tasche.

***

Sonjas Mutter, eine rundliche Frau mit gutmütigem Gesicht, schien sich nicht im Geringsten zu wundern, als die Kommissarinnen vor ihrer Tür standen. »Ich wusste, dass du …« Liesbeth Meyer stockte und Lena erkannte das Problem sofort. Es war ihr schon mehrmals begegnet, seit sie als Kriminalkommissarin ins Dorf ihrer Kindheit zurückgekehrt war. So mancher, der sie hatte aufwachsen sehen, wusste jetzt nicht recht, ob er sie duzen oder siezen sollte. Für sich selbst hatte sie eine einfache Regel gefunden. Leute, bei denen sich die alte Vertrautheit wie von selbst wieder einstellte, duzte sie, und das waren die meisten. Bei allen anderen bevorzugte sie das *Sie* und bei dienstlichen Obliegenheiten sowieso.

Sonjas Mutter hatte sich wieder gefangen und brachte zu Ende, was sie sagen wollte.»Ich wusste, dass du kommen würdest, Lena. Sonja konnte schon Auto fahren, als sie vierzehn war. Da knallt man nicht einfach so gegen einen Baum. Schon gar nicht auf einem Weg, auf dem jede Feldmaus schneller ist als ein Auto.«

Sie bat die Kommissarinnen nicht ins Haus, sondern führte sie ums Haus herum auf den Hof, denn sie war gerade dabei, das Federvieh zu versorgen. Während sie Blechnäpfe mit frischem Wasser füllte, sagte sie:»Sonjas Klapperkiste hätte längst in die Werkstatt gemusst. Die von der Post haben das verschlampt.«

Lena konnte gut verstehen, dass die Mutter ihre eigene Theorie zum Unfall ihrer Tochter hatte. Doch die Wahrheit sah nun einmal anders aus. Daran war nicht zu rütteln. Ohne lange drumherumzureden, was die Frau, die ihr Kind verloren hatte, nur quälen würde, sagte sie:»Die Post kann nichts dafür, mit Sonjas Fahrzeug war alles in Ordnung. Ihre Tochter ist vergiftet worden.«

»Vergiftet? Nein!« Sonjas Mutter schüttete Futter in hölzerne Tröge.»Das Auto war schuld, die Bremsen oder so.«

»Das Gift war in Sonjas Wasserflasche.«

Der Futtereimer schepperte zu Boden. Das Federvieh spritzte flügelschlagend auseinander und drängte sich gleich darauf umso dichter um sie herum. Hühner scharrten und pickten, Enten schnatterten. Nur die Gänse schnäbelten ungerührt weiter in ihren frisch gefüllten Trinknäpfen. Nichts davon schien Liesbeth Meyer noch wahrzunehmen. Wie vom Donner gerührt stand sie da, starrte Lena an und wiederholte fassungslos:»Gift in der Wasserflasche? Glaub ich nicht.«

»Es war aber so.«

Abwehrend hob Lena die Hand, als Mandy eine Frage nachschieben wollte. Sonjas Mutter sollte wenigstens ein bisschen Zeit haben, sich zu besinnen. Kreidebleich im Gesicht suchte Liesbeth Meyer in ihrer Schürze nach einem Taschentuch. Sie schniefte, fuhr sich kurz über die Augen und ließ die Arme kraftlos neben dem Körper baumeln. Lena bedrängte sie nicht.

Die Schultern eingezogen, den Kopf gesenkt, schleppte sich Liesbeth Meyer über den mit Feldsteinen gepflasterten Hof. Sie steuerte auf eine alte Holzbank auf der Rückseite des Hauses zu, setzte sich schwer atmend und fing ganz von selbst an:»Ich weiß nicht, was mit Sonja los war in letzter Zeit. Irgendwie war sie anders.«

»Wie anders?« Mandy war hinter Lena stehen geblieben. Sonjas Mutter musste nicht mitbekommen, dass sie Block und Stift aus der Tasche kramte. Sie hatte längst bemerkt, dass die Menschen vorsichtiger wurden, wenn sie sahen, dass aufgeschrieben wurde, was sie sagten. Bei Sonjas Mutter wäre diese Vorsicht nicht nötig gewesen. Sie schaute niemanden an. Sie starrte nur auf ihren Schoß und auf das zerknüllte Taschentuch in ihren Händen.

»Sonja muss plötzlich gedacht haben, ihr Volker hätte Wunder was auf der hohen Kante. Reisen wollte sie, ein Haus kaufen.« Traurig seufzte sie auf.»Volker hätte ihr was gehustet, der sitzt auf seinem Geld.«

»Sie hat nichts darüber gesagt, wie sie das alles bezahlen wollte?«

Verwundert schüttelte Liesbeth Meyer den Kopf nach Lenas Frage.»Du weißt doch, dass sie heiraten wollte. Nur deshalb hatte sie mit einem Mal so viele Flausen im Kopf. Ein ganz neues Leben wollte sie anfangen, sogar wegziehen und mich hier allein lassen.« Sie stockte, konnte nicht weitersprechen, Tränen liefen ihr übers Gesicht.

»Ihre Tochter hatte Leitungswasser in der Flasche, wann hat sie die abgefüllt?«

»Heute früh, so gegen halb sieben. Sie denken doch nicht …« Was Lena nicht denken sollte, blieb unausgesprochen. Liesbeth Meyer nickte vor sich hin:»Punkt sieben saß Sonja in ihrer Klapperkiste, so wie an jedem Morgen. Man kann …« Sie schluckte und drehte sich weg. »Man *konnte* die Uhr nach ihr stellen. Mein Mädchen war nie unpünktlich.«

Lena sah den zuckenden Rücken, während sie fragte: »Dürfen wir uns ein wenig in Sonjas Zimmer umsehen?«

»Kannst du machen, Lena, wird aber nichts bringen. Ich glaub immer noch, dass die elende Klapperkiste schuld war. Sonja konnte nicht bremsen, nur darum ist der Unfall passiert.«

Das kleine Zimmer war ordentlich aufgeräumt, das Bett gemacht, nichts lag herum. Nur ein zerknülltes Stück Papier, das aussah, als wäre es aus einer Illustrierten herausgerissen worden, hatte sich unter das Schränkchen neben dem Bett verirrt. Lena faltete es auseinander und stutzte. An mehreren Stellen waren Worte herausgeschnitten. Was war das denn? Sie sah sich weiter um und entdeckte den Papierkorb, voll mit Schnipseln und bunten Seiten. Überall waren Worte herausgeschnitten, manchmal auch nur Buchstaben von Überschriften. Noch ehe Lena sich von ihrer Überraschung erholt hatte, stieß Mandy einen schrillen Pfiff aus. Lena drehte sich um, konnte aber nicht erkennen, was Mandy aus einem Handtuch wickelte. Erst als sie einen Schritt auf sie zuging, sah sie den Fotoapparat und den braunfleckigen Hammer mit den ungleich langen Spitzen.

***

Lena hatte Volker Bogemühl als unscheinbaren, fast schon hässlichen Mann von magerer Gestalt in Erinnerung. Solange sie ihn kannte, hatte er tiefe Geheimratsecken im schütteren Haar und ein graues hageres Gesicht gehabt. Er musste Ende dreißig sein, um die zehn Jahre älter als seine Verlobte.

Einen Kanister auf dem schmalen Rücken stand er im schwülwarmen Gewächshaus und besprühte Orchideen mit einem übel riechenden Gemisch. Er nebelte die dickfleischigen Blätter so gründlich ein, dass milchige Flüssigkeit auf die langen Tische tropfte.

»Guten Tag, Herr Bogemühl!«, begrüßte ihn Lena, die gegen den beißenden Geruch ankämpfen musste. »Hätten Sie kurz Zeit für uns?«

Durch dicke, vom Sprühnebel beschlagene Brillengläser sah er sie an. »Zeit? Wieso denn? Muss arbeiten, seh'n Sie doch.«

Lena sah vor allem, dass er noch knochiger wirkte, als sie ihn in Erinnerung hatte. Die grau verwaschene Arbeitsjacke war zu weit für den dürren Körper, die Hose zu kurz für die langen Beine. Die vom Sprühnebel schlierige Brille konnte die dunklen Schatten unter seinen Augen nicht verbergen.

Als wären ihm Lenas Blicke unangenehm, drehte er ihr den Rücken zu. Die nächste Nebelwolke trieb ihr Tränen in die Augen. »Tut mir sehr leid, was Ihrer Verlobten passiert ist, Herr Bogemühl«, krächzte sie. Ihre Worte prallten von seinem Kanister ab. Der Sprühnebel waberte weiter. Als Mandy nieste und krampfhaft zu husten begann, drehte Bogemühl sich um, sah ihre geschwollene Wange und lächelte mitfühlend. »Nelke«, sagte er. »Nelke hilft.«

»Hä?« Mandy klang verwirrt. Sie hatte keinen Schimmer, was der Mann von ihr wollte.

»Gewürznelke aus'm Küchenschrank«, schob er nach. »Bisschen drauf rumkauen, nix weiter. Hat meine Oma schon so gemacht, hilft gegen Zahnschmerzen.«

»Ihre Oma, ach so, na dann.«

Mandys spöttische Bemerkung ließ ihn mit den Schultern zucken. »Hab's nur gut gemeint.«

Lena tippte ihn an. »Wir müssen reden, Herr Bogemühl.«

»Warum? Meine Sonja ist tot.«

»Eben deshalb.«

Er konnte sich nicht länger beherrschen, sein Kummer brach aus ihm heraus. »Alles war abgesperrt. Die Feuerwehr und Leute von der Rettung … alle waren sie da. Nur ich durfte nicht hin zu ihr. Die verdammten Bullen! Festgehalten haben sie mich.«

Er nahm seine verschmierte Brille ab und fuhr sich über die Augen. »Sonja ist gestorben und ich durfte sie nicht sehen. Kein Gewissen habt ihr Bullen.«

»Sie waren am Unglücksort? Wie haben Sie so schnell von dem Unfall erfahren?«

Er blinzelte, musste sich erst auf Lenas Frage besinnen. »Ach so, ja …« Der nächste Sprühstoß traf die zarten Pflanzen. »Die Alte vom Chef hat's uns gesagt. Sie war gestern im Dorf, als Sonja … als es passiert ist.«

Unerwartet packte er Lenas Hand. »Ich muss sie noch mal sehen. Bitte! Können Sie da nicht was machen, Frau Voßberg?«

»Natürlich können Sie Ihre Verlobte noch einmal sehen«, beruhigte ihn Lena. Er ließ ihre Hand los und wollte schon aufatmen, da platzte Mandy heraus: »In dem Behälter auf Ihrem Rücken, ist da Gift drin?«

Verwundert hob er die farblosen Brauen. »Was denken Sie denn, was da drin ist, hä?« Er bekam keine Antwort und begann, genau wie Sonjas Mutter zu schimpfen. »Die von der Post sind schuld. Die verdammte Karre hätte längst in die Werkstatt gemusst.«

Mandy behielt ihn fest im Blick, sie wollte seine Reaktion sehen, während sie sagte: »Die Post kann nichts für den Unfall. Ihre Sonja ist vergiftet worden.«

»Sind Sie noch ganz dicht?« Mit verzerrtem Gesicht trat er einen Schritt auf sie zu. Gerötete Augen funkelten sie wütend an. »Wohl nicht ganz klar im Bullenhirn, was?«

»Sie hat recht«, fuhr Lena dazwischen. »Es war nicht einfach nur ein Unfall.«

Er schluckte, setzte seine schmierige Brille wieder auf, und Lena fragte sich, ob er damit überhaupt noch etwas sehen konnte.

»Ich versteh das nicht«, presste er heraus. »Sonja ist … *war* eine gute Fahrerin. Irgendwas muss sie abgelenkt haben. Nur deshalb ist sie gegen die Eiche gekracht. Es war nicht ihre Schuld.«

»Nein, war es nicht. Sie wurde vergiftet.«

Bogemühl tippte sich mit dem Zeigefinger gegen die Stirn. »Kein Mensch vergiftet ein so harmloses Mädchen wie meine Sonja.«

»Laborwerte lügen nicht, Herr Bogemühl.«

»Menschen schon. Und sie machen Fehler.«

Lena senkte die Stimme, als würde sie mit einem Kind sprechen. »Es war nicht nur ein Unfall!«

Als einzige Reaktion streifte Bogemühl die Gurte des unförmigen Kanisters von den Schultern, ließ ihn fallen und wollte einen Schritt auf Lena zugehen. Dabei verfing sich sein Fuß im Lederriemen. Der Kanister kippte um, Bogemühl explodierte. »Die ganze Familie haben Sie schon verrückt gemacht mit Ihrem Gequatsche. Erst soll der Sohn vom Chef ein Mörder sein, und jetzt kommen Sie hierher und sagen, jemand hätte meine Sonja vergiftet. Was kommt denn als Nächstes?«

Das schüttere Haar klebte ihm am Schädel. Aus seinem Mund kam ein bitteres Lachen. »Ich muss Sonja noch mal sehen. Wie kann ich sonst glauben, dass sie … dass sie nicht mehr da ist?«

»Sie dürfen sie sehen, Herr Bogemühl, ich hab's doch schon versprochen«, versuchte Lena, zu ihm durchzudringen. »Aber antworten Sie doch bitte auf unsere Fragen. Gab es jemanden, mit dem Sonja Streit hatte?«

»Streit?« Er blinzelte verwirrt. »Mit Sonja konnte man nicht streiten. Sie wollte es immer allen recht machen, das war ja ihr Problem.«

»Wie, ihr Problem?«

Misstrauisch kniff er die Augen zusammen. »Sie haben Sonja doch gekannt, Frau Voßberg. Sie wissen, wie sie gewesen ist.«

»Sie kannten sie besser als ich. Erzählen Sie ein bisschen von ihr.«

»Was woll'n Sie denn hör'n?« Sein von farblosen Stoppeln umgebener Mund verzog sich zu etwas, das wohl ein Lächeln sein sollte. »Sie hat sich oft in die Nesseln gesetzt, weil sie ihren Schnabel nicht halten konnte. So ist sie gewesen, meine Sonja. Eine dämliche Lehrerziege hat sie sogar mal angezeigt. Dabei hatte Sonja nur die Wahrheit gesagt, das konnte die Alte nicht ab. Sie glauben mir doch, Frau Voßberg, oder?«

Mandy nutzte die eintretende Stille und fragte: »Wo waren Sie eigentlich gestern Vormittag, Herr Bogemühl?«

Seine Brauen schoben sich zusammen, tiefe Falten über der Nase ließen ihn finster aussehen. »Ich war hier, wo 'n sonst?«, stieß er brummig heraus. »Halb sieben bin ich gekommen und hab mich nicht mehr weggerührt. Warum auch? Ist viel zu tun in so 'ner Gärtnerei.«

Als ihm endlich aufging, was Mandy mit ihrer Frage bezweckt hatte, fuhr er sie an: »Sie denken doch nicht, ich hätte Sonja was getan?«

Er rieb die von der Arbeit schmutzigen Hände an der nicht minder schmutzigen Hose ab und stieß mit dem Fuß gegen den umgekippten Kanister, aus dem milchige Flüssigkeit tröpfelte. Umständlich zog Mandy ein Papiertaschentuch aus der Verpackung, ein zweites löste sich und fiel in die milchige Pfütze.

»Oh, oh!« Mandy bückte sich, hob das tropfnasse Tuch mit spitzen Fingern auf und stopfte es in ein Plastiktütchen, das sie augenblicklich in ihrer Tasche verschwinden ließ. »Wir wollen doch keinen Müll hinterlassen.« Sie lächelte Bogemühl mit harmloser Miene an. »Was ich übrigens noch fragen wollte, wann haben Sie Ihre Verlobte zum letzten Mal gesehen?«

Misstrauisch sah er die junge Kommissarin an, die plötzlich Stift und Notizblock in den Händen hielt. »Muss weiterarbeiten, bin ja kein Beamter, der fürs Reden bezahlt wird«, brummelte er unwirsch.

»Herr Bogemühl, ich warte!«

Die plötzliche Schärfe in der kindlichen Stimme schien den Mann zu überraschen. »Vorgestern Abend«, presste er heraus.

»Wie, vorgestern Abend?«

»Da hab ich Sonja zum letzten Mal gesehen. Wollten Sie doch wissen, oder nich?«

»Ja, wollte ich. Und wie ist der Abend verlaufen?«

»Normal halt.«

»Ein bisschen mehr sollten Sie uns schon erzählen.«

»Wenn's unbedingt sein muss.« Sein Gebrummel entblößte eine Zahnlücke im Unterkiefer. »Gegessen, ferngesehen, ein bisschen geredet und dann, na ja …«

Verblüfft sah Mandy, dass Bogemühl unter seinen farblosen Bartstoppeln rot wurde.

Er senkte den Kopf, sah auf seine klobigen Arbeitsschuhe und sagte:»Aber Sonja war anders als sonst.«

»Etwas genauer hätte ich das schon gern.«

»Außer Rand und Band ist sie gewesen. Hat dummes Zeug gefaselt, als ob Geld auf Bäumen wachsen würde. Eigenes Haus, weite Reisen. Dummes Zeug eben. Wo sollte denn das Geld dafür herkommen, ja, woher denn?«

Bedeutungsvoll sah Mandy ihre Chefin an. Als die nickte, fragte sie:»Sie waren zusammen auf dem Mühlenfest, richtig?«

»Ja, war'n wir, warum?«

»Und Sie sind zusammen nach Hause gegangen?«, spulte Mandy ihren Faden weiter ab, ohne auf seine Frage einzugehen.

Er hob den Blick nicht von seinen klobigen Schuhen, schüttelte nur stumm den spärlich behaarten Kopf.

Mandy stupste ihn an der Schulter an.»Sie müssen schon mit mir reden, Herr Bogemühl.«

»War mir zu viel, das ganze Gequake und Getue da auf dem Fest. Sonja hat's gefallen. Sie wollte nachkommen, ist dann aber lieber zu ihrer Mutter nach Hause.«

Und wir wissen auch, warum, dachte Lena und fragte:»Was hat sie denn über den Nachmittag auf dem Fest erzählt? Sie werden doch drüber geredet haben? Gab es irgendwas Besonderes?«

Jetzt sah er tatsächlich von seinen Schuhen auf, sagte:»Nö, ham wir nich.« Und verfiel wieder in Schweigen.

Lieber Gott, schenk dem Mann Worte, flehte Lena.

Mandy begnügte sich mit irdischen, wenn auch sehr direkten Dingen.»Seit dem Fest hatte ihre Verlobte teure Wünsche. Könnten Sie sich vorstellen, dass sie von jemandem Geld verlangt hat?«, fragte sie geradeheraus.

Verwundert kratzte er sich am Kopf.»Was für'n Geld denn?«

»Sagen wir mal so, sie wusste etwas, hat vielleicht irgendwas beobachtet, und dafür, dass sie es für sich behielt, wollte sie Geld haben.«

Bogemühl fuhr nicht auf. Er fand nicht, Mandy sei reif für die Klapse. Wenigstens erwähnte er nichts davon. Er glotzte sie nur an und sagte:»Nö, so war meine Sonja nich.«

155

»Aber Sie haben gestritten. Wegen der Flausen in Sonjas Kopf, oder?« Nach diesen Worten trat Mandy vorsichtshalber einen Schritt zurück.

Doch Bogemühl schob die Hände in die Taschen seiner zu kurzen Arbeitshose. Über sein hageres Gesicht flog ein flüchtiges Lächeln. »Hab sie quasseln lassen. Reden kost nix. Sonja war immer sparsam, sollte sie ruhig bisschen träumen. Sie wär schon wieder normal geworden.« Er nahm die Brille wieder ab, schob sie in die Brusttasche seiner Jacke und fuhr sich mit dem Ärmel übers Gesicht. »'ne schöne Feier zur Hochzeit, ja, die hätt ich uns gern bezahlt. Auch 'n weißes Kleid für die Kirche sollte sie sich kaufen, eins mit Schleier, so, wie sie's gern haben wollte. Man heiratet doch nur einmal. Denkt man wenigstens.«

Bogemühl, dem bewusst zu werden schien, dass er mehr von sich gegeben hatte als gewöhnlich zwischen Neujahr und der Weihnachtsbescherung, senkte den Kopf und schwieg.

Lena ließ ihm etwas Zeit, bevor sie nachhakte: »Sonst hat Ihre Verlobte wirklich nichts erzählt? Sie wollte von niemandem was und niemand wollte was von ihr?«

»Fang'n Sie schon wieder damit an? Sonja war einfach nur glücklich. Wie oft soll ich das noch sagen?«

»Hm«, machte Mandy. Als würde ihr plötzlich ein Gedanke durch den Kopf schießen, wies sie mit dem Zeigefinger auf seine Brust. »Sie sind gestern nicht schnell noch mal weg gewesen? Vor dem Unfall meine ich. Vielleicht in der Pause? Oder vor der Arbeit?«

»Wieso denn? Gleich nach dem Aufstehen bin ich hierher. Und zum Frühstück trink ich mit dem Chef Kaffee aus der Thermoskanne, die uns seine Alte in die Küche stellt. Dabei verdrücken wir unsere Stullen und quasseln ein bisschen. Was sonst?«

»Sie frühstücken immer zusammen?«

»Immer! Mit ihm und mit den Aushilfen, wenn welche da sind. Und mit Nelly, der Schwiegertochter vom Chef. Ach ja, und mit Felix, unserm Stift, wenn der nicht gerade im alten Schuppen eine durchzieht. Der Jungsche hockt sich selten zu uns. Ist doch meistens unterwegs, der Bengel.«

Mandy wedelte mit ihrem Notizblock. »Mit dem *Jungschen* meinen Sie Peter Kobs, richtig? War er gestern hier? Haben Sie ihn gesehen?«

»Nö, warum?«

»Sie haben ihn den ganzen Vormittag über nicht gesehen? Sind Sie da absolut sicher?«

»Sonst hätt ich's nich gesagt.«

Lena wusste genau, warum Mandy so hartnäckig nachbohrte. Sie sah Peter Kobs jetzt auch als Giftmischer. Als Nächstes würde sie ihr die Erkenntnis servieren, dass Sonja Meyer ihn erpresst hatte. Natürlich weil er Holger Werner erschlagen und Sonja ihn dabei beobachtet hatte. Beim Gedanken an die milchige Flüssigkeit, die Mandy in ihrem Papiertaschentuch sicher verwahrte, konnte Lena einen Seufzer nicht unterdrücken. Sie wusste nur zu gut: Alles war möglich.

***

Betrübt sah Mandy auf ihre nagelneuen olivgrünen Stiefel, die im erdigen Weg hinüber zum efeuberankten Wohnhaus der Gärtnerfamilie kreisrunde Löcher hinterlassen hatten. »Mist«, beschwerte sie sich. »Die Absätze sind hin. Weißt du, was die Stiefel gekostet haben?«

»Mein Mitleid hält sich in Grenzen.«

»Du bist gemein, Lena.«

»Bin ich nicht! Wer in Stiefeln aus teurem Nappaleder durch eine Gärtnerei stöckelt, hat zu viel Geld oder ist einfach nur dämlich.«

Mandy stieß ein undefinierbares Schnaufen aus und wies auf das alte Fachwerkhaus. »Da vorn parkt ein Auto. Die Kobs haben Besuch.«

»Das ist kein Besuch, der Audi gehört Thiel junior, unserem neuen Landarzt.«

»Ist jemand krank bei den Kobs?«

»Muss wohl so sein. Blumen will Thiel hier bestimmt nicht kaufen.«

157

»Tag, die Damen!«, grüßte der Mann, der mit filmreifem Lächeln aus dem Haus trat. An Lena gewandt wurde daraus ein jungenhaftes Grinsen. »Hey, Lena! Was machst du denn hier?«

»Und du? Lass mich raten, die Frau vom Chef hat Rücken oder Migräne?«

»Oh!«, tat er erschrocken. »Ist das der Beginn eines Verhörs?«

»Was hätten Sie denn zu gestehen, Herr Doktor?« Mandy wippte mit der Stiefelspitze, der Ärger über die zerschundenen Absätze war für den Augenblick vergessen.

Thiel blinzelte und legte die Linke auf die Herzgegend, als wollte er einen Eid schwören. »Stellen Sie Ihre Fragen, Frau Kommissarin. Ich werde die Wahrheit sagen und nichts als die Wahrheit.«

Dieser verrückte Kerl, dachte Lena belustigt. Er hatte sich kein bisschen verändert. Immer und überall musste er flirten. So war er schon am Gymnasium gewesen und die liebe Mandy war keinen Deut besser.

Ihr spöttischer Blick hielt Thiel nicht davon ab, Mandy zu ermuntern. »Nur zu! Ich sage gern aus. Frau Kobs hat Rücken. Und ja, Migräne noch dazu. Ist auch kein Wunder, wenn die Polizei den Sohn für einen Mörder hält.«

»Hat sie das gesagt?«

»Musste sie nicht, das ganze Dorf weiß Bescheid.«

»Dann weiß das ganze Dorf mehr als die Polizei. Wir ermitteln nicht nur in eine Richtung.«

»Schöne Floskel.« Thiel grinste breit. »Das heißt ja wohl, ihr wisst rein gar nichts. Hab ich recht, Lena?«

»Im Leuteausfragen bist du nicht besonders geschickt, Jens Thiel.«

»Ist ja auch dein gut bezahlter Job, nicht meiner.«

»Gut bezahlt, ha, ha!«, gickelte Mandy dazwischen. »Lange nicht so herzhaft gelacht. Übrigens wollten wir sowieso mit Ihnen reden, Herr Doktor.«

»Mit mir reden?« Thiels Grinsen verflog. Verblüfft sah er Lena an. »Warum das denn?«

»Ja, warum wohl?« Lena war sich nicht sicher, ob sie sich mehr über Thiel oder über Mandy ärgern sollte. Dieses Rumgeblödel der beiden war einfach nur nervig. Sie bedachte erst Mandy und dann ihren einstigen Banknachbarn am Angersbacher Gymnasium mit einem gereizten Blick. »Du hast den Verletzten nach der Schlägerei auf dem Mühlenfest sozusagen erstversorgt. Kanntest du den Mann?«

Thiel umfasste seinen Koffer mit beiden Armen und hielt ihn wie einen Schild vor die Brust. »Den Verletzten? Jetzt mach mal halblang, Lena. Die harmlose Platzwunde im Bereich der Augenbraue war nicht der Rede wert. So was sieht schlimm aus, heilt aber schnell wieder ab. Ich hab dem Mann das Gesicht gereinigt und ein Pflaster auf die Stirn geklebt. Mehr war nicht nötig.«

»Er war nicht ernsthaft verletzt?«

»Nein, war er nicht. Nicht die Bohne, hätten wir früher gesagt.«

»Kanntest du den Mann?«, wiederholte Lena ihre Frage.

»Keine Ahnung, wer er war und wo er herkam. Ich hab ihn vorher noch nie gesehen.«

»Hat er dir irgendwas erzählt? Worüber habt ihr geredet?«

»Über gar nichts. Ihm war nicht nach Reden und mir auch nicht.«

»Hm.« Lena spürte, dass ihr alter Schulkumpel die Schotten dichtmachte. Na gut, wenn er nicht wollte, dann wollte er eben nicht. Zu den Ermittlungen konnte er ohnehin nichts beitragen und auf Small Talk hatte sie keine Lust. Thiel war nun mal, wie er war: eitel und geradezu ängstlich auf Anerkennung bedacht. Aber er war auch klug und, wenn es darauf ankam, ausgesprochen kameradschaftlich. So hatte sie ihn über Jahre hinweg erlebt. Thiel war nicht der Schlechteste. Ein Gedanke, der sie unwillkürlich lächeln ließ. Sie klang ernst, aber nicht unfreundlich, als sie sagte: »Der Mann soll auf dem Fest jemanden getroffen haben, den er von früher kannte.«

Fragend hob Thiel die Brauen. »Ach ja? Wer soll das denn gewesen sein?«

»Das ist eben die große Frage. Auf jeden Fall hat er seiner Frau davon erzählt. Die beiden haben noch telefoniert an diesem Nachmittag.«

»Er hat noch telefoniert? Der Mann hatte Familie?«

»Ja, hatte er. Eine Frau und drei kleine Kinder.«

»Die Armen! Die Kinder trifft es immer am schlimmsten.«

Zu Lenas Erstaunen hatte sich Thiels lockeres Gehabe urplötzlich in Luft aufgelöst. Nachdenklich runzelte er die Stirn. »Tut mir wirklich leid, dass ich euch nicht helfen kann.« Als würde er grübeln, wippte er von der Ferse auf die Fußspitze. Ferse, Spitze und zurück, den Arztkoffer noch immer wie einen Schild vor der Brust. Schließlich bot er an: »Ich kann mich ja ein bisschen umhören. Wenn ich was rauskriege, rufe ich euch an.«

»Würde mich freuen, Jens.«

Mandy verzog ihre dicke Pausbacke, was ein gequältes Lächeln ergab. »Das wäre super, Herr Doktor. Zwei Morde und keiner will was mitgekriegt haben. Das gibt's doch gar nicht.«

»Zwei? Wieso zwei Morde?« Thiel, der schon die ersten Schritte zu seinem silberfarbenen Audi gemacht hatte, drehte sich ruckartig um. »Wieso zwei Morde?«, fragte er noch einmal.

»Meine junge Kollegin mutiert zur Quasselstrippe«, hielt Lena Mandy von einer Antwort ab. »Aber was sie sagt, stimmt leider. Sonja Meyer ist vergiftet worden.«

Er wirkte verwirrt. »Ich dachte, sie hatte einen Unfall?«

»Nein. Kein Unfall, die Frau ist an Gift gestorben.«

»Dieses harmlose Mädchen? Kaum zu glauben! Erst wird ein Mann aus Berlin erschlagen und dann unsere Postfrau vergiftet. Was ist nur los in unserem Paradies?«

Mandy, die nicht wirklich lächeln konnte, versuchte es mit einem strahlenden Blick. »Gute Frage, Herr Doktor.«

Lena packte sie am Arm. »Jetzt komm endlich, wir müssen mit Kalle Kobs reden. Er sitzt in seinem Büro, hat Bogemühl gesagt.«

»Was soll die Hektik?«, nörgelte Mandy verdrießlich, als Thiel außer Hörweite war. »Man wird ja wohl noch drei Worte mit einem Zeugen wechseln dürfen.«

»Worte wechseln, ja, anhimmeln, nein.«

»Blödsinn! Aber gib's ruhig zu, dieser Arzt sieht verteufelt gut aus.«

»Und du redest verteufelt viel Blödsinn. Wieso musstest du über den zweiten Mord reden? Was gehen diesen Casanova unsere Fälle an?«

»Er hat uns seine Hilfe angeboten.«

»Ja, als es um Holger Werner ging. Von Sonja Meyer war nicht die Rede.«

»Den Giftmord kannst du nicht unter der Decke halten, Chefin. Bogemühl weiß es jetzt und damit auch schon bald die ganze Familie Kobs. In ein paar Stunden ist es Dorfgespräch. Dann schwadronieren alle nur noch über Gift und Totschlag. Warum sollte ich nicht mit dem Arzt darüber reden, der uns vielleicht helfen kann?«

»Du hast nicht mit ihm geredet, Mandy, du hast mit ihm geflirtet.«

»Hab ich nicht, ich war nur nett.«

»Dann möchte ich nicht wissen, wie bei dir Flirten aussieht.«

»Du bist eifersüchtig, beste Chefin!«

»Sei nicht albern, Mandy. Komm in die Gänge, wir müssen mit Kobs reden. Mit Vater Kobs.«

***

Schon im Hausflur vernahmen sie die ärgerliche Stimme des Gärtnermeisters Karl-Heinz Kobs. Unfreiwillig hörten Lena und Mandy mit, dass die Qualität irgendwelchen Düngers bei der letzten Lieferung unter aller Sau gewesen sei. Als sie nach kurzem Klopfen in sein kleines Büro eintraten, knallte Kobs das Telefon auf die Station. Die Sorgenfalten auf seiner Stirn blieben. Nach einem knurrigen »Morjen, morjen« sagte er ohne lange Vorrede: »Ihr wart bei Bogemühl. Der Mann tut mir leid.«

»Ist er gestern den ganzen Vormittag über hier gewesen? Kam um halb sieben und hat sich keine Minute vom Hof gerührt?«, passte Lena sich seiner knappen Art, zu sprechen an.

»Ich kann's beschwören, Lena. Wir haben gearbeitet, gefrühstückt und uns wieder an die Arbeit gemacht. Alles war wie immer.«

»Schwören musst du nicht, Kalle. Ich glaub dir auch so. Und

entschuldige, ich muss das jetzt fragen: Dein Sohn? Wo war der gestern von früh bis Mittag?«

»Schon gut, Lena, du machst nur deine Arbeit.« Die buschigen Brauen ruckten enger zusammen, vertieften für einen Augenblick die Falten über der Nase. »Peter hat gegen sechs seinen Sprinter beladen, dann ist er weg. Zurück kam er«, der Gärtnermeister überlegte kurz, »so gegen vier. Doris hatte den Fernseher für ihren Nachmittagskrimi gerade eingeschaltet. Bogemühl und ich, wir haben uns in der Küche 'nen Kaffee gegönnt, darum konnten wir Peters Sprinter hören.«

»Du weißt also nicht, wo er morgens nach sechs gewesen ist?«

Bekümmert schüttelte Kalle den Kopf.

Als Lena aufstand, hielt er sie zurück. »Mach deine Arbeit, wie du sie machen musst, Lena. Ich kann nur sagen, mein Sohn ist ein Hallodri, aber ein Mörder ist er nicht. Und für Bogemühl leg ich die Hand ins Feuer. Der war hier und hat keinen Fuß vor den Zaun gesetzt. Seine Sonja war sein Ein und Alles.«

»Ich glaub dir ja, Kalle.« Lena nickte. Ihr Blick glitt über den Schreibtisch hinweg zu dem Schwarz-Weiß-Foto an der Wand hinter dem Gärtnermeister. Es zeigte einen Mann in den besten Jahren, Kleidung und Frisur nach aus Kaisers Zeiten. Genau wie Urgroßvater Louis, der die Gärtnerei gegründet und vielleicht auch schon an diesem alten Schreibtisch gesessen hatte, war auch Kalle ein tatkräftiger Mann. So kannte ihn Lena seit ihrer Kindheit. Und Sohn Peter? Lena hoffte inständig, dass Kalle recht hatte mit seinen Worten: *Mein Sohn ist ein Hallodri, aber ein Mörder ist er nicht!* Sie hoffte es und wusste doch, dass es anders sein konnte.

***

Einem Schlagloch ausweichend fuhr Lena am Biergarten des Raglower Dorfkrugs vorbei. Selbst im Vorbeifahren war zu erkennen, wie lebhaft die Männer am rustikalen Holztisch miteinander diskutierten.

»So viel hatten sie hier schon lange nicht mehr durchzuhecheln«, stellte Mandy seufzend fest. »Zwei Todesfälle in einer Woche, und wir scheinen die Einzigen zu sein, die noch im Dunkeln tappen.«

Lena, jetzt wieder auf schnurgerader Fahrbahn, riskierte einen Blick zurück. Doch von den Männern am Biertisch war nichts mehr zu sehen.

»So ganz im Dunkeln tappen wir ja nicht. Zumindest können wir die Zeit eingrenzen, in der das Gift in Sonjas Flasche gekommen sein muss«, nahm sie Mandys Gedanken wieder auf. »Auch wenn die Untersuchung im Labor nicht abgeschlossen ist, weil noch nicht alle Spuren ausgewertet sind, mit ziemlicher Sicherheit haben wir den Hammer bei ihr gefunden, mit dem Holger Werner erschlagen worden ist. Bleibt die Frage: Wen hat sie erpresst?«

»Ja, wen wohl? Dein Freund Kobs steht ganz oben auf meiner Liste.«

»Weiß ich, Mandy, du glaubst, er hat den Taxifahrer erschlagen und anschließend die Frau vergiftet, die das irgendwie mitgekriegt hat, richtig?«

»So ungefähr, ja. Was die Meyer angeht, bin ich nicht so sicher. Könnte auch sein, dass ihr Verlobter doch Wind gekriegt hat, von der Erpressung. Und irgendwie, ich weiß nicht, irgendwie ist das alles außer Kontrolle geraten. Er wollte halt nicht der Verlobte und schon gar nicht der Ehemann einer Kriminellen sein. Nicht in so einem Klatschnest.«

»Und deshalb soll er sie vergiftet haben? Kannst du voll vergessen. Der alte Kobs gibt ihm ein Alibi, und der Mann lügt nicht.«

»Jeder lügt, wenn's ihm in den Kram passt.«

»Gut zu wissen, Mandy.«

Lena bremste und bog scharf rechts auf die B 2 in Richtung Angersbach ab.

»Was Bogemühl und den alten Kobs betrifft, wirst du wohl recht haben, Lena«, hörte sie Mandy neben sich sagen. »Aber bei Sohn Peter sieht's anders aus, das kannst du ruhig zugeben. Und fang jetzt nicht damit an, dass auf dem Hammer keine DNA von ihm zu finden war. Er wird Handschuhe getragen haben. Das wäre dann allerdings keine spontane Raserei, sondern ein kaltblütig geplanter

Mord. Wir finden schon noch raus, was passiert ist, wir müssen einfach nur unsere Arbeit machen.«

»Ja, das müssen wir«, stimmte Lena zu. »Aber vorher setz ich dich beim Zahnarzt ab, ist ja nicht mit anzusehen, wie du dich rumquälst.«

»Musst du nicht, ich probier Oma Bogemühls Geheimrezept aus. Nelke hilft, meint ihr Enkel.«

»Super Idee, wenn du weiter so seltsam aussehen und tapfer leiden willst.«

»Ich seh seltsam aus?« Erschrocken fuhr sich Mandy an die Wange.

»Jeder Posaunenengel wäre neidisch auf deine Backe.«

»Verdammt, gerade heute!«

Lena schoss einen finsteren Blick ab. »Du sagst mir jetzt sofort, dass du nicht meinst, was ich vermute.«

»Wie soll ich wissen, was du vermutest?«

»Stell dich nicht dümmer, als du bist.«

»Gib's einfach zu, Lena. Dieser Arzt hat schon was.«

»Ja, hat er, vor allem ständig wechselnde Liebschaften. So war er schon in der Schule. Nach sechs gemeinsamen Jahren am Angersbacher Gymnasium weiß ich, wovon ich rede.«

»Dann sag doch einfach, wovon du redest, statt den Mann immer nur runterzumachen.«

»Ich mach ihn nicht runter, und du kannst ihn so toll finden, wie du willst. Ich sage dir nur, dass nichts auf dieser Welt eine so kurze Halbwertzeit hat wie die Liebschaften des Jens Thiel. Dürfte also genau deine Kragenweite sein.«

»Merkst du eigentlich noch, wie fies du sein kannst?«

»Wenn's hilft, Mandy.«

»Tut es aber nicht. Ich denke nämlich, so gut, wie du glaubst, kennst du Thiel gar nicht. Außerdem ist eure Schulzeit lange her und die Menschen ändern sich. Vielleicht hat er bloß noch nicht die Richtige getroffen.«

»Ach, und das willst ausgerechnet du sein? Mach dich nicht lächerlich.«

»Wieso lächerlich? Wusstest du eigentlich, dass die ersten drei Sekunden darüber entscheiden, ob man einen Menschen mag oder nicht? Darüber gibt es sogar Studien. Und nicht das Herz entfacht unsere Gefühle. Für diesen Job sind unendlich viele Nervenzellen zuständig. Hast du bemerkt, wie er mich angesehen hat?«

»Träum weiter, Mandy.«

»Ich mein doch nur …«

»Stimmt, du meinst nur.« Lena lachte auf. »Dabei weißt du nicht mal, ob du nun schwanger bist oder nicht. Deine unendlich vielen Nervenzellen scheinen ihren Job nicht ganz kapiert zu haben.«

***

Der in Sonjas Zimmer gefundene blutbefleckte Hammer war tatsächlich die Tatwaffe. Die Postbotin musste also nach dem Mord im Mühlenschuppen gewesen sein. Als Täterin kam sie nicht infrage, dafür war sie laut Krollmann deutlich zu klein. Doch was hatte sie dazu bewogen, den alten Schuppen zu abendlicher Stunde noch einmal zu betreten? Hatte sie den Mord an Holger Werner beobachtet? Oder nur gesehen, wer vor ihr am Sägegatter gewesen war?

Fest stand bisher: Bevor sie mit ihrem Auto ungebremst gegen eine wuchtige Eiche gekracht war, hatte sie zum Abschluss ihrer Tour ungefähr eine Stunde bei der 93-jährigen Witwe Hertha Weidemann zugebracht. Während sie bei der alten Frau Kaffee getrunken und jede Menge Kuchen in sich hineingestopft hatte, stand ihr Fahrzeug unbeachtet draußen am Straßenrand.

Auch am Morgen, als sie das Auto im Verteilzentrum beladen und sich noch kurz im Gebäude aufgehalten hatte, hätte sich jemand an ihrer Wasserflasche zu schaffen machen können, wie der Leiter des Zentrums nach Lenas hartnäckigem Nachfragen widerwillig zugab. Mandys unverblümte Frage, ob Frau Meyer einer Betrügerei in ihrem Arbeitsumfeld auf die Spur gekommen sein könnte, brachte den korpulenten Mann beinahe zur Weißglut. Mehrfach hatte sie ihm versichern müssen, dass weder sie noch Hauptkommissarin

Voßberg davon ausgingen, der Tod der jungen Frau könnte etwas mit ihrem Job zu tun haben.

Nach dem Gespräch mit Sonjas Chef fuhren Lena und Mandy auf der A 11 in Richtung Stettin. Sie verließen die Autobahn über die letzte Abfahrt auf deutscher Seite und hatten nur noch wenige Kilometer bis zum Haus der Pfarrerswitwe.

»Ach herrje, die Polizei kommt zur mir!« Die alte Frau schlug die Hände ans zerfurchte Kinn und schaute bekümmert auf die beiden Frauen, die unverhofft vor ihrer Tür standen.

Die einst hochgewachsene, inzwischen vom Alter gekrümmte Frau hatte Lenas Worte in ihrer Aufregung nicht recht verstanden, aber instinktiv erfasst, worum es ging. Fahrig klopfte sie die Taschen ihrer Schürze ab. »Meine Brille, wo hab ich die bloß wieder?«

Lena tippte sich mit zwei Fingern auf den Scheitel.

Hertha Weidemann tastete über ihr dünn gewordenes Haar. Mit verlegenem Lächeln nestelte sie das altmodische Gestell aus den grauen Löckchen und setzte es sich auf die Nase.

Als sie sah, dass es tatsächlich Lena war, die vor ihr stand, entspannte sie sich. Die Enkelin ihrer alten Freundin Martha konnte ihr doch wohl nichts Böses wollen.

»Guten Tag, Frau Weidemann«, wiederholte Lena. »Dürfen wir reinkommen? Bisschen reden?«

»Reden? Aber ja doch, natürlich, Fo…!«

Foxi hatte sie sagen wollen. Lenas alter Spitzname aus Kindertagen.

Aber die Frau, die jetzt vor ihrer Tür stand, war schon lange kein Kind mehr. Auch wenn sie die wirren roten Locken schon bestaunt hatte, als ihre Freundin Martha mit der einzigen Enkeltochter im Kinderwagen zu ihr gekommen war, durfte man einer ausgewachsenen Kommissarin nicht mit dem alten Spitznamen kommen. Das gehörte sich einfach nicht. Aus Foxi war eine Amtsperson geworden.

Beim Betreten der geräumigen Wohnküche schlug den Kommissarinnen bullige Wärme entgegen. Trotz hoher Außentemperaturen hatte die alte Frau ihren Küchenherd angeheizt. Sich auf die Lehne stützend rückte sie für Lena einen Stuhl zurecht und bat auch Mandy: »Bitte setzen Sie sich doch, Fräulein.« Erst danach ließ sie sich behutsam auf ihren Lieblingsplatz am Fenster gleiten. Der von Runzeln umgebene Mund bewegte sich, als würde die Witwe ihre Worte kauen, bevor sie sie aussprach. »Ich weiß schon, ihr kommt wegen dem armen Sonjachen. Endlich hatte das Mädchen auch mal ein bisschen Glück, ihr Volker wollte sie heiraten. Und jetzt ist sie tot.«

Die schwerhörige Witwe sinnierte kopfwackelnd vor sich hin. »Ein Unfall wäre schon schlimm gewesen. Aber dieses dumme Gerede von Gift, das will einfach nicht rein in meinen Kopf. Muss aber wohl so gewesen sein. Bogemühl will's von der Polizei erfahren haben, und die muss es ja wissen.«

Sie stockte, weil ihr einfiel, dass es die Polizei war, die mit ihr am Küchentisch saß. Und dass sie vermutlich die Letzte war, die Sonja lebend gesehen hatte.

Verunsichert ließ die Greisin den Blick durch ihre wiedergefundene Brille von Lena zu Mandy wandern, bevor sie zu wimmern begann. »So ein liebes Ding, mein Sonjachen, und so ein schreckliches Ende. Wer hat ihr das nur angetan?«

»Das wissen wir noch nicht, Frau Weidemann, aber vielleicht können Sie uns helfen, es herauszufinden.« Obwohl sie lauter gesprochen hatte als gewöhnlich, war Lena nicht sicher, ob die alte Frau sie verstanden hatte.

Hertha Weidemann sank noch ein bisschen mehr in sich zusammen. »Die arme Sonja musste sterben, und ich mit meinem schwachen Herzen und Schmerzen in allen Knochen, ich muss mich weiter rumquälen. Was sich unser Herrgott bloß dabei denkt?« Sie hob den Kopf, als erwartete sie eine Antwort von dem einen, der auf derlei Fragen vielleicht eine Antwort wusste. Dann lächelte sie traurig. »Bei all dem Unglück auf der Welt kann nicht mal mehr der liebe Gott die Übersicht behalten.«

Unauffällig musterte Lena die schmale Gestalt, die ihr an der Stirnseite des Tisches gegenübersaß. Alt war Hertha Weidemann für sie schon immer gewesen, alt wie ihre im selben Jahr geborene

Großmutter. Doch so bekümmert und abgemagert hatte sie die einstige Schulfreundin ihrer Oma Martha noch nie gesehen.

Ebenso wie Lena schwieg auch die 93-Jährige. Noch immer unsicher ließ sie den Blick zwischen den beiden Polizistinnen hin und her schweifen. Lena ahnte, was der Pfarrerswitwe dabei durch den Kopf ging.

Die Enkelin ihrer alten Freundin war jetzt jemand mit Dienstrang und Amtsgewalt und nicht mehr das Kind, das sie als Voßbergs Foxi so gerngehabt hatte. Sie war auch nicht bei ihr zu Besuch, so wie früher mit ihrer Großmutter. Sie saß von Amts wegen an ihrem Küchentisch, genau da, wo Sonjachen gestern noch ihren Kaffee getrunken hatte.

Lena sah, dass Hertha Weidemann Mandy mit zusammengekniffenen Augen musterte. Dieses schmale Ding im knappen Röckchen und mit Schuhen an den Füßen, in denen kein normaler Mensch vernünftig laufen konnte. Selbst in jungen Jahren hatte Hertha Weidemann niemals solches Schuhwerk besessen. Wo hätte sie es auch anziehen sollen? Auf der Raglower Dorfstraße? Womöglich im Gottesdienst oder in der Bibelstunde mit den Kindern aus umliegenden Dörfern? Bei diesem Gedanken musste Lena unwillkürlich lächeln. Genau wie sie es sich vorgestellt hatte, sagte die alte Frau plötzlich: »Da, wo Sie jetzt sitzen, Fräulein …«

»Fortunato, Frau Weidemann. Ich heiße Mandy Fortunato. Kommissarin Fortunato.«

»Oh, noch so jung und schon Kommissarin? Fräulein Fortu… oh, äh, wie? Verzeihung, ich hör nicht mehr so gut. Jedenfalls da, wo Sie jetzt sitzen, Fräulein Kommissarin, da hat mein Sonjachen gestern noch gesessen. Von ihrer Hochzeit hat sie geschwärmt, vom weißen Kleid und 'ner großen Feier. Sogar die Welt bereisen wollte sie mit ihrem Volker. Weiß der Himmel, wo das Geld dafür herkommen sollte.« Sie atmete tief ein und wieder aus, schien noch das letzte Quäntchen Luft aus ihrer Lunge quetschen zu wollen.

Lena und Mandy sahen sich an. Schon wieder ging es um Geld. Irgendwo hatte eine Geldquelle für Sonja Meyer sprudeln sollen. Aber wo?

Mandy lächelte die alte Frau an. »Fragt sich nur, wie sie das alles bezahlen wollte.«

»Bezahlen?« Die Weidemann schüttelte den Kopf. »Die arme Sonja hat doch nur so vor sich hingeträumt. Zum Glück weiß der Mensch nicht, was auf ihn zukommt. So hatte sie wenigstens noch die Vorfreude. Jetzt lässt der Pfarrer zum Begräbnis läuten statt zu ihrer Hochzeit.« Die Hände auf den mageren Schenkeln, die sich unter der geblümten Schürze abzeichneten, versank die Witwe in ihre eigene Gedankenwelt.

Lenas Frage holte sie daraus zurück. »War Frau Meyer oft bei Ihnen?«

»Ja, was heißt schon oft?« Die altmodische Brille glitt wieder hinauf in die grauen Löckchen. »Wenn man so alt ist wie ich, nimmt man's nicht mehr so genau mit der Zeit. Zum Wochenende hin ist sie gern mal auf 'nen Kaffee zu mir reingekommen. Hat halt gern geredet, die Kleine, so war sie schon als Kind in der Bibelstunde und so ist sie geblieben bis …« Sie mümmelte mit leerem Mund. »Gab immer mal wieder Ärger wegen ihrer Quasselei, dabei wollte sie eigentlich nur gemocht werden. Jeder wünscht sich doch ein bisschen Anerkennung und keiner kann raus aus seiner Haut.«

»Mit wem hatte Frau Meyer denn Ärger in letzter Zeit? Hat sie jemanden erwähnt, als sie hier war?«

»Wenn du so fragst, Lena, fällt mir niemand ein. Seit der Sache mit der Lehrerin ist sie vorsichtiger geworden. Du weißt doch, wie's bei uns auf dem Land ist. Heute ärgert man sich übereinander und morgen borgt man sich Salz oder Mehl für die Einbrennsoße.« Unwillkürlich war die Pfarrerswitwe zum Du übergegangen, ohne es selbst zu bemerken. Lena gefiel's.

»Ist Ihnen gestern wirklich nichts aufgefallen, als Frau Meyer bei Ihnen war?«, fragte sie. Die alte Frau blickte hinaus zum hölzernen Gartentor, das ihr Sonjachen nie wieder aufschieben würde.

»Sie war glücklich, wegen der Hochzeit. Aber irgendwas ist da noch gewesen. Jetzt, wo es zu spät ist, zermartere ich mir das Hirn …«

Lena, die nicht drängeln wollte, sah sich in der blitzsauber

169

geputzten Küche um, an der jeder Filmemacher, der einen Streifen über alte Zeiten drehen wollte, seine Freude gehabt hätte. Die Glasscheiben im Buffet aus hellem Eichenholz waren mit gehäkelter Spitze verziert. Auf dem Küchentisch lag heute eine im Kreuzstich bestickte Decke, und der schon leicht verbeulte Teekessel auf dem Herd hätte gut und gern in eine Ausstellung über Küchengeräte aus den Sechzigern des vergangenen Jahrhunderts gepasst.

Während sie noch darüber nachdachte, wie die alte Frau es schaffte, ihr Zuhause so tadellos in Schuss zu halten, sagte Hertha Weidemann schon: »Der junge Doktor Thiel hat beim Amt angerufen und alle Papiere für mich zurechtgemacht. Seitdem bezahlt das Amt Hildchen Bülow dafür, dass sie mir zweimal in der Woche den Haushalt macht. Ewig schade um den alten Thiel. Der hatte auch ein Herz für uns alte Menschen, aber sein Junge ist ihm über, dem kann ich nicht genug danken.«

Lena sah Mandys strahlenden Blick, als die Witwe vom jungen Doktor Thiel schwärmte. Na klar, der Doktor mit dem Heiligenschein.

»Sie haben doch einen Sohn«, erinnerte sich Lena. »Kann der Ihnen nicht helfen?«

Die Weidemann rieb sich übers Genick, als hätte sie Schmerzen. »Bist Jahre nicht hier gewesen, Lena. Darum weißt du auch nicht, dass er wegmusste. Gab keine Arbeit für einen guten Förster hier in der Uckermark. Jetzt schreibt er mir aus Bayern.«

An den weidemannschen Familienverhältnissen nicht sonderlich interessiert, stopfte Mandy ihren Notizblock in die Tasche, griff aber sofort wieder danach, als die alte Frau sagte: »Vielleicht bilde ich mir das alles nur ein, weil sie jetzt tot ist, aber Sonja hatte Angst. Vor irgendwas hatte sie Angst. Wenn ich nur wüsste, wovor.«

Oder vor wem, dachte Lena.

Die Witwe hob ihr alterswelkes Gesicht. »Du glaubst, ich red mir das alles nur ein, stimmt's, Lena? Wär ja auch kein Wunder mit 93 Jahren. Aber ich bin sicher, dass es so war. Hätte ich sie nur drauf angesprochen. Vielleicht, womöglich …?«

»Vielleicht würde sie dann noch leben, meinen Sie? Nein!«

Energisch schüttelte Lena den Kopf. »Das Wasser in Sonjas Trinkflasche war vergiftet. Wie hätten Sie das ahnen können?«

Für einen winzigen Augenblick sah Lena Erleichterung im Gesicht der alten Frau. Doch gleich darauf hörte sie ihre Stimme, brüchig und tieftraurig. »Sonja hat nie im Leben wirklich was gehabt – und ihr Volker? Der sitzt auf seinem Ersparten wie die Glucke auf dem Nest.«

Stimmt, dachte Lena, Sonja hatte eine andere Geldquelle im Auge, eine, die ihr am Ende den Tod brachte. Doch sie wollte die ohnehin schon verängstigte Frau nicht noch mehr beunruhigen, darum sagte sie nur: »Was hat Frau Meyer denn sonst noch so erzählt?«

Hertha Weidemann zupfte an ihrer Schürze herum. »Nach meinem Geburtstag hat sie mich ausgefragt. Haarklein wollte sie wissen, was die Leute alles so geredet haben. Dabei ging es die ganze Zeit nur um den toten Kerl in der alten Mühle. Keiner wusste was und jeder hatte was zu sagen.«

»Oh, Ihr Geburtstag. Wie konnte ich den nur vergessen!« Lena sprang auf und streckte die Hand aus. »Meinen Glückwunsch! Alles, alles Gute für Sie!«

Hertha Weidemann lächelte nachsichtig. »Ist nicht viel Gutes übrig in meinem Alter, aber danke, Foxi … äh, oh, Verzeihung!« Die erschrockene Weidemann wusste nicht weiter, und schon gar nicht wusste sie, wie sie Lena nach ihrem Ausrutscher anreden sollte.

Sie beruhigte sich erst, als Lena herzhaft auflachte. »Ich wusste gar nicht mehr, wie nett sich mein alter Spitzname anhören kann.«

Langsam nahm das hochrote Gesicht der Witwe wieder seine gewohnt blassgraue Farbe an. Die von der Gicht verformten Hände aneinanderreibend nickte sie. »Deine Großmutter wäre auch hier gewesen, wenn sie noch leben würde.« Sie begann zu erzählen – von Pfarrer Oskar, ihrem Mann. Irgendwann unterdrückte Lena den Impuls, heimlich auf die Uhr zu sehen. Mandy tat es umso auffälliger. Hertha Weidemann, die ihre Brille wieder auf die Nase gesetzt hatte, stockte mitten im Satz. »Ich red und red und hab euch noch nicht mal was angeboten. Dabei hat Hildchen mir frische Waffeln gebracht. Könnten ja noch Nachzügler zum Gratulieren kommen. Hast noch Zeit für'n feines Tässchen Kaffee, Lena, hm?«

Die vereinsamte Frau tat Lena leid, und irgendwie hatte sie das Gefühl, dass Hertha Weidemann etwas vor ihr verbarg. Etwas Wichtiges, das ihr einfach nicht über die Lippen wollte.

»Für 'nen schnellen Kaffee hätten wir schon noch Zeit«, lenkte sie deshalb ein. »Und frische Waffeln? Hört sich echt lecker an. Meinst du nicht auch, Mandy?«

Mandy, die endlich beim Zahnarzt gewesen war und den ganzen Tag über noch nichts gegessen hatte, nickte zögernd. Die Witwe tappte mit ihrem verbeulten, aber blitzsauber geputzten Kessel zum Hahn und wollte Wasser einlaufen lassen. Sofort sprang Lena auf und nahm ihr den Kessel aus der Hand. »Sie bleiben mal schön sitzen. Wer Geburtstag hatte, bekommt seinen Kaffee serviert.«

Während Lena und Mandy ihren starken, in großen Tassen aufgebrühten Kaffee tranken und Hertha Weidemann ihren Blümchenkaffee schlürfte, den Lena nach Anweisung der alten Frau zubereitet hatte, fiel ihr abermals auf, wie unruhig Hertha Weidemann auf ihrem Stuhl herumrutschte. Die Witwe brach mundgerechte Stückchen von ihrer Waffel ab und ließ sie achtlos auf dem Teller liegen. Als alles zerteilt war und es nichts mehr zu brechen gab, stieß sie hervor: »Ich hab auch Angst, Lena, genau wie Sonja.«

»Angst, Frau Weidemann? Wovor haben *Sie* denn Angst?«

Die schlaffen Lider senkten sich, die Worte kamen nur zögernd aus dem faltigen Mund. »Als sie den Toten in der Mühle gefunden haben, konnte ich mir noch einreden, zwei von den fremden Besuchern wären sich in die Haare geraten. Der eine ist tot, der andere längst wieder fort. Was sollte mich das angehen? Aber jetzt ist auch Sonja tot! Der Mörder muss noch ganz in der Nähe sein, und das macht mir Angst, Lena, schlimme Angst.«

Lena strich über die bestickte Tischdecke und gab ihrer Stimme einen zuversichtlichen Klang. »Ich versteh Sie schon, Frau Weidemann. Aber Sie müssen keine Angst haben. Für beide Morde gibt es einen Grund. Den müssen wir finden, dann kriegen wir auch den Mörder.«

»Oder die Mörder.« Mandy kaute und schluckte. Endlich konnte sie wieder ohne Schmerzen essen. Hildchens frische Waffeln waren echt lecker.

Lena nickte. »Stimmt, es könnten auch zwei Täter sein. Trotzdem läuft hier niemand herum, der aus purer Mordlust wahllos Leute umbringt.«

Die gebrechliche Frau faltete die Hände vor der Brust, als wollte sie beten, doch es kam kein Laut über ihre Lippen.

Langsam beugte Lena sich zu ihr vor. »Ich würde Ihnen gern helfen. Soll ich jemanden anrufen, der sich um Sie kümmert?«

Kaum hörbar wisperte die alte Frau: »Ich schaff's schon, bin doch dran gewöhnt, allein zu sein. Und ich hab ja Hildchen Bülow.«

Als sie wenig später das Haus verließen, zückte Lena ihr Handy und wählte die Nummer der Auskunft. Sie ließ sich mit dem örtlichen Pfarrer verbinden und hatte Glück, denn er nahm sofort ab. Nach aufmerksamem Zuhören versprach er, sich um die Witwe seines Vorvorgängers zu kümmern. Erleichtert steckte Lena ihr Handy wieder ein, sah sich nach Mandy um und musste unwillkürlich lachen.

Auf Zehenspitzen, was bei den hohen Absätzen ihrer Stiefel nicht viel brachte, versuchte Mandy, über die gekräuselte Gardine hinweg noch einmal ins Küchenfenster zu schauen.

»Schnell! Lena, komm!«, schrie sie plötzlich auf und hetzte ins Haus zurück. Lena setzte ihr nach, und noch bevor sie Hertha Weidemann sahen, hörten sie ihr Stöhnen. In sich zusammengekrümmt lag die alte Frau auf dem Fußboden ihrer überheizten Küche. Die altmodische Brille, die ihr aus den grauen Löckchen geglitten sein musste, lag ein Stück abseits.

Ein Blick voller Angst traf Lena mitten ins Herz. »Keine Luft, meine Tropfen!« Selbst das heisere Krächzen fiel der Kranken schwer. Lena sah sich um, entdeckte ein braunes Medizinfläschchen neben der Spüle und hielt es fragend hoch.

»Zwanzig Tropfen, genau zwanzig!«, hauchte die Greisin zwischen pfeifenden Atemzügen mit blau angelaufenen Lippen.

Sorgsam zählte Lena die Tropfen auf einen Löffel und konnte

nicht verhindern, dass ihre Hand dabei zitterte. Hertha Weidemann schluckte und hustete. Bräunliche Flüssigkeit lief ihr aus den Mundwinkeln. Gemeinsam halfen sie der alten Frau hoch, führten sie zum Bett und deckten sie bis unters Kinn zu. Selbst unter der dicken Federdecke wollte das Zittern der mageren Glieder nicht aufhören. »War nur … ’n Schwindelanfall … mein Herz!« Langsam, geradezu in Zeitlupe, schoben sich magere Beine unter der Decke hervor. »Fahrt ihr mal ruhig los.« Rasselnder Atem. Mühsames Keuchen. »Wird schon gehen. Hab ja jetzt meine Tropfen.« Die kraftlose Stimme und das Zittern unter dem Federbett verrieten, wie es der 93-Jährigen wirklich ging.

Sanft schob Lena die spindeldürren Beine ins Bett zurück. »Sie bleiben liegen, Frau Weidemann, ich rufe Doktor Thiel an.«

Zum zweiten Mal an diesem Tag wählte sie die Nummer der Auskunft. Diesmal ließ sie sich mit dem Landarzt verbinden.

»Nicht den Doktor!«, kam es verzweifelt keuchend vom Bett her. »Der schickt mich ins Spital. Da komm ich nicht mehr raus. Lena, hörst du, nicht den Doktor!« Das ausgezehrte Gesicht, farblos wie die dünnen Löckchen, die schweißnass an den runzligen Wangen klebten, verzerrte sich voller Angst. Plötzlich schloss die Kranke die Augen und röchelte. Jeder Atemzug schien eine Qual zu sein.

Sie stirbt, dachte Lena entsetzt. Die Tropfen! Es waren die Falschen! Wenn sie jetzt stirbt, bin ich schuld.

Schreckensbleich stand auch Mandy neben dem Bett, von dem das schreckliche Geräusch ausging. Das sich nähernde Fahrzeug hörten sie erst, als Thiel schon vor dem Haus bremste.

»Der Arzt. Gott sei Dank!« Lena atmete auf.

Eilige Schritte im Flur. Thiel kam ins Zimmer gestürmt. Er stellte die Tasche vor dem Bett ab, sah die Kranke an und sagte: »Das Herz. Sie ist seit Jahren herzkrank, nimmt aber ihre Medizin nicht regelmäßig. Keine Ahnung, ob sie heute schon was genommen hat.«

Lena lief in die Küche, holte das braune Fläschchen und hielt es ihm hin. »Zwanzig Tropfen, gerade eben.«

»Gut so!« Thiel tippte auf dem Handy herum. »Sie muss ins Krankenhaus. Sofort.«

Minuten später holperte ein Krankenwagen, angekündigt von Blaulicht und Martinshorn, über den sommertrockenen Feldweg, von dem Sonja Meyer ins Rapsfeld abgedriftet war. Dahinter, deutlich langsamer, umfuhr der schon etwas klapprige Opel des Pfarrers vorsichtig die tiefen Schlaglöcher.

***

Zum x-ten Mal an diesem Abend setzte Mandy den italienischen Kaffeeautomaten in Gang.

Sechs Personen, die alle mit den beiden Mordfällen befasst waren, hatten sich im Besprechungsraum eingefunden. Den Stift in der Hand stand Lena an der Pinnwand. Konrad Haubenreißer hatte den Platz neben Mandy, ihnen gegenüber saßen Haubis junge Kollegin Anke Weißbach, die in wenigen Monaten seine Nachfolge antreten würde, und Lenas Stellvertreter Alfred Meichsner, den eingegipsten Fuß von sich gestreckt. Er hatte es zu Hause nicht mehr ausgehalten und wollte trotz Krankenscheins wenigstens stundenweise zur Arbeit kommen. Dann war da noch Verena Winter, ein unschlagbares Talent am Computer und beim Bezirzen schwieriger Telefonpartner, was sie im Innendienst zu einer Perle machte, mit der man höchst sorgsam hätte umgehen müssen, wäre sie nicht das unkomplizierteste Wesen der Welt.

»Klasse, Haubi! Das Handy aus der Mühle läuft wieder. Ich hab schon nicht mehr dran geglaubt«, lobte sie gerade.

Der altgediente Kriminaltechniker schmunzelte geschmeichelt, winkte aber rasch ab und sagte: »Ist nun mal mein Job, Verena. Also, laut Anrufliste hat Holger Werner am Tag seines Todes nur zweimal telefoniert. Vormittags mit einem Udo Wachtel und dann am Nachmittag mit seiner Frau in Berlin.«

»Jetzt kriegen wir endlich unsere DNA-Probe.« Mit dem Stift tippte Lena auf Wachtels Foto an der Pinnwand. »Du weißt doch, Haubi, der kleine Blutfleck im Futter von Werners Jacke. Der könnte gut und gern von unserem dubiosen Autohändler stammen.«

Zu ihrem Erstaunen hatten sie den jungen Mann am Vormittag

tatsächlich noch in der alten Mühle angetroffen. Sie hätten Glück, hatte er ihr und Mandy erklärt. Schon am Nachmittag wäre er auf dem Weg nach Berlin gewesen. Auf die unbezahlte Rechnung für Werners Taxi angesprochen, schwor er Stein und Bein, er kenne Holger Werner nicht persönlich, so wie er viele seiner Kunden nicht persönlich kenne. Für Annahme und Ausgabe der Fahrzeuge sei sein Mechaniker zuständig. Ihm selbst obliege die Büroarbeit. Dazu gehöre auch das Anmahnen unbezahlter Rechnungen für ausgeführte Reparaturen.

Falls man ihm unterstelle, er habe etwas mit dem Tod eines Kunden zu tun, werde er unverzüglich seinen Anwalt informieren, hatte er die Kommissarinnen wissen lassen.

»Vertrauenswürdig wie die Hütchenspieler auf dem Ku'damm und aalglatt, der Mann«, seufzte Haubenreißer, als Lena ihren Bericht über das vormittägliche Gespräch mit Udo Wachtel beendet hatte.

Lena wies auf das Foto der toten Sonja Meyer, das sie neben das Bild des ermordeten Taxifahrers gesteckt hatte, und sagte: »Ich bin mir sicher, dass beide Todesfälle zusammenhängen. Keine Ahnung, ob Frau Meyer Werners Mörder zufällig beobachtet hat oder ob sie ihn – aus welchem Grund auch immer – von vornherein im Auge hatte. Auf jeden Fall war sie nach dem Mord im Mühlenschuppen und hat die Kamera und die Tatwaffe gefunden. Mit dem Hammer hat sie den Täter erpresst.«

Haubenreißer zuppelte an seiner grauen Strickjacke herum und sagte kopfschüttelnd: »Nicht zu glauben, wie kaltblütig diese Frau war. Sieht den übel zugerichteten Toten und klaut ihm die Kamera. Dann sackt sie auch noch die Tatwaffe ein und erpresst den Mörder. Ich fass es einfach nicht!«

»Vielleicht hat sie auch selbst zugeschlagen. Oder habt ihr Beweise für die Erpressung?«, erkundigte sich Meichsner und wackelte mit dem rechten Fuß, weil es unter dem elenden Gips mächtig juckte.

»Von Krollmann wissen wir, dass Frau Meyer deutlich zu klein war, um als Täterin infrage zu kommen«, erklärte ihm Lena. »Und für die Erpressung haben wir zumindest deutliche Hinweise. In ihrem Papierkorb lagen Zeitschriften, aus denen Etliches herausgeschnitten war, und Papierfetzen mit aufgeklebten Buchstaben. Sie hat wohl erst ein bisschen üben müssen.«

Anke Weißbach rückte ihr Basecap zurecht, das sie, wie sie es liebte, mit dem Schirm im Nacken trug. »Daraus hat sie ihr Erpresserschreiben gebastelt, ziemlich old school, muss ich sagen.«

Meichsner grinste Anke übellaunig an. »Vielleicht sollte auch bloß 'ne Wandzeitung für die Kita ihrer Nichte draus werden, falls sie eine Nichte hatte.« Dann stand er auf und humpelte ein paar Schritte durchs Zimmer, um dem elenden Juckreiz beizukommen.

»Aber klar doch, Freddy. *Falls Sie meine Forderung … sehe ich mich gezwungen … Polizei!!!* Mit drei Ausrufezeichen! So was passt ja auch bestens in eine Kita«, warf Anke ihm hin, als er an ihr vorbei humpelte.

Abrupt blieb Meichsner stehen. »Du hast das Erpresserschreiben?«

»Nö, bloß weggeworfene Fetzen. Hast doch gehört. Sie musste noch üben.«

»Als Hinweis ganz brauchbar, als Beweis zu dünn«, stieß Meichsner schmallippig hervor und setzte sich wieder neben die junge Kriminaltechnikerin. Die nestelte an ihrem Basecap herum und hielt ihm entgegen: »Jedenfalls ist das alles sehr vielversprechend, denk ich mal. Und dieser dubiose Autohändler kann abstreiten, was immer er will, er muss Holger Werner gekannt haben.«

Lena hatte Mühe, sich ihren Frust nicht anmerken zu lassen. Es war nervig, in beiden Todesfällen mehr Fragen als Antworten zu haben. Das war zu Beginn einer Ermittlung zwar normal, aber diesmal schienen sie festzustecken. Die auf dem Hammer gefundenen Abdrücke ließen sich bisher nur Sonja Meyer zuordnen. Ansonsten waren sie verschmiert oder überlappt und wenn doch lesbar, ließen sie sich bisher niemandem zuordnen. Falls der Täter Handschuhe getragen haben sollte, war es ein wohlkalkulierter kaltblütiger Mord gewesen. Was für Mandys Theorie sprach, dass Täter und Opfer einander nicht fremd gewesen sein konnten. Aber wie war Sonja

177

Meyer auf den Mann gekommen? Hatte sie ihn schon vor dem Fest gekannt? Einen Fremden, der nach dem Fest wieder seiner Wege ging, hätte sie kaum erpressen können. Peter Kobs kannte sie seit ihrer Kindheit und Udo Wachtel konnte sie beim Austragen der Post in der alten Mühle getroffen haben.

Lena bemerkte, dass Meichsner verwundert zu ihr herübersah, und hörte Mandy sagen: »Von ihrem Chef wissen wir, dass Frau Meyer auf ihrer letzten Tour das Fahrzeug mehrmals aus den Augen gelassen hat. Das erste Mal nach dem Beladen im Verteilzentrum. Und unterwegs immer dann, wenn sie jemandem ein Paket ins Haus getragen hat. Das waren zwar jeweils nur Sekunden oder Minuten, die aber locker ausgereicht hätten, ihre Flasche zu manipulieren. Am Tag ihres Todes hat sie acht Pakete zugestellt und drei mit zurückgenommen. Anwohner haben ihr Fahrzeug vor den Gehöften stehen sehen, aber nichts Ungewöhnliches beobachtet. Ihren Weg kennen wir bis auf den letzten Meter ziemlich genau. Trotzdem wissen wir noch immer nicht, wo und wann das Gift in ihre Flasche gekommen ist«, fasste Mandy zusammen. »Falls sie ihrem Verlobten von der Erpressung erzählt hat, könnte auch er in Gefahr sein«, schob sie nach, während sie ihren schon arg zerfledderten Notizblock in die Tasche zurück schubste. »Wie ihr wisst, arbeitet er in der Gärtnerei Kobs, steht also in engem Kontakt mit unserem Hauptverdächtigen im Mordfall Werner.«

»Sagtest du gerade, mit unserem Hauptverdächtigen?« Lena sprach auffallend leise und deutlich akzentuiert. Jeder im Raum blickte von ihr zu Mandy, die ihre Stimme erhob und beinahe schon trotzig erwiderte: »Gegen Kobs sprechen jede Menge Indizien. Der Mann hat in beiden Fällen kein Alibi, dafür aber Motiv und Gelegenheit. Und in einer Gärtnerei kennt man sich mit allen möglichen Giften aus. Das kannst du nicht einfach ignorieren, Chefin.« Ein triumphierendes Lächeln glitt über ihr Gesicht, als sie sah, dass Meichsner spontan nickte. An Lena gewandt beharrte sie: »Dein Bauchgefühl in allen Ehren, aber diesmal liegst du falsch.«

»Und ich sage dir, wir haben nicht den Hauch eines Beweises gegen Peter Kobs, und deine angeblichen Indizien sind lächerlich.

Alles nur Spekulation.« Lena ließ nicht gern die Chefin raushängen, aber manchmal musste es eben sein. Sie beschrieb einen Bogen vom Foto des toten Holger Werner zu dem des Autohändlers. »Ich denke, er ist der alte Bekannte, von dem Frau Werner uns erzählt hat. Vormittags haben die beiden Männer miteinander telefoniert, und am Nachmittag haben sie sich auf dem Fest getroffen. Wie es ausging, wissen wir.«

»Warum er und nicht Kobs?« Mandy klang beleidigt.

»Der Anruf von Max Lüders, dem Bruder der Wirtin. Du erinnerst dich? Auch wenn Lüders den Mann nur von hinten gesehen hat, passt seine Beschreibung auf Wachtel und nicht auf Peter Kobs.«

»Vielleicht hat Lüders absichtlich gelogen, um uns in die Irre zu führen. Immerhin ist Kobs sein bester Freund«, gab Mandy zu bedenken.

»Er müsste schon sehr dumm sein, uns wegen einer so dämlichen Lüge extra anzurufen, wenn es um Mord geht. Außerdem haben wir die Raglower zielgerichtet befragt. Jeder kennt Peter Kobs und niemand hat ihn mit Holger Werner beim Biertrinken gesehen. Nach der ganzen Aufregung wegen der Schlägerei wäre das sicher aufgefallen.«

»Er kann es trotzdem gewesen sein«, beharrte Mandy und sah Hilfe suchend hinüber zu Meichsner.

Doch der rückte nur seinen eingegipsten Fuß zurecht und meinte: »Viel habt ihr ja noch nicht, Mädels. Höchste Zeit, dass ich wieder voll mit einsteige.«

11. KAPITEL

*D*er *Vater wurde immer unzufriedener. Das Kind verstand das. Er war klug und erfolgreich, jeder mochte ihn. Natürlich wollte er einen Sohn haben, der so war wie er selbst, einen, auf den er stolz sein konnte.*

Wie gern hätte das Kind ihm diesen Wunsch erfüllt, doch zu viel Angst hatte sich in seiner Seele eingenistet. Angst, die das Kind verunsicherte. Manchmal, gerade wenn es darauf ankam, in der Schule oder anderswo, war sein Kopf wie leer gefegt. Dann versteckte sich alles, was es wusste und konnte, hinter einer dichten Wand aus grauem Nebel. Alles war einfach weg, als wäre es nie da gewesen. Für den Moment wenigstens.

Der Vater sprach von Prüfungsphobie, die Mutter wusste, was man dagegen tun konnte. Sie brach eine kleine weiße Tablette in zwei Teile und gab dem Kind eins davon mit einem Glas Wasser. Cola war noch immer verboten. Cola war ungesund für ein Kind.

***

Nelly war gerade dabei, den Frühstückstisch abzuräumen. Ihr Mann schob sich ein übrig gebliebenes Stück Gewürzgurke in den Mund und las ihr aus der Zeitung vor. In die letzten Sätze über die geplante Sanierung der Raglower Dorfstraße hinein klingelte es an der Haustür.

Augenblicklich ließ Peter das Blatt sinken. »Erwartest du Besuch, Nelly?« Seine Stimme verriet Anspannung.

»Nicht, dass ich wüsste.«

»Kannst du sehen, wer es ist?«

Nelly, den Kopf weit aus dem Küchenfenster gereckt, sah zwei Frauen das Haus betreten. »Ich glaub, es ist schon wieder die Polizei. Doris muss sie ins Haus gelassen haben«, sagte sie, ohne sich zu ihrem Mann umzudrehen. Er sollte ihr den Schreck nicht ansehen, der ihr in die Glieder gefahren war.

»Ach, Lena kommt mit ihrem Püppchen?« Der muntere Ton, mit dem er seine Angst überspielte, schlug in atemloses Flüstern um, als sie Schritte auf der Treppe hörten. »Wollen die mir jetzt auch noch den zweiten Mord anhängen?«

»Mach dich nicht verrückt, Peter, die können dir gar nichts.«

»Ich fürchte, ohne Grund rücken die beiden uns nicht auf die Pelle, vor allem nicht am heiligen Sonntag«, sprach er aus, was Nelly sofort durch den Kopf geschossen war, als sie die Frauen vom Küchenfenster aus gesehen hatte, die langbeinige Lena Voßberg in engen knallgelben Jeans und die deutlich kleinere Polizistin in kurzem Bleistiftrock und Blazer.

»Du hast den beiden doch schon alles erzählt, als sie hier waren, nachdem sie mit Bogemühl gesprochen haben. Was wollen sie denn jetzt noch von uns?«, sorgte sich Nelly.

Resigniert winkte er ab: »Lena weiß, dass ich eine Autopanne hatte und nicht mal in der Nähe unserer Postfrau war, als sie verunglückt ist. Fragt sich nur, ob sie's auch wissen will.«

Mit lautem Krachen schloss Nelly das Fenster. »Die Voßberg wird dir vielleicht glauben. Aber die andere, diese aufgebrezelte Tussi, dreht sich alles so hin, wie sie's gerade braucht.«

Ihr Mann hob die heruntergefallene Zeitung vom Boden auf, faltete sie zusammen und schob sie in die Ablage unter der Tischplatte. Dann sah er Nelly beklommen an. »So wirklich berauschend ist mein Alibi eben auch nicht. Das gilt für beide Morde, wie du weißt.«

»Na, wenn schon«, fuhr sie auf und wurde vom Klopfen an der Tür unterbrochen.

Peters Knurren konnte alles Mögliche bedeuten. Die Kommissarinnen, falls sie es denn gehört hatten, nahmen es als Aufforderung, seine Küche zu betreten. Unmittelbar hinter ihnen schlurfte Doris in Hausschlappen herein.

Zu Nellys Ärger nörgelte sie mit vorwurfsvollem Blick auf die hochhackigen Pumps der jüngeren Polizistin: »Sie hätten sich hier in der Wohnung ruhig die Schuhe ausziehen können.«

»Sei nicht albern, Doris!«, fuhr Nelly ihre Schwiegermutter an. »Bei uns muss niemand auf Strümpfen laufen.«

Doris schlappte wortlos an ihr vorbei und ließ sich auf einen der Korbstühle fallen. Der kurze Blickwechsel zwischen ihrem Sohn und der rothaarigen Voßberg entging ihr. Zu ihrer Verblüffung öffnete er die Küchentür, die sie gerade hinter sich geschlossen hatte, und sagte nur ein einziges Wort: »Mutter!«

Doris starrte ins Nirgendwo.

»Mutter!«, wiederholte ihr Sohn lauter als vorher.

Endlich schraubte Doris sich vom Stuhl hoch. Langsam und behäbig durchquerte sie die Küche. Erst als sie die Tür mit erbostem Knall hinter sich zugeschlagen hatte, sagte Lena: »Um es kurz zu machen, Peter. Wir haben dich ja schon befragt, erklär uns trotzdem noch mal, wo du gewesen bist, als Sonja Meyer gestorben ist.«

Er rieb sich die Augen. »Du weißt doch schon alles, Lena. Willst sehen, ob ich mich in Widersprüche verwickle, wie?«

»Leg einfach los.«

Er kratzte sich am Hals, sah Lena an und sagte: »Hier losgefahren bin ich so gegen halb sieben. Und ich hab euch auch schon erzählt, dass ich gegen neun beim ersten Kunden in Weißensee war.«

Sein Ton wurde schärfer, als er Mandy ansah. »Schauen Sie in Ihren Block! Sie haben das alles schon mal aufgeschrieben, und ich will's nicht noch ein drittes Mal herbeten, klar?«

Sie fing tatsächlich an, zu blättern, und sagte: »Hört sich nicht gut an, Herr Kobs. Bis Weißensee fahre ich anderthalb Stunden, wenn's hochkommt.«

»Ich sonst auch, allerhöchstens. Aber was sollte ich machen? Gleich hinter dem Kreuz Uckermark ist mir ein Reifen geplatzt. Ich musste den Sprinter erst wieder flottkriegen.«

»Du willst uns also ernsthaft weismachen, dass du ausgerechnet an dem Tag, an dem Sonja Meyer gestorben ist, eine Reifenpanne auf der Autobahn hattest? Genau zur Tatzeit? Und ganz in ihrer Nähe?«, mischte sich Lena wieder ein.

»Ich will euch gar nichts weismachen.« Er fuhr sich durchs dichte

Haar, die dunklen Augen blitzten verärgert. »Egal, was ihr denkt und wie oft ihr mich noch fragt, ihr wisst, was passiert ist.«

Mandy gab ein ungeduldiges Prusten von sich. »Aber natürlich, Herr Kobs, Sie sagen ja immer die Wahrheit. Schon klar!«

Wütend funkelte er sie an. Diese Frau schaffte es einfach immer wieder, ihn auf die Palme zu bringen. »Sie meinen, ich lüge? So wie ich es immer tue, wenn die Polizei mich fragt? Wieso reden Sie dann überhaupt mit mir?«

Gleich flippt er aus, dachte Nelly. *Gleich! Wieso, verdammt, kann er sich nicht wenigstens ein bisschen zusammenreißen?*

»Wir reden nicht mit Ihnen, wir befragen Sie, Herr Kobs«, gab die Kommissarin eiskalt zurück. »Da gibt es durchaus einen Unterschied. Und nebenbei bemerkt, Sie sollten froh sein, dass noch immer wir es sind, die Sie befragen, und nicht der Richter oder der Staatsanwalt.«

Nelly schauderte. *Noch* hatte die Polizistin gesagt. Warum musste ihr Mann diese Frau, die ihn ohnehin auf dem Kieker hatte, noch zusätzlich reizen? Ehe er sich zu einer weiteren unbedachten Antwort hinreißen lassen konnte, sagte sie schnell: »Eine Panne auf der Autobahn lässt sich nun mal schwer beweisen, besonders wenn man sie selbst behebt.«

Das Lächeln der zierlichen Kommissarin mit dem seltsamen Namen hatte in Nellys Augen etwas Diabolisches. Und ihre Stimme, zart und kindlich, musste ein bizarrer Irrtum der Natur sein.

»Wer wollte das bestreiten?«, war das Stimmchen jetzt glockenhell zu vernehmen. »Nur passieren Ihrem Mann andauernd solche Sachen. Und immer genau zur rechten Zeit. Mal steigt er in ein falsches Fahrzeug ein, wenn ganz in seiner Nähe ein Mord passiert, mal platzt ihm ein Reifen auf der Autobahn. Glückwunsch! So wunderbare Zufälle hätte jeder Täter gern.«

Nelly hatte nicht übel Lust, dieser gemeinen Schnepfe, die wie ein Püppchen aussah, in Wahrheit aber eine gefährliche Schlange war, den Hals umzudrehen.

Oder ihr wenigstens einen Blumentopf an den Kopf zu

schmettern. Bei diesem Gedanken gelang ihr ein kleines Lächeln. »So seltsam geht es eben manchmal zu im Leben, Frau Kommissarin. Noch nie davon gehört?«

Ihr Mann schob sich mit beiden Händen dunkles Haar aus der Stirn und sagte: »Hätte ich gewusst, wie dringend ich ein Alibi brauche, hätte ich den Pannendienst gerufen und mir nicht selbst die Hände dreckig gemacht.« Als wüsste er nicht, wohin mit ebendiesen Händen, rieb er an seinem Poloshirt herum. *Er ist nervös*, stellte Nelly fest, *aber wenigstens hat er sich jetzt einigermaßen im Griff.*

»Bitte sag uns noch mal, wie es nach der Panne weiterging an diesem Morgen«, forderte die Voßberg.

Nelly seufzte erleichtert auf. Diese Frau provozierte Peter wenigstens nicht so hundsgemein wie ihre Kollegin. Doch als sie sah, dass ihr Mann nicht Lena Voßberg, sondern das hinterhältige Puppengesicht anstarrte, schlug ihr Herz schneller. Zu spät strich sie ihm beruhigend über die Schulter.

»Dann schreiben Sie mal schön mit«, polterte er schon los. »Und du, Lena, pass gut auf, damit mir deine feine Kollegin nicht wieder das Wort im Mund rumdreht.«

»Peter, bitte!« Nellys Finger krallten sich in seinen Arm.

Zwar hob er verärgert die Brauen, doch als er weitersprach, hörte er sich schon beinahe wieder normal an. »Also, es war so: An der Raststätte Buckowsee hab ich mir die Hände gewaschen und einen Kaffee getrunken. Vielleicht erinnert sich dort jemand an mich. Die Frau an der Kasse zum Beispiel oder die Putzfrau, die das Klo gewischt hat, als ich rein wollte. Das war übrigens auch der Grund, warum ich da angehalten hab, obwohl ich schon spät dran war.«

»Überprüfen wir«, warf das Puppengesicht ein.

»Ob ich aufs Klo musste?« Für einen Augenblick schwang Spott in seiner Stimme mit, doch zu Nellys Erleichterung wurde er sofort wieder sachlich, beinahe so, als würde er in einem ganz normalen Gespräch über einen beliebigen Tag reden.

»Beim ersten Kunden brauchte ich ungefähr eine halbe Stunde.

Blumen ausladen, die nächste Lieferung abstimmen, was man eben so macht. Und dann – ach, ich weiß was Besseres!«

Überraschend für alle sprang er auf. »Ich kopier euch die Lieferscheine. Da stehen alle Adressen und Telefonnummern drauf. Ihr könnt selbst bei den Kunden nachfragen. Mir glaubt ihr ja sowieso nicht.«

Die Hand schon auf der Klinke blickte er sich noch einmal um. »Dauert nur ein paar Minuten, der Kopierer steht unten bei meinem Vater im Büro.«

»Na prima!« Lena nickte ihm zu. »Dann haben wir's schwarz auf weiß, besser geht's nicht.«

Die noch druckwarmen Seiten wie eine Fahne schwenkend, kam er kurz darauf in die Küche zurück.

»Hier steht alles drauf, Namen, Adressen, Telefonnummern. Damit lässt sich beweisen, wo ich den ganzen Tag über gewesen bin. Sonja Meyer ist gegen Mittag verunglückt, da war ich noch lange nicht wieder hier.« Deutlich erleichtert blätterte er die Lieferscheine auf den Tisch, als würde er Geldscheine zählen. »Und das mit der Panne stimmt. Ihr könnt euch den kaputten Reifen gern ansehen, bevor ich einen neuen aufziehen lasse.«

»Würde nicht viel helfen.« Lena schob die Papiere zusammen und ließ sie in ihrer Tasche verschwinden. »Woher sollen wir wissen, wann du das Teil geschrottet hast?«

»Schon klar, aber warum sollte ich dieser Sonja Meyer was tun? So sehr hat sie mich mit ihrer großen Klappe jetzt auch wieder nicht genervt.«

»Damit nicht, aber vielleicht mit einer hübschen kleinen Erpressung?« Mandy sah ihn an nach ihren Worten, entdeckte aber nur verblüfftes Staunen in seinen Augen.

»Was denn für eine Erpressung?«, rief er aus, und selbst Mandy konnte sich in diesem Augenblick nicht vorstellen, dass seine Überraschung gespielt war. Aber man würde ja sehen. Sie verzog keine Miene und drängte: »Lassen Sie uns alles noch mal in Ruhe durchgehen. Wann genau wollen Sie die Panne gehabt haben?«

»Wie oft denn noch!«, stöhnte Kobs auf.

»Bis der Fall geklärt ist.«

Als die beiden Kommissarinnen eine Stunde später ihre Küche verließen, waren Peter und Nelly Kobs so verzweifelt wie nie zuvor in ihrem Leben.

***

Schweigend, als wäre alles, was sie noch sagen oder tun konnten, nach dem Gespräch mit den Polizistinnen bedeutungslos geworden, saßen sich Nelly und Peter an ihrem Küchentisch gegenüber.

»Sie kommen zurück«, fuhr er plötzlich auf. Auch Nelly hatte das Knarren der Treppe gehört. Sie lauschte und schüttelte den Kopf.

»Den Schritt kenn ich, so stampft nur deine Mutter.«

So wie vorhin schon, als sie vom Besuch der Kommissarinnen überrascht wurde, kam Doris in bunt gemusterten Leggings und weitem Shirt über dem beachtlichen Bauch in die Küche geschlappt. Der Korbstuhl und die füllige Frau ächzten, als sie sich an den Tisch setzte und weinerlich sagte: »Endlich sind sie weg! Warum lassen sie dich nicht in Ruhe, mein Junge?« Sie zog ihr Taschentuch aus dem Hosenbund, schniefte ein paar Mal und putzte sich ausgiebig die Nase.

Peter musste unwillkürlich daran denken, wie oft sie ihn verteidigt hatte – gegen den Vater, gegen die Lehrer, gegen die Welt. Egal, was er sagte oder tat, nie hatte sie Böses daran finden können. Und sie hatte ihm geglaubt. Immer! Jeden Ärger hatte sie geschlichtet. Mit guten Worten oder mit Geld. Irgendwie jedenfalls. Ihm war's recht gewesen. Aber damals ging es um Kinderstreiche. Wirklich schlimm war es nur ein einziges Mal gewesen. Als er zusammen mit seinem Freund Max die erste Zigarette seines Lebens geraucht und versehentlich eine Scheune in Brand gesteckt hatte. Aber auch darum hatte Doris sich gekümmert.

»Eine Gemeinheit ist das, dich so zu schikanieren«, drängte sich ihr trübsinniger Tonfall in seine Erinnerungen.

Er hob den Kopf. »Du meinst Lena und diese Stöckel-Tussi? Irgendwie verstehe ich sie sogar.«

»Nicht dein Ernst, Junge.«

»Doch, Mutter. Wer glaubt schon einem, der behauptet, in seinem Kopf wäre nur Nebel gewesen?«

Er sah zu Nelly hinüber, die Wasser ins Becken plätschern ließ, um das Frühstücksgeschirr zu spülen. »Nur dich dürfen sie da nicht mit reinziehen, Nelly. Du kannst nichts dafür.«

»Kann sie wohl!« Doris' schrilles Kreischen ließ ihn zusammenfahren. »Wäre deine Frau auf dem Fest nicht einfach so abgehauen, könnte dir kein Mensch einen Mord anhängen.«

»Ich hab mich betrunken, Mutter, nicht Nelly.«

»Merkst du nicht, was hier läuft?«, keifte Doris mit rotfleckigem Gesicht. »Nur dank deiner lieben Frau kann sich die Voßberg hier so aufspielen. Nur ihretwegen! Und du stehst ihr noch bei?«

Er stand auf, nahm Nelly das Geschirrtuch aus der Hand, mit dem sie den letzten Teller trocken gerieben hatte, und legte den Arm um sie. »Lass gut sein, Mutter. Nelly ist meine Frau und nicht mein Kindermädchen.«

»Nicht zu fassen, Junge. Du nimmst sie tatsächlich in Schutz?«

»Ich bin selbst für mich verantwortlich, und das weißt du auch, Mutter. Und Lena macht nur ihre Arbeit. Sie ist Polizistin und ermittelt in zwei Mordfällen. Was, meinst du, sollte sie tun?«

»Dich in Ruhe lassen und den wirklichen Mörder suchen. Ja, du warst betrunken. Wenn das ein Verbrechen wäre, müsste die Polizei das halbe Dorf einsperren. Du hast nichts Schlimmes getan.«

Sein Kopfschütteln wirkte mutlos. »Wie kannst du dir so sicher sein, wenn nicht mal ich es bin? Was den Mord in der Mühle betrifft, meine ich. Mit dem Tod der Postfrau habe ich nichts zu tun.«

Nelly räumte Teller und Tassen in den Schrank und wünschte sich, mit ihrem Mann allein zu sein. Doch Doris dachte gar nicht daran, das Feld zu räumen. Zwar stemmte sie sich behäbig vom Stuhl hoch, doch nur, um ihrem Sohn den Rücken zu tätscheln und zu sagen: »Wir kommen wieder raus aus dem Schlamassel, Junge. Wir sind doch immer rausgekommen. Weißt du noch, der ganze Ärger wegen der runtergebrannten Scheune? Fix und fertig bist du damals gewesen und jetzt ist es beinahe schon wieder vergessen.«

Brüsk schob er ihre Hand zurück. »Das war was anderes. Und weißt du was? Nicht wir beide müssen da wieder rauskommen. Ich hab mir den Ärger eingebrockt mit meiner Sauferei, und ich muss da auch wieder raus. Kannst du dir überhaupt vorstellen, wie das ist? Je mehr ich mir den Kopf zerbreche, desto weniger weiß ich. Manchmal glaub ich, ich werde verrückt.« Er klang so traurig, dass Nelly ihn am liebsten in den Arm genommen hätte. Doch seltsamerweise scheute sie sich, in Doris' Gegenwart überhaupt eine Gefühlsregung zu zeigen.

»Ich hoffe, du weißt, dass alles nur deine Schuld ist«, hörte sie die Stimme ihrer Schwiegermutter. Sie sah den zuckenden Muskel in Peters Gesicht und bemerkte den finsteren Blick, der über Doris' füllige Gestalt glitt.

»Was kann Nelly dafür, wenn ich mich betrinke? Hör endlich auf, meine Frau zu schikanieren«, fuhr er seine Mutter an.

»Ich? Deine Frau schikanieren?« Doris schnappte nach Luft und sah aus wie ein gestrandeter Karpfen. Doch bevor Nelly Zeit fand, sich für den hämischen Gedanken ein klein wenig zu schämen, sagte Doris auch schon: »Das meinst du nicht ernst, Junge. Hast du vergessen, warum du so viel getrunken hast? Wie war das noch gleich mit diesem fremden Kerl? Sie hatte ihren Spaß und du warst ihr egal. Das ganze Dorf zerreißt sich darüber das Maul.«

Peter ging zur Küchentür und riss sie mit einem heftigen Ruck auf. Seine Stimme bebte vor Zorn. »Bitte geh, Mutter, und lass uns endlich in Ruhe. Ein für alle Mal!«

Als sie nur beleidigt das Gesicht verzog und sich ansonsten nicht rührte, fuhr er sie an: »Es reicht, Mutter! Es reicht!«

»Du wirfst mich raus, Junge? Mich, deine Mutter? Mit Stefanie wäre das nie passiert!«

Hatte Doris das tatsächlich gesagt?

Sechs Worte, lässig dahingeworfen. *Mit Stefanie wäre das nie passiert!*

Nelly hatte sich nie eingebildet, einen Platz im Herzen ihrer Schwiegermutter zu haben. Doch sie hatte geglaubt, wenigstens akzeptiert zu sein. Nun hatte Doris auch diese Illusion zerstört.

Stefanie, die muntere Wirtin von nebenan, war noch immer die Schwiegertochter ihres Herzens.

Als müsste er sich daran festhalten, umklammerte Peter die Türklinke. »Mutter, du entschuldigst dich bei Nelly und dann gehst du.« So wütend wie in diesem Augenblick hatte Nelly ihren Mann noch nie erlebt. Aus zornschwarzen Augen starrte er seine Mutter an.

Doris betupfte sich das Gesicht. Sekundenkurz nur huschte ihr lauernder Blick hinüber zu ihrem Sohn, dann bedeckte das Taschentuch die blassblauen Augen.

»Ich will doch nur dein Bestes, mein Junge, nur dein Bestes.« Ihr Jammern klang kläglich.

Mit erstarrter Miene hielt Peter die Küchentür auf. »Ich weiß, du willst nur mein Bestes, und du entscheidest auch gleich, was mein Bestes ist. Entschuldige dich bei Nelly und dann geh! Mach nicht alles noch schlimmer.«

»Ich bin ja nur deine Mutter, mit mir kann man's ja machen«, schluchzte Doris in ihr Taschentuch. Ihre Worte kamen so wehleidig heraus, dass Nelly schon glaubte, Peter würde nachgeben und sie zurückhalten.

Doch sie sollte sich irren. »Entschuldige dich bei Nelly und lass uns allein«, wiederholte er.

Nelly ahnte, wie schwer es ihm fallen musste, seine Mutter derart zu kränken, und mit einem Mal taten ihr die beiden leid. Ihrem Mann zuliebe wollte sie schon einlenken, da trat Doris die Flucht nach vorn an. »Ich weiß ja, ihr wollt allein sein, ihr beiden«, nuschelte sie in ihr Taschentuch.

Wenn sie jetzt noch ihr Turteltäubchen *sagt, dreh ich durch,* dachte Nelly. Als Peter sich noch immer nicht rührte, wollte Doris an ihm vorbei durch die Tür huschen. Doch er stellte sich ihr in den Weg und forderte ein weiteres Mal: »Entschuldige dich bei meiner Frau!«

Doris sah ein, dass sie ihr Verhalten ändern musste. Sie drehte sich zu Nelly um, nahm sogar das Taschentuch von den Augen und sagte: »Was mir da vorhin rausgerutscht ist … Ich hab's nicht so gemeint. Bei all dem Kummer weiß man doch schon gar nicht mehr, was man redet. Das verstehst du doch, Nelly, oder?« Damit war die

Angelegenheit für sie erledigt. Sie schlappte zum Tisch zurück, ließ sich wieder auf ihren Stuhl fallen und ehe jemand reagierte, griff sie zur Kaffeekanne, die noch vom Frühstück her auf dem Tisch stand. Sie schüttelte sie, hob den Deckel ab und stellte fest:»Die ist ja noch halb voll. Gibst du mir 'ne frische Tasse, Nelly?«

Nelly sprach weder ein Wort, noch zeigte sie irgendeine Geste. Sie stand nur da, die ineinander verschlungenen Hände auf dem dünnen Stoff ihres Kleides. Auch Peter war stehen geblieben. Reglos, wie versteinert, mitten im Türbogen. Endlich begriff Doris. Ohne Nelly oder ihren Sohn anzusehen, schlurfte sie in ihren Hauslatschen ein zweites Mal zur Tür. Dann war nur noch das Knarzen der Stufen unter ihren schweren Schritten zu hören.

Peter war der Erste, der wieder sprach.»Wenn das hier überstanden ist, Nelly, dann wird sich so einiges ändern. Das hab ich dir versprochen und das werde ich auch halten.«

»Ehrlichkeit würde mir für den Anfang schon reichen.«

»Du meinst, was Mutter da gesagt hat? Wegen Stefanie?«

»Weiß sie was, was ich nicht weiß?«

»Gar nichts weiß sie, weil es nichts zu wissen gibt.«

»Und warum sagte sie dann so was?«

»Du kennst doch meine Mutter.«

»Hm«, machte Nelly unschlüssig.

Ahnend, was in ihr vorging, zog er sie an sich und küsste sie. Erst viel später, als sie eng aneinandergekuschelt auf der Couch lagen, sagte er:»Zwischen Steffi und mir war nie was. Da war nichts und da wird auch nie was sein. Wir sind zusammen aufgewachsen. Ihr Bruder Max ist mein bester Freund, seit ich denken kann. Als wir noch klein waren, ging uns seine ewig plappernde Schwester mächtig auf den Zeiger. Doch mit der Zeit sind wir drei richtig gute Kumpel geworden. Irgendwann wollte sie mehr. Meiner Mutter wär's recht gewesen. Aber mir nicht. Von Anfang an nicht. Das musste Steffi akzeptieren und meine Mutter sowieso.«

Auch wenn die Eifersucht an ihr nagte, sie wollte ihm glauben. Unbedingt! Sie schmiegte sich an ihn, spürte seine Lippen und hörte ihn flüstern:»Ich will nur dich, weil ich dich liebe. Aber …« Er sah sie an. Der Blick aus seinen dunklen Augen ließ ihr Herz ängstlich klopfen.

»Was meinst du mit *aber*?«, fragte sie erschrocken.

»Willst du mich auch, Nelly? Auch jetzt noch?« Sie hörte ihn Luft holen, als müsste er sich zu etwas durchringen. Und genauso war es auch. Hastig und voller Sorge, der Mut könnte ihn verlassen, sagte er: »Was ich dir gerade versprochen habe, Nelly, das war gelogen. Dass sich was ändern wird, meine ich. Ich kann dir gar nichts versprechen. Wie könnte ich das, wenn ich nicht mal weiß, ob ich bei dir bleiben kann. Was steht auf Mord oder Totschlag? Zehn Jahre, zwanzig oder lebenslänglich? Auf jeden Fall eine sehr, sehr lange Zeit.

Die Polizei wird weiter rumfragen und keine Ruhe geben. Irgendwann wissen sie, was auf dem Mühlenfest wirklich passiert ist. Dann spielt es keine Rolle mehr, ob ich mich erinnern kann oder nicht. Die Wahrheit ist: Ich hab Angst, Nelly, eine richtige Scheißangst, und sonst gar nichts. Ich weiß nicht, was ich tun soll, und schon gar nicht, was mich erwartet.«

Er konnte nicht weitersprechen, weil sie ihm den Mund zuhielt. »Was *uns* erwartet, meinst du wohl.« Sie sah ihn an und wusste plötzlich, wie dumm sie gewesen war. Beinahe hätte sie denselben Fehler gemacht wie ihr eifersüchtiger Ehemann. Wie sonst hätten die lässig hingeworfenen Worte ihrer Schwiegermutter sie so tief verletzen können? Ihr Unbehagen beim Gedanken an Stefanie bedeutete doch nur, dass sie ihrem Mann nicht wirklich vertraute.

Was sagte er gerade? »Ich trinke zu viel, ich bin unzuverlässig, und jetzt weiß ich nicht mal, ob ich nicht noch was viel Schlimmeres bin. Ein Traummann sieht anders aus.«

Sie schmiegte sich eng an ihn. Ihre Stimme klang weich, als sie nah an seinem Ohr flüsterte: »Wer will schon einen Traummann? Die sollen auf Dauer ziemlich langweilig sein. Hat man mir zumindest gesagt.«

»Ach ja, langweilig also.« Sanft strich er ihr übers Haar. »Welch ein Glück, nicht die geringste Ähnlichkeit mit dieser Spezies zu haben.«

»Nein, die hast du wirklich nicht, du Spinner.«

»Du wagst es, mich Spinner zu nennen?« Er küsste ihre nackte Schulter, nahm ihren nachdenklichen Blick wahr und fragte: »Worüber denkst du nach, Nelly?«

»Ich frag mich gerade, was du vorhin gemeint hast. Was soll anders werden mit uns?«

»Nicht mit uns, Nelly. Mit uns ist alles gut, so wie es ist. Ich! Ich muss mich ändern. Ich weiß nur nicht, ob ich das auch kann, hab's ja noch nie probiert.«

Sie löste sich von ihm, richtete sich auf und umschlang die angewinkelten Beine mit den Armen. »Ich wüsste sogar jemanden, der dir gern helfen würde.« Sie zögerte, hatte Mühe, die richtigen Worte zu finden. Schließlich wollte sie ihn nicht verletzen.

Ohne sie zu drängen, sah er ihr zu, wie sie die flauschige Decke fester um den schmalen Körper schlang. Erst als er schon glaubte, sie wäre mit ihren Gedanken längst woanders, hörte er sie sagen: »Ich warte schon lange darauf, dass du wieder der Mann wirst, den ich geheiratet habe.«

Den du glaubst, geheiratet zu haben, dachte er, sagte es aber nicht. Was sie von ihm verlangte, war nicht viel, und nicht einmal das hatte er ihr gegeben: einen Mann, auf den sie sich verlassen konnte. Er schwieg lange, strich ihr nur sanft übers Gesicht.

Als könnte sie seine Gedanken lesen, sprach sie aus, was ihr seit Monaten auf der Seele lag. »Vielleicht wusste ich gar nicht, in wen ich mich verliebt hatte, als wir Hals über Kopf nach Las Vegas geflogen sind, um zu heiraten. Und du wusstest es auch nicht. Womöglich ist das sogar normal – wer kennt den anderen schon wirklich?« Sie machte eine kurze Pause, dann atmete sie tief durch und stieß heraus: »Du bist mir fremd geworden in letzter Zeit. Es kam mir so vor, als würde dich unser gemeinsames Leben überhaupt nicht mehr interessieren.«

»Nicht mehr interessieren?« Seine Stimme verriet Panik.

»Lass mich ausreden, Peter. Wir hätten schon längst miteinander reden sollen. Und weil wir schon mal dabei sind, es geht nicht nur um dich und mich. Du nimmst alles zu leicht. Du merkst nicht mal, wie sehr du uns im Stich lässt, mich und auch deinen Vater. Wir wissen oft nicht, wie wir über den Tag kommen vor lauter Arbeit. Wir sind eine Familie, Peter, wir müssen aufeinander achtgeben. Du kümmerst dich um deine Lieferungen, und wenn du abends nach Hause kommst, guckst du, ob noch Bier im Kühlschrank steht und was im Fernsehen läuft. Wenn ich dann irgendwann zu dir hochkomme, ist für deinen Vater noch lange nicht Feierabend – und für mich manchmal auch nicht. Wie groggy ich an solchen Tagen bin, fällt dir schon gar nicht mehr auf. Hauptsache, du wirst nicht gestört, weil der Film gerade so spannend ist oder das Fußballspiel oder was weiß ich.«

Er hörte ihr zu, ohne sie zu unterbrechen. Erst als sie schwieg, fragte er leise:»Bin ich wirklich so schlimm? Warum hast du nie was gesagt?«

»Warum hast du nie was bemerkt?«

Er nahm ihr Gesicht in beide Hände, sah ihr in die Augen und sagte traurig:»Ich dachte, unser Leben wäre aus den Fugen, weil mir der Alkohol auf dem Fest das Hirn vernebelt hatte. In Wahrheit ist alles noch viel schlimmer, und ich hab's nicht mal mitgekriegt. Ich hab's versaut mit uns. Stimmt's, Nelly? Was hält dich eigentlich noch bei mir?«

Ein zaghaftes Lächeln huschte über ihr Gesicht.»Oh, da müsste ich überlegen …«

Sein verdutzter Blick ließ sie schmunzeln.»Ich glaube, man nennt es Liebe.«

Voller Zärtlichkeit und Staunen sah er sie an.»Was würde ich nur ohne dich machen?«

»Das willst du hoffentlich gar nicht erst rausfinden.« Dicht an ihn gekuschelt boxte sie ihn leicht in die Seite.

Peter lachte kurz auf, wurde aber sofort wieder ernst.»Als ich dich zum ersten Mal gesehen habe, damals in diesem Krankenzimmer, das war … wow, der Hammer war das! Du bist die Frau, mit der ich leben will. Nichts ist mir wichtiger als du, Nelly. Aber falls sich herausstellen sollte, dass dieser Mann, ich meine, dass er durch meine Schuld gestorben ist, dann …«

»Ist er aber nicht!« Rasch legte sie ihm die Hand auf den Mund, um ihn am Weitersprechen zu hindern. Doch er ließ sich nicht beirren. Er hielt ihre Hand fest und sah ihr in die Augen. »Ich sag doch nur, falls. Falls er tot ist, weil ich stinkbesoffen zugeschlagen habe.« Er schluckte, gepeinigt von der Ungewissheit. »Wenn es wirklich so war, dann bleiben mir auch die Konsequenzen nicht erspart. Und das ist auch richtig so. Daran können wir beide nichts ändern.«

»Du hast niemanden erschlagen, Peter. Das könntest du gar nicht, auch wenn du noch so besoffen wärst. So brutal bist du einfach nicht, das weiß ich.«

Er umarmte sie und flüsterte ihr ins Ohr: »Verdient hab ich dich nicht, Nelly, weiß Gott nicht!« Tief einatmend vergrub er sein Gesicht in ihrem Haar. Er konnte das Aufleuchten ihrer Augen nicht sehen. Doch er spürte ihre Wärme, und plötzlich wollte er daran glauben, dass sie zusammen durchstehen würden, was ihnen bevorstand.

12. KAPITEL

Der Junge lernte, seine Ängste zu verbergen. Sie waren nicht weniger geworden, aber sie waren anders. Er fürchtete nicht mehr, die Eltern könnten ihn irgendwohin zurückschicken. Mit den Jahren war er sicherer geworden. Er wurde gelobt, fühlte sich anerkannt. Der Vater war stolz auf seinen Sohn, manchmal jedenfalls.

Der Junge wollte der Beste sein. Immer! Der Vater erwartete es von ihm.

Doch was, wenn er versagte?

Vor jeder Prüfung konnte er weder essen noch schlafen. Die Mutter nötigte ihm an solchen Tagen ein Viertelchen der hilfreichen Tabletten auf und beruhigte vor allem sich selbst damit. Es hatte lange gedauert, bis der Sohn erkannte: Ebenso wie er fürchtete auch sie sich vor dem allzu strengen Vater, und ebenso wie er verbarg sie ihre Angst, so gut es eben ging.

***

»Das ist ja eine reizende Überschrift.« Schwungvoll warf Oberstaatsanwalt Uwe Börner das Angersbacher Tageblatt auf Lenas Schreibtisch. In fetten Lettern sprang ihr ins Auge, was ihn so sehr in Rage gebracht hatte: *Grausame Morde in Raglow!*

Unter einem Foto der alten Mühle las sie: *Einwohner fragen sich: Stochert die Polizei im Nebel herum?*

»Wenigstens haben sie das Fragezeichen nicht vergessen«, versuchte Lena, die Situation ein wenig aufzulockern. Was gründlich danebenging.

»Wie schön, Sie können noch scherzen, Frau Hauptkommissarin«, fuhr Börner sie an. »Leider kann ich nicht mitlachen. Hier geht es nicht um Spaß, verehrte Frau Voßberg, hier geht es um solide

Ermittlungsergebnisse, die Sie offensichtlich nicht haben.« Börner blickte auf Lena herunter wie ein Professor auf die dümmste seiner Studentinnen. Und genauso fühlte sie sich in diesem Augenblick auch. Bis sie Mandy sah, die sich hinter dem Rücken des hoch aufgeschossenen Mannes an die Stirn tippte.

Jetzt schaffte sie es sogar, ihn honigsüß anzulächeln. »Ganz Ihrer Meinung, Herr Staatsanwalt, wir brauchen Resultate, und zwar schnellstens. Deshalb müssen wir jetzt auch dringend los. Kommst du, Mandy?«

Börner stutzte, blies ein verblüfftes »Ach so?« in die Luft und schob schulterzuckend nach: »Dann will ich Sie mal nicht länger aufhalten. Wo soll es denn hingehen?«

»Nach Berlin, Herr Oberstaatsanwalt. Wir müssen die Witwe des Taxifahrers noch einmal befragen.«

»Unser Börni ist ja heute wieder gut drauf«, stellte Mandy fest, als sie außer Hörweite des Staatsanwalts den Flur entlangliefen.

Beim ersten Schritt hinaus ins Freie blinzelte Lena in die mittagshelle Sonne. »Solche Schlagzeilen nerven jeden, geht uns doch auch nicht anders. Börni wird bei schlechter Publicity eben krötig. Anders kennen wir ihn doch gar nicht.«

Mandy konnte ein Kichern nicht unterdrücken. »Dafür gibt er liebend gern ausführliche Interviews. Natürlich erst, wenn der Fall in trockenen Tüchern ist und der Täter hinter Schloss und Riegel sitzt. Muss doch jeder wissen, was für ein cleveres Kerlchen unser Herr Oberstaatsanwalt ist.«

***

Diesmal öffnete Susanne Werner ihre Wohnungstür schon nach dem ersten Klingeln. Mit einer fahrigen Bewegung strich sie ihr dunkles Haar zurück. »Ach, Sie sind's. Ich dachte schon, meine Mutter hätte den Schlüssel vergessen.«

»Sie wollen ausziehen?« Mandy wies auf die vollgepackten Kartons, die aneinandergereiht im langen Korridor standen. Jeder war in einer anderen Farbe beschriftet. Wäsche grün, Spielzeug rot,

Kinderkleidung orange. Das Schaukelpferd der Mädchen war verschwunden.

»Wollen?« Winzige Fältchen gruben sich ins Gesicht der jungen Frau. »Verraten Sie mir, wie ich die Miete zahlen soll, und ich bleibe. Mein Gehalt reicht kaum für Essen, Strom und Telefon. Von Klamotten nicht zu reden.«

»So schlimm?« Mandy biss sich auf die Unterlippe, weil ihr die Kontoauszüge einfielen, die sie beim ersten Besuch in dieser Wohnung gesehen hatte.

»Schlimmer! Würden mir meine Eltern nicht unter die Arme greifen, wüsste ich nicht, wie es weitergehen soll.«

An den vollgestopften Kartons vorbei führte Susanne Werner die Kommissarinnen in ihre Küche. Auch hier sah alles nach Umzug aus. Die Regale über Herd und Spüle waren leer geräumt. In Zeitungspapier gewickelte Teller, Tassen und Schüsseln häuften sich in einer Babywanne unter dem Küchentisch.

Susanne nahm ein Geschirrtuch vom Haken, ließ Wasser über einen Zipfel laufen und begann, an ihrem Shirt herumzureiben.

»Sorry«, sagte sie, und für einen kurzen Augenblick strahlten ihre Augen auf. »Mein Baby liebt es, mir die Sachen vollzuspucken. Keiner kann das so gut wie mein kleiner Sohn.«

Erst jetzt bemerkte Lena, wie still es in der Wohnung war. Kein munteres Gekicher, kein plappernder Blondschopf. »Wo sind die drei überhaupt?«, fragte sie verwundert.

Beim Gedanken an ihre Kinder lächelte Susanne wehmütig. »Meine Mutter spaziert mit ihnen durch den Park. Die kleinen Monster brauchen frische Luft.«

Sie beäugte die braun gezackten Flecken auf ihrem Shirt. »Mist, geht nicht raus«, murmelte sie und warf das nasse Tuch ins Spülbecken. »Bin gleich wieder da.«

Als sie in die Küche zurückkam, trug sie ein deutlich zu großes Männershirt über der Jeans.

»Wissen Sie schon, wer meinen Mann … Wer ihm das angetan hat?«, fragte sie stockend.

Lena schüttelte den Kopf. »Leider noch nicht. Wir brauchen noch einmal Ihre Hilfe, Frau Werner.«

»Meine Hilfe?« Verwundert krauste Susanne die Stirn. »Ich weiß doch nichts. Mein Mann hatte keine Feinde und schuldete niemandem was, abgesehen vom Kredit für sein Taxi. Aber deshalb bringt man doch keinen Menschen um.« Sie begann, in der Wanne unter dem Tisch zu kramen, sodass die Kommissarinnen ihr Gesicht nicht mehr sehen konnten. Als sie weitersprach, schien es beinahe so, als würde sie sich selbst gut zureden. »Holgers Tod war ein furchtbarer Irrtum. Es ging gar nicht um ihn. Er war einfach nur zur falschen Zeit am falschen Ort.« Dann schwieg sie, den Kopf zur Seite geneigt, als warte sie darauf, dass irgendwer ihr zustimmte.

Vor Lenas geistigem Auge blitzte das Bild des Toten auf – der zertrümmerte Schädel, das dunkel verkrustete Blut auf dem zerschundenen Körper. Wieder und wieder musste der Täter zugeschlagen haben, in rasender Wut oder tief verzweifelt. Nein, das konnte kein Irrtum gewesen sein.

»Wir stehen noch ganz am Anfang«, wich sie einer Antwort aus. »Es könnte uns helfen, wenn Sie ein wenig über Ihr Leben erzählen würden, Frau Werner.«

»Über unser Leben?« Susanne griff sich eine Zeitung vom Stapel auf ihrem Küchentisch, nahm eine Babyflasche aus dem Schank und wickelte sie sorgfältig ein. »Abgesehen von ständigen Geldsorgen hätte unser Leben nicht besser sein können. Wir haben uns geliebt, mein Mann und ich, und wir haben unsere Kinder geliebt. Für seine Familie hätte Holger alles getan.«

»Auch was Illegales?«, warf Mandy rasch ein.

Susanne riss die Augen auf. Was sie sagen wollte, entschwebte tonlos ins All.

»Ihr Mann hätte alles für die Familie getan?«, versuchte Mandy es erneut.

Die Flasche in Susannes Hand knallte hart auf den Tisch. Ihre Augen funkelten vor Zorn. »Holger ist Taxi gefahren. Ordentlich angemeldet, wie sich das gehört«, fuhr sie Mandy an. »Was sollte falsch daran sein oder illegal?«

»Na ja, was soll ich sagen?« Mandy tat, als müsste sie überlegen. »Man kommt viel rum als Taxifahrer, da könnte man doch so einiges an den Mann bringen.«

Jetzt war die Katze aus dem Sack.

Susanne wurde blass. »Verdammt! Was meinen Sie damit?«

»Ein nettes kleines Nebengeschäft wäre doch nicht zu verachten, besonders wenn man so dringend Geld braucht«, wagte Mandy sich weiter vor. Lieblich ihre Stimme, arglos ihre Miene. Vertrauen aufzubauen, war eine wichtige Regel kriminalistischer Arbeit.

Susannes schlanker Körper bebte vor Wut. »Sie meinen Drogen? Crystal Meth oder solche Sachen? Das schminken Sie sich mal schön ab! Mein Mann war ehrlich und anständig. Ich lass nicht zu, dass Sie ihm solche Schweinereien anhängen.«

»Wir hängen Ihrem Mann gar nichts an«, versuchte Lena, die aufgebrachte Frau zu beruhigen. »Wir wollen nur rausfinden, wer ihm das angetan hat. Nur darum geht es uns.«

»Wenn Sie das sagen …« Susanne verstaute die in Zeitungspapier gewickelte Flasche in der übervollen Babywanne.

Endlich begann sie, zu erzählen. »Wir haben ganz normal gelebt, Holger, die Kinder und ich. Wie man sich eben so durchschlägt, wenn das Geld an allen Ecken und Enden fehlt. Der Zwillinge wegen musste Holger sein Studium aufgeben. Heute sag ich, das war ein Fehler. Aber er hat sich nie beklagt und nie die Hoffnung aufgegeben. Sobald der Kleine aus dem Gröbsten raus ist, wollte er fertig studieren.« Sie ließ den Blick durch ihre Küche gleiten und fixierte Mandy, die lässig am Spülschrank lehnte. Die nächsten Worte galten ihr. »Wir haben von ehrlich verdientem Geld gelebt. Auf krumme Geschäfte hätte Holger sich niemals eingelassen.« Mit weicher Stimme fuhr sie fort: »Ich hatte schon längst aufgehört zu zählen, wie oft Holger Doppelschichten fahren musste. Manche Nächte haben gutes Geld gebracht, auch Trinkgelder. Sie wissen schon, diese speziellen Fahrten. Von Hotels und manchmal auch von Bahnhöfen ließen sich Männer ins Bordell chauffieren. Nicht gerade toll, aber nicht illegal, falls Sie wieder damit anfangen wollen. Auch wenn die Etablissements selbst den einen oder anderen Schein spendiert haben, damit die Taxifahrer ihre Adresse nicht vergessen. Nichts davon war illegal, Frau Kommissarin.«

Abwehrend hob Mandy die Hand. »Ich wollte nichts sagen, Frau Werner, gar nichts.«

»Dann ist ja gut.«

Der Anflug eines Lächelns erhellte Susannes Gesicht. »Wenn unsere Haushaltskasse zu schnell leer wurde, hat Holger ein paar Stunden geschlafen und sich gleich wieder hinters Steuer gesetzt. Er hat niemanden betrogen und auch keinem geschadet. Sie werden nichts finden, falls Sie vorhaben, in diese Richtung zu ermitteln.«

»Um Gottes willen, nein, das hatten wir nie vor«, log Mandy und frohlockte insgeheim: *Du hast uns doch selbst in die Richtung geschubst, in die wir jetzt ermitteln werden. Red du nur weiter, ich höre zu. Rotlicht, Drogen, Kriminalität – das passt doch wie die Faust aufs Auge.*

Susanne Werner bückte sich, kramte eine Keramikkanne aus der Babywanne und sagte: »Ich hätte Lust auf einen Tee. Sie vielleicht auch?« Als die Kommissarinnen nickten, schaltete sie den Wasserkocher ein und schlug vor: »Lassen Sie uns ins Wohnzimmer gehen, dort ist es nicht ganz so ungemütlich.«

Nach den ersten vorsichtigen Schlückchen vom honiggelben, noch brühheißen Tee ermunterte Lena die junge Witwe. »Möchten Sie uns nicht noch ein bisschen mehr erzählen, Frau Werner?«

»Ja, was denn noch?«

»Fangen Sie einfach mit dem an, was Ihnen gerade einfällt.«

Susanne setzte ihre Tasse ab und sah versonnen vor sich hin. Nur das leichte Zucken der Mundwinkel verriet, wie nahe sie den Tränen war. Unvermittelt begann sie: In der elften Klasse habe sie sich in Holger verliebt. Er sei der Neue aus der Parallelklasse gewesen – blond, schlaksig und sehr schüchtern. Zum ersten gemeinsamen Schulfasching sei er als Pirat gekommen. Schwarze Augenklappe, ein schwarzes Tuch um den Kopf. Keine Kostümierung hätte schlechter zu ihm passen können. Diesem Piraten fehlte einfach alles, was man verwegen hätte nennen können. Sie sei es gewesen, die ihn zum Tanz aufgefordert habe. Sehr spät, als der Abend schon beinahe ausklang. Linkisch habe er getanzt und kaum ein Wort mit ihr gesprochen. Doch er habe sie angesehen – mit nur einem Auge, das zweite unter der schwarzen Klappe verborgen. An diesen Blick erinnere sie sich noch heute. Sie wollte ihn wiedersehen, diesen ernsten schüchternen Jungen. Nicht nur in der Schule und nicht mit all den anderen um sie herum.

An ihrem einundzwanzigsten Geburtstag heirateten sie. Ein Jahr später kamen die Zwillinge zur Welt. Susanne gab ihr Studium auf und kam für eine kurze Zeit bei einer Keramikerin unter. Ihr Mann studierte weiter und jobbte als Taxifahrer, sooft es irgendwie ging. Im geliehenen Auto. Jeder Euro zählte. Doch bald schon verließ auch er die Uni.

»Wir haben es einfach nicht geschafft. Die Mädchen waren oft krank und Geld war auch keins da.« Susanne erzählte, was ihr spontan in den Sinn kam. Der Kummer in ihrer Stimme weckte das frustrierende Gefühl in Lena, versagt zu haben. Vermutungen, Indizien – mehr hatten sie bisher nicht. Es schien keinen Grund zu geben, diesem Familienvater, der sich für Frau und Kinder abgerackert hatte, etwas anzutun. War er wirklich nur zur falschen Zeit am falschen Ort gewesen, so wie seine Witwe es vermutete? Das zu beweisen würde schwer sein. Und es passte nicht zu dem, was sie in der alten Schneidemühle gesehen hatten.

War es doch Peter Kobs gewesen, der stockbetrunken, rasend vor Eifersucht, auch dann noch auf den Mann eingeschlagen hatte, als der längst tot war? Daran wollte Lena einfach nicht glauben. Und doch konnte es so gewesen sein.

Susanne, die sich über das nachdenkliche Schweigen der rothaarigen Kommissarin zu wundern schien, griff zur leeren Teekanne und sagte:»Ich wusste nicht, wie gut es tut, über Holger zu reden. Ich brüh uns noch mal Tee auf.«

Ja, red du nur weiter, frohlockte Mandy. *Wie war das noch gleich mit den Fahrten zu den Bordellen? Erzähl mehr davon, ich will das wissen.* Sie sah Susanne nach, die aus dem Zimmer eilte, sah die primitiv zusammengezimmerten Regale, die abgenutzte Couch aus braunem Kunstleder, den Tisch, die Stühle. Nichts in dieser Wohnung sah wertvoll aus. Nichts ließ den Gedanken an Luxus aufkommen. Und das Konto der Werners war überzogen. Doch was hieß das schon? Vielleicht hatte die Frau nur keine Ahnung, wofür ihr Mann sein Geld ausgegeben und wie er es verdient hatte. Bei diesem Gedanken angelangt sah sie Susanne, ein beladenes Tablett in den Händen, ins Wohnzimmer zurückkommen. Ohne zu ahnen, was Mandy durch den Kopf ging, setzte sie sich und goss für sich und die Kommissarinnen noch einmal Tee ein. Mandy gab ausgiebig Zucker und einen Spritzer Zitrone in ihre Tasse und sagte beiläufig: »Erzählen Sie ruhig weiter, Frau Werner, alles könnte wichtig sein.« Sie wollte Susanne nicht erneut in Rage bringen, darum wagte sie nicht, direkt nach dem zu fragen, was sie am meisten interessierte.

Susanne stellte die bauchige Kanne aus bunter Keramik auf das Tablett zurück. »Das Taxi? Haben Sie's endlich mitgebracht?«, fragte sie zu Mandys Ärger. »Ich will es verkaufen und mir einen kleinen Gebrauchtwagen zulegen.«

»Wir haben es immer noch nicht gefunden«, musste Mandy eingestehen.

»Nicht gefunden?« Susanne setzte die Tasse ab, aus der sie gerade trinken wollte. »Wie soll ich zurechtkommen ohne Auto? Wir ziehen raus aus der Stadt. Meine Eltern schränken sich ein, ich kann mit den Kindern bei ihnen im Haus wohnen. Aber ich muss flexibel bleiben, sonst kann ich meinen Job vergessen.«

»Wir lassen weiter nach Ihrem Taxi fahnden, Frau Werner.« Mandy wusste selbst, wie nichtssagend ihre Antwort klang. Es war sogar eine glatte Lüge. Wahrscheinlich war Werners Taxi längst umgespritzt und über mehrere Grenzen geschafft worden. »Sie sollten Ihre Versicherung informieren«, schlug sie vor.

»Welche Versicherung? Ich weiß nicht mal, ob Holger die letzten Beiträge zahlen konnte. Wir waren manchmal im Rückstand. Man denkt doch nicht …!«

Susanne sprang auf und lief ohne weitere Erklärung aus dem Zimmer. Als sie zurückkam, trug sie einen prall gefüllten Ordner unter dem Arm. »Alles bezahlt, wenigstens das!« Die Erleichterung war ihr vom Gesicht abzulesen.

»Darf ich?«, fragte Mandy und wollte nach dem Ordner greifen. Doch Susanne drückte ihn fest an den Körper und sah Lena fragend an. Erst als die nickte, reichte sie Mandy die Papiere.

Mandy begann zu blättern. »Versicherungsunterlagen, Rechnungen«, murmelte sie vor sich hin. »Nichts von sonderlichem Interesse.« Sie las weiter, bis sie plötzlich ausrief: »Ich werd verrückt!« Mit bedeutungsvollem Blick hielt sie Lena den Ordner hin. Lena schaute auf den Kaufvertrag, den Mandy aufgeschlagen hatte. *Autohaus Udo Wachtel* stand da in fetten schwarzen Buchstaben.

Wer hätte das gedacht! Susanne Werner hatte gelogen. Der Autohändler Udo Wachtel war also doch der alte Bekannte, den ihr Mann auf dem Mühlenfest getroffen hatte.

Lena sah sich den Kaufvertrag genauer an, blätterte vor und zurück und las jedes einzelne Blatt gründlich durch. Dann hatte sie die Fäden aufgedröselt. Die heiße Spur war doch nicht so heiß, wie anfangs vermutet. Aber immerhin, sie führte zu Udo Wachtel.

Das Autohaus Wachtel hatte das Fahrzeug vor Jahren an einen Mirko Thieme verkauft und von diesem wiederum hatte Holger Werner es erworben.

»Wer ist Mirko Thieme?«, fragte Lena die verdatterte Susanne, die sich nicht erklären konnte, was die Kommissarinnen so unverhofft in Aufregung versetzt hatte.

»Warum wollen Sie das wissen?«

»Sagen Sie's einfach.«

Susanne blinzelte verwirrt. »Mirko ist … *war* Holgers alter Schulfreund. Von ihm hatte er die Idee, sein Geld als Taxifahrer zu verdienen. Anfangs hatte Mirko uns das Auto geliehen, später hat er's uns günstig verkauft. Mirko war für Holger beinahe wie ein Bruder.«

In plötzlich aufwallender Verzweiflung stieß sie mit dem Fuß gegen den Wäschekorb unter dem Tisch. »Ist das nicht blanker Irrsinn? Ich pack den ganzen Kram ein, dabei liegt mein Leben in Scherben. Alles, was mir wichtig war, ist kaputt. Holger kommt nicht wieder.«

»Sie haben Kinder, die Sie brauchen!«

Lena ärgerte sich über Mandys altkluge Allerweltsbemerkung. Susanne Werner wusste selbst, dass ihre Kinder jetzt nur noch eine Mutter hatten. Doch zu ihrem Erstaunen verfehlten die unbedacht hingeworfenen Worte ihre Wirkung nicht.

Der Blick der jungen Witwe wurde weich. »Ja, meine Kinder! Wenn sie nicht wären, könnte ich morgens nicht mehr aufstehen. Ich würde im Bett bleiben und heulen. Einfach nur heulen, den ganzen langen Tag!«

***

In dieser Nacht träumte Lena vom Mühlenfest.

Das Sägegatter ratterte.

Betrunkene torkelten umher.

Frauen in langen Kleidern, wie sie vor Jahrhunderten einmal modern gewesen waren, flanierten über die Wiese. Nur Gesichter konnte Lena nicht erkennen. Undeutlich verschwommen wimmelte alles durcheinander. Und irgendwas machte ihr Angst.

Die Musik!

Nein, nicht die Musik.

Es gab keine Musik. In gespenstischer Stille drehten sich die Paare im Tanz. Und doch sah sie Musikanten in wilder Ekstase auf altertümlichen Instrumenten spielen. Aus Flöte, Dudelsack und Fidel floss Blut. Lena erschauderte. Plötzlich drang an ihr Ohr, was die Spielleute ihren Instrumenten entlockten.

Lauter und lauter wurden die grausamen Töne.

Wilder und wilder drehten sich die Paare.

Schmerzerfüllte Schreie und bedrohliches Rattern des Säge-gatters verschmolzen zu einer Symphonie des Grauens.

Schweißgebadet wachte Lena mitten in der Nacht auf.

Um dem Albtraum zu entfliehen, der sich in ihr Bewusstsein zurückschlich, sobald sie die Augen schloss, warf sie die Bettdecke von sich und stand auf. In der Küche ließ sie Wasser in ein Glas laufen und trank es im Stehen aus. Langsam, Schluck für Schluck.

Sie wollte nachdenken, sich konzentrieren. Schließlich hatte sie zwei Mordfälle aufzuklären.

Doch ihre Gedanken schweiften ab. Plötzlich sah sie Dirk Landgraf wieder vor sich, wie er in nächtlicher Dunkelheit auf der Treppe vor ihrem Haus gesessen und auf sie gewartet hatte. Sie hatte ihn nicht weggeschickt in jener Nacht. Warum nicht? Was nutzten noch so gute Vorsätze, wenn man sie bei der erstbesten Gelegenheit über Bord warf? Sie dachte an die Nacht voller Zärtlichkeit, die nichts hinterlassen hatte als das Gefühl erneuter Einsamkeit.

»Ich kann dir nicht die Sterne vom Himmel holen«, hatte Dirk ihr ins Ohr geflüstert. »Aber ich brauche dich, weil ich dich liebe.«

Wie hatte sie gelechzt nach solchen Worten in den ersten Monaten ihrer Trennung. Und jetzt? Warum spürte sie die Schmetterlinge nicht mehr? Wo waren sie hin? Warum begann ihr Herz seit dieser letzten Nacht nicht mehr, wild zu pochen, wenn das Telefon klingelte und sie seine Stimme hörte?

Erst jetzt, nach diesem verstörenden Albtraum, war Lena sich endgültig sicher: Auch wenn sie diesen Mann einmal sehr geliebt hatte, es war vorbei. Die Schmetterlinge waren fortgeflogen.

***

Misstrauisch starrte Felix, der sechzehnjährige Lehrling der Gärtnerei Kobs, die seltsame Plastiktüte an. Nein, eigentlich war sie nicht seltsam, sondern stinknormal. So wie jede x-beliebige Tüte, die man im Supermarkt kaufen konnte. Seltsam war nur der Ort, an dem er sie gefunden hatte. In einer Ecke des alten Geräteschuppens. Felix liebte diese abgelegene, schon ziemlich baufällige Bretterbude. Für ihn war sie der ideale Ort, wenn er ungestört sein Zigarettchen rauchen wollte, ohne vom Meister entdeckt zu werden. Auch heute hatte er ihm und dem dusseligen Bogemühl gleich zu Beginn der Frühstückspause erklärt, er müsse aufs Klo. Dringend! Dann war er schnurstracks zum alten Schuppen gelaufen, um sich in aller Ruhe die zweite Zigarette des Tages anzuzünden.

Als er den glimmenden Stummel, so wie er es immer tat, sorgfältig austrat, entdeckte er etwas, das am Vortag noch nicht da gewesen war. Als hätte es jemand in aller Eile versteckt, lugte es zwischen rostigem Metall, ausrangierten Hacken und Spaten und dem grau verwitterten Holz abgebrochener Stiele hervor. *Nanu,* wunderte sich Felix, *was ist das denn? Nutzt etwa noch ein anderer meinen supergeheimen Rückzugsort?* Dieser Gedanke empörte ihn geradezu. Er hatte die Hand zwischen die Gerätschaften gezwängt, ein Stück Plastik zu fassen bekommen und geflucht, als ihm der Stiel eines alten Rechens gegen die Stirn schlug.

Der Rechen lag noch immer da, wo er hingefallen war, die vermaledeite Tüte schien ihn geradezu anzustarren. Ein unauffälliges Stück Plastik. Voller Neugier hob er es hoch, sah hinein und entdeckte ein Portemonnaie. Nichts Besonderes, bloß eine schon ziemlich abgenutzte Geldbörse aus braunem Leder, wie Männer sie in der Gesäßtasche trugen. Als er sie aufklappte, fand er Geld. Er zählte 160 Euro in Scheinen. Sieben Euro und dreißig Cent in Münzen steckten im Fach fürs Klimpergeld. Nicht gerade ein Vermögen, aber für einen Lehrling ein schöner Batzen Geld.

Felix' Verwirrung währte nur kurz, dann wusste er es. Sein geliebter Platz für ein Zigarettchen war doch nicht so geheim, wie er gehofft hatte. Und jetzt wollte ihm der fiese Bogemühl, der ihn noch nie leiden konnte, auch noch eine Falle stellen. Er war sich sicher, dass Bogemühl das Geld versteckt hatte, um ihn beim Meister anzuschwärzen, falls er den Fund für sich behielt. Aber diese Suppe würde er ihm schön versalzen. Vorsichtig untersuchte er das Portemonnaie genauer. Neben alten Kassenzetteln, einem unleserlich bekritzelten Stück Papier und einem Zahnstocher in durchsichtiger Folie fand er einen Führerschein, einen Ausweis und eine EC-Karte der Berliner Sparkasse. Auf allen Papieren las Felix den Namen Holger Werner. Er hatte diesen Namen noch nie gehört. Wie jeder im Dorf wusste auch Felix von der Leiche in der alten Mühle. Nur den Namen des Toten, den kannte er nicht.

Dieser komische Werner musste ein Freund vom bescheuerten Bogemühl sein. Und genauso dämlich! Saudämlich sogar, wenn er sein Portemonnaie mit allen Papieren drin für einen derart blöden

Streich hergab. Wer weiß, was die gemeinen Kerle sonst noch ausklamüsert hatten, um ihm zu schaden. Vielleicht lag dieser Werner sogar irgendwo auf der Lauer und beobachtete ihn. Pech für die Blödmänner. Felix feixte in sich hinein. So dumm, wie die beiden dachten, war er nämlich nicht. Er wusste sogar, dass ihm ein Finderlohn zustand. Von derlei Überlegungen angespornt, steckte der Lehrling das Portemonnaie in die Plastiktüte zurück.

Voller Vorfreude auf das dämliche Gesicht, das Bogemühl, der Geizkragen, machen würde, wenn er seinen Finderlohn einforderte, schlenderte Felix hinüber zum Gewächshaus.

»Meister«, rief er aufgeregt. »Guck doch mal, was ich hier habe.« Er gab den ganzen Krempel lieber dem alten Kalle, so konnte Bogemühl später nicht bestreiten, dass er, Felix, das Geld gefunden und ordnungsgemäß abgegeben hatte. Der Meister würde sein Zeuge sein und Bogemühl musste blechen.

Als er ihm die Tüte hinhielt, zuckten Kalles Mundwinkel in gutmütigem Spott. »Was bist du denn so aus dem Häuschen, Junge? Hast dich wohl an deiner Zigarette verschluckt, hm?«

»Was? Wie? Verschluckt? Nee, guck einfach mal in die Tüte, Meister!« Erschrocken brach Felix ab, er hatte seinen Meister geduzt, was sich nun wirklich nicht gehörte.

Kalle lachte kopfschüttelnd. »Was ist denn los, Bengel? Hast du 'nen Schatz gefunden im alten Schuppen?«

Enttäuscht, weil sich sein Meister nicht sonderlich für den Fund interessierte und Bogemühl schon hämisch grinste, riss Felix das Portemonnaie aus der Tüte und hielt es Kalle so dicht unter die Nase, dass der den Kopf zurückbog. Felix wollte schon auf seinen Finderlohn pochen, da griff der Alte mit spitzen Fingern nach dem abgeschabten Leder, kratzte mit dem Fingernagel an den braunen Flecken herum und roch sogar daran.

Felix hatte auch gesehen, wie dreckig das Teil war. Irgendwas war ins Leder eingesickert. Was sollte daran schon interessant sein? Dieser Werner ging eben nicht sorgsam mit seinen Sachen um. Wer wusste schon, was Bogemühl für einen Schmutzfinken zum Freund hatte.

Bevor der Sechzehnjährige seine Vermutung äußern konnte, fragte sein Meister seltsam tonlos: »Wo hast du das gefunden, Junge?«

»Ich hab nichts rausgenommen«, beteuerte Felix, der sich das Verhalten seines Meisters nicht erklären konnte. »Das ganze Geld ist noch drin! Wirklich und wahrhaftig, Chef, ehrlich.«

Felix stockte. Auch wenn er sich keiner Schuld bewusst war, erwartete er ein Donnerwetter. Die Alten hatten doch immer was zu meckern. Doch sein Meister, der sich das Geld nicht einmal angesehen, sondern nur auf die Papiere gestarrt hatte, sagte mit einer Stimme, die an das Krächzen eines kranken Raben erinnerte: »Was stehst du da noch rum, Bengel? Komm endlich und guck nicht so dumm. Wir müssen zur Polizei!«

Die Alten waren wirklich seltsam.

***

»Endlich! Wir haben ihn«, hallte ihr heller Jubel entgegen, als Lena das Büro betrat, das sich Mandy mit Alfred Meichsner teilte, der noch immer seinen gebrochenen Fuß auskurierte und sich nur stundenweise in der Dienststelle blicken ließ.

»Ach wirklich? Wen haben wir denn?« Lena, die gerade von einem höchst unerfreulichen Gespräch mit Oberstaatsanwalt Börner zurückkam, knallte ihre Tasche auf Mandys Schreibtisch. »Ich versteh nur Bahnhof. Wovon redest du überhaupt?«

Als würde eine unsichtbare Hand sie in Richtung Decke ziehen, richtete Mandy sich noch ein Stückchen höher auf. »Dein Bauchgefühl in allen Ehren, Lena, aber diesmal liegst du voll daneben. Du errätst nie, was eben passiert ist. In hundert Jahren kommst du nicht drauf.«

»Nerv mich nicht! Sag einfach, was los ist.« Nach Börners Standpauke hatte Lena nicht die geringste Lust auf Mandys Gehabe. Der Oberstaatsanwalt hatte sie runtergeputzt, als würde sie den ganzen Tag über nur Däumchen drehen. Und das Schlimmste war: Im Grunde genommen hatte der Mann recht. Bisher stocherten sie

208

tatsächlich noch im Nebel herum. Sie hatten keine belastbaren Indizien und schon gar keine Beweise für irgendwas. Und jetzt grinste Mandy auch noch wie ein Honigkuchenpferd.

»Eben war der alte Kobs hier, er und sein Lehrling.« Mandys Lippen probierten das Lächeln einer Sphinx. »Rate mal, was die beiden uns gebracht haben.«

»Was denn, verdammt?«

»Werners Portemonnaie mit allen Papieren drin. Und? Was sagst du jetzt, Chefin?«

»Werners Portemonnaie?« Der Rüffel des Staatsanwalts war schlagartig vergessen. »Wie kommt Kalle Kobs zu Werners Portemonnaie?«

»Er behauptet, sein Lehrling habe es im alten Geräteschuppen gefunden. Vor einer halben Stunde oder so. Außen klebt Blut dran.«

»Werners Geldbörse in Kobs' altem Schuppen?« Lena ließ sich auf den Stuhl neben Mandys Schreibtisch fallen. »Wie ist das denn da hingekommen?«

Obwohl sie die Frage nicht Mandy, sondern, von der Nachricht überrumpelt, sich selbst gestellt hatte, bekam sie eine Antwort.

»Tja, das ist die Fünf-Millionen-Euro-Frage. Bin sehr gespannt, wie Peter Kobs sie beantwortet.«

»Kümmert sich Krollmann schon um die Blutflecken?«

»Ist der Papst katholisch? Krollmann wird sich bald melden, und Haubi schaut, wer uns mit seinen Fingerabdrücken auf dem Portemonnaie beglückt hat. Auf einen ganz bestimmten Kandidaten würde ich glatt die hier verwetten.« Mandy zog die Beine unter dem Schreibtisch hervor und wippte mit ihren allerneuesten brandroten High-Heel-Stiefeln. »Todschick, oder? Steckt beinahe mein halbes Monatsgehalt drin. Aber keine Reue, die Teile sind jeden Cent wert.«

Lena sah nicht einmal hin. Mandys dämlicher Schuhtick war ihr im Augenblick so was von schnurzpiepegal. Sie hatte andere Probleme. Sollte sie sich so getäuscht haben? War ihr Freund aus Kindertagen tatsächlich der Mann, den sie suchten?

Als Mandy den Blick endlich von ihren exorbitant teuren Stiefeln löste, frohlockte sie: »Endlich kommt Bewegung in den Fall. Wir holen Kobs her, Chefin. Falls es einen Kampf gab, stammt das Blut auf dem Portemonnaie vielleicht von ihm.« Sie sah Lenas Miene und gab sich einsichtig. »Versteh schon, es geht um deinen alten Kumpel, da wäre ich auch schweigsam.«

Unschlüssig hob Lena die Schultern. »Beweise, die uns auf dem Silbertablett präsentiert werden, haben mich schon immer misstrauisch gemacht.«

»Auch, wenn sie vom eigenen Vater präsentiert werden?«

»Womöglich wurden sie ja *ihm* präsentiert, damit er sie uns unter die Nase reiben kann. Ausgerechnet er, der eigene Vater! Hast du daran schon mal gedacht, Mandy? Der alte Schuppen ist nie verschlossen, und das Eingangstor zur Gärtnerei machen sie nur nachts zu, was nicht mal was besagt. Den Zaun schafft jedes Kind.«

»Du kennst dich ja gut aus bei den Kobs, Chefin.«

»So wie jeder bei uns im Dorf.«

Nach einem letzten verliebten Blick auf ihre Stiefel schob Mandy die Beine wieder unter den Schreibtisch. »Gleich meldet sich Haubi! Dann wissen wir, was mit den Fingerabdrücken los ist. Sind welche von Kobs dabei, wovon ich fest ausgehe, ist er fällig.« Sie rekelte sich ausgiebig und seufzte zufrieden. »Das Blut, denk ich, wird wohl eher von Werner stammen. Aber falls irgendwas auf dem Portemonnaie von Kobs ist, egal, ob Fingerabdrücke oder Blut, dann hast auch du keine Zweifel mehr, oder, Lena?«

»Wer ist schon so blöd, Beweisstücke im eigenen Schuppen zu verstecken? Und dann lässt er sie auch noch tagelang da rumliegen?« Kaum ausgesprochen ärgerte sich Lena über ihre eigenen Worte. Die Antwort lag auf der Hand. Und prompt rieb Mandy ihr unter die Nase: »Im Suff ist alles möglich. Außerdem sagt Kobs ja selbst, er könne sich an nichts erinnern.«

»Hm, ja, stimmt«, gab Lena schweren Herzens zu.

Mandy lächelte nachsichtig. »Tut mir leid, Chefin, aber sein Blackout ist unser Glück. Wahrscheinlich weiß er wirklich nicht mehr, wo er das Teil hingeschmissen hat. Sonst hätte er es längst zusammen mit den Gartenabfällen verbrannt und wir hätten es nie gefunden.«

Dir tut gar nichts leid, du hast dich von Anfang an an Kobs festgebissen.

Mandy senkte den Kopf und tippte auf ihrer Tastatur herum. »Haubis Mail ist da«, jauchzte sie. »Ha! Die Abdrücke stammen definitiv von Peter Kobs. Jetzt sitzt er endgültig in der Falle!«

»Sieht ganz so aus.« Lenas Hirn registrierte die Fakten. Wirklich glauben konnte sie daran nicht.

»Hier, überzeug dich selbst.« Mandy drehte den Bildschirm so, dass auch Lena Haubis E-Mail lesen konnte.

»Kobs dürfte noch in Berlin sein«, hörte sie Mandy sagen. »Jedenfalls behauptet das sein Vater. Wir sollten nicht warten, bis er zurück ist. Bis dahin hat ihn der Alte schon dreimal gewarnt, und Mister Copperfield löst sich wieder in Luft auf. Das kann er ja bestens, wie wir wissen. Wir sollten die Kollegen informieren. Sofort! Du bist die Chefin, du entscheidest.«

»Wie gut, dass dir das noch einfällt.«

Überaus geduldig erklärte Mandy der Lampe auf ihrem Schreibtisch: »Auch wenn man die Chefin eines Kripoteams ist, es ist keine Schande, sich mal zu irren. Manch einer soll das sogar zugeben können.«

Ohne zu antworten, sie war ja schließlich nicht die Lampe auf Mandys Schreibtisch, ging Lena hinüber in ihr eigenes Büro. Sie brauchte dringend Nervennahrung. Irgendwo musste sich noch ein Tütchen mit Bonbons verstecken. *Hat mein Instinkt mich diesmal komplett im Stich gelassen? Muss wohl so sein. Fingerabdrücke sind Fingerabdrücke und Beweise sind Beweise.* In solcherart Gedanken hinein klingelte das Telefon auf ihrem Schreibtisch.

»Danke, Krollmann«, sagte sie, ohne den Gerichtsmediziner ausreden zu lassen. Was sie gehört hatte, genügte ihr fürs Erste.

»Das Blut auf dem Portemonnaie stammt von Holger Werner und nicht von Kobs«, rief sie Mandy zu, die durch die offene Tür gespannt gelauscht, aber kein einziges Wort aufgeschnappt hatte. »Aber wir haben ja Kobs Fingerabdrücke. Versuch Kobs zu erreichen, ansonsten beeil dich mit der erneuten Fahndung. Wir haben nicht den ganzen Tag Zeit.«

Mit lautem Knall schob sie ihre Schreibtischschublade zu. Verflixt! Keine Bonbons. Ach ja, die hatte sie ja schon längst Mandy spendiert. Auch gut. Das süße Zeug würde ihr nur endgültig das Hirn verkleistern.

13. KAPITEL

*D*as Kind lag auf metallisch kühlem Boden und es spürte, dass es nackt war. Weder Arme noch Beine konnte es bewegen und auch den Kopf nicht heben. Selbst die weit geöffneten Lider waren erstarrt. Sein Körper schien ihm nicht mehr zu gehören. Jeder würde denken, es sei tot.

Ich lebe, wollte das Kind schreien. Sein Herz klopfte wild, doch es hatte keine Stimme. Es gab nichts, womit es sich hätte bemerkbar machen können. Wozu auch? Niemand wollte es hören, niemand würde nach ihm suchen. Das Kind war sich sicher, es würde sterben.

Oder war es sogar schon tot?

Ein verzweifelter Schrei, laut und schrill, ließ grelles Licht aufflammen. Sanfte Hände berührten das Kindergesicht, strichen über den schweißnassen Körper. Die Stimme der Mutter klang beruhigend.

»Du hast geträumt, mein Kleiner. Schlaf weiter, ich bleib hier an deinem Bett.«

Ihre Zärtlichkeit tat dem Kind gut. Doch sie konnte die Angst nicht vertreiben. Auch sie hatte das Kind belogen. Immer und immer wieder. Warum sagte sie ihm nicht endlich die Wahrheit? Sie war dabei gewesen, als der Vater das Schreckliche vorgelesen hatte.

Das Kind hörte noch immer die tiefe Stimme des Vaters, seine ruhige Stimme, mit der er, so wie an jedem Morgen, am Frühstückstisch aus der Zeitung vorgelesen hatte. Seitdem wusste der Junge, was mit Kindern geschah, die niemand haben wollte. Das Einfachste war, sie in der Wohnung einzuschließen. Ohne Essen, ohne Trinken. Dann starben sie von ganz allein. Man konnte sie auch auf andere Weise loswerden. Ruhigstellen und ab in die Kühltruhe, bis sie Jahre später zum Eisblock gefroren gefunden wurden. Oder – auch das stand in der Zeitung – man vergrub Babys gleich nach der Geburt in Blumenkästen. Erde darüber und weg. Eine Saat, die nie aufgehen würde. So einfach war das. Der Vater hatte es vorgelesen.

In den Augen der Mutter hatte das Kind Tränen gesehen. »Wie kann ein Mensch nur so herzlos sein? Warum haben sie die armen Würmchen nicht in die Babyklappe gelegt?«, hatte sie geschluchzt.

Eine Babyklappe? Was war denn das nun wieder? Hatte es selbst in so einer Klappe gelegen? In einer Babyklappe?

Zum Glück wusste das Kind inzwischen, wen es fragen konnte. Ein paar Klicks auf dem kleinen handlichen Computer, den es zum neunten Geburtstag bekommen hatte, genügten. Dann wusste das Kind, was eine Babyklappe war. Nämlich nichts anderes als eine Schublade, die man auf- und zuschieben konnte. Nur legte man da nicht Besteck hinein oder sonst irgendwelchen Krimskrams, den man nicht brauchte, sondern Kinder, die niemand haben wollte.

Für so eine Schublade war es zum Glück schon lange zu groß. Niemand würde es da noch hineinquetschen können. Und doch hatte das Kind seit dieser Nacht immer wieder diesen Albtraum. Es lag auf etwas metallisch Kühlem, und es spürte, dass es nackt war.

***

Als wäre es das Wichtigste auf der Welt, pulte Kalle Kobs Hornhaut vom rechten Handballen. »Ich weiß nicht, wie's weitergehen soll«, brummelte er, ohne den Blick zu heben. »Die Polizei hat Peter mitgenommen, jetzt kann uns nur noch ein Wunder helfen.«

Nelly zupfte ein samtiges Blütenblatt vom Alpenveilchen auf ihrem Küchentisch, zerrieb es zwischen den Händen und ließ zartrosa Flocken durch die Luft segeln. So verzweifelt sie selbst auch war, den sonst so tatkräftigen Kalle derart niedergeschlagen und mutlos zu sehen, tat ihr in der Seele weh. Sie beugte sich zu ihm vor und sagte mit fester Stimme: »Wir müssen uns was einfallen lassen! Denk nach, Kalle, irgendwas muss uns einfallen. Unbedingt!«

»Aber was denn bloß?« Er klang barsch, geradezu abweisend, doch Nelly wusste, dass es der Kummer war, der seine Stimme färbte. Die Nerven lagen blank in diesen Tagen. »Peter ist weggesperrt, da sind wir machtlos«, murrte er und pulte weiter an seiner Hand herum.

»Sind wir nicht!«, schrie Nelly ihn an, ohne zu wissen, was sie tun konnte, um Peter zu helfen. Dass ihr so rein gar nichts einfiel, machte sie wütend und ungerecht. »Wenn sie Peter verurteilen und in ein richtiges Gefängnis stecken, dann können wir wirklich nichts mehr machen. Dann bleibt er für lange Zeit weggesperrt. Willst du das? Du bist sein Vater.«

Mit traurigem Lächeln sah er sie an. »Du meinst es gut, Nelly, ich weiß. Aber was nicht geht, das geht nun mal nicht.«

Nelly wollte ihm schon beinahe zuzustimmen, da schreckte sie plötzlich hoch. »Vielleicht geht es ja doch!«

»Und wie?« Endlich gab Kalle die Pulerei auf. Verwundert starrte er seine Schwiegertochter an. »Jetzt bin ich aber neugierig.«

»Ich sagte, vielleicht«, schränkte Nelly ein. »Wir müssen die Leute finden, die Peter in ihrem Wohnmobil mitgenommen haben. Sie könnten uns weiterhelfen, meinst du nicht auch?«

Als Nelly am nächsten Blütenblatt zupfen wollte, hielt Kalle ihre Hand fest. »Lass endlich die arme Pflanze in Ruhe. Sag lieber, was du bei diesen Leuten erreichen willst. Die können doch gar nichts wissen.«

»Das sehe ich anders.« Nelly zog ihre Worte in die Länge, weil ihr selbst noch nicht klar war, wie sie vorgehen sollte und was genau sie von diesen Leuten wollte.

Dann fiel es ihr ein. »Peter wäre aus dem Schneider, falls diese Leute rechtzeitig mit ihm losgefahren sind. Zumindest was den Mord an diesem Berliner betrifft. Und um den ging es ja wohl bei seiner Verhaftung.«

»Bei seiner vorläufigen Festnahme, meinst du wohl.«

»Ist doch jetzt egal, Kalle.« Nelly wurde immer aufgeregter. Vielleicht konnten sie Peter tatsächlich helfen. »Lass uns diese Leute suchen. Sie könnten Peters Alibi sein«, bedrängte sie ihren Schwiegervater.

»Weißt du denn, ob es diese Leute überhaupt gibt?«

»Kalle!« Empört schlug Nelly die Hand auf den Tisch. Von ihrer heftigen Reaktion selbst überrascht, meinte sie versöhnlich: »Du wirst doch wohl deinem eigenen Sohn vertrauen?«

»Mach ich doch, ich vertrau ihm ja. Es ist nur alles so …« Er schluckte, suchte nach Worten.

»Ich versteh dich schon.« Nelly seufzte. »Das alles kann einen wirklich verrückt machen. Ich denke trotzdem, wir sollten es versuchen.«

»Was versuchen?«

»Hab ich doch gerade gesagt. Wir müssen die Besitzer dieses Wohnmobils finden.«

Sie sah die Zweifel in seinen Augen und vernahm sein tiefes Durchatmen.

»Wir wissen doch überhaupt nichts von diesen Leuten«, stieß er mutlos heraus.

Doch Nelly wusste nun endlich, was zu tun war. Allein oder mit Kalle. Besser jedoch, mit ihm an ihrer Seite. »Das stimmt nicht ganz, Kalle«, versuchte sie, ihren Schwiegervater aufzurütteln. »Einiges wissen wir schon. *PM* hat Peter gesagt. Erinnerst du dich?«

»Ich war nicht dabei, Mädel. Aber wenn du's sagst, dann wird das wohl so gewesen sein.«

Heftiges Nicken ließ den blonden Pferdeschwanz wippen. »Ganz sicher war das so. Und wie du weißt, steht PM für Potsdam-Mittelmark – auf dem Autokennzeichen, meine ich. Also müssen die Leute irgendwo bei Potsdam wohnen.«

»Und? Hilft uns das? Wir kennen doch nicht mal ihren Namen.«

»Ich hätte da schon eine Idee.« Mit neu gefasstem Mut sprang Nelly auf. »Ich mach mich gleich dran, Kalle. Vielleicht wird ja doch noch alles gut.«

***

Regen hatte die Erde aufgeweicht, Pfützen mit Wasser gefüllt und Feldwege in schlammige Pisten verwandelt. Die Welt draußen vor Nellys Fenster war grau. Grau und trüb wie ihre Stimmung. Bei jedem Klingeln riss sie das Telefon ans Ohr und wurde enttäuscht. Ihre Hoffnung, die Wohnmobilbesitzer zu finden, hatte sich als Seifenblase erwiesen. Schillernd schön, vor ihren Augen zerplatzt.

Sie hatte sich eine witzige Geschichte ausgedacht und an mehrere Zeitungen geschickt. Am Ende des Beitrags sollte ihre Handynummer stehen und die Bitte an die Besitzer des Fahrzeugs, sich möglichst bald bei ihr zu melden. Seitdem wartete Nelly. Hatte ihr Text den Redakteuren nicht gefallen? Am Telefon waren sie doch ganz zugänglich gewesen. Oder las das Paar keine Zeitung?

Dabei hatte sie sogar eine Belohnung ausgelobt. 500 Euro, falls sich die Leute bei ihr meldeten. Ihr Text, fand sie, war locker und witzig, auch wenn es um eine ernste Sache ging. Sie hatte geschildert, wie ein beschwipster junger Mann (da hatte sie unverschämt untertrieben) versehentlich in ein fremdes Wohnmobil geraten war.

Nelly klappte ihren Laptop auf, vielleicht hatte einer von den Redakteuren ja eine E-Mail geschickt. Könnte doch sein. Sie klickte, scrollte und hörte ein vertrautes Geräusch. Hastig sprang sie auf, lief zum Fenster und sah den Nachfolger der ermordeten Sonja Meyer aus dem gelben Postauto steigen. Als er sich mühte, einen dicken Umschlag in ihren Briefkasten zu stopfen, schlug ihr Herz schneller.

»Hallo, Moment«, rief sie hinunter und spürte ihren Herzschlag bis hinauf in die Kehle. Sie hastete die Treppe hinab, verfehlte die letzte Stufe und konnte sich gerade noch am Geländer abfangen. Als sie aus der Tür trat, knatterte das Postauto schon vor dem Nachbarhaus.

Aus ihrem Briefkasten ragte ein dicker brauner Umschlag heraus. Nelly zerrte daran, ignorierte das nervende Geräusch, mit dem das Papier zerriss, und hielt den zerfledderten Brief in den Händen. Der Stempel eines Zeitungsverlages war unversehrt, und das Belegexemplar, das sie an ihre Brust drückte, war es auch.

Aufgeregt begann sie zu blättern. Auf den ersten Seiten fand sie nichts, dann wieder nichts. Erst im hinteren Teil des Blattes sprang ihr die Überschrift ins Auge. *Blinder Passagier bedankt sich bei seinen Rettern.* Atemlos überflog Nelly den Text. Nach der letzten Zeile hetzte sie hinauf in ihre Wohnung und ließ sich in der Küche auf den erstbesten Stuhl fallen. Kaum wieder zu Atem gekommen, las sie den Beitrag erneut, diesmal langsam und gründlich. Die Redakteure hatten kaum etwas geändert. Ihr Name stand in kursiven

Lettern über dem Artikel. Ihre Telefonnummer mit der Bitte um Rückruf in Klammern darunter.

Noch einmal schaute sie in den zerfetzten Umschlag, schüttelte ihn, doch er enthielt keinen Hinweis auf eine erste Reaktion der Leser. Interessierte sich niemand für die ausgeschriebene Belohnung? Auf der Titelseite fand sie das Datum. Sie hielt die Zeitung von vorgestern in der Hand und das Telefon hatte noch kein einziges Mal geklingelt. Kein gutes Zeichen. Sie würde erneut warten müssen.

Fahrig vor Aufregung schob sie die Zeitung in die Schublade ihres Küchentisches. Sie beschloss, das Blatt erst einmal niemandem zu zeigen. Sie wollte Kalles enttäuschten Blick nicht sehen und das Gejammer ihrer Schwiegermutter nicht hören, falls sich wirklich niemand melden sollte. Wenn sich die Sache als Fehlschlag erwies, würden es die beiden noch früh genug erfahren. Dann wäre alles sinnlos gewesen. Ein schwer zu ertragender Gedanke.

Aufseufzend zog sie die Zeitung noch einmal aus der Schublade, blätterte darin herum und entdeckte das Impressum. Das Blatt erschien in einer Auflage von 300.000 Exemplaren und wurde kostenlos an die Haushalte verteilt. 300.000! Nelly versuchte, sich die unendlich lange Reihe von 300.000 Briefkästen vorzustellen, in denen die Zeitung gesteckt haben musste. Plötzlich schoss ihr ein beunruhigender Gedanke durch den Kopf. *Hatten die Wohnmobilbesitzer die Zeitung, die es für lau gab, womöglich gleich ins Altpapier geworfen? Einfach so, ohne sie zu lesen?*

Mit zitternden Händen schob Nelly die Seiten in die Schublade zurück. Sie dachte an Peter, ihren Mann, dem sie so gern helfen wollte. Nur schien alles, was sie anpackte, schiefzugehen.

***

Anton Mauder, der sich gern Toni nennen ließ, weil er seinen richtigen Namen altmodisch und langweilig fand, sperrte sein Wohnmobil ab und prüfte noch einmal, ob sich auch keine Tür mehr öffnen ließ. Vor Tagen erst hatte er sich mächtigen Ärger mit Lotti eingehandelt, weil ein blinder Passagier oben im Alkoven seinen Rausch ausgeschlafen hatte. Sie war ausgeflippt. Wieder einmal. Auch wenn ihm die Tiraden seiner Frau mächtig auf die Nerven gingen, so ganz unrecht hatte sie nicht. In Zukunft würde er besser aufpassen. Ihm und seiner Lotti sollte nichts passieren. Sie waren beide nicht mehr die Jüngsten, aber immer noch gut drauf. Seit sie Rentner waren und nicht mehr arbeiten mussten, reisten sie mit ihrem rollenden Zuhause durchs Land. Auf dem Rückweg von der Ostsee hatten sie erst kürzlich in der Uckermark Station gemacht und waren zufällig mitten in ein Fest geraten. Dem molligen Mittsechziger fuhr noch heute der Schreck in die Glieder, wenn er daran dachte, was in dieser Nacht alles hätte passieren können. Ein Fremder in seinem Wohnmobil – das musste man sich mal vorstellen! Der Kerl hätte sonst was mit ihm und seiner Lotti anstellen können. Zum Glück war er bei erstbester Gelegenheit wieder verschwunden. Auf Nimmerwiedersehen, wie Toni hoffte.

Wie immer nach längerer Abwesenheit blätterte er im Wohnzimmer die Zeitungen durch, während sich Lotti im Keller um die Schmutzwäsche kümmerte. Er wollte das Blatt schon aus der Hand legen, da stutzte er bei der Überschrift: *Blinder Passagier bedankt sich bei seinen Rettern.*

Nanu, wunderte er sich und begann zu lesen. 500 Euro! *War das ernst gemeint?*

»Lottiiii, komm mal, die schreiben über uns«, schallte seine tiefe Stimme durchs Haus. Erfolglos, wie er sich hätte denken können. Er selbst hatte die soliden Wände hochgezogen. Da konnte man nicht mal eben vom Wohnzimmer hinunter in den Keller blöken.

Weil Lotti sich nicht blicken ließ, stieg er mit aufgeschlagener Zeitung zu ihr in den Waschraum hinunter.

»Die meinen ja wirklich uns«, staunte nun auch seine Frau und fischte eine schwarze Männersocke aus dem Stapel mit hellen Handtüchern. »Der Ganove hat uns zu Tode erschreckt und das Bett vollgekotzt«, empörte sich Lotti, als sie den Text zu Ende gelesen hatte. »500 Euro wären da noch viel zu wenig. Aber ich will das Geld nicht haben.«

Verblüfft fuhr Toni sich über den kahlen Schädel. Er musste sich wohl verhört haben. »Du willst das Geld nicht?«

»Nein.«

»Weißt du, was du da sagst, Lotti?«

»Ja, weiß ich! Er hat uns das Bett vollgesaut, mir reichts.«

»Ein Grund mehr, das Geld zu nehmen. Es steht uns zu, Lotti.«

»Ja, kann sein. Ich will es trotzdem nicht. Wer weiß, was der Suffkopp damit bezweckt.«

Verärgert hielt Toni ihr die Zeitung vors Gesicht. »Hast wieder mal deine Brille nicht auf, was? Er will sich bei uns bedanken. Hier, kuck hin!«

Lotti rümpfte ihre Stupsnase, an der es nicht viel zu Rümpfen gab. »Wir haben den Kerl an die Luft gesetzt, so schnell es ging. Besonders freundlich sind wir weiß Gott nicht zu ihm gewesen. Und gerettet haben wir ihn schon mal gar nicht. Wofür, meinst du, will er sich jetzt bedanken?«

Toni wusste, wann es keinen Sinn hatte, seiner Frau zu widersprechen. Sie war eine Seele von Mensch, nur regte sie sich viel zu schnell auf. Und wenn sie eine Meinung hatte, ließ sie so schnell nicht davon ab.

Was soll's, dachte er sich und warf die Zeitung zu den anderen Blättern in der schon ziemlich vollen Papiertonne.

14. KAPITEL

*H*atte er einfach nur die Nerven verloren? In wilder Raserei nicht mehr gewusst, was er tat? Nein, nicht einmal diese trostspendende Rechtfertigung hielt seinen Überlegungen stand. Er hatte getan, was er tun musste. Holger Werner hatte ihn erkannt.

Hätte er darauf warten sollen, dass dieser Mann ans Licht zerrte, was er seit Jahren so sorgfältig vor aller Welt verbarg? Sehenden Auges sein Leben zerstören lassen? Jetzt, da er endlich am Ziel war?

Nein, er musste handeln. Nur hätte Holger seine Frau nicht mehr anrufen dürfen an diesem verhängnisvollen Nachmittag. Jetzt wusste auch Susi Bescheid.

Auch sie konnte ihn verraten.

Es war schon eine seltsame Laune des Schicksals, dass ausgerechnet die Polizistin, die den Mordfall aufklären wollte, ihm offenbart hatte, dass sein Werk noch nicht vollendet war.

Er musste Susi finden. Unbedingt! Sie am Leben zu lassen, war gefährlich. Viel zu gefährlich! Er bedauerte, was er jetzt tun musste. Es würde ihm nicht leichtfallen. Er kannte Susi. Er hatte sie schon gekannt, als sie noch auf ihren Mädchennamen hörte. Ein hübsches Mädchen. Hübsch, klug – und damals schon vergeben. Schade um sie.

Das Schlimmste aber war, dass er den Kindern nun auch noch die Mutter nehmen musste.

***

Schwungvoll schnippte Mandy den abgenagten Griebsch in den Papierkorb und kramte sofort den nächsten Apfel aus der Tasche. Kauend und schluckend rief sie zu Lena hinüber: »Auch wenn Kobs partout nicht gestehen will, was wir gegen ihn in der Hand haben, sollte allemal ausreichen, ihn vor Gericht zu stellen. Und wenn wir richtig Druck machen, kriegen wir vielleicht auch noch ein Geständnis.«

Lena sah von der Akte auf, in der sie geblättert hatte. »Ach, meinst du?«

»Ja, allerdings! Sogar ohne Kobs Geständnis könnten wir den Bericht für Börni schreiben. Unser Staatsanwalt wäre glücklich und wir hätten wenigstens den Fall Werner vom Tisch.«

»Ist nicht unsere Aufgabe, den Staatsanwalt glücklich zu machen.«

»Kann aber auch nicht schaden.«

»Manchmal schon, Mandy. Was glaubst du, wie glücklich Börni sein wird, wenn alles, was wir haben, vor Gericht zerpflückt wird? Geradezu abheben vor Glück wird unser Herr Staatsanwalt.«

»Was willst du denn noch?« Mandy stand auf, kam herübergestöckelt und sagte nach einem Blick auf die Akte, mit der sich Lena gerade befasst hatte: »Da steht es doch schwarz auf weiß. Die Fingerabdrücke auf Werners Portemonnaie stammen von Peter Kobs. Wer sollte da noch irgendwas zerpflücken?«

»Fragt sich nur, wie sie da draufgekommen sind.«

»Ach, Lena! Such nicht das Haar in der Suppe, wenn keins drin ist. Ist doch klar, dass Kobs uns anlügt.«

»Blackout, schon vergessen? Falls er das Portemonnaie tatsächlich in der Hand hatte, weiß er es einfach nicht mehr.«

»Das *falls* kannst du getrost streichen. Egal, was er sagt, er muss es angefasst haben. Und sein Blackout? Sorry, aber daran kann man glauben oder eben auch nicht.«

Lena kreuzte die Arme vor der Brust und sah Mandy prüfend an. »Für dich kommt wirklich nur Peter Kobs als Totschläger infrage, was? Wie hattest du's gerade so schön formuliert? Daran kann man glauben oder eben auch nicht.«

Verärgert stieß Mandy mit der Stiefelspitze gegen Lenas Schreibtisch. »Deine Meinung über diesen Mann wirst du wohl in diesem Leben nicht mehr ändern, Chefin. Ist wohl so, wenn man sich von klein auf kennt.« Nach dem spontanen Ausruf platzierte sie sich auf einer Schreibtischecke, was sie oft und gern tat. Sehr zu Lenas Ärger, die die Stirn runzelte und sagte:»Falsch, Mandy! Ich bin sicher, dass wir den Fall einfach noch nicht an der richtigen Ecke anpacken. Irgendwas ist da noch. Wir haben übrigens grünes Licht. Wachtel, unser nervöser Autohändler, muss uns endlich eine DNA-Probe geben. Und jetzt runter von meinem Schreibtisch! Gefällt mir nicht, dass du da dauernd drauf rumhockst.«

Mandy zuckte mit den Schultern, blieb aber sitzen und überlegte:»Vielleicht hast du ja sogar recht, vielleicht weiß Kobs tatsächlich nicht mehr, was er getan hat, weil er nicht nur besoffen war, sondern auch noch was Hübsches eingeworfen hatte. Will sagen, er hat sich an den eigenen Vorräten bedient. Bei den tödlichen Schlägen ging es nicht nur um Eifersucht. Glaub mir, Lena, da war mehr im Spiel. Du sagst doch selbst, *irgendwas ist da noch.*«

»Fängst du schon wieder mit deinen Drogenfantasien an?«

»Von wegen Fantasien! Dass Kobs Drogen nimmt, musst sogar du einsehen. Er hat doch selbst erzählt, wie er sich gefühlt hat, als er angeblich in diesem fremden Auto aufgewacht ist.«

»Und vom Drogenschlucken ist es nicht mehr weit bis zum Dealen und am Ende zu Mord und Totschlag? Wolltest du das sagen, Mandy?«

»Hört sich zumindest nicht falsch an.«

»Deine Fantasie möchte ich haben.«

»Wenn du sie hättest, Chefin, dann könntest du dir auch Folgendes vorstellen: Drei Männer, also Kobs, Werner und Wachtel, haben mit krummen Geschäften gutes Geld verdient. Holger Werner hatte als Einziger Familie. Vielleicht wollte er aussteigen, der Kinder wegen. Das konnten die beiden anderen natürlich nicht zulassen.« Mandy hüpfte jetzt tatsächlich vom Schreibtisch, zog sich einen Stuhl heran und überlegte.»Entweder hat Kobs den armen Holger Werner tatsächlich im Suff aus Eifersucht erschlagen oder es ging, was ich eher annehme, um kriminelle Geschäfte. Wenn wir es richtig anstellen, wird er uns schon noch die Wahrheit sagen.«

Zu ihrer Enttäuschung winkte Lena ab.»Für Werners Tod muss es eine andere Erklärung geben. Und die werden wir auch finden. Vergiss den kleinen Blutfleck nicht, den Krollmann in der

Lederjacke entdeckt hat. Mal sehen, ob uns die DNA des Autohändlers weiterbringt.«

»Was meine Theorie bestätigen würde, Lena. Ich hab nie bestritten, dass es zwei Täter gewesen sein könnten. Und seit Susanne Werner die Fahrten zu den Bordellen erwähnt hat, krieg ich die Kombination Rotlicht, Drogen, Amsterdam nicht mehr aus dem Kopf. Warum holt Kobs seine Blumen ausgerechnet aus den Niederlanden? In Berlin gibt es doch auch tolle Großmärkte.«

»Er hat dort einen günstigen Anbieter gefunden, sagt er.«

»Ich weiß, dass er das sagt, ich war ja dabei. Aber ich glaub ihm nicht. Seine Fingerabdrücke auf Werners Portemonnaie beweisen, dass es eine Verbindung zwischen ihm und Holger Werner gibt. Und dann lag das Teil auch noch blutverschmiert in seinem Schuppen! Wach auf, Lena, wir haben den Richtigen.«

Lena wollte heftig widersprechen, doch Mandys Überlegungen klangen plausibel. Weil ihr nichts Besseres einfiel, behalf sie sich mit einer Plattitüde. »Manchmal sind die Dinge eben nicht so, wie sie auf den ersten Blick zu sein scheinen.«

Ehe Mandy antworten konnte, ging die Tür auf und Verena Winter steckte den Kopf ins Zimmer. »Leute, ich bin durch mit den Wohnmobilen in Potsdam-Mittelmark.«

»Und? Was ist?« Mandys Stimme vibrierte vor Anspannung.

»Na ja«, bedauernd hob Verena die Hände. »War wohl der berühmte Schuss in den Ofen. Niemand will einen blinden Passagier mitgenommen haben.«

»Ich hab's gewusst!« Mandy machte sich nicht die Mühe, ihren Triumph zu verbergen. »Jetzt müssen wir …«

Weiter kam sie nicht, weil die Tür erneut aufging und Krollmann mit einem Blick auf Lena fragte: »Jemand Lust auf die Kantine? Es gibt Königsberger Klopse.«

»Nö, da geh du mal alleine hin, ist gerade so spannend hier bei uns.«

»Danke, Krollmann, wir sind bestens versorgt«, erklärte Mandy deutlich freundlicher und streckte ihm zum Beweis ihren Apfel entgegen.

»Ah, heute Veggie-Day! Na, wenn's euch glücklich macht, dann guten Appetit, die Damen.« Achselzuckend schob Krollmann die Tür wieder hinter sich zu.

»Warte, ich komm mit«, rief Verena ihm nach und war im Nu aus dem Büro.

»So langsam tut mir der arme Kerl leid«, nuschelte Mandy mit vollem Mund. »Außerdem sind Königsberger Klopse echt lecker. Wir hätten mitgehen sollen.«

»Lauf ihm doch nach, genau wie Verena.«

Mandy grinste breit. »Die Einladung galt dir, Lena, Verena und ich, wir sind ihm schnuppe.«

»Ach, ist das so?«

»Aber klar. Und das weißt du auch. Warum lässt du den Mann so kalt abblitzen? Stört dich sein Beruf? Leichen aufschneiden macht nicht gerade sexy.«

»Hinter Mördern herlaufen auch nicht.«

»Das kann man so oder so sehen.«

Kurz hingen beide ihren Gedanken nach, dann kramte Lena ihr Portemonnaie aus der Tasche. »Lass uns in die Kantine gehen, deine Äpfel sind für die Katz.«

»Doch noch Appetit gekriegt?« Mandys Mundwinkel zuckten amüsiert. »Auf Königsberger Klopse, meine ich natürlich.«

***

Endlich! Nellys Puls raste. Endlich kam der ersehnte Anruf. Nur hatte sie nicht mit einer so jungen Stimme gerechnet. Nicht mit einer Kinderstimme.

»Mein Opi sagt, ich soll Sie anrufen«, plapperte das Kerlchen munter drauflos. »Weil, na ja, in der Zeitung stand was über den besoffenen Mann in seinem Wohnmobil.«

»Dein Opi!« Vor lauter Glück hätte Nelly beinahe gejauchzt. »Kann ich ihn sprechen? Holst du ihn bitte mal ans Telefon?«

»Geht nicht, mein Opi ist nicht da und Omi auch nicht. Darum rufe ich ja an.«

»Wann kommen sie denn zurück, weißt du das? Äh, wie heißt du eigentlich?«

»Flori. Ich bin Flori, und ich weiß nicht, wann die beiden nach Hause kommen.«

»Dann sag mir wenigstens, wie dein Opi heißt und wo er wohnt.« Anhaltendes Schweigen am anderen Ende der Leitung.

Nelly räusperte sich. »Aber Flori, du wirst doch wohl wissen, wie dein Opi heißt und wo er wohnt.«

»Klar weiß ich das.« Floris Hüsteln klang verlegen.

»Wenn du's weißt, dann kannst du es mir auch sagen.«

»Nö, kann ich nicht, leider.«

»Warum denn nicht, Flori?«

»Weil mein Opi sonst Ärger kriegt. Er denkt, Omi meckert, wenn sie erfährt, dass wir mit dir reden. Sie hat schon die Polizei beschwindelt.«

»Aber warum denn? Ist doch gut, dass du mich anrufst«, lobte Nelly den zunehmend hibbeligen Jungen.

»Ja, schon, aber Omi ist stinksauer.«

»Das versteh ich, Flori. Aber siehst du, wir beide telefonieren gerade so nett, da kann ich doch auch mit deinem Opa reden, ohne dass es gleich Ärger gibt.«

»Nein, das verstehen Sie nicht. Der besoffene Mann hat Omis Bett vollgekotzt. Total eklig war das. Das ganze Auto hat gestunken.«

»Oh, das tut mir leid. Ich mach das wieder gut, Flori.«

»Nicht nötig. Omi hat schon alles ausgewaschen und die Matratze abgeschrubbt. Schön gemeckert hat sie dabei, und Opi hat alles abgekriegt.«

»Kann ich mir vorstellen. Gib mir mal deine Omi, bitte.«

»Hab doch gesagt, sie ist nicht da.«

»Macht nichts, ich rufe noch mal an. Heute Abend, okay?«

»Keine gute Idee.«

»Deine Omi wird mir schon nicht den Kopf abreißen und deinem Opi auch nicht.«

»Geht trotzdem nicht. Bist du ... äh ... sind Sie die Frau von dem Besoffenen?«

»Ja, bin ich. Und natürlich werde ich mich bei deinen Großeltern entschuldigen. Die Nummer sehe ich auf dem Display. Ist also kein Problem, euch anzurufen.«

»Ist wohl ein Problem«, erwiderte der Junge leicht panisch. »Weil … weil …«

»Na, nun mal raus mit der Sprache!« So langsam verlor Nelly die Geduld. »Deine Omi beruhigt sich schon wieder.«

»Hm, ja, vielleicht. Aber da ist noch was.«

»Was denn, Flori?«

»Omi denkt, an der Belohnung ist was faul.«

»Da ist nichts faul dran, Flori. Ich will deinen Opi nur fragen, wann er aus unserem Dorf rausgefahren ist. Nur darum geht es. Dann gibt es sofort die Belohnung.«

»Gut, das sag ich Opi, dann ruf ich dich wieder an, okay?«

»Super Plan, Flori. Ich verlass mich auf dich.«

15. KAPITEL

D as gute alte Rohypnol! Es gab nichts Besseres, um jemandem das Hirn leer zu putzen. Kobs zu übertölpeln, war leicht gewesen, geradezu ein Kinderspiel. Dieser Schwachkopf hatte nicht mal gemerkt, wer neben ihm stand, so besoffen war der gewesen. Im Wäldchen hinter der Festwiese hatte er gestanden. Wollte das viele Bier wieder loswerden, das er in sich reingeschüttet hatte. An einen Baum gelehnt war er im Stehen eingedöst. Sogar sein Bierglas hatte der besoffene Dämlack zum Pinkeln mitgenommen. Wie praktisch! Von da an war alles genial gelaufen. Das verwechselte Wohnmobil, welch glücklicher Zufall! Geradezu ein Himmelsgeschenk! Nicht den Hauch eines glaubhaften Alibis würde Kobs jemals vorweisen können. Dank der hilfreichen Tropfen in seinem schalen Bier würde er leben müssen, ohne je die Wahrheit zu kennen. Dieser Möchtegern-Blumenhändler konnte alles oder nichts getan haben. Wohl eher alles! Der Trick mit dem Portemonnaie dürfte selbst die schlaue Lena Voßberg überzeugt haben. Es kurz mal dem hackedichten Gärtnerburschen in die Hand zu drücken, war kein Problem gewesen.

Und wer anders als der zugedröhnte Kobs sollte es im alten Geräteschuppen versteckt und dann vergessen haben? Natürlich erst, nachdem er den armen Werner aus Eifersucht erschlagen hatte.

Manchmal war das Leben verzwickter als jede Shakespeare-Story. Man musste nur klug vorgehen und alle Eventualitäten genau durchdenken, dann konnte man jeden täuschen. Und jede. Oder doch nicht? Lena, ehrgeizig und übereifrig, wie sie schon immer gewesen war, hörte einfach nicht auf zu ermitteln. Warum nutzte sie die Chance nicht, ihrem Staatsanwalt einen wunderbar gelösten Fall zu präsentieren? Egal! Sollte sie weitersuchen. Sie würde nie eine Spur zum wirklichen Täter finden. Alles würde gut ausgehen, das war ihm das Schicksal einfach schuldig.

Nur ein einziges Problem war noch zu lösen. Das Letzte und das Schlimmste! Susanne, die Frau, die ihn am Ende doch noch verraten konnte, durfte nicht am Leben bleiben. Wieso hatte ihr Mann nach dieser zufälligen Begegnung noch mit ihr telefonieren müssen? Jetzt wusste auch sie, was niemand wissen durfte. Er hatte schon zu lange gezögert. Auch wenn es ihm unendlich schwerfiel, er musste handeln. Schnell! Sehr schnell, wenn er weiterleben wollte als der, der er jetzt war.

***

Als Lena und Mandy zum dritten Mal vor der Wohnung der Werners standen und die Tür beim ersten Klingelton augenblicklich aufgerissen wurde, traf Lena der Schock. Hatte sie sich im Stockwerk geirrt? War Susanne etwa schon ausgezogen? Sie hatte ihr doch in einer WhatsApp geschrieben, dass sich der Umzug wegen eines Wasserschadens im Haus ihrer Eltern um einige Tage verzögern würde.

Verwirrt schaute Lena noch einmal auf das Schild an der Tür. Das Foto mit den fröhlichen Gesichtern im ovalen Rahmen verkündete noch immer: *Hier wohnen die Werners.* Stockwerk und Wohnung waren richtig. Die Frau im lila Wollkleid war es nicht! Wenigstens nicht hier, in diesem mit Kartons vollgestellten Korridor. Als wäre es Aladins Wunderlampe, rieb das Persönchen am übergroßen Ohrring.

Doch niemand löste sich in Luft auf, und es erschien auch kein Dschinn, um nach den Wünschen der Damen zu fragen. Aus hellwachen Augen sah Theodora Brix die Kommissarinnen an. Als sich der fliederfarben geschminkte Mund zu einem Lächeln verzog, versuchte Lena, das Gefühl loszuwerden, im falschen Film zu sein.

»Hallo, Sie beide!« Theodora strahlte übers ganze Gesicht. »Schön, Sie zu sehen. Es gibt interessante Neuigkeiten.«

Lena griff nach der ringgeschmückten Hand, die sich ihr entgegenstreckte. »Was machen Sie denn hier? Und wo ist Frau Werner?«

Lenas Staunen schien die alte Lady zu amüsieren. Ihre Stimme mutierte zu einem freundlichen Flöten. »Das sage ich Ihnen gern, Frau Voßberg, schließlich hat Susi Sie angerufen, weil *ich* sie darum gebeten habe. Aber kommen Sie doch bitte herein, im Sitzen redet es sich besser.« Erstaunlich leichtfüßig schlängelte sich die kleine Frau an den vollgepackten Kartons vorbei und plapperte dabei unaufhörlich. »Susi müsste eigentlich schon längst hier sein. Zwar arbeitet sie seit heute wieder ganztags, aber sie hatte schon vor einer Stunde Feierabend. Keine Ahnung, wo sie so lange bleibt.«

»Stopp!«, unterbrach Lena den munter plätschernden Redefluss. »Sie hatten Ihren Spaß, Frau Brix. Und ja, ich gebe zu, Sie haben uns überrascht. Aber jetzt möchte ich wissen, was hier los ist. Was machen Sie in dieser Wohnung?«

Als wären Lenas Worte meilenweit an ihr vorbeigerauscht, tänzelte Theodora ins Wohnzimmer. Mit einladender Geste wies sie auf die Couch. »Machen Sie es sich bequem. Ich brühe uns rasch einen Tee auf. Oder möchten Sie lieber Kaffee?«

»Nix Kaffee, nix Tee!« Lena musste sich zwingen, nicht aus der Haut zu fahren vor Ungeduld, sondern ruhig zu fragen: »Weshalb hat Frau Werner uns angerufen? Sie sagten, weil *Sie* sie darum gebeten haben?« Einer plötzlichen Eingebung folgend lächelte sie. »Verstehe, Sie sind eine Verwandte der Werners, daher Ihr großes Interesse. Das hätten Sie aber auch gleich sagen können.«

Belustigt lachte Theodora auf, ihre grauen Augen blitzten. »Aber nein, Frau Voßberg! Wo denken Sie hin? Verwandt bin ich mit den Werners nicht mal um sieben Ecken herum.«

Lena atmete tief durch, zählte in Gedanken bis vier und setzte sich auf die Couchkante. Sofort kramte Mandy ihren Notizblock aus der Umhängetasche, blätterte eine leere Seite auf und fragte: »Also, warum sind Sie denn nun wirklich hier, Frau Brix?«

Doch die pensionierte Studienrätin ließ sich weder drängen noch von ihren Obliegenheiten als Gastgeberin ablenken. »Liebend gern beantworte ich Ihre Fragen, aber erst brühe ich uns Tee auf. Einverstanden? Oder doch lieber Kaffee? Aber nein, Tee ist gesünder. Entscheiden wir uns lieber für Tee.« Dieses Herumgeflöte hatte sie wirklich gut drauf.

Lena, die einsah, dass sie mit weiterem Protest nur Zeit verschwenden würde, seufzte resigniert. »Okay, grüner Tee, falls welcher da ist.«

Während sie die alte Lady in der Küche mit Geschirr klappern hörten, sah Lena sich im Wohnzimmer um. Bunte Patchworkkissen, die bei ihren ersten Besuchen unter Babyutensilien und herumliegendem Spielzeug kaum zu sehen gewesen waren, lagen ordentlich nebeneinander aufgereiht auf der Couch. Kein aufgerissenes Windelpaket, keine offene Cremedose. Nicht einmal eine Spielzeugstolperfalle auf dem Fußboden. Auch die mit Büchern und allerhand anderem Zeug vollgestopften Körbe und Kisten standen nicht mehr im Wohnzimmer herum. Der karg möblierte Raum war penibel aufgeräumt. Irgendjemand hatte sich die Mühe gemacht – und Lena ahnte, wer das gewesen sein könnte –, das Umzugschaos aus diesem Zimmer herauszuhalten. Nur eine Burg aus bunten Plastiksteinen ließ den Gedanken aufkommen, dass Kinder in dieser Wohnung lebten.

Die Kinder!

Wo waren die überhaupt?

Wieder mit der Oma im Treptower Park?

Lena musste nicht danach fragen. Bevor sie Tee in bunte Keramiktassen einschenkte, legte Theodora einen Finger an die Lippen und sagte: »Psst, die Kleinen schlafen noch. In diesem Alter braucht man seinen Mittagsschlaf. Auch wenn Susi das bei den Mädchen nicht einsehen wollte, darauf musste ich bestehen.«

»Darauf mussten Sie bestehen? Es sind doch nicht Ihre Kinder.« Die naseweise Bemerkung brachte Mandy einen tadelnden Lehrerinnenblick und die Belehrung ein: »Nein, es sind nicht meine Kinder, aber trotzdem weiß ich, was ihnen guttut.«

Behutsam stellte Theodora die bauchige Kanne auf den Tisch. Schnell wieder versöhnt fragte sie: »Nehmen Sie Zucker zum Tee? Sahne vielleicht? Oder Zitrone?«

Sie runzelte die Stirn, als sie sah, wie viel Zucker Mandy in ihre Tasse löffelte, sagte aber nichts dazu, sondern begann endlich zu erklären. »Ist doch alles ganz einfach. Die arme Susi braucht Hilfe und ich helfe ihr. Wie Sie sich wohl denken können, ist es nicht leicht für eine Witwe, mit drei kleinen Kindern allein klarzukommen. Noch dazu mit einem so schmalen Gehalt. Haben Sie eine Ahnung, was man als Hilfskraft in einer Bibliothek verdient? Ich weiß es inzwischen. Damit können Sie sich entweder das Brötchen oder die Butter leisten, für beides zusammen wird es schon knapp, wenn man drei Kinder ernähren muss. Und weil das nun mal so ist, helfe ich Susi und den Kindern als OvD.«

»Sie helfen als Ov... was?«

Zufrieden lächelnd nippte die Studienrätin im Ruhestand am honigfarbenen heißen Tee. »Noch nie davon gehört, Frau Voßberg? Dabei erklärt sich der Name doch von selbst. Ich bin die Oma vom Dienst. Derartige Vereine gibt es schon eine ganze Weile und nicht nur hier in Berlin.«

»Ah! Eine moderne Mary Poppins also. Nur ohne Schirm und Hut. Lassen Sie mich raten: Beides haben Sie kurz mal abgelegt, weil so was Profanes wie Tee zu kochen, auch ohne Magie funktioniert.« Lena konnte nicht anders, diese kleine Stichelei musste sie sich einfach gönnen.

Theodora schob ihre Brille bis zur Nasenspitze vor und blinzelte über den Rand hinweg. »Warum so spöttisch, Frau Voßberg? Aber gut, meinetwegen auch Mary Poppins. Kein übler Vergleich übrigens, auch wenn Sie sich darüber lustig machen.«

»Mach ich gar nicht. Im Gegenteil, ich verstehe gut, was Sie bezwecken, Frau Brix. Sie helfen der jungen Witwe und schnüffeln so ganz nebenbei noch ein bisschen rum. Die Frage ist nur, ob Frau Werner Ihre Hilfe noch will, wenn sie die Wahrheit erfährt.«

»Oh, keine Sorge, ich hab Susi von Anfang an reinen Wein eingeschenkt. Sie will genau wie ich wissen, wer ihrem Mann das angetan hat.«

»Sie helfen im Haushalt und betreuen die Kinder, richtig?«, vergewisserte sich Lena.

»Genauso ist es. Und vor lauter Arbeit komme ich gar nicht zum Schnüffeln, wie Sie es nennen, Frau Voßberg.«

Lena trank einen Schluck heißen Tee und fragte: »Woher wussten Sie überhaupt, wo Sie die Werners finden?«

»Ach das!« Gelassen winkte Theodora ab. »Das war nun wirklich nicht schwer. In der Zeitung stand, der Tote sei ein Taxifahrer aus Berlin gewesen, ein Familienvater mit drei kleinen Kindern. Nun ja, Berlin ist ein Moloch. Aber wenn ein Kollege erschlagen wird, bleibt das auch hier nicht so ganz unbemerkt. Ich kann mich nicht mehr genau daran erinnern, wie oft ich in diesen Tagen mit einem Taxi durch Berlin gefahren bin, bis ich einen Fahrer gefunden hatte, der den Toten kannte. Von ihm erfuhr ich nicht nur Namen und Adresse, er hat mich sogar hierhergefahren.«

Beinahe hätte Lena anerkennend genickt. Doch sie mochte es nicht, wenn selbst ernannte Detektive ihr ins Handwerk pfuschten und womöglich Verdächtige vorzeitig aufscheuchten. Darum sagte sie nur: »Und dann haben Sie einfach an der Wohnungstür geklingelt. Frau Werner hat Sie reingebeten, Ihnen die Kinder anvertraut und Sie durften sie Susi nennen.«

»Natürlich nicht!« Die grauen Augen funkelten verärgert. »Aber Susi hat mich von Anfang an ernst genommen. Nicht so wie …«

»Ich nehme Sie auch ernst, Frau Brix.«

»Kompliment, Frau Voßberg, das verbergen Sie wirklich brillant.« Theodora zupfte an ihrem lila Kleid herum und ließ den Blick durch das aufgeräumte Wohnzimmer schweifen. Als sie nichts mehr fand, was es noch zu räumen oder zu putzen gab, nickte sie zufrieden und sagte: »Auch Ihnen hatte ich meine Hilfe angeboten, Sie erinnern sich? Aber lassen wir die Animositäten. Sie möchten wissen, warum Susi mir vertraut? Nun, nach über vierzig Jahren im Schuldienst hat man gute Karten, wenn es um Kinder geht. Ich hatte Susi vorgeschlagen, sich nach meinen Referenzen zu erkundigen. In meiner alten Schule zum Beispiel oder meinetwegen auch beim Schulamt, aber das wollte sie nicht. Irgendwie hat die Chemie zwischen uns beiden gleich gestimmt. Und ob Sie's glauben oder nicht, in den wenigen Tagen, die ich jetzt hier bin, haben wir uns sogar schon angefreundet, Susi und ich. Und die Kleinen sind mir ans Herz gewachsen.« Theodoras Lächeln erhellte ihr Gesicht und ließ sie für einen Augenblick jünger erscheinen. »Auch wenn die richtige Oma inzwischen schon ein klein wenig eifersüchtig ist, ich glaube, die Kinder haben mich gern.«

»Es sei Ihnen gegönnt, Frau Brix.«

»Spotten Sie ruhig weiter, Frau Voßberg.«

»Ich spotte nicht.«

»Ach, ich versteh Sie doch.« Theodora nahm die Brille ab und rieb sich die Augen. »So wird man wohl, wenn man ständig hinter Verbrechern herjagt und so viel Elend sieht. Mein verstorbener Mann war genauso. Ich hatte von ihm erzählt, als ich vor ein paar Tagen bei Ihnen war. Bin nur nicht sicher, ob Sie mir zugehört haben.«

Ganz schön tough, die alte Lady, dachte Lena. Klingelt an der Tür einer fremden Frau und bietet ihre Hilfe an.

Theodora zupfte schon wieder an ihrem Ohr herum, eine Marotte von ihr, die sie wohl in diesem Leben nicht mehr ablegen würde.

»Hergekommen bin ich wegen des Toten in der Mühle, da haben Sie schon recht«, gab sie zu. »Aber seit ich Susi und die Kinder kenne, haben sich meine Prioritäten verschoben.« Besorgt sah sie auf die kleine goldene Uhr an ihrem Handgelenk. »Susi müsste längst hier sein. Ich verstehe nicht, wo sie so lange bleibt. Hoffentlich ist ihr nichts passiert.«

»Vielleicht verplempern wir hier nur unsere Zeit.« Als hätte Mandys linker Fuß ein Eigenleben, begann ein roter Stiefel herausfordernd zu wippen. Die alte Lehrerin runzelte die Stirn. Doch ehe sie etwas erwidern konnte, ertönte ein helles Kinderstimmchen: »Omaaa Theeeooo!«

Theodoras Züge entspannten sich. Sie stand auf, erstarrte mitten in der Bewegung und lauschte. Auch die Kommissarinnen hörten das knirschende Geräusch. Im Schloss der Wohnungstür drehte sich ein Schlüssel. Die Tür ging auf. Schritte im Flur. Prall gefüllte Einkaufsbeutel in den Händen trat Susanne Werner ins Zimmer.

Über die Veränderung, die mit der jungen Frau vonstattengegangen war, konnte Lena nur staunen. Sie war nicht länger das blasse, orientierungslose Wesen im fleckigen Shirt, sondern eine attraktive Frau im luftigen Sommerkleid.

»'tschuldigung«, sagte sie. »Ich musste noch einkaufen. Die Mädels haben den Kühlschrank ratzekahl leergefuttert.«

»Hauptsache, du bist jetzt da und dir ist nichts passiert.« Theodora lächelte und wies auf Mandy. »Diese junge Kommissarin hier kann es gar nicht erwarten, das Corpus Delicti zu sehen. Sie möchte ihre Zeit nicht verplempern.«

»Das Corpus Delicti?« Susanne stutzte. Im nächsten Augenblick begriff sie. Sie stellte die Beutel ab, ging zum Regal und kam sofort wieder zurück. Was sie in der Hand hielt ... Lena konnte nicht glauben, was sie da sah. Auch Mandy schluckte. »Das ist doch ...?«

»Ja, schauen Sie nur genau hin!«, triumphierte die pensionierte Studienrätin. »Fürchten Sie immer noch, hier Ihre Zeit zu verschwenden?«

Wie gebannt starrte Lena auf das Foto. »Nie im Leben wäre ich auf diesen Mann gekommen ....« Erschrocken wich sie zurück, als etwas auf sie zugeflogen kam. Was sie auffing, fühlte sich kuschelweich an.

»Man wirft nichts auf Menschen, nicht einmal sein liebstes Schmusetier«, rügte Theodora die beiden munteren Kobolde, die mit im Schlaf verwuschelten Haaren plötzlich im Zimmer standen. Sie klang streng. Doch ihre Augen strahlten die Zwillinge liebevoll an.

Lena griff wieder nach dem Foto, das ihr aus der Hand geglitten war. »Woher haben Sie dieses Bild, Frau Werner? Und was wissen Sie über die Männer?«

An Susannes Stelle antwortete die alte Studienrätin: »Gleich zwei Fragen auf einmal. Beantworten lässt sich nur eine. Das Bild habe ich gefunden, da drüben«, Theodora nickte in Richtung Tür, »in Holgers Arbeitszimmer. Susi wollte das Foto einfach zu den anderen legen. Aber ich hab den Mann sofort erkannt.«

»Ich nicht, ich hatte ihn längst vergessen und er mich wahrscheinlich auch.«

Susanne hob die abgestellten Einkaufsbeutel auf und schob die beiden Mädchen vor sich her. »Ihr kommt mit und zieht euch an.«

Lena sah noch einmal auf das Foto. Vier Männer, jeder hielt eine Bierflasche in der Hand, prosteten einander zu. Vier gut gelaunte Männer. Einer von ihnen nahm sich ein Stück Pizza aus der Pappschachtel, die vor ihnen auf dem Tisch lag. An der Stirnseite des

Tisches saß Holger Werner und links neben ihm … Kein Zweifel, diesen Mann kannte sie, seit sie denken konnte. *Blind und taub bist du gewesen, Lena Voßberg,* schien die Fotografie sie zu verhöhnen. Und das war nichts anderes als die Wahrheit.

Theodora rieb schon wieder an ihrem Ohrläppchen herum und sagte bedauernd: »Leider weiß Susi so gut wie gar nichts über diesen Kerl. Irgendwann gab es wohl einen Skandal, damals an der Uni. Sie ist sich nicht sicher, worum es ging. Aufgenommen wurde das Bild jedenfalls in Holgers alter Studentenbude. Irgendwer gab seinen Einstand oder so was in der Art. Für Susi sind diese Männer einfach nur flüchtige Bekannte aus Holgers Studienzeit.«

»Ich kann für mich selbst sprechen«, unterbrach Susanne den Redeschwall, als sie zurück ins Wohnzimmer kam. »Ich weiß nur, dass dieser Mann Knall auf Fall von der Uni verschwunden ist. Ohne Abschluss. Keine Ahnung, was aus ihm geworden ist, ich hab nie wieder von ihm gehört. Ich nicht und Holger auch nicht.«

Ihr habt nichts von ihm gehört, und mir läuft er ständig über den Weg, dachte Lena. Noch immer fassungslos nickte sie und sagte: »Wenigstens ist jetzt klar, wer der alte Bekannte ist, den Ihr Mann auf dem Mühlenfest getroffen hat. Da wäre ich in hundert Jahren nicht drauf gekommen.« Als müsste sie sich vergewissern, wer da so bierselig in die Kamera feixte, sah sie noch einmal auf das post- kartengroße Bild. Kein Zweifel, in diesem verzwickten Fall hatte ihr hochgeschätztes Bauchgefühl wirklich komatös geschlafen und damit Menschen in Gefahr gebracht.

»Ihr lacht mich bestimmt aus«, hörte sie Susanne sagen. »Aber ich glaube, dieser Mann war heute hier in unserer Straße. Mir war jedenfalls so, als hätte ich ihn gesehen. Gleich gegenüber im Haus- eingang hat er gestanden und zu uns rübergesehen.«

»Er ist hier?« Fahl im Gesicht starrte Theodora Brix die junge Frau an.

»Ach, vermutlich sehe ich schon Gespenster.« Susannes Mund verzog sich zu einem Lächeln, doch ihre Stimme klang, als wollte sie sich selbst Mut machen. »Wäre ja auch kein Wunder bei all der Aufregung, stimmts?«

Lena nickte zögernd und fragte beiläufig, als wäre die Antwort nicht weiter wichtig. »Hat er Sie angesprochen?«

»Nein! Ich sag doch, er hat mich längst vergessen. Außerdem war er's bestimmt gar nicht. Ich seh schon Gespenster am helllichten Tag.«

Gespenster? Lena fröstelte beim Gedanken an diese Gespenster.

***

Lenas erste Amtshandlung am nächsten Morgen war, sich mit dem Sekretariat der Uni verbinden zu lassen. Wie sich herausstellte, lag der Dekan, den sie sprechen wollte, mit Grippe im Bett. Es dauerte ein Weilchen, bis sie zu einem Gesprächspartner durchdrang, der ihr weiterhelfen konnte. Mit leicht italienischem Akzent erklärte ihr der Stellvertreter des Dekans im Ton eines viel beschäftigten Mannes, sie müsse sich, bitte schön, um einen Termin bemühen, am Telefon gebe er derartige Auskünfte nicht. Bevor er auflegte, bot er noch an, sie zu seiner Sekretärin durchzustellen, die sich in seinem Kalender vermutlich besser auskenne als er selbst.

Doch anstelle der allwissenden Sekretärin meldete sich eine elektronische Stimme, die nicht müde wurde, ihr nervtötendes *Please hold the line* endlos zu wiederholen.

Lena wollte schon auflegen, da meldete sich eine Frau mit der Stimme einer Kettenraucherin: »Sekretariat Professor Caprino, Konstanze Lennert am Apparat, Sie wünschen bitte?«

Lena brachte ihr Anliegen vor, und die mutmaßliche Kettenraucherin versprach, einen Termin mit dem Herrn Professor zu vereinbaren und umgehend zurückzurufen.

Zu Lenas Überraschung klingelte das Telefon schon nach wenigen Minuten. Die Dame mit der Raucherstimme versicherte ihr wortreich, dass sie den fraglichen Namen nicht auf der Absolventenliste ihrer Universität finden könne, was ihr sehr, sehr leidtue.

Könnte euch so passen, mich abzuwimmeln, dachte Lena und erklärte nun ihrerseits in aller Freundlichkeit, ein vorzeitig exmatrikulierter Student könne da auch gar nicht draufstehen.

Konstanze Lennert sprach von einem Missverständnis und beteuerte, sie werde sehen, was sie für die Polizei tun könne. Wiederum dauerte es nur wenige Minuten bis zum Rückruf und erstaunlicherweise hatte der viel beschäftigte Professor sofort Zeit für die Signora commissario. Sie vereinbarten einen Termin in zwei Stunden.

Lena flehte Gott und wer weiß wen noch an, dass es auf der Autobahn bitte keinen Stau gäbe, und wurde wider Erwarten erhört. Auf die Minute pünktlich betrat sie Konstanze Lennerts Büro und staunte nicht schlecht. Weder roch es in ihrem Sekretariat nach Zigarettenqualm noch stand irgendwo ein überquellender Aschenbecher herum. Die der Stimme nach zu urteilen unentwegt paffende Frau erwies sich als schlanke ältere Dame mit kurz geschnittenem Haar. Im piniengrünen Kostüm, champagnerfarbener Bluse und Pumps in der Farbe eines guten Milchkaffees war sie zeitlos elegant gekleidet. Etwas langweilig vielleicht, aber elegant. Sie wirkte selbstsicher, was vor allem an ihrer aufrechten Haltung, ihrer Art zu sprechen und wohl auch an ihrer Größe liegen mochte.

»Der Herr Professor erwartet Sie bereits, Frau Voßberg«, empfing sie Lena. Die manikürte Rechte mit oval gefeilten und tiefrot lackierten Nägeln griff zum Telefon und legte es sofort wieder auf die Station zurück, denn die Tür ging auf und ein jugendlich wirkender, leger in Jeans und Polohemd gekleideter Mann kam herein. Konstanze Lennert deutete auf Lena. »Gerade wollte ich Sie anrufen, Herr Professor. Die Kommissarin ist jetzt da.«

Der smarte Herr Professor streckte Lena die Hand entgegen und spulte routiniert seine Begrüßungsphrase ab. »Mario Caprino, freut mich, Signora Voßberg. Womit kann ich helfen?« Der Sekretärin flötete er zu: »Due caffè per favore!«

Der schmale Raum, in den er Lena führte, wirkte überfüllt. Ein Schreibtisch, ein Schränkchen, auf dem Zeitschriften zu ordentlichen Stapeln geschichtet waren, Regale voller Bücher bis unter die Decke. Caprino bemerkte Lenas Blick und grinste. »Stimmt, mein Zimmer ist ein besserer Wandschrank. Für den Übergang muss es reichen, wir bauen gerade um, wie Sie vielleicht bemerkt haben.«

Lena hatte nichts davon bemerkt und weder Lust noch Zeit, über Bauvorhaben der Universität zu schwadronieren.

»Leider ist der Anlass meines Besuches nicht unbedingt angenehm, Herr Professor«, begann sie.

Er strich über sein tiefschwarz glänzendes Haar, lächelte verbindlich und sagte:»Das erwartet man auch nicht, wenn sich die Kriminalpolizei anmeldet. Nur wüsste ich nicht, wie ich Ihnen helfen kann, Signora commissario.« Nachdem er Lena eingehend gemustert hatte, blieb sein Blick an ihren smaragdgrünen Augen hängen. Er lächelte, seine Stimme klang weich und melodisch.»Nun ja, eine Zwangsexmatrikulation ist zwar schlimm, aber doch kein Verbrechen. Auch wenn die Umstände, sagen wir mal, suspekt waren.«

»Suspekt?« Fragend sah Lena den Professor an.»Was meinen Sie mit *suspekt*? Ich wusste nicht mal, dass der Student die Uni vorzeitig verlassen musste. Sprechen wir vielleicht von verschiedenen Personen?«

»Vielleicht hilft Ihnen ein Bild aus unseren alten Unterlagen weiter. Im Archiv war man so freundlich, es für mich rauszusuchen.« Caprino schob ihr ein Blatt Papier mit aufgedrucktem Foto hin. Und obwohl Lena wusste, wessen Gesicht sie sehen würde, stockte ihr der Atem. Jens Thiel blickte ihr entgegen! Eine etwas jüngere Ausgabe von ihm, aber er war es!

Lena spürte Caprinos fragenden Blick.»Jens Thiel ist unser Landarzt«, sagte sie und wusste, das Thiel genau das eben nicht sein konnte.

»Ach wirklich? Ich war sicher, dass er …« Caprino zögerte, als müsste er überlegen, was er sagen durfte. Oder wollte.

Ein Spielchen, das Lena ganz und gar nicht gefiel.»Erzählen Sie einfach, was passiert ist«, drängte sie den herumdrucksenden Professor.

Einen Augenblick verschanzte er sich noch hinter einer strengen Professorenmiene, dann nickte er.»Also gut, ohne Umschweife. Ich habe mit dem Dekan telefoniert und mir selbstverständlich auch die alten Unterlagen noch einmal angesehen. Das Problem des jungen Mannes war extreme Prüfungsangst. Man kann geradezu von einer Phobie sprechen.« Caprino verzog das Gesicht, bedauernd, aber auch ein wenig arrogant. »Als er dann auch noch bei einem Betrugsversuch erwischt wurde, war seine Karriere beendet, noch bevor sie begonnen hatte.«

Es klopfte kurz an der Tür. Die elegante Konstanze Lennert servierte mit hoheitsvoller Miene den bestellten Kaffee. Sein beinahe schon devotes »mille grazie, Signora Lennert« quittierte sie mit einem knappen Nicken.

Er räusperte sich. »Wo waren wir stehen geblieben? Ach so, ja. Dem Mann fehlte einfach die nötige Resilienz. Sehr schade, er schien ausgesprochen intelligent zu sein. Und dann war da noch, aber nein, davon wollte ich eigentlich nicht sprechen. Das wurde nie wirklich aufgeklärt.«

»Wovon wollten Sie eigentlich nicht sprechen, Professor Caprino?«

Dem Professor entfuhr ein Wort, von dem Lena nur raten konnte, was es heißen sollte. Schließlich sagte er achselzuckend: »Wenn es mir schon rausgerutscht ist, gut, dann sollen Sie es meinetwegen auch erfahren. Ich meinte den Vorfall mit einer Doktorandin.«

»Was ist passiert?«

»Nun, ich sagte ja schon, dass die Angelegenheit nie wirklich aufgeklärt wurde. Er soll die Frau im betrunkenen Zustand sexuell genötigt haben. Dass sie schwanger war und Tage später ihr Kind verloren hat, machte das Ganze besonders tragisch. Anfangs wollte sie nicht zur Polizei gehen. Sie hatte selbst einiges getrunken, trotz der Schwangerschaft. Erst als das mit dem Kind passiert ist, vertraute sie sich ihrem Freund an. Er war es auch, der die Polizei informierte, aber wirklich beweisen ließ sich nichts mehr.«

»Wissen Sie, was aus der Doktorandin geworden ist?«

»Wie ich hörte, musste sie sich in psychiatrische Behandlung begeben. Sie verbrachte einige Monate in einer Klinik, ohne wirklich geheilt zu werden. Ihre Arbeit konnte sie jedenfalls nicht mehr beenden. Irgendwann ist ihr Kontakt zur Uni dann abgebrochen.«

»Könnte ich den Namen dieser Frau erfahren?«

Caprino zögerte kurz, bevor er nickte. »Sicher, Frau Lennert wird ihn für Sie raussuchen.«

»Danke«, sagte Lena und sah über den mit allerlei Papierkram beladenen Schreibtisch hinweg ins Gesicht des dunkelhaarigen Mannes. »Danke für Ihre Offenheit, Herr Professor.«

Caprino, der nicht ahnte, was in ihr vorging, lächelte sie an. »Damit hätten wir's wohl, denke ich.« Nach einem demonstrativen Blick auf die Uhr an seinem Handgelenk raffte er eilig ein paar Unterlagen zusammen. »Sorry«, sagte er, in Gedanken wohl schon bei seinen Studenten, »die nächste Vorlesung beginnt in weniger als fünf Minuten.« Da Lena ihm eine Antwort schuldig blieb, setzte er sich, die Unterlagen an die Brust gedrückt, noch einmal auf die Stuhlkante. Seine Stimme hatte alle Nonchalance verloren. »Der Student, nach dem Sie fragen, hat sich selbst ins Aus geschossen. Ins endgültige Aus, hätte ich vor unserem Gespräch noch behauptet. Sie meinen, er praktiziert als Arzt? In Deutschland konnte er sein Studium jedenfalls nicht mehr beenden. Vielleicht hat er irgendwo im Ausland seine letzte Chance ergriffen. Die Ärztekammer könnte Ihnen sagen, ob und auf welcher Grundlage er eine Approbationsurkunde vorweisen kann. Ich weiß nicht, wie es weiterging in seinem Leben.«

Aber ich weiß es, dachte Lena.

Sie wusste es, und es war fürchterlich. Nie zuvor hatte sie sich so gründlich in einem Menschen getäuscht wie in diesem Kerl.

∗∗∗

Tief in der Toreinfahrt verborgen sah der Mann hinüber zum Haus auf der anderen Straßenseite. Ihm graute vor dem, was er jetzt tun musste. Schon am Vortag hatte er hier gestanden, hatte Susanne nach Hause kommen sehen und war wieder gegangen. Heute würde es anders sein. Heute würde er tun, was getan werden musste.

Er blickte hinüber zu dem Fenster im dritten Obergeschoss, hinter dem er Susanne vermutete. Gerade eben erst war sie nach Hause gekommen. Wie schon damals an der Uni fiel ihr das Haar in dunklen Wellen über die schmalen Schultern. Er konnte es von seinem Platz aus nicht genau sehen, wusste aber, dass es seidig glänzte – und himmlisch duftete.

Angespannt behielt er die Tür im Auge und sah schon bald eine zierliche Frau das Haus verlassen. Eine nicht mehr junge Frau im lilafarbenen Kleid. Schon am Nachmittag war sie ihm aufgefallen. Zwei blond bezopfte Mädchen im Schlepptau hatte sie einen Kinderwagen in Richtung Treptower Park geschoben. Susannes Kinder? War die Frau eine Verwandte der Werners? Kümmerte sie sich um die Kleinen, wenn Susanne arbeiten musste?

Die schmächtige Gestalt kam ihm bekannt vor. Er musste sie früher schon einmal gesehen haben, konnte sich aber beim besten Willen nicht mehr daran erinnern, wo das gewesen sein könnte. Konzentriert nach zufälligen Passanten Ausschau haltend ging er ihr nach und sah, dass die Frau im Eingang des S-Bahnhofs verschwand. Sie würde also nicht so bald zurückkommen. Gut so! Susanne war allein zu Hause, nur das war wichtig.

Wieder zurück in seinem Versteck starrte er erneut auf das Haus. Er versuchte, sich vorzustellen, was Susanne jetzt gerade tat. Was auch immer es war, sie würde es nie wieder tun können.

Ein Halbwüchsiger trat aus dem Haus, hielt die Tür mit der Schulter auf und schob sein Fahrrad ins Freie. Die Haustür ließ er weit offen stehen. Es war wie eine Aufforderung, endlich einzutreten. Der Mann wusste, wenn er jetzt noch zögerte, würde ihn der Mut vollends verlassen. Entschlossen überquerte er die Straße, betrat den Flur und schrak zusammen, als ihm der Bewegungsmelder grelles Licht ins Gesicht warf.

Stufe für Stufe stieg er die penetrant nach Bohnerwachs riechende Treppe hinauf. Noch bevor er den Absatz vor Susannes Wohnung erreichte, sah er das ovale Türschild mit dem Bild der Familie. Arglos lachten ihm die Zwillingsmädchen entgegen. Die Mutter hielt ein Kind im Arm, ein friedlich schlafendes Baby. Er atmete schneller, konnte den Blick nicht von den Gesichtern nehmen. Wenn er getan hatte, was er jetzt tun musste, würde die Mutter keins ihrer Kinder je wieder in die Arme nehmen können. Den Mädchen blieb nur die immer mehr schwindende Erinnerung an die Eltern. Das Baby würde weder den Vater noch die Mutter wirklich kennenlernen.

Der Mann wusste, wie sich das anfühlte. Er hatte es schmerzhaft erfahren. Doch was sollte er tun? Das Schicksal zwang ihn zu handeln. Er musste nur die Kraft finden, die Hand zu heben und an der Wohnungstür zu klingeln. Dann würde alles sehr schnell gehen. Susanne war allein. Niemand konnte ihr helfen.

***

In allen Beeten wucherte Unkraut. Auf ihren Stock gestützt ließ Anna Thiel den Blick durch ihren sonst so wohlgepflegten Küchengarten schweifen. Sie würde sich Hilfe suchen müssen, zumindest solange die Hüfte noch schmerzte. Humpelnd näherte sie sich dem Rondell in der Mitte ihres Gartens. Sie brauchte Petersilie und etwas Schnittlauch fürs Mittagessen. Ihr Sohn war Pünktlichkeit gewöhnt. Zwischen Hausbesuchen und dem Beginn der Sprechstunde musste das Essen auf dem Tisch stehen. So war es schon bei seinem Vater, dem alten Landarzt, gewesen. Und so war es auch bei Jens, ihrem Sohn. Mühsam bückte sie sich, um eine Handvoll Kräuter abzuschneiden. Dann zwickte sie noch ein paar Spitzen vom würzigen Liebstöckel ab. Als sie sich ächzend aufrichtete, sah sie Lena Voßberg auf sich zukommen. Den Blick auf den grasbewachsenen Gartenweg gerichtet, stöckelte eine deutlich kleinere Frau in grünen Stiefeln hinter ihr her. Am Vorabend waren die beiden schon bei ihrem Sohn gewesen und dieses Treffen konnte keinesfalls erfreulich verlaufen sein. Jens war danach auffallend blass und schweigsam gewesen. Was wollten sie nun schon wieder von ihm?

»Der Doktor ist nicht da«, versuchte Anna Thiel, die Polizistinnen abzuwimmeln. Sie bückte sich, pflückte noch ein paar weitere Stängel und hoffte, die beiden würden sich höflich bedanken, wie es sich gehörte, und wieder abziehen.

»Keine Sprechstunde heute?«, fragte Lena stattdessen.

»Schon, aber erst am Nachmittag.«

»Und wo ist der Doktor jetzt?«

»Bei Hausbesuchen, wo sonst?«

»Könnten Sie Ihren Sohn bitte anrufen? Wir würden gern mit ihm sprechen.«

»Nein, das kann ich nicht. Wenn der Doktor bei seinen Patienten ist, darf er nicht gestört werden. Das hat sich mein Mann schon verbeten, und mein Sohn hat dasselbe Recht. Was wollen Sie überhaupt von ihm, Frau Voßberg?«

Fest auf ihren Stock gestützt stand Anna Thiel da wie Zerberus am Eingang zur Unterwelt nicht bereit, einen Lebenden hinein- oder einen Toten herauszulassen.

»Das sagen wir ihm dann schon selbst, Frau Thiel.« Auch Lena rührte sich nicht vom Fleck. Sie standen sich direkt gegenüber und sahen sich an, bis Anna Thiel sich abwandte und die Kräuter in ihrem Korb beäugte. »Das wird reichen«, entschied sie. »Und Sie werden warten müssen, und zwar ziemlich lange. Wenn der Doktor nach Hause kommt, muss er Mittag essen. Danach beginnt die Sprechstunde. Patienten gehen vor, da kann auch die Polizei nichts dran ändern.«

»In diesem Fall schon, Frau Thiel. Wir müssen dringend mit Ihrem Sohn sprechen. Bitte rufen Sie ihn an!«, beharrte Lena und stand noch immer am selben Fleck vor dem Rondell in Anna Thiels Küchengarten.

»Geht nicht, das habe ich doch schon gesagt.« Auch Anna Thiel rührte sich nicht.

»Gut, dann warten wir, bis er zurück ist.«

»Wenn Sie nichts Besseres zu tun haben.« Anna Thiel schob ihren Korb in die Armbeuge und setzte sich mit dem Stock in Bewegung. Nach den ersten Schritten drehte sie sich noch einmal zu den ungebetenen Besucherinnen um. »Am besten, Sie kommen ein andermal wieder. Aber bitte rufen Sie vorher an. Bei einem Arzt weiß man nie. Oder kann ich Ihnen vielleicht helfen?«

Lena sah die adrett gekleidete Frau an. Bunte Tunika, schwarze Hose, nichts Besonderes. Aber was sie anhatte, stand ihr. »Leider nicht, Frau Thiel. Wir müssen mit Ihrem Sohn sprechen – in seinem eigenen Interesse. Bitte rufen Sie ihn an!«

Als Anna Thiel nicht reagierte, nur welke Blätter von den Kräutern in ihrem Korb zupfte, schob Lena nach: »Es tut mir wirklich sehr leid, aber es geht nicht anders.« Was wie eine abgedroschene Allerweltsphrase klang, war ehrlich gemeint. Anna Thiel tat Lena leid, denn sie wusste: Diese Frau, deren Mann vor nicht allzu langer Zeit gestorben war, würde nun auch ihren Sohn verlieren. Und das für sehr, sehr lange Zeit.

»Sie geben ja doch keine Ruhe.« Die alte Dame seufzte. »Als ich in den Garten ging, saß mein Sohn noch über irgendwelchem Papierkram. Der nimmt ja überhand heutzutage. Irgendwas wollte er vor dem Hausbesuch noch fertig schreiben. Keine Ahnung, ob er noch in seinem Zimmer ist.« Langsam, ihren Stock bei jedem Schritt fest ins Erdreich stoßend, humpelte sie den Kommissarinnen voran ins Haus zurück. Lena fragte sich, ob sie wirklich so ahnungslos war, wie sie tat. Falls nicht, hatte sie ihre Ängste gut im Griff, zumindest nach außen hin. Und falls doch, würde ihre Welt zusammenbrechen wie ein Kartenhaus.

***

Thiels Praxis nahm beinahe die Hälfte des Erdgeschosses ein. Neben Empfangsbereich und Wartezimmer verfügte er über drei Untersuchungsräume und im privaten Bereich des Hauses über ein kleines, nur von ihm genutztes Büro, in dem der wuchtige alte Schreibtisch stand, an dem schon sein Vater und vor ihm sein Großvater, der alte Sanitätsrat Thiel, gesessen hatten.

Anna Thiel öffnete alle Türen und rief nach ihrem Sohn. Doch die Räume waren leer. Mit ihrem Korb beschrieb sie einen weiten Bogen. Petersilienstängel flatterten auf den makellos sauberen Fußboden. »Sie wollten mir ja nicht glauben. Jetzt sehen Sie selbst, dass der Doktor außer Haus ist.« Lächelnd bedankte sie sich, als Lena das Würzkraut aufhob und zurück in ihren Korb legte. »Nett von Ihnen, Frau Voßberg. Sobald mein Sohn zurück ist, sage ich ihm, dass Sie da waren. Er wird sich bei Ihnen melden, ich versprech's.«

Sie ahnt wirklich nichts, dachte Lena beklommen. Was gleich passiert, wird ein Schock für sie sein.

Mandy, die die ganze Zeit über geschwiegen hatte, platzte heraus: »Sagen Sie uns lieber, wohin Ihr Sohn gefahren ist.«

Anna Thiel sah sie an, als wäre sie erstaunt, dass sich die junge Frau nun auch noch ins Gespräch einmischte. Jetzt, wo schon alles geklärt war.»Wie oft denn noch?« Ihr Kopfschütteln wirkte genervt. »Der Doktor besucht Patienten, damit ist er für mich nicht erreichbar. Nur in dringenden Notfällen darf er gestört werden.«

»Das hier ist ein dringender Notfall!«

»Ach so?« Mit spöttischem Blick auf Mandy zog Anna Thiel die Brauen hoch.»Wer von Ihnen beiden ist denn so furchtbar krank? Sie etwa?«

»Lassen Sie's mich so sagen: Wir werden nach Ihrem Sohn fahnden, wenn er nicht schnellstens hier auftaucht.« Mandys Tonlage ließ keinen Zweifel daran, dass sie meinte, was sie sagte, und auch tun würde, was sie androhte.

»Machen Sie sich nicht lächerlich.« Ihr hektisches Auflachen verriet nun doch, wie besorgt Anna Thiel war.»Mein Sohn ist zum Mittagessen wieder zu Hause. Gleich darauf beginnt seine Sprechstunde. Haben Sie mir nicht zugehört?«

Mit ihrem Stock deutete sie auf die offen stehende Tür zum Wartezimmer.»Sie können da drinnen Platz nehmen. Aber erwarten Sie nicht, dass ich Ihnen Kaffee serviere.«

***

Obwohl bis zum Beginn der Sprechstunde noch eine gute Stunde Zeit war, saß bereits ein grauhaariger Mann im Wartezimmer. Kaum hatten Lena und Mandy sich gesetzt, hielt er ihnen die Zeitschrift hin, in der er gelesen hatte.»Könnte was für Sie sein. Ist Mode drin … und Klatsch und Totschlag.«

Mandy griff nach der Illustrierten und der Grauhaarige zog ein Fußballmagazin aus dem Stapel auf dem Tisch vor ihm. Als er den Kopf senkte, um sich in Tore und Tabellen zu vertiefen, hörten sie ein Auto die Auffahrt heraufkommen. Augenblicklich warf er das Heft auf den Stapel zurück und sah erwartungsvoll zur Tür.

Sie hörten die Haustür klappern, Schritte näherten sich, doch nicht Jens Thiel kam in das Wartezimmer, sondern ein stupsnasiges, Kaugummi kauendes Mädchen. Es grüßte mit knappem Nicken. Ohne das Herumgetippe auf dem Handy zu unterbrechen, streifte es den knallbunten Rucksack vom Rücken und verstaute ihn im Wandschrank. Ein rosafarbener Kittel verwandelte das Mädchen in die Sprechstundenhilfe des Landarztes Dr. Jens Thiel. Selbst diese Metamorphose meisterte das Mädchen, ohne das Handy aus der Hand zu legen, wie Lena voller Staunen bemerkte. Hinter dem Tresen kramte es in einer Schublade. Schließlich legte es etwas vor sich hin, das aussah wie ein Terminkalender.

»Wenn sich der Doktor noch Zeit fürs Mittagessen nehmen will, müsste er jeden Augenblick hier auftauchen«, rief ihr der grauhaarige Mann zu, der die Gepflogenheiten des Hauses zu kennen schien.

In ihrer Küche sah auch Anna Thiel auf die Uhr. Wo ihr Sohn heute nur blieb?

Die Tür des Wartezimmers ging erneut auf. Ein hustender junger Mann in blauer Arbeitskluft kam herein, nach ihm ein korpulenter Herr mittleren Alters. Kaum hatten sich die beiden Männer gesetzt, zog eine junge Mutter ein ängstlich um sich schauendes Kind hinter sich her. Das Wartezimmer füllte sich zusehends. Die letzten freien Plätze besetzten zwei schwatzende Frauen, eine von ihnen schwitzte unter mindestens dreißig Kilo Übergewicht. Die andere, vielleicht halb so alt, trug den eingegipsten Arm in der Schlinge. *Mutter und Tochter,* dachte Lena. Die Ähnlichkeit war nicht zu übersehen.

Hinter dem Tresen schickte Stupsnase die millionste WhatsApp ins Universum. Vom Doktor noch immer keine Spur.

Lena stand auf, ging hinüber zu der Sprechstundenhilfe und stellte sich vor. Das Mädchen, das bei dem Wort *Kommissarin* blitzschnell das Handy unter den Tresen geschoben hatte, fuhr den Computer hoch und sah sie erwartungsvoll an.

»Sie können mir bestimmt sagen, bei welchem Patienten der Doktor gerade ist?«

Stupsnase klickte, scrollte und runzelte die Stirn. »Ich kann nichts finden. Hier ist kein Hausbesuch eingetragen.«

»Frau Thiel glaubt, der Doktor wäre bei einem Patienten.«

Das Mädchen atmete auf nach Lenas Worten. »Kann gut sein. Bei uns gibt es immer mal 'nen dringenden Notfall. Wir sind die einzige Arztpraxis hier in der Gegend. Aber eigentlich …« Verwundert schürzte es die Lippen. »Eigentlich hätte er sich längst melden müssen. Das tut er immer, wenn es später wird.« Kurzentschlossen griff Stupsnase zum Telefon. »Ich rufe ihn an, die Patienten werden bald fragen, wie lange sie noch warten müssen.« Eine Weile lauschte sie, dann hob sie die Hand, in der sie das Telefon hielt, mit einer ratlosen Geste. »Der Doktor geht nicht ran, also ist er beschäftigt.«

»Versuchen Sie's gleich noch mal«, befahl Lena streng.

Verunsichert schüttelte Stupsnase den Kopf. »Lieber nicht! Wenn der Doktor nicht ans Handy geht, ruft er zurück, so schnell er kann.«

»Versuchen Sie es trotzdem!« Die plötzliche Schärfe in Lenas Stimme ließ nicht nur das Mädchen erschrocken zusammenfahren. Die Patientin mit dem Gipsarm hörte auf zu schwatzen. Der Grauhaarige ließ die Zeitung sinken. »Auch die Polizei muss warten, wenn der Doktor seine Arbeit macht«, brabbelte er missbilligend und versteckte sich wieder hinter der ausgebreiteten Zeitung.

Doch Stupsnase hatte in ihrer Verwirrung schon die Wahlwiederholung gedrückt. Erstaunte Blicke richteten sich auf Mandy, als sie einen Finger an die Lippen legte und allen Schweigen gebot. Jetzt hörte auch Lena, was Mandy schon vor ihr wahrgenommen hatte. Irgendwo im Haus klingelte ein Telefon. Stupsnase, die den Klingelton kannte, atmete auf. »Geht gleich los, der Doktor ist da!«

Als wäre er wieder in der Schule, hob der Grauhaarige die Hand. »Ich bin als Erster dran, Claudi, nicht vergessen.«

Stupsnase nickte, zupfte ihren Kittel zurecht und strich mit beiden Händen über den exakt in der Mitte gescheitelten Bob. Einen Stapel Patientenakten unter dem Arm öffnete sie die Tür zum Sprechzimmer. Nach einem fröhlichen »Guten Morgen, Herr Doktor!«, war nichts mehr von ihr zu hören.

Lena holte das Telefon vom Tresen und drückte noch einmal die Wahlwiederholung. Und wieder hörten sie den Klingelton, leise, sehr leise, aber das Handy musste irgendwo im Haus sein.

Auch Mandy war inzwischen aufgestanden. Gemeinsam gingen sie den Flur entlang. Der Raum, aus dem das Klingeln kam, war ein kleines Büro, ausgestattet mit einem wuchtigen alten Schreibtisch. Dunkles Holz, verschnörkelte Türen und Schubladen. Und noch immer klingelte das Handy. Es lag auf dem wuchtigen Schreibtisch, unter ihm ein eng beschriebenes Blatt Papier.

***

Mittagssonne fiel durch lichte Baumkronen, wärmte den bemoosten Waldboden und tauchte den Audi in silbrigen Glanz. Spaziergänger fanden ihn in einem Waldstück in der Nähe des Autobahnkreuzes Uckermark. Der auf dem Fahrersitz zusammengesunkene Mann musste seit Stunden tot sein. Bei der Obduktion entdeckte Krollmann das gleiche Gift wie im Körper der ermordeten Sonja Meyer.

Wie gewöhnlich brachte er den frisch ausgedruckten Bericht höchstpersönlich in Lenas Büro. Und wie gewöhnlich saß er, die langen Beine übereinandergeschlagen, eine Espressotasse in der Hand, an ihrem Schreibtisch.

»Man, war ich blind!« Lena konnte sich einfach nicht länger zurückhalten. »Diesmal hat mich mein Bauchgefühl total verarscht.«

»Hat es nicht!« Krollmann schwenkte den Rest Kaffee in seiner Tasse, bevor er ihn in einem Zug hinunterstürzte. »Du warst dir bei Kobs sicher. Den smarten Landarzt hatte niemand auf dem Schirm.«

»Ist auch nicht deine Aufgabe, Verdächtige auf dem Schirm zu haben. Meine hingegen schon. Ich hätte besser hinsehen müssen.«

»Ihr habt den Fall aufgeklärt, Lena. Darauf kannst du stolz sein.«

»Stolz? Nein, wirklich nicht. Okay, wir haben unsere Arbeit gemacht, aber ohne die Hilfe der alten Lady wären wir womöglich nie auf Thiel gekommen.«

Krollmann stellte seine Tasse ab und grinste Lena an – jungenhaft, fast ein wenig frech. »Und damit kannst du schlecht umgehen, was? Es fuchst dich, weil du nicht von selbst auf Thiel gekommen bist.«

»Ach, dein neuestes Hobby ist Psychologie?«

»Lass gut sein, Lena, lass gut sein.« Er fuhr sich durchs weizenblonde Haar. »Du wärst schon draufgekommen, hätte eben nur noch ein bisschen gedauert.«

»Zu lange, Krollmann, viel zu lange. Wer weiß, was er noch getan hätte, um sich zu schützen.«

Unschlüssig wackelte er mit dem Kopf, dann stieß er die Luft aus und sagte: »Ich bin sicher, der Junge hatte enorme Komplexe. Hinter Titel und Beruf konnte er sich verstecken wie hinter einem Schild. Seine Papiere waren gefälscht, wie wir heute wissen. Das konnte niemand ahnen, nicht mal du, Lena.«

»Hätte ich schon. Ich hätte mir nur mehr Mühe geben müssen.«

»Du meinst, du hättest an der Polizeischule im Fach Hellsehen besser aufpassen müssen?«

»Sehr witzig, Krollmann! Ich meine das ernst. Ich hätte mich nur erinnern müssen. Thiel hatte schon in der Schule vor jedem Test Panikattacken. Regelrecht krank ist er geworden. Schon damals ist er nur mit allen möglichen Tricks durch die Prüfungen gekommen, obwohl er mehr wusste als so mancher von uns. Er hätte Hilfe gebraucht, schon als Kind und später erst recht.«

Gedankenverloren spielte Krollmann mit einem der winzigen Mokkalöffel, die Lena extra für ihn angeschafft hatte. »Wenn das so ist, dann frage ich mich, wie er überhaupt so weit kommen konnte. Schon das Physikum hat es in sich, und er war, wie du sagst, schon beinahe fertig mit dem Studium.«

»Ja, war er. Ich denke übrigens, er wäre ein guter Arzt geworden. Hör dich mal um in den Dörfern. Seine Patienten schwören auf ihn.«

»Das hat man schon von so manchem Scharlatan gesagt.«

»Thiel war kein Scharlatan. Seine extremen Versagensängste sind ihm zum Verhängnis geworden. Ich merke erst jetzt, wie falsch ich ihn eingeschätzt habe. Für mich war er immer nur der Sonnyboy, der so getan hat, als ob alle schönen Frauen nur für ihn auf der Welt wären.«

»Du auch, Lena?«

»Eher nicht. Hab wohl nicht in sein Beuteschema gepasst. Heute denke ich, dass er in all seinen Liebschaften immer wieder aufs Neue Bestätigung gesucht hat. Seinen Abschiedsbrief zu lesen, war traurig.«

»Nun mal langsam, Lena. Thiel ist nicht das Opfer. Er ist ein Mörder – und ein brutaler noch dazu.«

Sie wollte den Mund öffnen, doch er hob die Hand. »Komm mir jetzt bloß nicht mit der Täter-ist-auch-Opfer-Logik. Ich weiß selbst, wie oft das so ist. Als Entschuldigung kann ich's trotzdem nicht gelten lassen. Die Spirale würde sich immer weiterdrehen und die Gewalt nie ein Ende nehmen.«

»Keine Sorge, die nimmt sowieso kein Ende.« Lena kramte in ihrem Schreibtisch herum. »Kennst du seinen Brief?«

»Woher sollte ich?«

Sie zog ein eng beschriebenes Blatt aus der Mappe und schob es ihm hin. »Nimm das mit und lies. Ich muss los. Der Herr Oberstaatsanwalt hat zur Pressekonferenz gebeten.«

***

In seinem kleinen Büro las Fiete Krollmann Thiels handgeschriebene Zeilen.

Liebe Mama,

wenn du kannst, bitte verzeih mir. Auf dich, die du von allem nichts wusstest, wird die Wahrheit hereinbrechen wie die Apokalypse. Ich kann nicht in Worte fassen, wie unendlich leid mir das alles tut.

Ich wollte es so gern, aber ich konnte nicht der Sohn sein, den ihr euch gewünscht habt, du und Papa. Vor allem Papa! Solange ich zurückdenken kann, war sie da, diese Angst. Ich konnte sie einfach nicht loswerden. Versucht habe ich es, weiß Gott, wieder und wieder. Am schlimmsten waren die dunklen Nächte mit den immer wiederkehrenden Albträumen.

Es begann mit der Furcht, ihr würdet mich irgendwann nicht mehr haben wollen, weil ihr nicht meine leiblichen Eltern wart. Am Ende war es die Angst, es könnte ans Licht kommen, was ich getan habe. Ja, es stimmt, ich habe mir meine Approbation durch Betrug erschlichen. Und ich habe zwei Menschen das Leben genommen. Ich bin ein Mörder.

Ich dachte, es würde mir furchtbar schwerfallen, das niederzuschreiben, aber jetzt geht es mir ganz leicht von der Hand. Erst jetzt, da ich weiß, dass alles vorbei ist, kann ich meine Ängste offen eingestehen. Bis heute hatte ich nie den Mut, darüber zu reden. Auch mit dir nicht, Mama.

Als Kind habe ich immer darauf gewartet, dass ihr mir die Wahrheit sagen würdet, du und Papa. Wenigstens du, Mama, hättest es tun sollen. Vielleicht wäre dann alles anders gekommen. Vielleicht. Ich weiß es nicht. Ich weiß nur, du musst dir keine Vorwürfe machen, du hast getan, was du für das Beste hieltest. Ob das, was wir tun (oder nicht tun), gut oder schlecht ist, merken wir oft erst, wenn es zu spät ist. Das gilt auch für mich. Doch ich denke, wenn alles wieder genauso liefe in meinem Leben, würde mir erneut der Mut fehlen, mich meinen Ängsten zu stellen.

Ich weiß, diese zweite Chance wird es nicht geben, weil ich nicht mehr am Leben bin, wenn du diesen Brief liest. Endlich werde ich keine Angst mehr haben. Die Lüge, das Trauma meines Lebens, hat ihre Bedeutung verloren. Du weißt, Mama, mit welcher Lüge alles begann. Die Wahrheit zu verschweigen, kann die schlimmste aller Lügen sein. Wie sehr hat mich dieses Schweigen als Kind gequält. So wurde die Lüge zur Quelle meiner Angst, und so ist es mein Leben lang geblieben. Nur war jetzt ich es, der gelogen, betrogen und sogar getötet hat.

Es ist schon sonderbar, was Angst mit einem Menschen macht. Aus mir hat sie einen Mörder gemacht. Damit entschuldige ich mich nicht, ich stelle nur fest: Ich habe aus Angst getötet, und ich sterbe aus Angst vor dem, was kommen wird.

Und bevor du von anderen die ganze Wahrheit erfährst, will ich dir alles erklären. Ja, ich habe bei den Prüfungen an der Uni betrogen. So lange, bis ich erwischt worden bin – und aus war's mit dem Traum, Arzt zu werden. Vielleicht hätte ich im Ausland weiterstudieren können, das wäre meine letzte Chance gewesen. Aber wie hätte ich euch das erklären sollen, dir und Papa? Aus Feigheit habe ich den schlimmsten Weg gewählt, den ich wählen konnte, und mir mit geliehenem Geld falsche Papiere erkauft. Ihr wart so stolz auf mich. Zum ersten Mal in meinem Leben wart ihr so furchtbar stolz auf euren Jungen.

Was dann geschah, ist furchtbar. Du selbst, Mama, hast mich auf diesen Mann aufmerksam gemacht. Mit all dem Blut im Gesicht hatte ich ihn nicht gleich erkannt. Doch dann wusste ich, wer er war. Wir hatten zwar nicht im selben Fachbereich studiert, aber wir kannten uns aus unserer gemeinsamen Studienzeit. Er, ich und seine Frau Susanne. Sie hatte sich genau wie ich für Medizin entschieden. Nein, eigentlich bin ich nicht mal sicher, ob ich mich überhaupt irgendwie entschieden habe. Papa war Arzt, sein Vater war Arzt, und ich wusste, wie wichtig es ihm war, dass ich diese Tradition fortsetze. Heute glaube ich, ich hätte ein guter Arzt werden können. Stattdessen bin ich ein Mörder und Betrüger geworden.

Holger Werner wusste, dass ich ohne Abschluss von der Uni geflogen bin. Er hätte mich verraten können – er und auch seine Frau Susanne. Allein die Möglichkeit hat mich total in Panik versetzt. Ich konnte ihn nicht am Leben lassen. Ein weiteres Damoklesschwert über meinem Leben konnte ich einfach nicht verkraften. Nur Susanne, seiner Frau, konnte ich – auch wenn ich es vorhatte – nichts tun. Ihre drei Kinder hätten ohne sie aufwachsen müssen, das jüngste ohne jede Erinnerung an seine leiblichen Eltern. Nur zu gut weiß ich, wie sich das anfühlt. Die Kinder hatten schon ihren Vater verloren, sie sollten nicht noch mehr leiden. Nicht durch meine Schuld. Wenigstens ihre Mutter musste am Leben bleiben. Was ich ihrem Vater angetan habe, bereue ich zutiefst. Ich hätte längst tun sollen, was ich jetzt vorhabe, dann würde auch Sonja Meyer noch leben, diese naive Person, die glaubte, mich erpressen zu können. Erinnerst du dich noch an den Tag, an dem sie gestorben ist? Du wolltest irgendwas retour schicken. Ich hab für dich die Pakete zum Auto getragen und du hast mit der Frau geschwatzt. Das Gift in ihre Flasche zu füllen, war kinderleicht. Ihr habt nichts gemerkt.

Ich will nichts beschönigen. Wie könnte ich das auch bei der großen

Schuld, die ich auf mich geladen habe? Nur eins will ich dir noch
sagen. Dieser Frau, die mich an der Uni beschuldigt hat, ich hätte ihr
Leben zerstört, habe ich nichts getan. Aber viele glaubten ihr. Ich weiß
bis heute nicht, wofür sie sich an mir rächen wollte. Wir hatten einen
kurzen Flirt, das war aber auch schon alles. Ich habe ihr nie etwas
versprochen und habe ihr nie Gewalt angetan. Viele Frauen habe ich
begehrt in meinem Leben, aber nur eine wirklich geliebt. Und selbst
sie habe ich enttäuscht. Du siehst also, Mama, es ist kein Verlust für
die Welt, wenn ich nicht mehr bin.
   Trotz allem in Liebe,
   dein Sohn Jens

***

Zu Lenas Erstaunen reichten die Plätze in der kleinen Kirche nicht
aus, als Jens Thiel eine Woche nach seinem zweiunddreißigsten
Geburtstag beerdigt wurde. Wer wie Lena erst in letzter Minute
kam, musste sich mit einem Stehplatz im Gang zwischen den Holz-
bänken begnügen. Für die hochbetagte Hertha Weidemann hatte
sie weit hinten in der letzten Reihe noch einen Platz gefunden. Erst
am Vortag war die Witwe aus dem Krankenhaus entlassen worden,
auf eigenem Wunsch, weil sie unbedingt bei der Beerdigung *ihres
Doktors* dabei sein wollte, wie Lena von Pfarrer Mischulke wusste.
Nach dem Anruf des Pfarrers hatte Lena beschlossen, sich um die
alte Frau zu kümmern, sie zur Dorfkirche zu fahren und wieder
nach Hause zurückzubringen.

   Sie ließ den Blick durchs Kirchenschiff wandern und sah Doris
Kobs ganz in Schwarz neben Anna Thiel sitzen, der einzigen An-
gehörigen des Toten.

   In der Kirche herrschte die auf Beerdigungen übliche, von ge-
legentlichem Hüsteln und gedämpftem Flüstern unterbrochene
Stille. Doch auch Spannung lag in der Luft. Abrupt brachen Hüsteln
und Flüstern ab, als der junge Pfarrer an die Kanzel trat. In wohl-
formulierten Sätzen sprach er von tiefer Schuld und Vergebung, von
Wegen voller Irrungen und Verfehlungen.

Nach dem Trauergottesdienst und der anschließenden Beisetzung auf dem Friedhof, der direkt an die kleine Kirche grenzte, hakte sich Hertha Weidemann bei Lena unter. Der Atem der alten Frau ging flach. »Ich konnte dir noch gar nicht danken«, stieß sie mühsam hervor.

»Das müssen Sie auch nicht, Frau Weidemann. Hauptsache, es geht Ihnen wieder gut.«

»Doch, das muss ich schon, Lena. Wenn du nicht so schnell den Arzt gerufen hättest, wer weiß, was aus mir geworden wäre. Und egal, was die Leute reden und was du jetzt sagst, für mich wird der junge Thiel immer der Herr Doktor bleiben. Immer!«

Sie zupfte an ihrem altmodischen schwarzen Samtjäckchen herum, das sie selbst im Hochsommer zu Beerdigungen trug. Der Wind verflocht die Stimmen, die vom offenen Grab zu ihnen herüberdrangen, zu einem Gewirr von Tönen. Unverständlich und doch beruhigend. Die Erde drehte sich weiter, alles würde wieder seinen normalen Gang gehen. Für die meisten jedenfalls.

Hertha Weidemann stützte sich schwer auf Lenas Arm. Doch zu deren Verwunderung blieb sie nicht auf dem Hauptweg, der zur Pforte führte. Stattdessen zog sie Lena in einen schmalen Gang zwischen den Gräbern. Als das Stimmengewirr langsam verebbte, erkannte Lena, wohin Hertha Weidemann sie führte: zum Grab ihrer alten Freundin Martha, Lenas Großmutter. Wortlos blieben sie vor dem unscheinbaren Grabstein stehen. Lena spürte das leise Zittern des mageren Körpers neben sich. Hertha Weidemann brauchte Zeit, um durchzuatmen.

Erst nach einer Weile sagte sie: »Du erinnerst mich an deine Großmutter, Lena. Und das nicht nur, weil sie auch so leuchtend rotes Haar hatte, als wir beide noch jung waren. Du hast auch ihre Art geerbt. Du bist wie sie. Vergiss, was Frau Kobs über dich rumerzählt. Du bist nicht herzlos, Lena, und der junge Thiel war es auch nicht. Er ist nur nicht zurechtgekommen mit dem Leben.«

Lena wusste nicht, was sie darauf antworten sollte. Hier, am Grab ihrer Großmutter, wurde ihr schmerzhaft bewusst, wie wenig sie sich in den letzten Jahren um die alte Frau gekümmert hatte. Sie war einfach zu beschäftigt gewesen: mit ihrer Ausbildung, dem Job und der Liebe zu einem verheirateten Mann.

Mit einem tiefen Seufzer holte Hertha Weidemann sie in die Gegenwart zurück. »Der junge Thiel soll kein Doktor gewesen sein? Das ist nur Geschwätz, Lena. Wie hätte er mir helfen können, wenn er kein Arzt war? Er wusste genau, was er tat.«

»Trotzdem war er kein richtiger Arzt. Er hat sein Studium nie abgeschlossen.«

Im milden Windhauch fröstelnd zog Hertha Weidemann die Jacke über der Brust zusammen. Sie sah hinüber zum offenen Grab, an dem nur noch wenige Menschen standen. »Die arme Anna! Sie hat ihren Sohn sehr geliebt. Vielleicht konnte sie ihm deshalb nicht sagen, dass sie ihn nicht zur Welt gebracht hat.«

Verdutzt ließ Lena den Arm der gebrechlichen Frau los. »Sie wussten von der Adoption?«

»Ja, schon seit Jahren.«

»Ich dachte, im Dorf wusste es niemand.«

Die blassblauen, von zahllosen Falten umgebenen Lippen verzogen sich wehmütig. »Ja, so war es auch. Nur mit mir hat Anna darüber geredet. Als sie mit ihrer Familie hierhergezogen ist, war der Junge noch ein Baby. Jeder dachte natürlich, er wäre ihr leiblicher Sohn. Bis Anna mir ihr Geheimnis anvertraut hat. Obwohl sie viel jünger ist als ich, haben wir uns schon damals gut verstanden. Eines Tages, mitten im Sommer, ich glaube, der Junge war gerade sieben oder acht Jahre alt, kam sie zu mir in den Garten. Wahrscheinlich musste sie einfach mal mit jemandem reden. Auch wenn ihr Mann sie immer wieder bedrängt hat, konnte sie sich einfach nicht dazu durchringen, dem Jungen die Wahrheit zu sagen. Ihr Jens sei ein empfindsames Kind, meinte sie. Und was hieße überhaupt *die Wahrheit sagen*? Sie und ihr Mann seien die Eltern des Kleinen, mehr habe sie dem nicht hinzuzufügen. Ich weiß, dass das falsch war, und Anna wusste es auch. Aber sie wollte den Jungen nur schützen. Irgendwie haben sie dann wohl den richtigen Zeitpunkt verpasst, falls es den überhaupt geben sollte. Jedenfalls haben sie ihm nie gesagt, dass er adoptiert ist. Ich weiß nicht, wie, aber er hat es trotzdem rausgefunden. Anna hat mir von seinem Abschiedsbrief erzählt.«

Krampfhafter Husten trieb der alten Frau Tränen in die Augen. Kurzatmig stieß sie hervor:»Ich weiß, dass du diesen Brief hast, Lena, nur deshalb rede ich mit dir darüber. All die Jahre hab ich keiner Menschenseele von der Adoption erzählt. Heute frage ich mich: Hat es wirklich so enden müssen? Mit seinem Tod und zwei Morden auf dem Gewissen? Anna gibt sich die Schuld daran.«

Lena schwieg. Was sollte sie auch antworten? Wortlos gingen sie auf dem schmalen Friedhofsweg nebeneinander her. Schon nach wenigen Schritten spürte Lena, wie schwer der erschöpften Greisin das Laufen fiel. Sie fasste ihren Arm fester, um ihr Halt zu geben, und sagte:»Ich fahre Sie jetzt nach Hause, Frau Weidemann.«

Trotz der Schmerzen, die sie offensichtlich hatte, lächelte die Pfarrerswitwe.

»Danke, Lena. Ich weiß, dass du heute nur mir zuliebe hierhergekommen bist. Und ich weiß auch, dass die meisten Leute nur aus Neugier hier sind, nur deshalb war die Kirche so voll – beim Trauergottesdienst für einen …« Die alte Frau stockte, ihre Augen schimmerten feucht, als sie den Blick über die Reihen der Grabsteine gleiten ließ, hinüber zu dem noch offenen Grab.

Leise, so leise, dass Lena sie kaum verstehen konnte, flüsterte sie heiser:»Für einen Mörder.«

***

»Was willst du denn noch hier? Höchste Zeit, endlich deinen Urlaub zu genießen«, wurde sie von Mandy empfangen, als Lena zurück in die Dienststelle kam. »Börni hat uns in der Pressekonferenz ausdrücklich gelobt«, fuhr Mandy mit schuldbewusstem Lächeln fort. »Er konnte ja nicht wissen, dass ich's beinahe vergeigt hätte, weil für mich nur Peter Kobs als Täter infrage kam. Allenfalls noch der dubiose Autohändler.«

»*Vergeigt* würde ich nicht sagen.« Lena winkte ab. »*Hartnäckig in die falsche Richtung geschossen* trifft's schon eher.«

»Ich hab dir das Leben schwer gemacht, Lena.«

»Lass gut sein, Mandy, beide Fälle sind gelöst.«

»Und du hast Urlaub.«

»Ab morgen, Mandy. Ab morgen mach ich wirklich Urlaub. Am besten da, wo es kein Telefon und kein Internet gibt.«

»In der Sahara oder am Nordpol?«

»An so was in der Art dachte ich. Ich fürchte nur, auch dort ist man inzwischen erreichbar.«

»Irgendwie bist du heute komisch drauf, Lena. Hast du was?«

»Wer ist nach einer Beerdigung schon gut drauf?«

Lena spürte Mandys forschenden Blick, doch sie wollte nicht preisgeben, was sie quälte. Nicht jetzt. Nicht hier. Sie konnte kaum noch schlafen, seit sie wusste, welch furchtbaren Fehler sie begangen hatte. Beim Lesen des Abschiedsbriefs war ihr schlagartig klar geworden, dass sie Susanne Werner in tödliche Gefahr gebracht hatte. Warum hatte sie bei der zufälligen Begegnung mit Thiel am Gärtnerhaus auch von Werners Anruf bei Susanne reden müssen? Wäre der jungen Frau etwas passiert, wäre sie schuld gewesen. Solch ein Fehler durfte ihr nie, nie wieder passieren!

***

Am späten Nachmittag zog Lena Thiels Brief, den Krollmann zurückgebracht hatte, noch einmal aus den Unterlagen hervor, um ihn ein weiteres Mal zu lesen. *Wie sinnlos, das alles*, dachte sie. Drei Menschen waren tot, weil Lüge, Feigheit und Betrug ein Leben aus der Bahn geworfen hatten.

Sie hörte Schritte im Flur und schrak zusammen. Wer schlich um diese Zeit noch hier herum? Die Tür ging auf und Fiete Krollmann schob erst den Kopf und dann seine hochgewachsene Gestalt in den Raum.

»Hey, Lena, was machst du denn noch hier? Beide Fälle sind gelöst. Ich dachte, du genießt endlich deinen Urlaub.«

»Das werd ich schon, keine Sorge. Woher weißt du überhaupt, dass ich noch hier bin?«

»Ja, warum?« Er grinste sein typisches Krollmann-Grinsen. »Ein einzelner Mini langweilt sich unten auf dem Parkplatz. Der hat es mir verraten. Und ich frag mich, warum der da noch rumsteht.«

»Dann frag ihn doch mal. Aber falls du lieber mich fragst … Vielleicht bin ich noch hier, weil mich dieser Fall einfach nicht loslässt.«

»Du kanntest Thiel gut, ich weiß.«

»Nicht im Traum wäre mir eingefallen, ihn zu verdächtigen.«

»Warum solltest du auch? Es schien nicht die geringste Verbindung zwischen den beiden Männern zu geben.«

»Die gab es eben doch. Ich bin nur nicht draufgekommen. Sie haben sogar eine Zeit lang in derselben Studentenbude gewohnt, er und Holger Werner. Die zufällige Begegnung auf dem Fest hat die Tragödie ausgelöst.«

»Ach, Lena, lange wäre das sowieso nicht mehr gutgegangen. Mit falschen Papieren als Arzt zu arbeiten, muss ungefähr so sein, als würde man jeden Tag über ein Minenfeld laufen.«

Lena schob den Abschiedsbrief in die Schublade ihres Schreibtischs zurück.

»Das unverhoffte Zusammentreffen auf dem Fest muss Thiel geschockt haben. Da ist was explodiert in seinem Kopf, um bei deinem Minenfeld zu bleiben.«

Krollmann nickte. »Ich würde es zwar anders ausdrücken, aber ja, so könnte es gewesen sein. In seiner Panik hat er Holger Werner erschlagen. Jetzt weiß ich auch, wo der kleine Blutfleck herkommt. Ganz zu Anfang, als Werner noch in der Lage war, sich zu wehren, muss Thiel sich an der Hand verletzt haben. Darum der kleine Fleck in Werners Jacke. Er muss da hingekommen sein, als Thiel ihm das Portemonnaie aus der Tasche gezogen hat. Wahrscheinlich hat er es nicht mal bemerkt, aber es war Thiels Blut.«

»Hört sich logisch an.« Lena sah zu Krollmann auf. »Aber, nebenbei gefragt, warum bist du eigentlich noch mal reingekommen? Du hast doch längst Feierabend.«

»Könnte an einem gewissen Fahrzeug unten auf dem Parkplatz gelegen haben.« Wie so oft schon suchte sein Blick ihre smaragdgrünen Augen. »Übrigens dachte ich bis jetzt, du kennst dieses Wort gar nicht.«

»Welches Wort genau meinst du?«

»Das mit dem großen F am Anfang. Buchstabiere mal *Feierabend*. Ich wette, das schaffst du nicht. Oder besser noch, buchstabiere mal *F e i e r a b e n d b i e r c h e n*.«

»Oh!« Lena zog die eben geschlossene Schublade wieder auf. »Ich würde dir ja liebend gern eins anbieten, hab nur leider gerade keins da.«

Fiete Krollmann sah sie an. In seinen Augen glomm Hoffnung. Ein Fünkchen nur, aber unverkennbar. »Ich würde mich glatt zu Wein überreden lassen. Ein schönes Essen dazu, was meinst du, Lena?«

»Lieber nicht, mir ist heute nicht nach Wein und Essen.«

»Aber vielleicht nach Reden? Einfach nur nach Reden?«

»Könnte gut sein, Fiete, könnte gut sein.«

Zum ersten Mal hatte sie ihn Fiete genannt. Zum allerersten Mal. Lena lauschte dem Klang nach. Und es war nicht so, dass er ihr nicht gefiel.

DANK

Ich bedanke mich bei meinem Ehemann Harry, bei meinen Töchtern Ines und Franziska sowie bei meinen Freundinnen Dagmar, Monika und Daniela für die Geduld, mit der sie das Projekt begleitet haben.